枕アイドル

新堂冬樹

集英社文庫

枕アイドル

未瑠

「こっちに恋♪　私の恋♪　はやく気づいて♪　愛たいよ♪　愛ラブユー♪　はやく気づいて～　こっちに恋♪　伝えて恋♪　私の想い♪　愛たいよ♪　愛ニードユー♪　はやく気づいて～」

「宇宙一恋してる@君へ」――八〇年代のアイドル風のメロディに乗せて、未瑠《みる》は両手でハートを作り、流れる歌詞に口の動きを合わせた。

「ショコラ」は、ほかの地下アイドルの例に漏れず被せだった。

声をまったく出さずに唇だけ動かすのが口パクで、微《かす》かに歌うのが被せだ。

口パクが百パーセントの出力音量の歌を流すとするならば、被せは七十パーセントの出力音量の歌を流す。不足した三十パーセントを、実際に歌うことで補うのだ。

被せの利点は、微かだが歌っているので臨場感が出てバレ難《にく》い。自信があれば百パーセントの生歌を披露するが、「ショコラ」のメンバー……未瑠、梨乃《りの》、奈緒《なお》の三人とも歌唱力が劣っていた。

『ミル！　恋！　リノ！　恋！　ナオ！　恋！　こいこい恋！　みーんな恋！　ほーたる恋！』

レッド、イエロー、ブルーのライトを振りながら、オタク達がコールした。

「ショコラ」のライブでは、オタクひとりが三人のイメージカラー——三色のケミカルライトを持つのが決まりになっている。

因《ちな》みに、レッドが未瑠、イエローが梨乃、ブルーが奈緒の色だ。

オタクの聖地……秋葉原《あきはばら》のイベント会場には三百人ほど観客が入っているが、「ショコラ」のファンは三十人程度だった。

『アイドル戦国時代——「秋葉原の戦い」第一戦』は、八組のアイドルユニットが共演する合同ライブだ。「ショコラ」の人気はちょうど真ん中あたりだが、まだ単独ライブを行えるほどの集客力はなかった。「目指せ武道館《ぶどうかん》！」を合言葉に二年半前に結成した「ショコラ」だったが、五十人規模の小箱も満席にできないのが現実だ。

ラストのサビに入る前の間奏——センターの未瑠、左に梨乃、右に奈緒……定位置で、三人は「スウィーツダンス」と命名した緩いダンスを踊っていた。ダンスといっても、単調なステップを踏み、手でハートを作ったり投げキスをしたり……素人でも一度観《み》たらすぐに覚えられる簡単な振りだ。

『子供からお年寄りまで一緒に踊れる「甘〜い」ダンスを！』

建前ではユニット名に引っかけてプロモーションしているが、それは下手《へた》なダンスをごまかすための後づけだ。

最近は、ダンススキルが高い女子ユニットが多数デビューしている。彼女達はもともとダンスの大会に出場しているようなコが多く、デビュー前に一日十時間近くもレッスンを積んでいた。そんな少女達と競い合っても勝てるわけがなく、かといって、楽器も弾けないし歌で勝負もできない。

大きく垂れた黒目がちな瞳が印象的で、少女漫画から飛び出したようなビジュアルの未瑠こそ美少女だったが、梨乃と奈緒は微妙だった。不細工とは言わないまでも、かわいくもない。原宿《はらじゆく》の竹下《たけした》通りあたりにゴロゴロしているレベル——ようするに、一般人レベルということだ。

消去法で残ったプロモーションは、「甘さ」を売りにした「支えられ系アイドル」だった。僕らがついていないと彼女達はやってゆけない……という母性をオタクの心に芽《め》生《ば》えさせるのだ。

「キュン恋♪　瞬恋♪　純恋♪　恋の名前はいろいろだけど〜　とにかく♪　とにかく♪　私はあなたに宇宙一恋してる♪」

梨乃、奈緒が観客席に向かって片手で投げキスをしながらウインクした。最後に、前に歩み出たセンターの未瑠が、唇に両手を当てて屈《かが》み、ためにためてジャンプと同時にキスを投げるとオタク達が一斉にケミカルライトを宙に放った。

『宇宙一恋してる@君へ』のラストのサビが終わったタイミングで、ケミカルライトを投げるのはオタク達の決まりごとだった。

「みなさーん！『ショコラ』と一緒に盛り上がってくれて、ありがとうございましたー！　四時からの握手会で待ってまーす！」

未瑠は、煌《きらめ》く笑顔で観客席に向かって手を振った。

☆　☆

「あー太宰《だざい》さん、今日もきてくれたんですね！　未瑠、とても嬉《うれ》しいです！」

満面の笑みを湛《たた》えた未瑠は、太宰の差し出す右手を両手で包んだ。本名は知らない。年の頃は三十代で、長髪で青白い顔をした物静かな雰囲気が小説家の太宰治《おさむ》に似ているという理由で、オタク達にそう呼ばれている。

ライブ終わりの物販タイムが始まって、十分が過ぎていた。出場したアイドル達はそれぞれ、指定された場所でＣＤや生写真を売る。知名度の低い地下アイドルを抱える事務所にとって物販タイムは、なにより大事な稼ぎ時だ。

千円のマキシシングルを一枚買うごとに一回分の握手券が付いており、ひとり三十秒と決められた時間内で「推しメン」との会話を愉《たの》しむ。オタク達にとってこの三十秒は至福の瞬間であると同時に、勝負の時間だ。少しでも印象に残りたいために、質問内容やプレゼントをなににするかを徹夜で考えてくる者も珍しくない。資金力に物を言わせて一万円分のCDをまとめ買いし、十回も列に並ぶ兵《つわもの》もいる。

CDや生写真の売り上げ以外での大きな資金源はチェキタイム――ファンとの写真撮影がある。メンバーとのツーショット一枚につき千円の値段を高いと感じるかどうかは、個人の価値観に左右される。骨董品《こっとう》マニアが一千万を払ってでも手に入れたい壺《つぼ》も、興味のない者には百円の価値もないのと同じだ。

「ショコラ」のような無名の地下アイドルがこぞって合同ライブに出演しているのは、知名度を上げるため……チャンスを掴《つか》むためだと本人達は信じて疑わない。だが、二年以上も売れないアイドルを続けていれば、マイナーな合同ライブでブレイクする確率が宝くじで一等賞金を獲得するに等しいということがわかってくる。

事務所サイドが所属アイドルを積極的に合同ライブに出演させる本当の目的は、日銭を稼がせるためだ。数少ないファンしかいなくても、握手で釣って大量に買わせたCDの売り上げとチェキの撮影代金を合わせれば、一度のライブで二、三十万になることも珍しくはない。

長い目でみて地下アイドルをメジャーに育てようと考えている事務所なら、ファンにこんな負担をかけはしない。

もちろん、地下アイドルを抱える事務所の中にも、メジャーを目指し莫大《ばくだい》な資金と多大な労力をかける事務所も存在する。だが、「ショコラ」が所属する「グローバルプロ」には、所属タレントをメジャーにしようという考えは皆無……稼げるだけ稼がせる「消耗品」として扱っているのだ。

「グローバルプロ」の所属で「ショコラ」以外のタレントは、すべてグラビアアイドルだった。グラビアアイドルといえば聞こえはいいが、事務所がじっさいにやらせているのは「着エロ」と呼ばれるほとんどヌードと変わらない衣装を身につけさせ、自慰行為やフェラチオを連想させるシーンを収めたＤＶＤの撮影であったり、素人カメラマンから参加料を取っての撮影会といった、日銭目当ての仕事ばかりだった。


「おひとり様三十秒厳守でお願いしまーす！」

手メガホンで叫ぶチーフマネージャーの坂巻《さかまき》の声が、未瑠を現実に引き戻した。「ショコラ」の物販コーナーにはオタクが三十人ほど並んでいたが、ほとんどが未瑠の列に並び、梨乃と奈緒の列にはふたりずつしか並んでいない。「ショコラ」は、未瑠の人気で持っているといっても過言ではなかった。

対角線上に、今日の参加アイドルユニットの中で一番人気の「一年☆乙女組」のコーナーがあった。四人のメンバーの前には、満遍なく長蛇の列ができている。パッと見だけで、ゆうに百人以上はいそうだ。

　四人ともかわいい部類ではあるが、飛び抜けたビジュアルの少女はいない。だが、彼女達のパフォーマンスレベルはかなり高く、MCだけで十五分のステージを持たせることができる。フリートークができることは、アイドル……とくに地下アイドルには、ある意味、ダンスや歌以上に重要だ。

　しかし、「一年☆乙女組」が人気といっても、あくまでもマイナーな世界での話だ。メジャーなアイドル達は、○がふたつは違う数のファンの前でライブを行っている。

「今日のライブもよかったけど、気のせいか疲れているようにみえたよ。ライブとレッスンで休む間もないだろうけど、休息を取るのも勇気だよ」

「ありがとうございます！　太宰さんはいつも未瑠の身体《からだ》を気遣ってくれて、本当に優しいですね」

　オタク殺しの十八番《おはこ》――未瑠は、首を少しだけ傾《かし》げて眼を見開き、アヒル口を作ってみせた。未瑠にこうやってみつめられると、みな、筋肉弛緩剤《きんにくしかんざい》を射たれたように締りのない顔になった。

「チーマネ、ミルミルを働かせ過ぎじゃないかな？」

　太宰が、メンバーの背後でオタク達に睨《にら》みを利かせている坂巻にちらりと視線をやった。ウェーヴのかかったロン毛、陽灼《ひや》けサロンで焼いた肌、薄く生やした口髭《くちひげ》、はだけたワイシャツの胸もとに覗《のぞ》くクロムハーツのペンダント――坂巻の外見からくるイメージは、芸能マネージャーというよりもクラブの黒服のようだった。

「十七歳っていえば、一般人の友達は恋したり旅行したり人生を謳歌《おうか》しているよね？　もっと、自由にしたいとか思わないの？　僕は、ミルミルの心が壊れないかが心配なんだよ」

太宰が、心配そうな表情を未瑠に向けた。

人より、自分の心配をしたほうがいい。ひと回り以上も年下の未成年の少女のライブに入り浸り、何度も握手したいがために五枚も十枚も同じCDを買うような三十男《みそじおとこ》……ありがたいとは思うが、その気持ちは感謝とは違う。はっきり言って、いいカモとしかみていない。太宰の大きな勘違いは、休息どころか、いまの十倍は忙しくなりたいと未瑠が願っているのを知らないことだ。

小箱で行うライブが月に数回程度では、芸能人とは言えない。現実問題、未瑠はテレホンオペレーター会社でアルバイトをしながら生計を立てている。ライブは知名度を上げるためのプロモーションということで、ギャラは交通費程度しか出ないのだ。

「ミルミルに訊《き》きたいことが……」

「はーい、ありがとうございましたー」

坂巻が、質問を重ねようとする太宰をバッサリと断ち切った。未瑠は、もっと喋《しゃべ》りたい、というような視線を坂巻に送った——もちろん、ポーズだ。

「ミルミルにプレゼント持ってきたよ！」

　太宰に続いて、常連のプーさんが長さ一メートルはありそうな大きな包みを未瑠に差し出した。プーさんは、渾名《あだな》通り大きく腹が突き出た力士のような体形からそう呼ばれるようになった。年は四十代半ばで、水道橋《すいどうばし》のコンビニエンスストアで店長をしていると聞いたことがある。

「ありがとうございます！　おっきいですね。なんですか？」

「ミルミルの好きなキティちゃんの抱き枕だよ」

「えー！　嬉しい！」

　未瑠は抱き枕を受け取り、歓喜の声を上げた。すかさず坂巻が手を伸ばし、未瑠から抱き枕を受け取る。

「今日は、体調がイマイチで振りのキレが悪くてごめんね」

「えー全然、そんなことなかったですよ。いつもの、キレキレのプーさんでしたよ」

　未瑠は、スウィーツスマイルをプーさんに向けた。

「あっ、やっぱりみられてたんだ……」

　プーさんが、汗塗《あせまみ》れの顔を紅潮させてはにかんだ。

　みているわけがない。たとえみていたとしても、オタクの振りのキレがよかろうが悪かろうが、未瑠には興味がなかった。

「はい！　ありがとうございましたー」

「じゃ、じゃあ、頑張ってね、ミルミル」

坂巻に急き立《せ》てられながら、プーさんが手を振った。

「プーさんも、お身体を大切にしてくださいね！」

未瑠は、無邪気な笑顔で手を振った。プーさんの背中がみえなくなると、潮が引くように未瑠の顔から微笑《ほほえ》みが消えた。

「ミルミルの好きな表 参道《おもてさんどう》の生ドーナッツを買ってきたよ！」

背後から、声をかけられた。

「あ、ハマさん！　ありがとうございます！」

振り返った未瑠の顔には、飛び切りの笑顔が戻っていた。

☆　☆

「お先に失礼します。お疲れ様でしたー！」

相部屋だった「田舎《いなか》っコ娘」の四人が帰った瞬間、四畳半ほどの控室に重苦しい空気が漂い始めた。

梨乃と奈緒のふたりは一冊のファッション誌を仲良く覗き込んでいたが、未瑠だけは離れた位置でパイプ椅子に足を組んで座りスマートフォンをイジっていた。衣装から私服に着替え終わっていたが、車を裏口に回している坂巻が戻ってくるのを待っているのだ。

いつもの光景だ。梨乃と奈緒はいつも一緒に行動していたが、未瑠だけは別だった。ハブられているというよりは、自ら進んで距離を置いていた。

　ふたりは未瑠よりひとつ下の十六歳だった。

「このアクセ超かわいくない？」

「えーどれどれ？　あ、本当だ！　マジかわいいぃ！」

　梨乃がファッション誌を指差すと、奈緒が黄色い声を上げた。

「うるさいから、静かにしてくれる？　あんたらさ、アクセの前に、アイドルなんだからもっと自分がかわいくなりなよ」

　未瑠は、スマートフォンで自分のブログをチェックしながら冷めた口調で言った。室内に険悪な空気が流れたが、構わなかった。未瑠は、事実を言ったまでだ。

「ショコラ」は一昨年《おととし》のバレンタインデーに結成され、今月で三年目に突入した。相変わらず、その他大勢の地下アイドルライブにしか出演できないのは、事務所のプロモーション力の弱さもあるだろうが、一番の原因は梨乃と奈緒だ。

　とにかく、ふたりとも華《はな》がない。ルックスがいまいちなりに歌が上手いか楽器が弾けるかダンスが凄《すご》いか喋りが立つか、なにかひとつでも際立つものがあればいいが、彼女達には誇れるものがなにもない。

　ルックス担当の未瑠がいればなんとかなるだろうという事務所の安易な考えが、そもそも間違っている。実力のあるそこそこにかわいいメンバーがいる中に入ってこそ、自分のような飛び抜けたルックスが活《い》きるのだ。かすみ草の中のバラは映えるが、雑草の中に咲いているだけではバラの本来の魅力は伝わらない。

不満そうにしてはいるが、梨乃と奈緒が反論してくることはない。未瑠が抜けたら「ショコラ」は存在できないということを、ふたりともわかっているのだ。

未瑠は、ブログのコメント欄をクリックした。

二十一件のコメント数に、未瑠はため息が出た。国民的アイドルと呼ばれているユニットのブログなら千件単位で入っているので、いちいちチェックなどできはしない。

ミルミル、これでスッピンとは驚き！　やっぱり、ナチュラル美人だね！

（ミルミル親衛隊長）

いよ！　世界一のスッピン美人！

（スウィーツ王子）

メイクなしでこんなにかわいいなんて、神レベルでしょ。

（ショコラティエ）

ノーメイクで鬼カワ！　惚《ほ》れ直したよー！

（アッキーバー）

どうしたら、ミルミルみたいにつるつるお肌になれるんですか？　私、ミルミルと同じ十七歳なんですけど、ニキビで悩んでます。お勧めのスキンケアがあったら、教えてください。

（ミルミルになりたい女）

メイクとかじゃなくて、そんなに眼がパッチリしてるなんて驚き！

（ムシパンマン）

最新のブログには、洗顔後のスッピンの写真をＵＰしていた。タイトルは、『お勧め洗顔剤』。スッピンを自慢するのが目的ではない、という見せかたをするのが重要だ。

そもそも、ＵＰした写真はスッピンではない。薄くファンデーションを塗り、アイラインも入れていた。それだけではなく、専用ライトを死角の位置から当てているので陶器のようなすべすべ肌に写っているのだ。

未瑠にかぎらず、芸能人がノーメイクをアピールしているときは、例外なくスッピン風メイクを施しているものだ。洗顔のCMに出演しているタレントも、もちろんスッピンではない。芸能界は虚構の世界――魅力のない真実より魅力的な嘘《うそ》が求められる世界だ。

「単純な奴ら……」

未瑠は呟《つぶや》き、コメント欄をスクロールした。

洗顔なんて、どーでもいいんでしょ？　自分のスッピンをみせたいだけじゃん。あ、違うか。スッピンにみせたくて何時間もかけてナチュラルメイクしてんだよね？　ばっかじゃねーの。そんな暇あるなら、生で歌えるようにボイスレッスンでもしろよ！　あとさ、スッピンでも眼がパッチリしてるとかコメント入れてた人がいたけどさ、整形だから、せ・い・け・い！　こういうヤツに限って中学時代の卒業アルバムみたらさ、キツネみたいな眼してるからさ、ネットで検索してみたらいいよ。親から貰《もら》った顔と別人になって売れてもさ、詐欺じゃね？　そこまでして売れたいかね？

（樹里亜）

またた……。スマートフォンを持つ手が震えた——激憤と羞恥《しゅうち》に唇がわなないた。

我を取り戻した未瑠は、樹里亜《じゅりあ》のコメントを削除した。

樹里亜と名乗る女性から中傷コメントが入るのは、初めてではなかった。一年くらい前から、ちょくちょく未瑠のブログ——『ミルミルのミルキーな日々』のコメントを荒らしていた。

これまでは、無視していた。反応してしまうと相手の思うツボで、余計にエスカレートしてしまうからだ。アンチにとっては無視されるよりも、罵倒されるほうが嬉しいのだ。

それに、いままでは、ブス、整形女、死ね……などの、単純なものだった。

だが、今回の中傷は具体的で悪質過ぎる。中学時代の卒業アルバムのことまで持ち出すなど、シャレにならない。

もしかして、知り合いなのか？

樹里亜のブログを追ってみたが、プロフィールは未記入で記事も投稿していなかった。

恐らく、自分のブログにコメントやメッセージを送るためだけに立ち上げたのだろう。

逆をいえば、こちらからメッセージを送れば眼を通す可能性が高い。

しかし、タレントからコンタクトを取るのは体裁が悪い……というより、相手を刺激してさらに厄介なことになる。こういうとき、チーフマネージャーの坂巻はまったく頼りにならない。

——悪口も書かれなくなったら、終わりだぞ？　悪口を書くっていうことは、ブログを読んでくれているってことだろ？　腹立てるどころか、むしろ感謝しろよ。

以前、樹里亜からの中傷コメントで相談したときに、坂巻から返ってきた言葉が脳裏に蘇《よみがえ》った。

未瑠は腰を上げ、控室を出た。照明が切れかかり点滅する薄暗い廊下で未瑠は、慣れ親しんだ番号に電話をかけた。

微かな罪悪感——もう、穂積《ほづみ》は自分の担当ではなかったが、なにか困ったことがあるとどうしても頼ってしまう。

五回目で、コール音が途切れた。

「すみません、未瑠ですけど……いま、少しだけ大丈夫ですか？　いえ、トラブルとかじゃないんですけど、例の樹里亜ってギャルがまた中傷コメントを入れてきて……はい、はい、チーフには言ってません。逆に、説教されるだけですから……」

「誰が説教するって？」

不意に聞こえてきた声に、心臓が停止しそうになった。

「あ、失礼します」

動揺を悟られぬよう、平静を装い未瑠は電話を切った。

——未瑠、ごめんね。あなたのこと、チーフにやめるようにお願いしたんだけど、聞き入れてもらえなかったの。指示に従えないなら、芸能界を引退すればいいって……。

忘れもしない、去年のクリスマスイヴ、悲痛な顔で穂積がうなだれた。

——いいえ、いいんです。メジャーになるためなら、どんなことでもやってやるって意気込みで上京しましたから。逆に、私のために穂積さんが怒られることになってすみません。

——話は、それだけじゃないの。今日から、「ショコラ」の担当はチーフがやることになったわ。

——え？　穂積さんがいるじゃないですか？

——私は、「ショコラ」からマロンに担当替えになったの……。

穂積の無念の表情が、未瑠の脳裏に昨日のことのように蘇った。

「なにボーッとしてるんだ。入るぞ」

「お疲れ様です！」

坂巻が控室のドアを開けると、梨乃と奈緒が弾《はじ》かれたように立ち上がった。

「これを処理するから、もう少し待ってろ」

坂巻は言いながらゴミ袋を広げ、長テーブルに積まれたオタクからのプレゼントを次々と捨て始めた。

どこの事務所も、プレゼントやファンレターをアイドルに直接渡すことはない。飲食物は万が一毒物が混入されている場合を考え、問答無用で捨てられる。ぬいぐるみ類は盗聴器を仕掛けられている可能性があり、やはり捨てられる。事務所によってはスタッフが持ち帰るところもあるが、どちらにしてもほぼタレントの手に渡ることはない。

地下アイドルは経済的に困窮している場合が多く、プレゼントを持ち帰りたいというのが本音なのだが事務所がそれを許さないのだ。なにかがあれば責任を追及されるのは事務所なので、神経過敏になるのも無理はない。

「グローバルプロ」は、プレゼントだけでなくファンレターのチェックも厳しい。まずは最初にマネージャーが読み、内容をチェックする。住所や携帯番号が書いてあれば、その箇所を塗り潰してからタレントに渡す。卑猥《ひわい》な言葉や誹謗中傷《ひぼうちゅうしょう》の手紙は渡さずに捨てる。

「グローバルプロ」はプロモーションはろくにしないが、タレントの管理だけは細かく徹底している事務所だ。

「チーフ、その『ゴディバ』はタカシさんがくれたものですから、毒なんて入ってないですよ。八個で一万円もするチョコレートを捨てるなんて、もったいないです」

梨乃は、なんとかベルギー産の高級チョコレートを持って帰ろうと必死だった。

「私も、そう思います。初めて会うファンの人から貰うプレゼントは気をつけますけど、常連さんは信用してもいいんじゃないかと思います」

奈緒が梨乃を擁護するのは、大好きな「バービー人形」が欲しいからに違いない。

「毒は入れなくても精子を入れる奴は多い。人形に盗聴器を仕込む奴もな。常連だからこそ、想いが募って常軌《じょうき》を逸《いっ》する奴がいるもんだ。それとも、タカシってオタクの精子を飲みたいのか？」

加虐的に片側の唇を吊《つ》り上げ、坂巻がチョコレートをゴミ箱に捨てた。

「お前も、おしっこしてるときの音とかオタクに盗み聞きされたくないだろ？」

今度は奈緒に顔を向け、「バービー人形」をゴミ箱に放った。梨乃も奈緒も不満そうにしていたが、坂巻に抗議する気配はなかった。

もっとも、坂巻は抗議したところで考え直すような理解ある男ではない。

「これも、これも、これも、これも、これも」

シュークリーム、生ドーナッツ、クッキーの詰め合わせ、ぬいぐるみ、抱き枕――賞味期限切れの弁当を捨てるコンビニエンスストアの店員のように、坂巻は次々とプレゼントを捨てた。

「あ、そういえば、お前らさ、今日、チェキが二十枚しか出てないぞ。『ショコラ』のファンは三十人くらいきてたんだから、五、六十は注文入らないとおかしいだろ？　もっと、積極的に営業しろよな」

坂巻が、眉間に縦皺《たてじわ》を刻んだ渋面《しぶづら》を、未瑠、梨乃、奈緒に順番に向けた。

「CDをひとりで何枚も買ってくれてるんで、チェキまでは勧めづらくて……」

「馬鹿かお前は！」

坂巻が、釈明しようとする梨乃に怒声を浴びせた。

「あいつらはな、『推しメン』のために金を使うことを生《い》き甲斐《がい》にしてるんだっ。朝から晩まで、寝ても覚めても『推しメン』のことばかり考えてる。あいつらに金を使わせるのは、全然かわいそうなことじゃない。むしろ、使わせないほうがかわいそうだ。お前らに使う以外、金の使い道がない奴ばかりなんだから、遠慮せずにかっ剝《ば》いでやれよ。わかったな!?」

威圧的に同意を求めてくる坂巻に、梨乃と奈緒が渋々頷《うなず》いた。

「わかったら、お前らふたりは先に車に乗ってろ」

坂巻が、梨乃と奈緒に退室を命じた。

未瑠は、暗鬱な気分になった。このパターンは、これまでに何度も経験しているので次の展開は見当がついた。坂巻がパイプ椅子に座り、煙草《たばこ》に火をつけた。

「今夜、八時に道玄坂《どうげんざか》のいつものところに行ってくれ。部屋番号は、あとでメールを入れる」

梨乃と奈緒が頭を下げて出て行くのを待ってから、坂巻は買い出しでも頼むような気軽な物言いで告げた。未瑠は、坂巻に背中を向け無言で立ち尽くしていた。

「なんだ？　嫌なのか？　音楽番組の制作会社のプロデューサーだから、お前にとってチャンスだぞ？　『ショコラ』にいても先がみえないからソロでやっていきたいって言ってただろ？　お前、セッティングするのに俺がどれだけ苦労したか……」

「嫌だとは、言ってません」

坂巻に背中を向けたまま、未瑠は遮るように言った。

「ソロで勝負したい気持ちは、いまでも持っています。だから、チーフの命令に従ってきました。でも……」

未瑠は言葉を切った。眼を閉じ、気を静めるように深呼吸を繰り返した。

「でも、なんだよ？」

「……ソロになっても、ブレイクしなきゃ意味がないんです」

「だから、音楽番組の制作……」

「制作会社のプロデューサーじゃ、弱過ぎます！」

振り返った未瑠の予想外の剣幕に圧倒された坂巻は、びっくりしたように眼を見開いた。

「どうせ枕やるなら、権限のある局Pにしてくださいよ」

一転して、押し殺した声で未瑠は言うと、感情を失ったガラス玉の瞳で坂巻を見据えた。

樹　里　亜

「おねえさん、ギャル誌の読モ？」

　プラチナブロンドの巻き髪、複数重ねたつけ睫毛《まつげ》、小麦色の肌、蛍光グリーンのタンクトップ、露出した臍《へそ》に光るピアス……「109」の一階フロアのショップに入って三十秒もしないうちに、ギャル店員が声をかけてきた。ミルクティーカラーのロングヘアにブラウンのカラーコンタクト――ギャル店員ほどでないにしろ、樹里亜のビジュアルもいまどきのギャルふうだった。

「いいえ」

　樹里亜は、最低限の笑みを返した。無視するわけにはいかず、かといって愛想をよくし過ぎても付き纏《まと》われてしまう。ショップに入って、すぐに店員に声をかけられるのはあまり好きではなかった。

「その制服、なんちゃってだよね？　かわいいじゃん！」

　ギャル店員は甲高い声を上げ、樹里亜の赤いリボンネクタイに触れた。淡いピンクの長袖ブラウスに紺地に赤のチェックのミニスカートは、制服のかわいさで人気の渋谷《しぶや》の女子高のレプリカだった。樹里亜は高校を二ヶ月で中退しているので、制服には憧れがあった。

「おねえさん、高校生だよね？　いくつ？」

「十七です」

樹里亜は、これ以上は話しかけてほしくないというオーラを発しながら、パステルカラーの花柄のワンピースを手に取った。

「さすが～見る眼あるじゃん。そのバルーンワンピ、いま、一番の売れ筋なの。小悪魔系のキュートさとキャバ系のセクシーさがいい感じにミックスされてるっしょ？」

オーラは通じず、ギャル店員は馴《な》れ馴れしい口調で商品の説明を始めた。

「あ……はい……」

樹里亜は曖昧《あいまい》な返事をし、ほかのワンピースに視線を移した。ギャル店員にたいしての、無言のアピールだった。

「おねえさんってさ、スリムなのに胸とかおっきくて羨ましいよ。あたしなんてさ、こんなにむちむちしてんのに貧乳だから嫌になっちゃう」

勘が鈍いのか売るためにコミュニケーションを取っているつもりなのか、ギャル店員は樹里亜から離れようとしなかった。

仕方がないので、樹里亜のほうから別のコーナーに移動した。パーカーのセットアップが並んでいる前で足を止めると、迷彩柄のパーカーを手に取った。ミニ丈のショートパンツで脚線美が、大きめのフードで小顔が「盛れる」効果があるところが気に入った。

「ああ！　おねえさん、パーカーも好きなんだ！」

ふたたび現れたギャル店員に、樹里亜は小さくため息を吐《つ》いた。

「パイル地のこれなんかさ～おねえさんに超似合ってると思うんだけど？　一発、試着してみる？」

ギャル店員が、ベビーピンクのパーカーを樹里亜の上半身に押しつけてきた。

「あ……いえ……大丈夫です」

「遠慮しないでいいから、試着……」

「さっきから、うぜえんだよっ、てめえ！」

豹変《ひょうへん》した樹里亜の剣幕に驚いたギャル店員が、パーカーを床に落とした。

「マジむかつく！　死ねよっ」

樹里亜は茫然《ぼうぜん》とするギャル店員に舌打ちと捨て台詞《ぜりふ》を残し、パーカーを踏みつけながらショップを出た。

あなたには二面性がある——幼い頃から同級生や学校の担任教諭に決まり文句のように言われていた。

同級生たちはなにもわかっていない。豹変とは、凶暴になることばかりではない。いつも凶暴な人間が急に物静かで優しくなるのも豹変だ。汚い言葉を口にする樹里亜が本当の姿で、おとなしい樹里亜が仮の姿かもしれないのだ。わかっていないのは、教師も同じだった。自分には、おとなしい樹里亜、凶暴な樹里亜だけではなく、もっといろんな自分がいることをいつも感じていた。

続けて樹里亜は、コスメショップのフロアを覗いた。レジカウンターの奥で金髪ボブの女性店員は電話に夢中になっていた。甲高い笑い声が、プライベートの電話であることを証明している。

樹里亜は、商品を選んでいるふうを装い、つけ睫毛、リップグロス、ボディクリーム、入浴剤を腕にかけたトートバッグに次々に放り込んだ。

中学生の頃から万引きを続けているが、捕まったことは一度もない。人目を気にせず、堂々と大胆に実行するのが怪しまれないコツだ。もちろん、防犯カメラからの死角やスタッフのローテーションなどの下調べは怠らない。慎重ではあるが臆病とは違う。大胆ではあるが無謀とは違う――それが、自分だ。金に困っているわけでも、スリルがほしいわけでもない。万引きにかぎらず、罪を犯すのは樹里亜にとって呼吸をするのと同じだ。難しいことでも刺激的なことでもないが、行為を止めれば生きてはいられない。

金髪ボブの声のイントネーションで、そろそろ電話が終わりそうな気配を察した樹里亜は「109」を出て「マークシティ」に移動した。

樹里亜の向かった先は、人気《ひとけ》のない四階の待ち合いスペースだ。奥まった静寂なフロアのベンチソファは居心地がよく、その気になれば何時間でも座っていられる。

樹里亜は「指定席」――背丈の高い観葉植物の裏側のベンチソファに腰を下ろし、スマートフォンを取り出すと、『ミルミルのミルキーな日々』のページを開いた。この記事をチェックするのが、樹里亜の日課になっていた。

通称ミルミル。未瑠は、「ショコラ」という三人組の地下アイドルのメンバーだった。普段の樹里亜はアイドルが好きなわけではない……というより、芸能界に興味がなかった。普段の樹里亜はテレビを観ないので、人気俳優のことも国民的アーティストのことも知らなかった。


『ミルミル、反省。。。』


おはよー。

昨日、ミルミル、出版社さんでファッション誌のインタビューだったの。

記者さんがくるのをロビーで待っていたとき、清掃のおばさんが床にこびりついたガムをヘラで剝がしたり、ガラス戸の指紋を拭き取ったり、泥の靴跡にモップがけしているのをみて、反省しちゃった。

ガムとかは捨てたりしないけど、ガラス戸に指紋をつけたこともあるし、雨で濡《ぬ》れた靴底で床を汚したこともあるし。。。

清掃のおばさんがこんなに大変な思いできれいにしてくださっているのも知らずに、申し訳ない気持ちで一杯。。。

おばさん、ごめんなさい。
そして、いつもありがとう！

（ミルミル）

「また、こんなこと書いてるよ」
樹里亜は、嫌悪感たっぷりに呟いた。八の字に下げた眉、哀しげな瞳のカメラ目線、自分の頭を拳で叩《たた》くポーズ、膨らませた頰……ブログに添付してある写真の顔は、反省を表現しているつもりなのだろう。
「なに？　この写真？」
樹里亜は吐き捨て、コメント欄をクリックした。

そういうふうに清掃のおばさんの気持ちになれるだけで、ミルミルは優しい女の子だと思うよ！

（スウィーツ王子）

ガラスに指紋がつくとか濡れた靴で床を汚すとか、仕方のないことだよ。そんなことで自分を責めるなんて、ミルミルはどこまで心がきれいな子なんだ！

（ムシパンマン）

あんまり悩まないほうがいいよ……って言っても、思いやりの塊のミルミルには無理だよね。おばさんにも、ミルミルの気持ちは伝わってるよ！

（ミルミル親衛隊長）

人間的に、ミルミルのこと尊敬します。私なんて、清掃の人が掃除しているのをみても、あたりまえだと思ってしまいます。ミルミルみたいに、純粋な人になりたいです。

（ミルミルになりたい女）

ミルミルは自分を責め過ぎ！　もっと自分に優しくね！　写真の哀《かな》しそうな顔、サイコー！

（アッキーバー）

どんな顔しても、超かわいい！

（ミルミル命）

樹里亜は鼻を鳴らし、書き込み欄を開いた。


おはよう、偽善者さん。こんなブログを書いて、好感度アップを狙ってるわけ？

清掃のおばさんが床にこびりついたガムをヘラで剝がしたり、ガラス戸の指紋を拭き取ったり、泥の靴跡にモップがけしているのをみて反省？

ガムとかは捨てたりしないけど、ガラス戸に指紋をつけたこともあるし、雨で濡れた靴底で床を汚したことを反省？

あんたってさ、ピアノの先生がピアノを教えてるのみて反省するの？

調理師が料理を作ってるのをみて反省するの？

保育士さんが子供の世話してるのみて反省するの？

清掃のおばさんも、同じだって。床にこびりついたガムをヘラで剝がすのも、ガラス戸の指紋を拭き取るのも、泥の靴跡にモップがけしているのも、それが仕事なんだよ。

あんたが清掃の仕事を見下してるから、申し訳なく思うんじゃないの？

あ、もしかして反省じゃなくて罪悪感？

清掃のおばさんが床にへばりついたガムをヘラで剝がしているときに、代官山や中目黒で五千円もするランチを食べてるから？

清掃のおばさんがガラス戸の指紋を拭き取っているときに、一回一万円のエステで全身泥パックをしてるから？

それとも、清掃のおばさんが泥の靴跡をモップがけしてるときに、プロデューサーとラブホで枕営業してるから？

とにかくさ、清掃のおばさんを使って好感度アップ狙ったり自分の乱れた生活の罪滅ぼしをするの、マジウザいからやめなよ。

書き込んでるオタク馬鹿も、いい加減に眼を覚ましなって。みんなが純粋だとかかわいそうだとか書き込んでいるときに、あんたらのミルミルは男に股を開いてるんだから。

嘘だと思うなら、お金に余裕のある人、ミルミルに探偵をつけてみ？


（樹里亜）


送信ボタンをクリックした樹里亜は、万引きした品で溢《あふ》れ返るトートバッグにスマートフォンを放り込んだ。

未瑠が羨ましいわけでもなく、また、恨みがあるわけでもない。彼女がどうのこうの以前に、芸能人に興味がなかった。だが、未瑠の言動だけはなぜか無視できなかった。

どうしてなのかわからない。ある日、ネットサーフィンをしていた時に偶然、未瑠の記事を目にしたときからこれまでにない嫌悪感が樹里亜を襲った。生理的に受けつけない……それが、一番しっくりくる理由なのかもしれない。

トートバッグの中で、スマートフォンが震えた。樹里亜はバッグを覗き、ディスプレイに浮く「バイト」の三文字を確認した。無視して、腰を上げた。今日は、「バイト」の気分ではない。

「バイト」は、好きなときに出勤すればよかった。気が向かなかったり体調が悪かったりすれば、休みたいだけ休んでも解雇されることはない。だが、シフトに入ってからの遅刻や無断欠勤には厳しく高額な罰金を取られてしまう。

「マークシティ」を出た樹里亜は、あてもなく渋谷の街を彷徨《さまよ》った。

「ひとり？　どこに行くの？」

韓流《ハンりゅう》スターを真似《まね》たダンディカットの青年が、センター街の入り口で声をかけてきた——無視した。

「モデルさんに興味ない？　どこか、事務所に所属してるの？」

「１０９」の脇の通りで、不自然なほどに陽灼けした茶髪の男が声をかけてきた——無視した。

「ＡＶのスカウトでも風俗のキャッチでもないから安心して」

陽灼け男は諦めず、樹里亜のあとを追いかけてきた。

「僕はモデル事務所のスカウトマンで、ギャル雑誌のモデルを探して……」

樹里亜は足を止め、陽灼け顔の差し出す名刺を受け取った。

「ありがとう。すぐ近くにウチの事務所が……」

樹里亜は陽灼け顔の鼻先で名刺を破き、ふたたび足を踏み出した。背後から罵声が追ってきたが、樹里亜は立ち止まらなかった。

明滅する歩行者用の青信号――買い物袋をぶら下げた腰の曲がった老婆が、ゆっくりと歩いていた。信号が赤に変わり、クラクションが老婆に浴びせられた。

「持ちます」

樹里亜は買い物袋を受け取り、老婆の手を引いた。

「お嬢さん、悪いね」

「ゆっくりでいいですからね」

樹里亜は、老婆の歩みに合わせた。クラクションの数が増し、鳴らされている時間が長くなった。

「お婆ちゃん、どこに行くんですか？　そこまで、荷物持ちますよ」

「ありがとうね、でも、大丈夫だよ。孫が迎えにきてくれているはずだから。優しいねぇ、お嬢ちゃんは。本当に、ありがとうよ」

老婆が皺を深く刻んだ笑顔を残し、「東急百貨店」に入って行った。樹里亜は、通りを渡って「ドン・キホーテ」に向かった。

「あの、すみません！」

自分にかけられた声ではないのかもしれないが、樹里亜は振り返った。空色のカーディガンを着た三十代くらいの男性が、「東急百貨店」のほうから駆けてきた。

「はい？」

樹里亜は、訝《いぶか》しげに首を傾げた。ノーフレイムの眼鏡をかけた男に、見覚えはなかった。

「祖母に親切にしてくださって、ありがとうございます」

男は、さっきの老婆の孫だった。

「別に」

樹里亜は、素っ気ない口調で言った。

「あの、これ、ウチの会社で制作している映画なので、よかったらお友達と観にきてください」

老婆の孫が、二枚のチケットを差し出してきた。

「いらないし」

チケットを受け取らず、樹里亜は冷たい声で言った。

「この映画がお好みじゃないなら、別の映画も……」

「いらないって言ってんじゃん！　マジしつけーんだよっ」

驚愕《きょうがく》顔の老婆の孫を残し、樹里亜は逃げるように「ドン・キホーテ」に入ると二階に続く階段の踊り場で立ち止まり、ため息を吐いた。老婆の孫に、腹の立つことを言われたわけでもない。昔から、いい行いをすると強烈な自己嫌悪に襲われ、バランスを取ろうと悪い自分が出てきてしまう。

幼稚園児のあるとき、祖母の肩叩きをしたあとに冷蔵庫を開け放しにして食品を腐らせた。

小学生のあるとき、いじめられていた下級生を助けたあとに校庭の花壇を踏み荒らした。

小学生のあるとき、ボランティアで町内会のゴミ拾いに参加したあとに近所の自転車のタイヤを手当たり次第にパンクさせた。

中学生のあるとき、駅の階段で妊婦の荷物を持ってあげたあとにクラスメイトの財布を盗んだ。

無意識のうちに、善行を打ち消すとでもいうように悪行に手を染めてしまうのだ。

天使の自分と悪魔の自分——どちらが本当の自分かわからない。いや、どちらも本当の自分かもしれないし、どちらも本当の自分ではないのかもしれなかった。

樹里亜は一階のコスメのコーナーでマニキュアと入浴剤を、食品のコーナーでガムとのど飴《あめ》を呼吸をするように自然な流れで万引きした。

「あの……」

声をかけられ、背筋が凍《い》てついた。みつかってしまったのか？　恐る恐る、樹里亜は振り返った。

「あ、やっぱり君だった」

目の前に立っていたのは、気取った感じの中年男だった。デニム地のワイシャツにチノパンというカジュアルな服装をしており、白縁の伊達眼鏡《だてめがね》をかけていた。

「あんた、誰？」

「え……忘れたの？　っていうか、もしかして、この前のこと怒ってる？」

白縁眼鏡が、樹里亜の顔を覗き込んできた。

「バイト」の関係の人間か？　それならば覚えているはずだ。樹里亜は顧客の顔と名前は全員覚えている。

「人違いじゃない？　あんたのこと、知らないんだけど」

樹里亜は、訝しげな口調で言った。

「またまた〜。なんか、気に障ることをしちゃったなら謝るからさ。なんか、そういう感じもいいね」

白縁眼鏡が、軽薄な笑みで片側の口角を吊り上げた。

「は!?　さっきからなに言って……」

「とりあえず、時間あるならお茶でもしようよ」

樹里亜の言葉を遮った白縁眼鏡が、馴れ馴れしく腕を摑んできた。

「触るんじゃねえ！　キモいんだよっ！」

怒声とともに、樹里亜は平手打ちを浴びせた。その衝撃に、中年男の白縁眼鏡がずれた。

「き……君は、こんなことして……」

「どけよ！」

白縁眼鏡の胸を突き、樹里亜は「ドン・キホーテ」を飛び出した。追いかけてこないか不安で、全速力で走った。すぐに息が上がり、樹里亜は膝に手をつき荒い呼吸を繰り返した。

それにしても、薄気味の悪い男だった。新手のナンパか？　それとも……。思考を止めた。もう二度と会わないのだから、考えても意味がない。

息が整い顔を上げた樹里亜は、見覚えのある雑居ビルをみて思わず笑った。雑居ビルは、センター街にある「バイト」の事務所兼待機部屋だ。

「結局さ……」

樹里亜は呟きを飲み込んだ。

私の行き場所は、ここしかないって？　心で呟いた樹里亜は自嘲的に笑い、雑居ビルのエントランスに足を踏み入れた。

未瑠

キャップ、サングラス、マスクの芸能人三点セットで「武装」した未瑠は、エントランスを足早に抜けるとエレベータに乗った。ほかのカップルに遭遇したくはなかった。素顔は隠しているのでバレることはないが、ラブホテルに入るところを誰かに目撃されるのは気分のいいものではなかった。

エレベータの中は、ブラックライトの淫靡《いんび》な光に染まっていた。

指定された場所が、ラブホテルが密集している円山町《まるやまちょう》でないことがせめてもの救いだった。以前、テレビ局のプロデューサーと「枕」したときには、品川のプリンスホテルを取ってくれていた。しょせん、制作会社のプロデューサーレベルはこの程度だ。

未瑠は五階でエレベータを降り、五〇五号室――廊下の突き当たりのドアの前まで行った。このドアの向こう側に、今夜、相手をしなければならない石田がいると思うと気が重くなる。

――制作会社のPと「枕」しても、決定権は局Pにあるから仕事が決まらないじゃないですか？

未瑠は、制作会社のプロデューサーとの肉体接待を命じる坂巻に意見した。

——そうとはかぎらない。お前が会う石田PはBSの音楽番組のキャスティング権を持っている。気に入られれば、ゲストに呼んでもらえるかもしれないぞ?

——でも、チーフ、「枕」までやるんだから、衛星じゃなくて地上波の番組がいいです。

——贅沢《ぜいたく》言うな。お前らはまだ無名のアイドルなんだから、BSでも音楽番組のゲストに呼んでもらうのはありがたいことだ。いまは選り好《えごの》みしないでガンガン仕事を取って、知名度を上げることだけを考えろ。

——自分を安売りしたくありません。

——だったら、お前を解雇してもいいんだぞ? その代わり、今後、芸能界でやって行くのは無理だと思うんだな。俺はこうみえても、顔が広いんだ。「グローバルプロ」を解雇されたタレントを引き受ける事務所なんてないからさ。

坂巻の言葉が、百パーセント真実だとは思えない。だが、事務所に解雇されたとなればアイドルとしてのイメージが悪くなる。不当解雇だと訴えることもできるが、裁判に勝ったとしてもタレント生命は終わってしまう。裁判沙汰になったアイドルなど、どのスポンサーも使いたがらないしテレビ局も及び腰になるものだ。売れてパワーバランスが逆転するまで、坂巻と揉《も》め事を起こすのは賢明ではなかった。

——わかりました。従えばいいんですよね？

皮肉たっぷりに、未瑠は言った。

——まあ、不貞腐《ふてくさ》れるな。次からは、もっと大物を用意するから。今夜だけは、なんとか頼むよ。

未瑠のため息が、記憶の坂巻の声を掻《か》き消した。

少しの辛抱だ。そう遠くない将来に、満席の日本武道館でライブを打てるような国民的メジャーアイドルになってみせる。栄光と力を手に入れたら……。

未瑠は、誓いの言葉を胸にしまい、ドアをノックした。待ち構えていたようにドアが開き、バスローブを羽織った生白い下膨れ顔の中年男が現れた。

「実物は、よりかわいいねぇ」

石田が、下卑た笑みを浮かべながら未瑠の全身に舐《な》め回すような視線を這《は》わせた。

「未瑠です。よろしくお願いします」

未瑠は、八重歯を覗かせオタクを骨抜きにするピュアスマイルを石田に向けた。少し、おどおどした感じを装うことも忘れなかった。

「とりあえず、入って」

「失礼します」

石田に背中を向け靴を脱ぐ未瑠の顔から微笑みは消え、凍りつくような冷たい表情になっていた。

栄光と力を手に入れたら……坂巻も目の前の卑《いや》しい白豚も生ゴミのように捨ててやるつもりだった。

未瑠は、誓いの言葉の続きを胸奥に蘇らせた。

☆　☆

「はやく、おいで。さあ、はやく」

未瑠がバスルームから出てくると、既にベッドに仰向《あおむ》けになっている石田が手招きした。はだけたバスローブから、妊婦のように突き出た腹が醜く波打っている。

「電気を、暗くしてください……」

ベッドサイドで佇《たたず》む未瑠は、消え入るような声で言った。

「ん？　恥ずかしいのか？　かわいいねぇ〜ウブだねぇ〜たまらないよ！」

肥満体に似合わぬ俊敏な動きで身を起こした石田が、未瑠に抱きつきベッドに押し倒した。

「電気を……」

「いいのいいの！　こんなスベスベピッチピチのアイドルの肉体をみるのに、部屋を暗くするなんてもったいない！　本当はさ、すぐにでも裸をみたいんだけど、まずはバスローブの上から妄想を膨らませるよ」

石田が、興奮気味に声をうわずらせた。未瑠は、わざと力を入れて身体を強張《こわば》らせた。

「未瑠ちゃん、もしかして、緊張してる？」

未瑠は、不安そうな眼で石田をみつめ小さく顎を引いた。

「かわいい！」

石田が、頬、鼻、首筋、耳に、闇雲に唇を押しつけてきた。生ゴミが腐ったような口臭が、未瑠の鼻腔《びくう》の粘膜を刺激した。クンニされるよりも、挿入されるよりも、キスは苦痛だった。

「未瑠ちゃん、男性経験は何人くらい？」

「高一の頃、つき合ってた彼氏ひとりだけです……」

未瑠はか細い声で言うと、眼を伏せた。

「え!?　本当にひとりだけ!?」

石田の下膨れ顔が輝いた。

下唇を嚙《か》み、未瑠は頷いた。

どういう台詞《せりふ》を言えば……どういう仕草や表情をすれば男が萌えるかを未瑠は計算し尽くしていた。これまで未瑠の上を通り過ぎた男の数は、両手両足の指ではたりなかった。

「緊張しないでも大丈夫。僕が、調教してあげるから。ねえ、八重歯みせて」

卑猥な笑みを浮かべた石田が、唐突に言った。未瑠は、唇を少しだけ開いた。

「たまらないねぇ、ライブを観に行ったときから、その八重歯が好きで好きでさ……」

鼻息荒く言うと、石田が未瑠の唇に唇を押し当て、八重歯をしゃぶり始めた。おぞましさに、鳥肌が立った。

「くすぐったいです……」

未瑠は身体をくねらせ、こそばゆいふりをして逃げた。

「未瑠ちゃんは、敏感なんだ?　全身性感帯なのかな〜?」

石田が、腫れた歯茎と痩せ細った歯を剝き出しにした顔で笑った。吐き気を堪《こら》え、未瑠はアヒル口を作り石田をみつめた。さりげなく腕を交差させ、石田にみえるようにバスローブの胸もとから谷間を覗かせた。セックスという行為自体よりも、だらだらと密着している時間のほうが耐え難かった。さっさとやることを済ませて、家に帰りたかった。

「もう……たまらん！」

石田が、乱暴にバスローブの胸をはだけた。露《あらわ》になった豊満な乳房に、石田が息を呑《の》んだ。無理もない。未瑠は着やせするタイプなので、衣服の上からはこんなに巨乳とは想像もつかない。バストは八十六センチ程度だが、ウエストが五十六センチなのでトップとアンダーの差が激しく、まるでエッチなアニメの登場人物のような体型をしていた。

「十七のアイドルがこんなにいやらしい肉体をして……ゆ、夢みたいだ！」

恍惚《こうこつ》の叫び——石田が未瑠の乳房を鷲掴《わしづか》みにし、赤子さながらに乳首にむしゃぶりついた。

未瑠は人差し指を嚙み、横を向き、必死に声を殺しているふうを装った。

もちろん、感じてなどいない。よがり声ではなく、罵声ならいくらでも出せそうだった。石田の汗で湿った頰が乳房に貼りつき、気持ち悪かった。

荒い鼻息を漏らしつつ、石田が胸を揉みしだいた。胸への愛撫《あいぶ》だけで、石田にセックステクニックがないのはわかった。未瑠の経験では、セックスがへたな人間は仕事もできない。やはり、しょせんは弱小制作会社のプロデューサーだ。

未瑠は、石田が乳房に夢中になっている隙に、唾液で濡らした人差し指と中指を陰部に当てた。絶妙のタイミングで、石田の手が下半身をまさぐり始めた。

「濡れてるじゃないか……未瑠ちゃん、感じてるの？」

感激と興奮が入り混じった声で、石田が訊《たず》ねてきた。

「いや……恥ずかしい……」

未瑠は、指を唇に当てたまま眼を伏せた。目論見《もくろみ》どおり、石田は唾液を愛液だと勘違いして喜んでいた。

「ねえ、気持ちいい？」

秘部に人差し指を出し入れしながら、石田が未瑠の表情を窺《うかが》った。

「知りません……」

未瑠は、頰を赤く染め小さく首を振った。顔を赤くするコツは、息を止め下腹に力を入れることだった。

「しゃぶってくれるかな？」

石田がブリーフを脱ぎ、ベッドに仰向けになった。勃起していたが、石田のペニスは未瑠の人差し指ほどの長さしかなかった。未瑠は戸惑った顔で身を起こし、石田の足もとに移動した。

「フェラって、したことある？」

「ないです……」

「初フェラなんだ！」

石田の声が弾んだ。

「僕が仕込んであげるから。まず、先っちょをくわえて」

未瑠は、ぎこちなく亀頭を口に含んだ。

「いいね～、歯を立てないように、頭を前後に動かしてごらん」

言われるがままに……というふうに、未瑠は頭を動かした。

「うまいよ……動かしながら……頬を窄《すぼ》めてみて……吸引するように……そうそう……んふぅん……んぁ……うっ……」

気色の悪い呻《うめ》き声が滑稽で、未瑠は噴き出しそうになった。未瑠は頬をへこませ唇で亀頭を締めつけ、陰茎の裏筋に舌を這わせた。

「う……うまいね……おぅ……うふぉ……んん……」

石田が身体をくねらせ、よがり声を上げた。これでも、馴れていると思われないように手加減していた。本気を出せば、未瑠のフェラチオで五分耐えられる男はいない。

未瑠は淫靡な唾液の音を立て、顔を前後に動かした。音の効果は、興奮度を何倍にもする。

「ほ、本当に……フェラは初めて？」

石田が首を擡《もた》げ、眉間に皺を寄せた表情を未瑠に向けた。未瑠は、ペニスをくわえたまま石田をみつめ頷いた。ひとつひとつの仕草が、石田を絶頂へと誘っていく。吸引を強くし、頭の動きをはやめた。石田の息が荒くなり、口の中でペニスの硬度が増した。

「未瑠ちゃん……まずい……イキそうだ……とりあえず……出していい？」

未瑠は、ペニスから唇を離した。

「……どうしたの？」

石田が、怪訝《けげん》な顔になった。

「私、ゴールデン帯のドラマに出るのが夢なんです」

「急に、なんだい？」

急でも唐突でもない。普通なら、歯牙にもかけないような不恰好《ぶかっこう》な中年男とセックスしてあげている理由は、仕事を貰うためだ。射精寸前のいまだからこそ、「交渉」を有利に運べる。なにも言わなければ、衛星放送のキャスティングあたりでお茶を濁されてしまう。衛星放送ならまだしも、最悪、インターネットの仕事という可能性もあった。

「最近、アイドルでもお芝居をやっているコが多いじゃないですか？　私も、いろんなお仕事をして有名になりたいんです」

「そっか。なら、ウチの会社が制作している『ミスドラ』の担当者に話してみるから。今度、マネージャーさんにでも宣材を持ってこさせてよ。じゃあ、続きやろうか？」

石田が、促すように自分のペニスに視線をやった。予想通りだった。「ミスドラ」とは、「ミステリードラマ」の略で衛星第一テレビの午前零時からオンエアされている。

「地上波のドラマに出てみたいです」

未瑠は、無邪気に言った。

「いまは、もう地上波の時代じゃないよ。衛星テレビの加入者も昔と違って格段に増えているし、地上波ほどコンプライアンスが厳しくないから面白い番組作りができるし」

未瑠がなにも知らないと思い、石田は言いくるめにかかった。

たしかに、スポンサーの顔色を窺う地上波はなにかと制約が多い。それに引き換え、縛りが少ない衛星放送の魅力は攻撃的な番組作りだ。しかし、それは逆を言えば衛星放送が地上波に比べて影響力が小さいということだ。視聴者の数が多ければクレームも多くなる。つまり、衛星放送は地上波に比べて遥《はる》かに視聴者の数が少ないのだった。

「だけど、やっぱり、メジャーな感じがするので地上波のドラマがいいです」

言いながらも、未瑠は石田のペニスにさりげなく触れて勃起を維持させた。快楽を与えている間は、イニシアチブを握ることができる。

「わかった。とりあえず、その話は終わってからにしよう」

「未瑠を地上波のドラマに出してくれなきゃいやです」

駄々をこねるように言いながら、未瑠は石田のペニスを握り上下に扱《しご》いては止め、扱いては止めることを繰り返した。

「あ……ちょ……やめないで続けて……」

うわずった声で懇願する石田に、未瑠は十回ほど右手を動かしては止めた――悪戯《いたずら》っ子が遊んでいる、というふうに。

「み、未瑠ちゃんは……わ、悪い子だね……もう、我慢できないから……入れさせ……あぅ……」

ふたたび、未瑠は石田のペニスをくわえると微妙な力加減で亀頭を締めつけ、尿道口を舌先で刺激した。

純情なふりは、そろそろ終わりだ。未瑠は陰嚢《いんのう》を口の中に吸い込むように含み、睾丸を舌で転がした。右手ではペニスを扱き、伸ばした左手で乳首を愛撫した。

「き、君……ど、どこで、そんなテクニックを……」

驚いた石田が訊ねてきたが、押し寄せるオルガスムスに眉間に縦皺を刻み言葉を切った。この「三所《みところ》攻め」は、持続力に自信がある男も十分と耐えられない。まだ一分も経《た》っていないのに、石田のペニスは激しく脈打っていた。その気になれば、あと三十秒以内にイカせることができる。だが、未瑠は陰嚢から唇を離し、ペニスと乳首を愛撫していた手の動きを止めた。

「いいですよ。入れても」

これまでと一転した妖艶な表情で石田をみつめながら、屹立《きつりつ》するペニスの上に跨《また》がった。右手で根もとを押さえ、ゆっくりと腰を沈めた――亀頭が膣《ちつ》に入ったところで、未瑠は和式便所で用を済ませるときの体勢で静止した。

「ちゃんと、入れてほしいですか？」

「た、頼むよ……焦《じ》らさないでくれ……」

石田は、射精しないようにすることで必死なのだろう。十七歳の美少女アイドルが、瑞々《みずみず》しく張りのある裸体をさらして自分の上に跨っているのだ。ドラマのプロデューサーでなければ、石田のような不細工な中年男が何度生まれ変わっても体験できないシチュエーションだ。

「地上波のゴールデン帯のドラマのキャスティングを、約束してくれたらいいですよ」

未瑠は微笑んだ。

「君って……こういう子だったのか？」

驚きを隠せないといった様子で、石田が言った。

「こういう子じゃなかったら、『枕』なんてしませんよ」

言いながら、未瑠は片目を瞑《つむ》った。快楽の寸止めで石田を完全に支配しているいま、「本性」を現しても問題なかった。むしろ、娘ほどに年の離れた少女にサディスティックに弄ばれている状況が彼の興奮に拍車をかけているに違いない。

「石田さん、ど、う、す、る、ん、で、す、か？」

未瑠は言葉のリズムに合わせて腰を上下させた。

「いい……気持ちいい……」

石田の法悦の声が合図とでもいうように、未瑠は上下運動を止めた。

「もう……ほんと……お願いだよ……」

潤む瞳で懇願する石田の半べそ顔は、まるであの日の少年のようだった。

――やめようよ……なんか、怖いよ……。

幼馴染《おさななじみ》の智久《ともひさ》の、女の子のような白く滑らかな頬が薄桃色に染まった。

――ねえ、智ちゃん、くすぐったいの？　痛いの？

八歳の少女は、皮を被《かぶ》った細く小さなペニスを揉んだり、摘《つ》まんだりしながら質問した。

――わからない……けど、変な感じだよ。

――それじゃわからない。どんな感じ？

少女は、手を動かしながら意地悪な気分で質問を重ねた。

――え！　なにこれ？　大きくなったよ！　なんで!?

少女の掌《てのひら》の中で、智久のペニスが硬くなった。

――わからないって……もう、やめてったら。

智久の泣き出しそうな声が、少女を心地よくさせた。

――やめてほしい？

少女の問いかけに、智久が頷いた。

――やめるなら、なんでも言うことをきく？

ふたたび、智久が頷いた。

――じゃあ、私の家来になって。

――家来なんて、やだよ！

――じゃあ、こうしてやる！

少女は、智久のペニスを両手で掴み揉んだりこねくり回したりした。

――やめてったら……苦しいよ……お願いだから……やめてよ……家来になるから！

智久の苦しげな顔をみると、鼓動が高鳴った。

少女は、幼心にも誰かを従わせる心地好さを知った。


「わかった、約束する……」

石田の声が、記憶の旅から未瑠を連れ戻した。

「なにを、約束してくれるんですか？」

未瑠は、膣の入り口に亀頭を擦《こす》りつけつつ訊ねた。

「ドラマだよ……地上波のドラマのキャスティングを約束する……」

頬を上気させ、石田が言った。

「時間帯は？」

「ゴールデン帯だろう？」

「番手は？」

矢継《やつ》ぎ早《ばや》に質問し、未瑠は亀頭にクリトリスを強く押しつけた。

「そこまでは、わからないよ。局のプロデューサーの考えもあるだろうし……」

「わかりました」

冷めた声で言うと、未瑠は腰を浮かせた。

「待って！　エキストラやちょい役じゃないようにするからさ」

「五番手までなら考えますけど？」

未瑠は、首を傾げて石田をみつめた。

「君は……相当な女の子だな……」

石田が、異星人をみるような眼を未瑠に向けてきた。

いつまでも、オーラのかけらもない素人同然のメンバーと地下アイドルを続けるつもりはない。

――みんなが純粋だとかかわいそうだとか書き込んでいるときに、あんたらのミルミルは男に股を開いてるんだから。

不意に、樹里亜という女が未瑠のブログに寄せた中傷コメントを思い出した。自分を目の敵《かたき》にしている嫌な女だが、書いていることは的を射ていた。

だからといって、非難される覚えはない。

人は、なにかを手に入れたいときにたいていの場合は金を使う。未瑠は、金の代わりに身体を使っているだけの話だ。そして未瑠の身体は、時に、紙幣以上の価値を相手にもたらすのだ。

もし、彼女に会うことがあるのなら訊いてみたい。

なにがいけないの？


「ありがとうございます……でいいんですよね？」

未瑠は、オタク達を虜《とりこ》にしてきた八重歯を覗かす「アイドルスマイル」を石田に向けた。

「負けたよ。ギリギリで五番手なら、なんとかできると思うよ」

「石田さん、大好きです！」

未瑠は、この場の空気にそぐわない潑剌《はつらつ》とした声で言うと石田のペニスに手を添えて腰を沈めた。上体を反らし気味にし、石田の太腿《ふともも》に手をついた未瑠は、ロデオしているカウボーイさながらに腰をグラインドさせた。

快楽の波に溺れながらも、石田がびっくりしたような顔をしていた。

男性経験が豊富と思われても構わない。「商談」が成立したいま、一秒でもはやくイカせてシャワーを浴びたかった。

太腿に置いていた手を石田の薄い胸板につき、未瑠は高速で腰を振った。一分も経たないうちに、手足を突っ張らせた石田が呻き声とともに絶頂を迎えた。

☆　☆

「私、先に帰りますね」

シャワーを浴びた未瑠は手早く衣服を身につけながら、ベッドで寝煙草をする石田に声をかけた。

「ああ、僕は、もう少し休んでいくから」

石田は、素っ気ない口調で言った。

手に入った「獲物」にたいして、急に態度を変える日本男児の典型のような男だ。だが、そんなことは織り込み済みだった。

「じゃあ、失礼します」

キャップ、サングラス、マスクを最後につけると、未瑠は頭を下げ、玄関に向かった。

「あ、そうだ。キャスティングの約束、忘れないでくださいね」

未瑠は立ち止まり、振り返った。

「なんの約束だっけ？」

石田が、さっきまでと別人のようなふてぶてしい態度でしらばっくれた。

「やっぱりね」

未瑠は微笑み、トートバッグの中から取り出したＩＣレコーダーを宙に翳《かざ》した。

「会話は、全部録音してますから。約束を守ってくれなきゃ、局Ｐや石田さんの上司に送ります」

「な、なんだって!?」

ベッドから跳ね起きた石田が気色ばみ、未瑠に詰め寄ってきた。

「約束を守ってくれれば、このレコーダーの出番もないですから」

未瑠は、涼しい顔で言った。

「そんなことをしたら、君だって困るんだぞ!? 仕事のために『枕』したなんて、アイドル生命は終わりだ！ そのくらい、わかるだろう！」

石田が唾を飛ばし、捲《ま》くし立てた。

「もちろん、わかってますよ。私は別に、アイドルに拘《こだわ》っていません。『枕』がバレたらバレたで、スキャンダルをネタに悪女系の女優でブレイクしてもいいですし、バラエティ番組でぶっちゃけ毒舌タレントで露出を増やしてゆくのもいいですし……どんな手段を使っても、有名になれればいいんです。困るのは、石田さんのほうだと思いますよ。私は十七歳ですから、児童買春禁止法に引っかかります」

「俺は金なんて払ってないから……」

未瑠は、石田を遮るように一万円札二枚を宙でひらつかせた。

「私が貰ったと言えば、警察はどっちを信じるでしょうね？ それに、石田さんの奥さん、大手広告代理店の役員らしいですね？ 奥さんに十七歳のタレントとの浮気がバレたら、石田さんの仕事柄、出世に影響するんじゃないんですか？」

未瑠は、言葉の内容とは裏腹に無邪気に微笑みながら言った。

「坂巻君が知ったら、さすがにまずいんじゃないのか？ 所属タレントが、売り込み相手のプロデューサーを脅したってな。この場をセッティングしたのは彼だ。チーフマネージャーを怒らせたら、解雇される可能性もあるだろう？」

一縷《いちる》の望みに賭けて、石田が反撃してきた。

「クビって言われたら、喜んで辞めます。ブレイクしたら、業界に影響力のある大手の事務所に移籍しようと考えていましたから。正直、制作会社のプロデューサークラスに枕営業させるチーマネの無能さには呆《あき》れてましたから」

「き、君って奴は……」

石田が顔面蒼白《そうはく》になり、恐怖なのか屈辱なのか……あるいはその両方なのか、唇を震わせていた。

「もう一度、訊きます。キャスティングの約束、覚えてます？」

ふたたび、未瑠は訊ねた。

「……ああ……覚えてるよ」

拳を握り締めた石田が、吐き捨てるように言った。

「嬉しい！」

未瑠は、石田に抱きついた。

「現場で会いましょう」

背伸びをし耳もとで囁《ささや》いた未瑠は、ウインクを残して身を翻し玄関を出た。

ホテルを出た未瑠は、まっすぐ家に帰る気になれず渋谷のファーストフード店に入っていた。

☆　　☆

二階のフロアの片隅の席で、抹茶フラペチーノを飲みながらあたりにぼんやりとした視線を漂わせる。店内は同年代の女子高生が大勢いたが、キャップやマスクなしでも未瑠に気づくものはいない……というより、未瑠の存在が世間に浸透していないので気づく気づかない以前の話だ。

　連ドラに出演している人気女優が変装もなしに店に現れれば、大変な騒ぎになる。近い将来、自分もそうなるために、ついさっきまで、魅力のかけらもない中年男の上で腰を振っていたのだ。

未瑠はため息を吐き、スマートフォンのディスプレイに視線を落とした。まだ、穂積からの返信はない。といっても、未瑠がメールしてから十五分くらいしか経っていなかった。

未瑠は、送信メールを開いた。

穂積さん

お疲れ様です。いま、特別営業終わりました。

今回の営業先は、制作会社のプロデューサーさんでした。強気の営業をかけて、地上波のゴールデン帯のドラマ出演を約束してもらいました。五番手あたりの役がもらえそうです。地上波のドラマのメインキャストですよ！　凄いでしょう？　褒《ほ》めてください（笑）。

こんなメールを送ったからって、心配しないでくださいね。なにも、裏はありませんから（笑）。

大きな仕事が決まれば、どんな屈辱も忘れられます。穂積さんがいてくれたときに比べて、私も精神的に強くなりました。

でも、最近、特別営業のあともなにも感じなくなっている自分が、少しだけ不安です。

変なメールごめんなさい！　マロンちゃんの現場で大変でしょうから、返信はいりません。頑張ってください！

未瑠

スマートフォンのライトが消えた――漆黒を背景にしたディスプレイのガラスに映る少女が、ハッとするような暗い瞳で未瑠をみつめていた。

樹　里　亜

渋谷センター街の雑居ビルの五階――「梶田《かじた》」の表札のかかったドアの前で樹里亜は大きく息を吐き出した。梶田は、「ギャルセレブ」の店長の名前だ。ここへきたいわけではなかった……というより、どちらかといえば嫌いな場所だった。

だが、ほかに行くあてもなかったので、暇潰しのために結局ここにきてしまうのだ。

「おつー」

樹里亜がドアを開けると、ソファに座っていた四人のギャルふうの少女の視線が集まった。

「きたんだー」

「ジュリおっつー」

「くるならスタバでフラペチーノ買ってきてもらえばよかった」

「あれカロリー高くね？」

スマートフォンをイジっているミルクティーカラーの巻き髪少女は十九歳の絵夢《えむ》、ファッション誌を開いている金髪セミロングの少女は十八歳の花恋《かれん》、マニキュアを塗っている金髪ツインテールの少女は十八歳の七海《ななみ》、スマホでなにかを読んでいる黒髪ストレートの少女は十九歳の沙耶《さや》――四人とも、樹里亜がバイトを始めたときには既に働いていた。

　四人が、いつも顔を揃《そろ》えているわけではない。週に一回しか顔を出さない者もいれば、毎日顔を出す者もいる。この待機部屋は午後五時から開いているので、受付締め切りの午前一時までならいつ入ってもいいことになっている。

　樹里亜を含めた五人は偏差値70コースに属していた。

「ギャルセレブ」はビジュアルやスタイルごとに金額が違った。九十分コースの基本料金は、偏差値70コースが五万円、偏差値50コースが三万五千円、偏差値30コースが二万円となっている。入会金は三千円、指名料は二千円、交通費は渋谷区のホテルは無料、新宿区、豊島区、目黒区、港区、品川区が二千円、世田谷区、中央区、千代田区、江東区、杉並区、文京区、中野区、墨田区、台東区、板橋区が三千円、荒川区、葛飾区、江戸川区、足立区、北区、大田区、練馬区が四千円となっていた。

　偏差値70コースのデリヘル嬢を九十分コースで渋谷のホテルに呼んだ場合にかかる金額は、初回は五万三千円プラスホテル代だ。デリヘルの相場としては安くはないのかもしれないが、「ギャルセレブ」は店名通りに女の子の質が高いので繁盛していた。

　在籍の女の子がすべて十代というのも、店の付加価値となっていた。

　本番行為は禁止となっているが、あくまでも建前だ。

店側は、女の子達が客から別料金をもらってセックスしているのを黙認していた。コース料金は店との折半だが、本番行為の際にもらうチップは百パーセント懐に入るのでほとんどの女の子が客との一線を越えていた。

「ねえ、私さ、昨日、藤原《ふじわら》ってデブの指名入ったんだけどさ、沙耶のことも指名したことあるって言ってたよ」

絵夢が、スマホをイジりながら沙耶に話しかけた。

「マジ!?　絵夢に指名入れたんだ。あいつ、超キモくない？　シャワー浴びてもさ、すぐ汗でベトベトになるじゃん？」

沙耶も、スマホから眼を離さず言った。

「そうそうそう！　寒いくらいにクーラーかけてんのにちょっと動いただけでびしょびしょになってさ、しかもメタボってるから喘息《ぜんそく》みたいにゼーゼー言って、腹の上で死ぬんじゃね？　って気になってさ」

絵夢が顔を顰《しか》めた。

「腹上死ウケる！　あのデブのちんこ、臭くなかった!?　なんかさ、魚が腐ったみたいな臭いでフェラのときゲロりそうになったんですけど」

沙耶が、喉に手を当て舌を出した。

「臭かった！　あいつ、デブで汗っかきでちんこ小さくて臭くて、とどめに早漏っしょ？　取り得がひとつもなくね？　おめーなんで生きてんだって感じ！」

絵夢の笑いながらの罵詈雑言《ばりぞうごん》に、沙耶が爆笑した。

「そのデブもきつそうだけど、ウチの常連客のボウズも半端ないから」

ファッション誌から眼を離した花恋が、ふたりの「悪態」に参加した。

「ボウズはマジにヤバいよね～。あいつ、最強だよ」

七海が言うと、塗り立てのマニキュアに息を吹きかけた。

「なに？　ボウズって？　ハゲた客？」

絵夢が興味津々の表情で花恋に訊いた。

「ハゲはハゲだけどさ、だからボウズって呼んでんじゃなくて坊さんなんだよ」

「え!?　まさか、お寺のお坊さん!?」

沙耶が素頓狂《すっとんきょう》な声を上げた。

「そう、リアルボウズ！　ウケるっしょ？　なにがヤバいって、坊主がデリ呼んでる時点でアウトだけどさ、九十分のうち三十分は必ず説教するんだよ」

「説教？」

首を傾げる絵夢。

「君は、なぜこんな仕事をやってるんだい？　お金が必要なのか？　不特定多数の男性と性交渉する仕事なんて、親御さんが知ったら哀しむぞ。第一、病気とかうつされたらどうするんだ？　君は、まだ若いんだろう？　どんな事情があるか知らないが、きちんと将来を見据えなさい。いまはまだ若いからいいが、君もいずれ結婚し、子供ができるだろう。妻となり、母親となったときどれだけ後悔しても、若き日の過ちをやり直すことはできないんだ。なんて偉そうな説教垂れたあとにさ、とりあえず、尺八してくれるかな？　だからね」

花恋が肩を竦《すく》めた。

「そうそう、ボウズってさ、あーだこーだ説教したあとに必ずフェラさせんだよね～。それもさ、髪の毛を鷲摑みにして喉の奥まで突っ込んでくるから吐きそうになってさ。しかも、腐った卵みたいな精子を絶対に飲ませるじゃん？　おめー成仏なんてできねーし地獄に行けよって感じ」

七海が激しく毒づいた。

「あとさ、内緒で電マやらせてくれってボウズに言われたことない？」

「あ！　言われた！　あいつ、オプション料をケチってマイ電マなんか持ち込んでさ、マジ、セコくない？」

花恋に訊ねられた七海は、眉をひそめて言った。

「ギャルセレブ」では、ディープキス、全身リップ、玉舐め、生フェラ、指フェラ、アナル舐め、口内発射、パイズリ、シックスナイン、素股、言葉責めは基本プレイなので料金はかからないが、電動マッサージ機によるプレイはオプション料が五千円となっていた。ほかのオプションは、ローターとバイブレーターが三千円、オナニープレイ、精子飲み、コスプレが二千円という値段設定だ。

女の子は、基本プレイとは違いオプションプレイに関してはNGを出せる。因みに樹里亜は、精子飲みだけがNGだ。

「それからさ、ケチな客も最悪じゃね？　いくら払えば本番できるっつーから、いくらでもいいよって言ったら、三千円とか出してくる奴。ありえねーでしょ!?」

沙耶が欧米人のように大袈裟《おおげさ》に両手を広げてみせた。

樹里亜は、二万円以上のチップから本番行為を受け入れていた。

二万円という金額設定に意味はない。ただ、なんとなくそうしただけだ。

一万でも三万でも……極端に言えば、千円でも十万でも樹里亜にとっては同じだ。

客とのセックスに、抵抗はなかった。むしろ、ディープキスやフェラチオよりもましだった。

「三千円はないよねー。東南アジアの娼婦と勘違いしてんじゃん？　私的に一万円でも無理。だいたいそんな安い金でさ、キモいおっさんが十代のコを抱こうとすんのが図々《ずうずう》しいんだよ。てめーの娘には偉そうに説教してるくせにさ」

絵夢が吐き捨てた。樹里亜は、話の輪には入らずソファの端で未瑠のブログを読んでいた。


おはよー。

今日はね、最近、ちょっと悩んでいることを書くね。

ミルミルはいつもポジティヴでいたいけど、みんなの意見も聞いてみたいの。

悩みっていうのは、読者さんのことなの。

ミルミルって、不器用で、口下手だから誤解されやすくて。。。

ミルミルの書いた記事で読者の人を怒らせちゃったみたいで、凄く落ち込んでるんだ。

思いを伝えるって難しいんだなって……自己嫌悪&自信喪失（笑）

だけど、読者の方をあんなに怒らせたのはミルミルの責任だと思うんだ。ミルミルのブログのせいでいやな気持ちにさせてしまって……ごめんなさい。

次のブログまでに元気パワーを充電しておくからね！


（ミルミル）


樹里亜は、スマートフォンを太腿に叩きつけるように置いた。

未瑠は、どうしようもない性悪《しょうわる》でしたたかな女だ。謝り反省しているふうを装って、己を正当化し、読者からの同情を集めようとしている。

恐る恐る、コメント欄を開いた。

1・ミルミルはなんて優しいんだ！　樹里亜って女だよね？　前から、僕も気になってたけどミルミルが触れないから無視してたんだ。

ミルミルは怒ってもいいのに相手のことを気遣っているなんて……そんなお人好しな生きかた、損しちゃうよ！　だけど、そんなミルミルが好きなんだけどね！

（ミルミル親衛隊長）


2・ミルミル親衛隊長さんと同感です。

私も以前から、樹里亜さんのことは気になってました。

この人は、きっとミルミルに嫉妬してるんだと思います。根も葉もないことでミルミルを中傷したり、貶《おとし》めるような出任せを書いたり……偽善者だとか枕営業してるだとか……。寛容なミルミルだからなにも言わないけど、普通なら名誉毀損で訴えられるレベルのことだと思います。

いったいあなたが、ミルミルのなにを知ってるというんですか？

裏表がなくて不器用過ぎるミルミルは、偽善者とは程遠い人です。

純粋で正義感の強いミルミルは、枕営業なんて絶対にしません。

樹里亜さんって、心が醜い人なんですね。私達に夢を与えてくれるために睡眠時間も削って歌やダンスのレッスンをしているミルミルに、よくもそんなひどいことが言えますね?

本当は、私達があなたを訴えたいくらいですけど、優しいミルミルに免じて今回だけは許してあげます。

でも、次にまたミルミルを誹謗中傷するようなコメント入れたら許しませんよ。

(ミルミルになりたい女)

3・無題

こんなしょーもない女相手に反省するミルミルは最高にできた女の子!

(ミルミル命)

4・無題

氏ね! 性悪女!

(通りすがり)

5・無題

お前こそエンコーとかしてんじゃねーか?

(お初です)

6・無題
通りすがりさんとお初ですさん、気持ちはわかりますけど、そういうコメントを読むとミルミルが哀しんでしまうと思います。

僕はデビューの頃からミルミルを応援してますけど、彼女は本当に心がきれいな少女です。

普通、アイドルやっててあれだけかわいい顔してるなら、もっとお高くとまったりしている人が多いけど、ミルミルはいい意味で田舎の素朴な少女なんです。

口汚く罵《ののし》ってしまえば、彼女と同じレベルまで下がってしまいます。

お互い、天使のようなミルミルに相応《ふさわ》しいファンになるように努力しましょうね。

（ムシパンマン）


樹里亜は、ふたたびスマートフォンを太腿に叩きつけるように置いた。怒りに、視界が青褪《あおざ》めた。いつもは二十前後のコメント数が、五十を超えていた。

コメントが二倍に増えているだけでも、未瑠の思うツボだ。しかも、そのほとんどが樹里亜にたいしての非難の嵐なのだから未瑠は笑いが止まらないことだろう。

自分に落ち度があったとブログに書くことで好感度を上げ、同時に樹里亜への怒りを煽《あお》るという合理的かつ巧妙な手口だ。

「ねえ、ジュリはどんなキモ客に当たった？」

不意に、絵夢が樹里亜に訊ねてきた。

「別に」

「え？　なにその態度？　感じ悪っ」

絵夢の顔が険しくなった。

「あんたらのほうが感じ悪いって」

樹里亜の言葉に、瞬時に四人が気色ばんだ。

「なにそれ!?　どういう意味？」

花恋がファッション誌を閉じ、樹里亜に詰め寄った。

「キモいだなんだって、ごちゃごちゃ陰口叩いてんじゃねえよ。そのキモい客に貰った金で、洋服買ったりホストと遊んでんじゃん？」

樹里亜は、鼻を鳴らした。

客に同情したわけではない。同情どころか、樹里亜もデリヘルを利用する客を軽蔑《けいべつ》している。金で見ず知らずの女を買ってセックスをするゴミのような人間は、できれば死んでほしいと思っている。だが、残飯を漁《あさ》るカラスが卑しくあさましいと残飯を漁る野良猫に笑う資格はないのだ。

「は!?　あんた、それ、マジで言ってんの!?」

眼尻を吊り上げた七海が身を乗り出し、樹里亜の肩を摑んだ。

「事実でしょ？　あんたと沙耶さ、ホストクラブに入り浸ってるって噂《うわさ》だよ。騙《だま》されてんのが、わかんないの？」

七海の腕を払いのけ、樹里亜は小馬鹿にしたような笑いを浮かべた。

「マジムカつくんだけどこいつ！　おめーだって股開いて金稼いでるくせに、なに調子こいて説教してんだよ。ただのヤリマンだろうが！」

血相《けっそう》を変えた沙耶が摑みかかってきたのを見計らったように、ドアが開いた。

「お前ら、やめないか！」

店長の梶田が、樹里亜と沙耶を一喝した。

「ジュリ、仕事が入ったぞ。九十分新規だ」

樹里亜は襟《えり》を摑んでいた沙耶の手を払い除《の》けソファから腰を上げた。

「あ、そうそう、この前、あんたの客の指名入ったけど、マンコ臭過ぎてクンニのときに吐きそうになったって。クラミジアじゃん？　細菌バラ撒《ま》かれると店の評判落ちるから、病院行けよ」

樹里亜が嘲るように言うと、沙耶が般若《はんにゃ》の如《ごと》き形相になった。

「てめえっ、ふざけんじゃねえよ！」

「いい加減にしろっ！　客のとこに行く前に怪我させる気か！」

樹里亜に摑みかかってこようとする沙耶を、梶田が叱責した。

「お前もだ。喧嘩《けんか》売るような……」

梶田の言葉を遮るように、樹里亜は部屋を出た。

☆　☆

樹里亜を乗せたアルファードは、靖国《やすくに》通りを走っていた。新規の指名客は、新宿のラブホテルを指定してきた。

「中川《なかがわ》って名前で五十代のおっさんらしいよ。ウチの系列に登録ないから、偽名じゃなけりゃ新規ってのは嘘じゃないな。電話の感じでは物静かで紳士っぽかったらしい」

ドライバーの望月《もちづき》が、指名客の説明を始めた。

望月については、五十代の元タクシー運転手でお喋りな男ということしか知らないし、知りたいとも思わなかった。

デリヘルは密室空間で男とふたりきりになるので、女の子からすれば不安なものだ。新規客は素性がわからないのでなおさらだ。

じっさい、過去には、異常な性癖のある客にデリヘル嬢が殺されるという事件が何件も起きていた。だから、店側は女の子を安心させるためにでき得るかぎり詳細な情報を伝える決まりになっていた。

樹里亜は望月の話を聞き流し、車窓から移りゆく雑居ビルを眺めていた。

「ほかの女の子はしつこいくらいに訊いてくるのに、ジュリは客の素性について気にならないのか?」

望月のひと重瞼《えまぶた》が、ルームミラー越しに樹里亜をみつめていた。

「ならない」

樹里亜は、素っ気なく言った。

どんなに用心していても、死ぬときは死ぬ。道を歩いていて上空から落ちてきた鉄骨が頭部に直撃して死ぬ者もいれば、通り魔に刺し殺される者もいる。

「前から不思議だったんだけどさ、ジュリはなんでデリとかやってるの? 借金があるとか? それともホストに貢いでいるとか?」

「ないし」

窓の外に視線を向けたまま、樹里亜は言った。

「店を持ちたいとか……なんか夢があるの?」

「ないし」

「海外に行きたいとか買いたい物があるとか?」

「ないし」

樹里亜は、録音された音声テープのように繰り返した。

「じゃあ、なんで?」

「さあ」

窓ガラスに薄《うっす》らと映る「少女」を、樹里亜はみつめた。惚《とぼ》けたわけではない。自分でも、なぜデリヘルをしているのか本当にわからなかった。

「もしかして、セックスが好きとかじゃないよね？」

しつこく質問を続ける望月に、樹里亜は辟易《へきえき》した。

「かもね」

これ以上話しかけられたくなかったので、樹里亜はでたらめを口にした。

「え!?　ヤリマンなわけ？　だったらさ、俺がやろうって言っても断らないのか!?」

望月が、興奮にうわずった声で伺いを立ててきた。

「コース料金払うなら」

樹里亜は、窓ガラスの「少女」をみつめたまま投げやりに言った。

「なんだ……そういうことか。なあ、いまからの客が終わったあと、社員割引で五千円でどう？」

ルームミラーの中の望月の眼尻が卑しく下がった。樹里亜は涼しい顔でスマートフォンのリダイヤルボタンを押した。

「どこにかけてるんだ？」

怪訝な声で望月が訊ねてきた。三回目で、コール音が途切れた。

『ありがとうございます、「ギャルセレブ」です』

「ジュリです。店長に話があります」

望月がブレーキを踏み、弾かれたように振り返った。

『なんだ、客と揉めたのか？』

「いえ、望月さんが……」

青褪めた望月が顔の前で手を合わせた。樹里亜は、スマートフォンを耳に当てたまま望月に人差し指を一本立ててみせたあとに掌を差し出した。

一瞬、怪訝ないろを浮かべていた望月は事情を察すると小さく舌を鳴らし、財布から抜き取った一万円札を樹里亜の掌に載せた。

『望月がどうした？』

「あ、やっぱりいいです。ちょっと望月さんと言い合いになってムカついて電話したんですけど、もう大丈夫です」

望月が、安堵《あんど》の吐息を漏らしていた。

『なんだ？　大丈夫か？』

「はい、すみませんでした。じゃあ、そろそろホテル着きますから」

樹里亜が電話を切ると、充血した眼で望月が睨みつけてきた。

「なんだよ？　見んなよ、キモいんだよっ、てめえは。さっさと車出せ」

樹里亜の暴言に歯ぎしりしながらも、怒りを嚙み殺した望月は顔を正面に戻し車を発進させた。シートに背中を預けた樹里亜は、窓ガラスの「少女」に微笑みかけた。

「少女」も笑っていた。

パワーウィンドウのスイッチを押すと、笑顔の「少女」が消えて生温《なまぬる》い風が車内に流れ込んできた。樹里亜は窓の外に手を出し、一万円札を摘まんでいた指を開いた。

☆　☆

「レッドクレスト」はデリヘル御用達《ごようたし》ホテルと言われているだけあり、派手なギャルがひとりでエレベータに向かっても受付の男はみてみぬふりをしていた。

樹里亜はエレベータに乗ると、三階のボタンを押した。扉が開いた。エレベータを降りた樹里亜は、指定された三〇五号室のドアに向かった。ドアの前に立ち、ノックした。返答があるまでのこの空白が、樹里亜は嫌いだった。

『入って待ってて』

声に促され、樹里亜が部屋に入ると、シャワーの音が聞こえてきた。

樹里亜はローファーを脱ぎ、中扉を開ける。

調度品は白と黒のモノトーンでまとめられており、ラブホテルとは思えないシックな内装だった。

『……はい』

樹里亜はスマートフォンを取り出し、望月の番号にかけた。

さっきのことを根に持っているのだろう、望月の声は明らかに不機嫌だった。

「いま入ったから」

樹里亜はぶっきら棒に報告を入れると、一方的に電話を切った。八十分後にアラームのタイマーをセットし、ナイトチェアに座る。

中川という客は、少なくとも不潔趣味ではないようだ。

客には様々なタイプがいる。わざと何日もシャワーを浴びずにフェラチオをさせ、強烈な悪臭に顔を歪《ゆが》める姿をみて興奮する客、プレイ時間中にひたすら読書をしてなにもしない客、排泄《はいせつ》をみながら自慰行為をする客、挿入前に発射することを何度も繰り返しているうちにタイムオーバーを迎える客……もし自分が小説家なら、取材対象には事欠かない。


——じゃあ、なんで？


不意に、望月の疑問の声が鼓膜に蘇った。そもそも、なぜこんなバイトをしているのかさえ考えたことはなかった。

シャワーの音がやんで、扉が開く音がした。バスタオルで頭を拭きながら、全裸の中川が現れた。

「待たせて悪い……なっ……」

樹里亜をみた中川が眼尻を裂いて声を漏らした。予期せぬ展開に、樹里亜も絶句した。

「お前……どうして……こんなところに……」

中川は無期懲役を言い渡された被告人のように、乾涸《ひから》びた声を搾り出した。

「ま、あんたの人間性知ってっから、なるほどって感じもするし」

樹里亜は無表情に独りごちながら、掌を中川に差し出した。

「偏差値70コース九十分と入会金、合わせて、前金で五万三千円になります」

淡々と告げる樹里亜の掌の先で、中川……父、中川、中里英輝《えいき》が表情を失った。

末　瑠

放課後——スタジオセットの教室。

『ハンナ。僕の気持ち、わかってるだろう?』

新庄俊《しんじょうしゅん》が、松井《まつい》すずを壁際に追い込んだ。

『涼《りょう》の気持ちなんて知らない……』

すずが、頬を膨らませ横を向いた。

『子供じゃないんだから、拗《す》ねるなよ』

『拗ねてないもん。それに、まだ子供だもん』

すずが、聞き分けのない幼子のように言った。

『子供なら、いい子にして僕の言うことを聞けよ』

壁を背にした松井すずの顔の横に、俊が手をついた。

野次馬と化していた「女子」から悲鳴が上がる。

「女子」の中のひとりの未瑠も、精一杯、悲鳴を上げた。

『今日から白木《しらき》ハンナは、僕の女だ』

ふたたび、「女子」が黄色い声で叫んだ。

『……嬉しいなんて……言わないから……絶対に、言ってあげないから……』

すずが、涙を浮かべた瞳で俊をみつめた。

「カーット！」

監督の声がセットに響き渡ると、女子マネージャーが松井すずにストローを差したミネラルウォーターのペットボトルを手渡し、ヘアメイクがヘアスプレーを毛先に噴霧《ふんむ》した。

「いや～すずちゃん、よかったよ～。演技スキル上がったね～」

監督が、満面の笑みですずを持ち上げた。

「ありがとうございます！　監督さんやスタッフさんのおかげです！」

すずが快活な笑顔で言うと、監督に深々と頭を下げた。

「すずちゃんは、十年にひとり……いや、三十年にひとりの逸材なのに、そういうところが謙虚だよ」

みているこちらが恥ずかしくなるくらいに監督がおべっかを使うのも、無理はなかった。

来月から始まる木曜八時の連続ドラマ「嗚呼《ああ》！　白蘭《びゃくらん》学園」のヒロイン、松井すずは業界最大手の芸能プロダクション「スターライトプロ」の一推し女優だ。

「スターライトプロ」の会長の機嫌を損ねたら、プロデューサーや監督であっても現場から外されるほどの影響力を持っている。

「私なんて、まだまだです。これからも、ご指導、よろしくお願いします！」

事務所の力だけでなく、本人の立ち回りかたも十六歳とは思えないほどにうまかった。

「一時間、昼休憩、入りまーす！　十三時から撮影を再開します！」

すずが四人の取り巻きを引き連れセットの出口に向かうと、「女子」達が左右に分かれ道を開けた。

「お疲れ様です」

「女子」のひとり……川奈千紗《かわなちさ》が声をかけた。すずは監督にたいしてとは別人のような冷めた眼で千紗を一瞥《いちべつ》し、無言で通り過ぎた。

「ちょっと」

未瑠は、控室に入ろうとするすずを呼び止めた。未瑠は十人の大部屋だが、メインキャストのすずはひとり部屋だった。

ドアノブに手をかけたすずが、眉をひそめた顔で振り返った。

「ヒロインかもしれないけど、共演者が挨拶してるんだから無視するのはよくないんじゃない？」

「誰？　このコ？」

すずが、背後にいる女子マネージャーに訊ねた。

「たしか、『ショコラ』っていうアイドルグループのメンバーだと思います」

マネージャーも若いが、それでもすずよりは年上なのに敬語を使っていた。

「ああ、地下アイドルね」

マネージャーのほうを向いたまま、すずが小馬鹿にしたように言った。

「ちゃんと、こっちを向いて言いなさいよ！」

すずの背中に怒声を浴びせる未瑠に、共演者やスタッフの驚愕の視線が集まった。

未瑠はいら立っていた。クランクインして一週間が経つが、セリフらしいセリフは与えられず、その他大勢の「女子」の中で悲鳴を上げたり騒いだりがほとんどだった。

制作会社のうだつの上がらないプロデューサーとセックスまでして、エキストラに毛が生えたような役しかもらえない自分に引き換え、なんの苦労もせずにヒロインにおさまるすずが許せなかった。

――石田プロデューサーは、五番手までの役をくれるって約束したんですけど、これじゃエキストラと変わらないじゃないですか！

クランクイン前日……貰った台本に眼を通した未瑠は、坂巻に猛抗議した。

——中島《なかじま》のり子《こ》って役名があるんだから、エキストラとは違うだろ。番手も、お前の名前は女生徒の中では五番目に書いてあるんだし、石田Pは約束を守ってると思うがな。

——名前が五番目に書いてあるだけです。ヒロインの周囲で騒いでいるシーンばかりだし、その他大勢の中のひとりって感じで、ピンのセリフはないし……。

——まだ一話の台本ができたばかりじゃないか？　回を重ねるうちに、セリフも増えてくるさ。

なにを言っても、坂巻から返ってくるのは説得力のないその場凌《しの》ぎの言い訳だった。地上波の連続ドラマの五番手以内のレギュラー。石田を信じた自分が、馬鹿だった。といっても、彼は嘘を吐いたわけではない。

——石田さんの奥さん、大手広告代理店の役員らしいですね？　奥さんに十七歳のタレントとの浮気がバレたら、石田さんの仕事柄、出世に影響するんじゃないんですか？

石田の蒼白な顔が、脳裏に蘇った。未瑠を裏切れば、手痛いしっぺ返しが待っている。石田は確信犯的に端役を用意したわけではなく、端役しか用意できなかったのだ。

制作会社プロデューサーの力の限界というやつだ。やはり、寝る相手を間違えた。今後は、坂巻がなにを言ってこようが決定権のないプロデューサーと「枕」をやるつもりはなかった。

「それ以上、ウチのタレントを侮辱するならチーフプロデューサーに言うわよ」

すずにたいするときとは別人のように、女子マネージャーの態度は高圧的だった。

悔しいが、睨みつけることしかできなかった。反論すれば、役を外されてしまう。

「女子」のひとりがいなくなったところで、ドラマの進行に影響はない。

端役であっても、ゴールデン帯のドラマには違いない。苦労して手に入れた役を手放したくはなかった。

「いきなり言いがかりをつけられて、気分が悪くなっちゃった。こんなんじゃ、午後の撮影無理かも」

すずが言うと、女子マネージャーの顔が強張った。

「あなた、はやくすずちゃんに謝って！」

血相を変えて、女子マネージャーが詰め寄ってきた。

出演者もスタッフも、遠巻きにしているだけでかかわろうとしない。芸能界で生きて行こうと考えている者なら、「スターライトプロ」と揉め事を起こそうとする馬鹿はいない。

「どうして、私が謝らなければならないんですか？」

すずと争えば不利になるのはわかっていたが、ここは退《ひ》けなかった。なにひとつ悪くないのに謝ってしまえば、それはもう共演者ではなく奴隷だ。

「なんですって!? あなた、自分の立場がわかって物を言ってるの!?」

言いながら、女子マネージャーは大部屋のドアを指差し、次に、松井すずひとりの名前が書かれたドアを指差した。

「ヒロインを支えて光らせるのが脇役の仕事でしょう? あなたの代わりはいくらでもいるけど、すずちゃんの代わりはいないのよ!? 脇役は脇役らしくしてなさい!」

女子マネージャーの上から目線の叱責に、未瑠の頭の奥でなにかが弾けた。

「事務所の力で売り出されているだけのコでしょ?」

未瑠は、嘲るような眼ですずをみた。

「あなた、事務所どこ!?」

「真美《まみ》さん、もう、いいから。現場に迷惑がかかるわ」

すずが、熱《いき》り立《た》つ女子マネージャーを諭した。

「未瑠さんだっけ? 私、午後の撮影もシーンがたくさんあるからセリフを頭に入れなきゃならないの。悪いけど、エキストラと喧嘩してる暇はないいんだ」

見下したように言うと、すずが鼻を鳴らした。

「なにそれ? 私を、馬鹿にしてるの!?」

未瑠は気色ばみ、すずに詰め寄った。

「私があなたを馬鹿にしてる？」

すずが、噴き出した。

「なにがおかしいのよ？」

「ヒロインの私が、エキストラの人のなにを馬鹿にするのかなって」

すずが口もとを両手で覆い、眼を三日月形に細めた。

「私、エキストラじゃないから！」

「あ、そうなの？　すずの後ろで笑ったり騒いだりしてるだけだからエキストラだと思っちゃった。ごめん、勘違いしちゃって」

すずが、舌を出した。

「あんたね……」

「おい、どうしたんだ？」

騒ぎに気づいた監督が、駆け寄ってきた。

「彼女が、いきなり文句を言ってきたんです」

女子マネージャーが、学校の先生に告げ口する生徒さながらに未瑠を指差した。

「真美さん、すずの挨拶がきちんとしてなかったからしようがないよ。気分悪くさせちゃってごめんね」

それまでの傲慢さが嘘のように、すずがしおらしい態度で謝ってきた。

「え？　なになに？　すずちゃんの挨拶がなってないとか、本当に言ったわけ？」

監督が、驚いた顔を未瑠に向けた。

「共演のコが挨拶しているのに無視するのはよくないっていうことは言いました」

未瑠は、淡々とした口調で言った。

「は？　お前、ヒロインにそんなことを言って、何様なんだよ！」

監督が、想定通りに未瑠を叱責してきた。

「ヒロインだからこそ、共演者に挨拶くらいはできないとまずいんじゃないんですか？」

「お前、事務所どこだ？」

「いまは、関係ありません」

恫喝《どうかつ》の響きを込めて問いかける監督の眼を、未瑠は見据えた。

「まあいい。調べれば、すぐにわかることだ。いますぐに謝れば、見逃してやってもいい」

「謝るって？　私が、なにを謝るんですか!?」

未瑠は、語気を強めた。

「すずちゃんに謝るに決まってるだろ！」

監督が、険しい形相で怒鳴りつけてきた。

未瑠の心は、急速に冷えていった。監督にとって、どちらに非があるかは関係ないのだ。たとえ、百パーセントすずに非があったとしても、監督は未瑠に謝罪を強要するだろう。それが、芸能界のパワーバランスというものだ。

「みんな、どう思う？　私が、謝ることかな？」

感謝しなさいよ。あなた達を代表して、損な役回りを引き受けてあげてるんだから。

未瑠は振り返り、その他大勢の役者……「女子」達にたいして心で呟いた。未瑠の視線が巡ってくると「女子」達は眼を逸《そ》らし、次々と俯《うつむ》いた。挨拶して無視された張本人の川奈千紗まで、無言でうなだれた。

「なるほどね」

未瑠は頷きながら、「女子」達の顔を見渡した。

「くだらない」

吐き捨てると、未瑠は足を踏み出した。

「おい、どこに行く!?　まだ、話は終わってないぞ!?」

背中を追ってきた監督の声を無視して、未瑠は控室を素通りするとトイレに入った。

最悪、監督から事務所に連絡が入りドラマを降ろされるかもしれない。構わなかった。

屈辱を受けてまで、エキストラに毛が生えたような端役にしがみつくつもりはなかった。

ただし、やられっ放しで終わるつもりもなかった。

未瑠は、スマートフォンを取り出すと、「桜《さくら》テレビ」の第一ドラマ部の番号をクリックした。

『はい、第一ドラマ部です』

受話口から、慌ただしそうな女性の声が流れてくる。

「あの、中林《なかばやし》プロデューサーはいらっしゃいますか？」

未瑠は、今クール、全民放局の中で一位の視聴率を弾き出しているドラマのプロデューサーの名前を出した。

『失礼ですが、どちら様ですか？』

「未瑠と言います」

『未瑠さんですね？　少々、お待ちください』

訝しげな女性の声が、保留のメロディに変わった。怪訝に思うのも無理はなかった。中林とは面識もなければ、電話で話したこともなかった。

「嗚呼！　白蘭学園」の番組ホームページで、チーフプロデューサーとして掲載されている中林の名前を発見したのだ。

『お待たせしました。中林はいまロケに出ており、何時に戻るかわかりません』

「じゃあ、私の携帯電話の番号を言いますのでお伝えください」

未瑠は番号を伝えると電話を切った。昼休憩はあと四十五分残っているが、弁当を食べる気分ではなかった。彼女は便座に腰を下ろし、受信メールをチェックすると、穂積からのメールを開いた。

未瑠へ

お疲れ様。

地上波ゴールデンのドラマの五番手は凄いね！

だけど、素直におめでとうとは言えないな。正直、特別営業なんてやめたほうがいいわ。相手がどんなに力のあるプロデューサーでも、それは同じよ。

あなたのことが心配だから、嫌なことを言うかもしれないけど気を悪くしないでね。

いわゆる「枕営業」で取った仕事は、長続きしないものよ。身体が目的のプロデューサーは、何度か関係を持っているうちに飽きてくるし、新しいコに目移りするからさ。

それに、現場のスタッフも、ごり押しやバーターでキャスティングされたタレントを嫌うし、今回は我慢して使っても、次はないぞっていうのが本音だし。

私がこれまでみてきた中で、プロデューサーやスポンサーと「枕」して仕事を取った女優は、いつの間にか消えるパターンばかりよ。逆に言えば、五年、十年っていうふうに、トップで活躍し続ける女優さんは「枕」なんてしないわ。

坂巻チーフには私のほうから言っておくから、こういうことは今回かぎりにしてほしいの。

月並みな言葉になるけれど、自分の身体と未来を大事にしてね。未瑠は、そんなことをしなくてもブレイクするだけの資質があるから！

来週、時間が取れそうだからひさしぶりにご飯に行こう！

また、連絡するね。

穂積

未瑠は、表情のない瞳で文字を追った。いつもなら胸に響く文章も、今日にかぎっては単なる活字の羅列《られつ》に過ぎなかった。

哀しみも寂しさもなかった。あるのは……失望だけだった。

未瑠の指が、タッチパネルの上を軽快に走った。

穂積さん
メール読みました。未瑠のためを思い、アドバイスをくださりありがとうございます。
私も、正直な気持ちを書きます。

特別営業は好きではありませんが、いまさらやめても過去が消えるわけではありません。

一度も十度も同じです。白い絵の具に黒が混じったら灰色になります。その後、どれだけ白を混ぜても完全な白には戻りません。パッと見はわかりづらくても、混じり気のない白と並べれば一目瞭然です。

完全な白に戻れないのなら、私は灰色ではなく黒になりたい。

底なしに深く、暗い闇色になりたい。

男の人がすぐに飽きて新しい女のコに目移りすることもわかっています。飽きられるまでに、新しい女のコが追いつかないくらいの高く遠い場所に到達していればいいんです。

それに、一回で使い捨てられるとはかぎりません。一週間、一ヶ月、一年……もしかしたら、それ以上、関係が続く可能性もあります。

重要なことは、「女の武器」を誰に使うかです。この前のメールに書いたような、制作会社のプロデューサークラスではだめです。

今回の「嗚呼！　白蘭学園」も五番手くらいの役にキャスティングすると約束してもらったんですが、始まってみたらエキストラ同然の脇役でした。

これからは、坂巻チーフに従う気はありません。人柄がよくてかっこいい権力のない男性より、性格が悪くて不細工な権力のある男性をターゲットにします。

最後に……。

トップで活躍し続ける女優さんは「枕」なんてしないと穂積さんは書いてましたが、それは違うと思います。トップ女優は、過去に「枕営業」をしていたという事実を揉み消せる力があるだけの話です。

私のことを心配してくれている穂積さんに、生意気なことばかり書いてすみません。でも、穂積さんだけは信用しているから、仮面をつけたままのつき合いをしたくないんです。

私の本音をぶつけられるのは、昔もいまもこれからも、穂積さんしかいません。

じゃあ、そろそろ午後の撮影が始まる時間なので失礼します。

未瑠

未瑠は文面を読み返し、送信した。

昼休憩は、あと十五分で終わる。個室を出た未瑠は、トイレに入ってきた川奈千紗と鉢合わせた。

「あ……さっきは……ごめん……」

千紗が、バツが悪そうに言った。

「なにが？」

洗面台の鏡に向き合いルージュを引きながら、未瑠は興味なさそうに訊ねた。

「さっき、私のためにすずちゃんに文句を言ってくれたのに、監督に怒られて……」

「あなたのためじゃないから気にしないで」

未瑠は、素っ気ない口調で千紗を遮った。

「でも……監督が未瑠ちゃんを降ろすって……」

俯き加減の千紗の顔は、罪悪感に青褪めていた。

「あ、そう。その他大勢の役なんてこっちから降りてやるわ」

未瑠は千紗に言い残し、トイレを出た。

控室に入ると、降板の噂が広まっているのだろう、「女子」達が未瑠を横目にひそひそ話をした。好奇の視線を受け流し、ポーチを手にした未瑠は控室を出た。

「ねえ」

教室のセットの裏側を通り抜けようとした未瑠の前に、すずが立ちはだかった。

「あんた、降ろされるみたいよ。さっきのこと、私に謝れば監督に頼んであげてもいいけど」

腕組みをしたすずが、片側の頬に薄笑いを貼りつけた。

「邪魔だから、どいてくれるかな？」

「意地を張らないで、いまのうちに……」

乾いた衝撃音がスタジオに鳴り響く——すずが頬を押さえ、驚きに開いた眼で未瑠をみた。

「あっ、ごめん！　蚊が止まったようにみえたからさ」

未瑠は高笑いし、すずを置き去りにして歩き出した。

「ウチの社長に言いつけて、あんたを芸能界から干《ほ》してやるから！」

すずの怒りにうわずる叫び声が、未瑠の背中に浴びせられた。

「やってみれば？」

足を止めずに言葉を返した未瑠は、スタジオをあとにした。

受付ロビーを横切り外に出ようとしたとき、スマートフォンが震えた。液晶ディスプレイに、折り返し着信、の文字が表示されていた。

「もしもし、未瑠です。お忙しいところ、電話をかけて頂いてすみません」

通話ボタンを押すなり、未瑠は普段より一オクターブ高い声で詫《わ》びた。

『君、誰？』

訝しげな声で、中林が訊ねてきた。不審に思いながらも、相手が少女であれば折り返し電話をかけてくるあたりは未瑠のリサーチ通りの男だ。

[中林健太郎（なかばやし・けんたろう）四十三歳……「桜テレビ」プロデューサー。プロデューサーとしてのデビュー作品、二〇〇五年の月曜九時の恋愛ドラマ「愛《あい》たい」

が最高視聴率四十四パーセントを記録し、一躍時の人となる。その後も、イジメをテーマにした「腐った果実達」、公安警察をテーマにした「名前なき正義」が立て続けに平均視聴率三十パーセントを超え、ドラマ界の風雲児と呼ばれる。大手芸能プロダクションの幹部達は中林詣でを競うように行い、自社のタレントをキャスティングしてもらおうと必死になっている。二〇〇八年にドラマに起用した二十歳の女優と結婚をしたが半年で離婚、二年後の二〇一〇年にやはりドラマに起用した十九歳の女優と再婚したが二年後に離婚、以降、中林作品に出演している女優と軒並《のきな》み噂になるという派手な女性遍歴を持つ。一部マスコミではロリコンという報道もあるが、本人はワイドショーのインタビューでこれを否定している。」

脳内に蘇る「ウィキペディア」の内容が正しいことを、未瑠は祈った。

「私、『ショコラ』というグループでセンターをやっている十七歳のアイドルです。いま、来《らい》クールから始まる『嗚呼！　白蘭学園』に脇役で出演しています」

『へぇ、そうなんだ。で、どうして僕に電話を？』

「中林さんは、『嗚呼！　白蘭学園』のチーフプロデューサーですよね？」

『そうだけど、なんの用？』

中林の声音には、警戒と興味が複雑に入り混じっていた。

「今夜、会ってもらえませんか？」

単刀直入に切り出す未瑠に、中林が絶句した。

「セリフと出番を増やすためなら、どんなことだってできます」

追い討ちをかける未瑠――電話越しに、中林の息遣いが乱れるのがわかった。

一か八かの賭けだった。直球過ぎて、退かれる懸念もあった。だが、ドラマの撮影はどんどん進んでしまうので、駆け引きをしている暇はない。全十話の物語なので、あと九話しか残っていないのだ。

『君は、自分でなにを言ってるのかわかってるのかな?』

中林が、平静を装い訊ねてきた。

「セックスには自信があります」

未瑠は、耳を澄ませた。スピーカーから、中林が息を呑む音が聞こえてきた。


穂積さん。幻滅した? でも、これが私よ。

スマートフォンを耳に当てた未瑠は、表情ひとつ変えずに中林の返事を待った。

樹里亜

黒革のソファに居心地悪そうに座った樹里亜は、パーティションの壁に囲まれたこぢんまりとした室内に首を巡らせた。壁沿いに設置されたスチール書庫には、ファイルがびっしりと並んでいた。背表紙には、「浮気調査」「素行調査」「結婚調査」「失踪調査」「借金調査」「盗聴器・盗撮器調査」「ストーカー調査」「いじめ調査」「裁判調査」「不動産調査」「その他」と印刷されたラベルが貼ってあった。

「ハウンド探偵事務所」を訪れたのは、今日で二度目だった。

樹里亜は、この独特な空気が苦手だった。できるなら、足を踏み入れるのは今日で最後にしたかった。だが、証拠を摑むまでは何度でも足を運ぶつもりだ。

「お待たせしました」

ドアが開き、グレイのスーツ姿の中年男性――乾《いぬい》が書類封筒を手に現れた。依頼のときも、対応したのは乾だった。

キャップとマスクをつけたまま、樹里亜は頭を下げた。

樹里亜にとって、探偵事務所は胡散臭《うさんくさ》く怖いイメージしかなかった。変装しているのは、顔を覚えられるのを警戒してのことだ。

「早速、ご依頼の件のご報告をします」

乾が、書類封筒から数枚の写真を取り出しテーブルに置いた。

「とりあえず、ご確認ください」

乾に促され写真を手にした樹里亜は、マスクの下で口角を吊り上げた。腕を組みラブホテルに入る中年男性と少女、車の中でキスをする中年男性と少女、ラブホテルの前で抱擁する中年男性と少女――三枚の写真は、それぞれ別の日付になっていた。

「ターゲットの未瑠さん、十日間で三回も逢瀬《おうせ》を重ねてました。男性は中林健太郎さんといって、『桜テレビ』のプロデューサーです。これまでに数々の高視聴率のドラマを作ってきたヒットメーカーで、業界では敏腕プロデューサーとして通っています。年齢は四十三歳で、二回の離婚を経験し現在は独身です。因みに、中林さんは、現在、未瑠さんが出演している『嗚呼！　白蘭学園』のチーフプロデューサーを務めています」

「やっぱり……」

樹里亜は、写真を睨みつけながら呟いた。

想像通りだった。

「嗚呼！　白蘭学園」は現在四話までオンエアされているが、一話と二話まではセリフもないような脇役だった未瑠が、三話から急にヒロインと同等のセリフを貰うようになった。それだけではなく、役柄も視聴者の感情移入ができるような好感度の高い人物設定になったので、未瑠の人気もうなぎ上りになり、いまでは、ヒロインの松井すずに負けない注目度を集めていた。未瑠が中林に枕営業し、大役を手にしたのだろうことは明らかだった。

それにしても、とんでもない女だ。ファンの前では純真無垢《じゅんしんむく》なアイドルを演じておきながら、裏でやっていることは売春婦となにも変わらない。

「これは単なる好奇心ですが、どうして彼女の素行調査を？」

乾が訊ねてきた。

「彼女の偽善を暴いてやるんですよ」

樹里亜は、吐き捨てるように言った。

「もしかして、写真週刊誌に売るつもりですか？」

樹里亜は頷いた。このスキャンダル写真が世に出回れば、未瑠はかなりのイメージダウンになり、ドラマを途中降板ということもあり得る。それどころか、最悪、芸能界を引退に追い込まれるかもしれなかった。

しかし、樹里亜に罪の意識など微塵《みじん》もない。彼女は、憧れられる存在になってはならない人種だ。


スポットライトを浴びるほどに、未瑠の闇は深くなる。

笑顔を振り撒くほどに、未瑠の素顔は醜悪になる。

欲しかない女が、人々に夢を与えられるはずがないのだ。闇の中で太陽をみることができないように……。

「出版社に、知り合いとかいるんですか？」

「いいえ。ネットで調べようと思ってます」

「それは、やめたほうがいいですね」

「え？　なんで？」

思わず、タメ語になっていた。

「あなたのような若い女性が編集者に持ち込んでも、足もとをみられて買い叩かれるのが落ちです。それに、持ち込むタイミングも重要ですよ」

「持ち込むタイミング？」

「ええ。いま、未瑠さんは連ドラでヒロインクラスの役を貰っていますが、世間の認知度はまだまだです。買い取り金額を吊り上げるために、しばらく寝かせることも必要です。もしよかったら、一割の手数料を頂ければ僕が代理人に……」

「あ、大丈夫です。それより、調査料金はいくらになりますか？」

乾を遮り、樹里亜は「サマンサタバサ」のエナメルピンクの長財布を取り出した。

探偵を雇って未瑠のスキャンダルを暴いているのは、金儲けのためではない。買い取り金額を吊り上げるために写真を寝かせるなど、樹里亜の頭にはなかった。樹里亜の目的は、一日でも早く未瑠を芸能界から抹殺《まっさつ》することだった。

「こちらの金額になります」

乾が、請求書をテーブルに置いた。

「ハウンド探偵事務所」の基本料金は、探偵ひとりが一時間につき一万五千円となっている。未瑠の尾行に十日間で合計三十時間を費やしたので、請求額は四十五万円と消費税の四万五千円だ。未瑠は、四十九万五千円をトレイに載せた。

「若いのに、お金持ちですね」

冗談めかす乾の言葉に、樹里亜は笑えなかった。これだけの金を作るのに、二十人以上の男に抱かれた。そこらの親の脛《すね》を齧《かじ》っているギャルとはわけが違うのだ。

「いま、領収書をお持ちしますので」

席を立つ乾の背中を、樹里亜は虚《うつ》ろな瞳で見送った。

――お前……どうして……こんなとこに……。

指名したデリヘル嬢が娘だと知った英輝は、滑稽なほどに動転していた。

――どうしてって、デリで働いてるからに決まってんじゃん。あんたこそ、なにデリ呼んでんだよ?

樹里亜は、冷めた眼で英輝を見据えた。

――私は、その……。

英輝が、言葉に詰まった。七三分けの髪、ノーフレイムの眼鏡、レンズの奥の細く鋭い眼――樹里亜は、父の顔立ちが嫌いだった。陰湿で、なにを考えているかわからない性格が顔に出ているのだ。

大手都市銀行の支店長という仕事柄なのか、家での英輝はあまり感情を表に出さず、いつも合理的で、冷たい雰囲気を漂わせていた。だが、酒が入ると別人のようになり、さらには女癖が悪く、しかもロリコンの癖《へき》があった。

――へぇ、あんたにも慌てたり答えられないことがあるんだね？

樹里亜は、嫌味を言うとベッドの端に腰を下ろしメンソール煙草に火をつけた。

――未成年が煙草吸っても、注意しないんだ？　未成年の女とエッチしようとしてラブホで娘と会っちゃったんだから、注意なんてできるわけないか？

紫煙を天井に向かって勢いよく吐き出し、樹里亜は英輝を嘲笑《あざわら》った。

――わ、私のことは一旦、おいといてだな……お前、家を出てこんなことをやってるのか？　いいか？　十七でこんな仕事をしていると病気やらなんやら……。

――あんたにそんなこと言われたくねーし。それって、痴漢が下着泥棒に説教してるみたいなもんじゃん？　ロリコン変態親父がさ、偉そうに言ってんじゃねーよ。

英輝を遮り、樹里亜は口汚く罵倒した。

――父親に向かって、その口の利きかたはなんだ！

テーブルを掌で叩き声を荒らげる英輝に、樹里亜は珍種の生物をみるような眼を向けた。

――ある意味、あんたって凄いね。デリで未成年とやろうとしていた親父をさ、尊敬しろって？

――言い訳がましくなるが、親というものは、どんなときでも子供の将来を案じる生き物なんだ。

――何万も出して十代の少女とセックスしようとするおっさんを、親なんて思ってないから。

樹里亜は、鼻で笑った。

——わかった。私の非は認めよう。たしかに、娘と同年代の女性といかがわしい行為をしている父親を軽蔑したい気持ちはわかる。ただ、だからといって、誤った道に足を踏み入れている娘を見て見ぬふりはできない。わかりやすく説明しよう。私が誤って人を殺したとする。数年後に娘が人を殺そうとしているのを知っていながら、自分には止める権利はないと黙認するのが正しい父親の姿なのだろうか？　私が魔が差して麻薬をやってしまったとする。数年後に娘が麻薬に手を出そうとしているのを知っていながら、自分には止める権利がないと黙認するのが正しい父親の姿なのかな？

——なにくだらないこと言って……。

——待て、とりあえず最後まで聞いてくれ！　こんな説明じゃ納得できない気持ちはわかる。だけど、これは事実なんだよ。親だって、人間だから失敗もするさ。もちろん、私だってそうだ。子供の頃は親の期待に応えようと必死になって勉強して、いい大学に入って、預金額国内三位の都市銀行に就職した。妻と結婚してからは、家族のために自分の時間を犠牲にして働いてきた。自分で言うのもなんだが、四十代で支店長に就任するのは異例の出世らしい。言い訳にするつもりはないが、私だって息抜きしなければストレスで……なっ、なにをする！

煙草を消した樹里亜は立ち上がるなり、英輝の股間を鷲掴みにした。

——早くしないと、時間なくなるよ？　あんた、身の上話するんじゃなくてエッチするためにきたんだろ？

——や、やめないか！　私達は父娘《おやこ》なんだぞ!?

血相を変えた英輝が、樹里亜の手を払った。

——人の娘なら十七、八でも手を出していいって？

樹里亜は馬鹿にしたように言うと、新しい煙草に火をつけた。

——いい加減にしないと……。

——払えよ。

英輝の鼻先で、樹里亜は掌を上下に揺らした。

——なにをだ？

——料金の五万三千円って言ってんじゃん？

――馬鹿なっ、なにもしてないだろ？

――なにもしてなくてもデリヘルは金払うんだよ。ほらっ、早く！

樹里亜が急かすと、英輝は渋々と財布から一万円札を二枚と五千円札を一枚抜いた。

――なにそれ？　二万五千円しかないじゃん。

英輝の差し出す金に、樹里亜は冷ややかな視線を落とした。

――なにもしてないんだから、それで充分だろう？

涼しい顔で、英輝が言った。

――あんた、そういうセコイとこなんにも変わってないね。母さんが肉を焦がしたら罰金、ワイシャツにアイロンがかかってなければ罰金……なんでもかんでも金、金、金！

――私は銀行家だ。不利益を与えた人間に責任を問うのはあたりまえだ。利益を出した人間には、それに見合った報酬を与えている。

――私は、あんたの部下じゃないし。

――とにかく、二万五千円しか払わないからな。私のためにかかった経費は、ここにくるまでのガソリン代くらいなもんだろうが？　それに、どうせほかの客が同じホテルで順番を待ってるんじゃないのか？　そうなれば、私にかかった経費は皆無に等しい。二万五千円でも、十分に利益が出てるはずだ。

――あんた、私が思っていたより数百倍もサイテーの親父だね。

樹里亜は言いながら、衣服を脱ぎ始めた。

――おい、なにしてる!?

――私はデリ嬢、あんたは客。やることは決まってんじゃん。やることやったら、五万三千円払えよ。

躊躇《ためら》わずブラジャーを取った樹里亜は、パンティ一枚で英輝と向き合った。

――もう、やめなさい。

――なに父親ヅラしてんの？　本当は私のおっぱいみたいんだろ？　美乳だと思わね？

樹里亜は、挑発するように両手で乳房を寄せて上げた。

——馬鹿なことをするんじゃない……。

——ほら？　興奮するっしょ？　触っていいよ。

——親をからかうんじゃないよ！

顔を朱に染めた英輝が声を荒らげた。

——からかってねえよ。あんた、私がガキの頃、おっぱい揉んだりまんこ触ったりしてたじゃん。忘れたなんて言わせねえからな。

——なっ……それは……。

軽い口調とは裏腹に、樹里亜は憎悪に燃え立つ瞳で蒼褪める英輝を睨みつけた。

——ガキの頃と違って、テクを磨いたからさ。

樹里亜は、パンティに手をかけた。

――わかったよっ、わかったから……やめてくれ！

英輝が、三万円をテーブルに叩きつけるように置いた。

――ありがとうございます。

慇懃《いんぎん》に頭を下げると、樹里亜はブラジャーを手早くつけ五万五千円を財布にしまった。

――早く。

英輝が、手を出した。

――なに？

――釣りだよ、釣り。二千円、多く渡しただろう？

樹里亜はため息を吐きながら、スマートフォンのリダイヤルボタンを押した。

——樹里亜ですっ！　助けてください！

英輝の顔が凍てついた。

——嫌だって言ってるのに無理矢理やろうとして……はい、すぐにきてください！

——おい、お前、なにを言ってるんだ!?

スマートフォンを切った樹里亜に、血相を変えた英輝が詰め寄った。

——あんたが私に与えた苦しみに比べたら、たいしたことないから。

「お待たせしました」

乾の声が、回想の中の樹里亜の冷笑を打ち消した。

「じゃ、これで」

「あ、もしかしてなんですけど……」

領収書を受け取り腰を上げた樹里亜を、乾が呼び止めた。

「え？」

「あ、いや、なんでもありません。また、なにかの機会があればよろしくお願いします」

　乾が思い直したように立ち上がり、頭を下げた。釈然としない思いを胸に、樹里亜は部屋を出た。

☆　☆

　印刷物や原稿が山のように積み上げられたデスクで電話をする者、パソコンを打つ者、雑誌をチェックする者……写真週刊誌「CHANCE」の雑然とした編集部で、編集者達は忙《せわ》しなく働いていた。樹里亜は、フロアの片隅の丸椅子で待たされていた。

「持ち込みの連絡してきたのは君？」

　くたびれたワイシャツを腕まくりした中年男性が、声をかけてきた。腋の下には汗染みができ、襟は汚れで黒ずんでいた。禿げ上がった頭頂の分まで取り戻すとでもいうように、眉毛はふさふさとしていた。頭は薄いが、肌の張りや声の感じから意外と若いのかもしれない。

「はい」

「編集長の瀬山《せやま》です。早速だけど、写真みせてよ。雑誌の締切で忙しいからさ」

　言い終わらないうちに瀬山は、鳴っていたスマートフォンを耳に当てた。

「どうした？　篠村《しのむら》エミリはまだ出てこないのか!?　気を抜くなよ！　明日もロケだか

ら泊まりはないはずだ。男のマンションから出てきたところを、絶対に逃すなよ！　スキャンダル処女を奪うのはウチだ！」

篠村エミリは、「日本の妹」というキャッチフレーズでデビューした清純派アイドルで、テレビでみない日はないといっても過言ではないくらいの売れっ子だ。過去に男性と噂になったことはなく、無責任なスポーツ紙や週刊誌はレズ説を唱えたほどだ。瀬山がいうように篠村エミリが男のマンションから出てきたところが記事になったら、「CHANCE」はかなりの部数が売れるに違いない。

「ああ、ごめんごめん。で、写真は？」

電話を切った瀬山が、写真を催促した。樹里亜は「ハウンド探偵事務所」の書類封筒から取り出した写真を瀬山に渡した。

「ん？　この女の子、誰だっけ？」

瀬山が写真を凝視しながら首を傾げた。

「未瑠ってアイドル知りませんか？」

「未瑠……未瑠……誰だっけ？」

「『嗚呼！　白蘭学園』に出てる準ヒロインの子です」

「ん？　ちょっとわからないな。で、その未瑠ちゃんの相手は誰？」

興味なさそうに話を進める瀬山に、樹里亜はいら立ちを覚えた。

「このドラマのチーフプロデューサーです」

「は〜なるほど。売れないタレントが枕営業で大役を摑んだって話ね？」

「大スキャンダルですよね？」

樹里亜は、瞳を輝かせ訊ねた。

「ターゲットが篠村エミリクラスの大物ならね」

「でも、いまやってる人気のドラマに出演している女優がプロデューサーと枕営業してヒロインの次にいい役を貰ってるんですよ!?」

「準ヒロインっていったって、少女漫画が原作の中高生に人気のドラマだろ？　ウチの雑誌の読者層は三十代から五十代の中年男性層なんだ。もっと、全国区の人気のタレントじゃなきゃ、所属事務所やテレビ局に恨みだけ買って雑誌は売れないっていう最悪のケースになるからさ」

瀬山が、写真をヒラヒラさせつつ言った。

「じゃあ、ほかの雑誌に持ち込みます」

樹里亜は、駆け引きに出た。瀬山は、買い取り金額を抑えるためにわざと興味がないようなことを言っているに違いなかった。

「お好きにどうぞ。ひとつだけアドバイスしてあげるけど、どこの編集部も扱わないと思うよ。いま、出版業界は冬の時代と言われてて雑誌の売り上げも落ちる一方なんだ。だから、売り上げに繫《つな》がらないような小物の火遊びを記事にする物好きな出版社はないよ」

瀬山は肩を竦め、写真を樹里亜に返した。

「君、キャップとマスクで変装してるけど、もしかして未瑠って子のライバル？　準ヒロインをゲットした彼女をスキャンダルで潰そうとか？　んじゃ、もっと大物の『枕』の現場を押さえたら連絡ちょうだいよ」

からかうような口調で言うと、瀬山はフロアの奥へと消えた。

樹里亜は、奥歯を嚙み締め瀬山の背中を睨みつけた。

ライバルではないが、スキャンダルで未瑠を芸能界から抹殺しようとしたのは当たっている。読みが甘かった。プロデューサーとのキス写真を持ち込めば、出版社は競い合うように手を挙げ争奪戦を始めると思っていた。だが、未瑠の世間での認知度は樹里亜が考えているほど高くはなかった。

樹里亜は重い足取りで編集部を出た。

五十万近い大金が、捨て金になってしまうのか？


――ひとつだけアドバイスしてあげるけど、どこの編集部も扱わないと思うよ。


鼓膜に蘇る瀬山の声が、樹里亜を閃《ひらめ》かせた。

金が目的ではなく、未瑠の裏の顔を暴くのならば雑誌に拘る必要はない。それまでの気怠《けだる》げな歩調が嘘のように、樹里亜の足は軽やかになっていた。

自宅マンションに戻ってきた樹里亜は、「ハウンド探偵事務所」の調査報告書の入った書類封筒からUSBを取り出し、ノートパソコンに差し込んだ。ブログの編集欄を開き、三枚の写真を選択する。

☆　　☆

『衝撃！　「未瑠」の枕営業証拠写真！』


いきなりだけど、「嗚呼！　白蘭学園」で一話と二話はセリフもない脇役だった無名の未瑠が、三話から急に準ヒロインになったこと、みんな、不思議じゃなかった？

読者のみなさんに、私が特別に種明かししてあげるね。

一枚目の写真は、渋谷のラブホテルに入ろうとする未瑠と謎の中年男性。二枚目の写真は、車の中でキスをする未瑠と謎の中年男性。三枚目の写真は、ラブホテルから出てきてキスをする未瑠と中年男性。

あの清純なアイドル……ミルミルこと未瑠ちゃんのこんな姿をみるだけでショックだと思うけど、相手の謎の中年男性の正体を知ったらもっと驚くよ。

謎の中年男性は、「桜テレビ」でオンエア中の「嗚呼！　白蘭学園」のチーフプロデューサーの中林って人。
もう、みんな、気づいたよね？　私の恋人はファンのみなさんでーす、なんて言ってるミルミルは、準ヒロインの役をゲットするために裏で中林チーフプロデューサーとラブホテルでニャンニャンしてたんでーす（笑）
ミルミルファンのオタクさん達、樹里亜を恨まないでね（笑）
ミルミルが売れるためなら中年男とニャンニャンするふしだらな少女だってことに、気づかせてあげたんだからね！　感謝してほしいくらい（笑）
みんな、ミルミルの眼を覚ますために、この記事を拡散してねー！

樹里亜は、「全員に公開」のアイコンの上でカーソルを止めた。

クリックすれば、未瑠の正体が世に知れ渡る。

眼を閉じ、深く息を吸った。樹里亜は息を止め、マウスに置いた右の人差し指に全神経を集中させた。

未瑠

『待ってくれよ。どうしても、中島じゃなければだめなんだ！』

放課後の屋上——篠原《しのはら》涼を演じる新庄俊が、中島のり子を演じる未瑠の腕を摑んだ。

『篠原君って、最低』

のり子は、涼の腕を振り払った。

『なんで、僕が最低なんだよ？』

涼が、悲痛な顔で訊ねてきた。

『本当に、わからないの？』

『もしかして、ハンナのこと？』

『もしかしてじゃなくて、そのことに決まってるじゃない』

『ハンナとは別れたよ。中島も、知ってるだろう？』

『知ってるよ。篠原君が、一方的に別れたって』

のり子は、棘《とげ》を含んだ声で言った。

『一方的なんかじゃないよ。ハンナだって納得したし……』

『ほかに好きな人ができたから別れてほしいなんて言われて、本当に納得していると思ってるの!?　ハンナが、どんな気持ちで別れを受け入れたと思ってるの!?　それなのに……親友の私に好きだなんてありえないわ』

のり子は、軽蔑の視線を涼に向けた。

『私のことは気にしないで、好きにしていいのよ』

突然ドアが開き、ハンナ演じる松井すずが現れた。

『ハンナ……』

『のり子だって、涼のこと嫌いじゃないでしょう？　本当は、コクられて嬉しいんじゃない？』

ハンナが、のり子の心を試すように言った。

『ハンナ、それ、本気で言ってるんじゃないよね？』

『知ってるのよ。のり子が涼に気があったこと』

『ハンナ、本気で言ってるなら、怒るわよ』

のり子は声を荒らげ、涙に潤む眼でハンナを睨みつけた。

「カーット！　いやいや〜、未瑠ちゃんもすずちゃんもよかったよ！　最高！」

監督の川島が、満面の笑みを浮かべ未瑠とすずの演技を褒め称《たた》えた。

これが一ヶ月前までならば、川島は未瑠など視界にも入れずにすずのもとに飛んで行ったことだろう。それも、無理はない。第二話までは、すずはヒロインで未瑠はセリフもない脇役だったのだから。

チーフプロデューサーの中林と「枕」をしてから、未瑠は準ヒロインに昇格した。すずがヒロインなのは変わらないが、第三話からは明らかに未瑠が得する内容になっていた。

「嗚呼！　白蘭学園」は、もともとはハンナと涼の純愛物語だったはずが、脚本に大幅に手が加えられ、涼がハンナを振り、のり子に想いを寄せるというとんでもない展開になっていた。

ハンナがかわいそう！

ハンナと涼はどうなっちゃうの!?

なんでのり子が!?

急展開過ぎてついていけねーし。

涼最悪……のり子のどこがいいの？

のり子したたか～

氏ね！　のりっぺ！

のり子って、二話まで脇役だったよな？　もしかして、監督と寝た？

第三話の放映直後から、インターネットのスレッドは荒れた。大部分が、のり子を否定する内容だった。だが、スレッドが荒れるほどに「嗚呼！　白蘭学園」の視聴率は上がった。

第一話が十三・二パーセント、第二話が十二・五パーセントだったのが、第三話が十四・一パーセント、第四話が十六・三パーセントと回を追うごとに上昇した。

最初はチーフプロデューサーのトップダウンに渋々といった感じで従っていた現場スタッフも、未瑠がフィーチャーされた途端に視聴率が上がったことで態度が一変した。いまでは、ヒロイン役のすずよりも未瑠を中心に現場が回っているといってもよかった。

「監督、褒めて頂けるのは嬉しいんですが、ふたり一緒にというのは気持ちよくありません」

すずが、川島に抗議口調で言った。スタジオの空気が、瞬時に凍てついた。

「ご、ごめんごめん、そんなつもりじゃなかったんだよ」

川島が、慌てふためき否定した。

「そうかしら？　名前を呼ばれたのだって、私は二番目だったし。最近、監督、あの子ばかり贔屓《ひいき》してません?」

すずが、未瑠を睨みつけてきた。

「みっともないわね。ヒロインが嫉妬?」

未瑠は、嘲るように言いながらすずに歩み寄った。

「なんですって!? ちょっといい役を貰ったくらいで、私と同じ立場になったとでも思ってるの!?」

血相を変えたすずが、未瑠に詰め寄った。

「そのちょっといい役を貰った程度の私に、嫉妬なんてする必要ないでしょう?」

未瑠は、敢《あ》えて冷静な声音で言った。

「エキストラ上がりのくせに、偉そうなことを言うんじゃないわよ!」

「たしかに、私はあなたが視界にも入れなかったような脇役だったわ。でも、いい加減、現実をみれば? 物語がハンナからのり子を中心に動き始めていることはわかっているでしょう? 視聴率だって、あなたがメインのときより私にスポットが当たってからのほうが上がってるのよ」

「調子に乗ってると、後悔するわよ。私の事務所、どこだか知ってるよね?」

すずが、威圧的な響きを帯びた声音で恫喝してきた。

「はいはい、一時間の昼休憩に入りまーす! 十四時から撮影を再開します!」

川島が、ほかの演者を追い払うように昼休憩を告げた。

メインキャスト同士の諍《いさか》いをこれ以上みせたら撮影の士気が下がると判断したのだろう。

すずが所属する「スターライトプロ」は、連ドラの主役を張っている俳優がゴロゴロしているので、どの局も機嫌を損ねないように顔色を窺っている。逆鱗《げきりん》に触れて俳優を引き揚げられてしまっては、ドラマ作りに影響を及ぼしてしまうからだ。

つまり、すずは、事務所の威を借りて未瑠に圧力をかけてきているのだ。

「知ってるけど、それがなにか？」

未瑠は、涼しい顔で訊ね返した。

「うちの事務所の怖さ知らないの？　あんたなんて、電話一本でドラマから外せるんだからね！」

「じゃあ、やってみれば？　私がいると、あんたの影が薄くなるもんね」

ハッタリではなかった。たしかに、「スターライトプロ」はテレビ局に大きな影響力を持っている。以前の自分なら、ひと捻《ひね》りで存在を消されていただろう……いや、消すほどの立場でもなかった。

だが、いまの未瑠は数字を持っている女優であり、「桜テレビ」ドラマ部の独裁者と畏怖される中林チーフプロデューサーの肝入りの女優だ。

いくら天下の「スターライトプロ」とはいえ、そう簡単に自分をドラマから外すことはできはしない。

「謝るなら、いまのうちよ。芸能界から干されたくないなら、土下座しなさいよ」

「ふたりとも、もう、そのへんにしとこうよ。早く昼休憩を取らないと、弁当を食いそびれるぞ」

川島が、未瑠とすずを交互にみながら取り成した。

「彼女が謝ったら、そうします」

すずが、腕組みをして未瑠を見据えた。

「彼女が謝ったら、そうします」

未瑠はおちょくるように、腕組みをしてすずと同じ言葉を繰り返した。

「ふざけるんじゃないわよ！」

すずの平手が飛んできた。未瑠はすずの手首を摑み、顔を近づけた。

「干されるのは、あんたのほうよ」

押し殺した声で言うと、未瑠はすずを押し退《の》けセットを出た。

☆　☆

十畳ほどのワンルームタイプの部屋は、オフホワイトのソファとベッドと冷蔵庫があるだけだった。

生活臭が感じられないのは、普段、中林がこの部屋に寝泊まりしていないからだ。

フローリング床に膝立ちになった未瑠は、ベッドに仰向けになった中林の両足の膝裏を手で押し、掃除機さながらに陰嚢を口で吸った。頬を窄め舌先で睾丸を転がすたびに、中林が気色の悪い呻き声を上げた。膝裏から離した右手で、中林のペニスを扱くと呻き声がボリュームアップした。中林のペニスは太く短い上に、しいたけのように亀頭が大きく張っているので手淫がしづらかった。

六本木《ろっぽんぎ》の高層マンションの一室を中林は、いわゆるやり部屋として使っていた。女を連れ込みセックスすることが目的の部屋なので、室内には必要最低限のものしか置いていなかった。家賃はかかるだろうが、毎回ホテルを使うことを考えれば安上がりなのだろう。

未瑠は陰嚢から離した口で亀頭を含み、唾液を流しながら顔を上下させた。湿った淫靡な音と中林の喘《あえ》ぎ声《ごえ》が室内に響き渡る。口の中でペニスの硬度が増し、怒張してゆくのがわかった。

中林が早漏なのは、この前の情事でわかっていた。これ以上続けると、口の中で果ててしまう。さっさとイってくれたほうが楽だが、いまはだめだ。

音を立てて亀頭を吸っていた未瑠は、いきなり立ち上がりソファに座った。

「……どうしたんだ?」

これからクライマックスというときにフェラチオを中断され、不機嫌と怪訝さが入り混じった顔で中林がベッドから起き上がった。

「今日の撮影のこと思い出して、鬱《うつ》になっちゃいました……」

未瑠は大げさなため息を吐き、うなだれた。

「とりあえず、やることやってから話そう」

中林が未瑠の隣に座り、勃起したペニスを触らせようとした。

「いまは、そんな気分じゃないんです」

未瑠は、中林の手をそっと払った。

「撮影で、なにがあったんだ？」

中林が、気遣っているふりをして訊ねてきた。

頭の中は、未瑠の機嫌を直してセックスを再開することで一杯のはずだ。

「今日、すずちゃんが……やっぱり、いいです」

未瑠は言いかけて、口を噤《つぐ》んだ。

「なんだよ？　気になるじゃないか？　すずちゃんって、松井すずのことか？」

中林が気になるのは、自分の悩み事がなんであるかではなく、いつ続きが始められるかに違いない。

未瑠は、小さく頷いた。

「松井すずが、どうかしたのか？」

「すずちゃんの悪口を言うみたいで嫌だから……」

消え入る声で言うと、未瑠は俯き、このままではとてもセックスどころではない、という空気を醸し出した。

「そんなふうに思わないから、言ってみな。なにか、力になれるかもしれないし」

お預けを食らった男ほど、コントロールし易《やす》い生き物はいない。

「すずちゃんが撮影中に、なんで私をいい役にするんだって、監督に詰め寄って……。あんたなんて中林プロデューサーと寝て仕事貰ってる最低女だって……。エキストラと寝てメインキャストにするなんて中林プロデューサーも最低男だって……」

真実と嘘の絶妙なブレンド——未瑠は、唇をきつく嚙み締めた。

「まあ、言わせておけばいいさ。お前に追い抜かれそうで、不安なんだよ」

「……怖くて……もう、撮影現場に行きたくないです……。すずちゃんの顔をみると息ができなくなって……」

未瑠は、胸に手を当て肩を小刻みに震わせた。

「大丈夫だよ。お前には俺がついてるんだから」

「そう言ってくれるのは嬉しいですけど、彼女がいると芝居ができなくなるんです」

「それじゃあ、どうすればいいんだ？」

焦れたように、中林が訊ねた。一分でも一秒でも早く、この退屈な話を終わらせたいに違いない。

「すずちゃんを、ドラマから外してください」

未瑠の言葉に、中林の顔色が変わった。すずをドラマから外すということが、とんでもない要求だとわかっていた——それが不可能だということも。

未瑠が無理難題を出したのは、確信犯だ。

「そんなこと、できるわけないだろう!?　松井すずは主役だぞ!?　主役がドラマの折り返し地点で消えるなんてありえないよ！」

予想通り、中林は激しく動揺し、ついさっきまで怒張していたペニスも萎《しお》れていた。

「わかってます……でも、私もどうしていいかわかんなくて……」

未瑠は、中林の股間に手を置いた。ふたたび、未瑠の掌の中でペニスが硬度を取り戻した。

「なんとかしてあげたいけど、ヒロインを外すのだけは……」

未瑠は中林の足もとに跪《ひざまず》き、陰茎を扱きながら亀頭にキスをした。

「顔を合わせる回数が減るだけでも、精神的に楽になります」

亀頭をくわえ込み尿道口を舌先で刺激しつつ、未瑠は中林の表情を観察した。眼をきつく閉じ顎を突き出した中林は、耳朶《じだ》を朱に染め、広げた鼻孔から荒い息を漏らしていた。

「つま……り?」

中林の声は、臨終間際の重篤患者さながらに薄く掠《かす》れていた。重篤患者との違いは、苦痛からそうなっているのではなく押し寄せる快楽の波のせいということだ。

「私とすずちゃんが顔を合わせない方法を、考えてもらえますか？」

ダメ押し——未瑠は中林に跨り、屹立したペニスに右手を添えて秘部にインサートした。

「んぅ……」

恍惚の表情で、中林が呻いた。未瑠は向き合う中林の首に両手を回し、恥骨を擦りつけるように腰を前後に動かした。

「お前は……そんなあどけない顔してるのに……エロい女だな……」

下から腰を突き上げながら、中林が言った。

「すずちゃんと……顔合わせない……ようにでき……ますか？」

未瑠は故意に声をうわずらせ、８の字に腰をグラインドさせた。

「ふたりとも……メイン……キャスト……だし……な……」

演技ではなく本当に声をうわずらせ、中林が困惑した。

「共演シーンを少なくすれば……いいじゃない……ですか？」

未瑠はグラインドの速度を上げ、肛門に力を入れ、膣の締めつけを強くした。

「んむぅん……おぉ……ヤバい……」

中林の皮膚は鳥肌に埋め尽くされ、乳首が突起していた。いま、彼の身体は全身が性感帯になっているに違いなかった。

未瑠は、唐突に腰の動きを止めた。

「……おい、いいところなのに、なんでやめるんだ？」

怪訝そうな顔で、中林が訊ねてきた。

「共演シーンを少なくしてくれるんですか？　してくれないんですか？」

未瑠は、腰を二、三度動かしては止め、中林に飴と鞭の二者択一を迫った。

「だから、メインクラスの共演シーンがないのは不自然……」

首に回した腕に力を込め、未瑠は物凄い勢いで腰を動かした。膣の中で中林が張り詰めるのがわかった。

「あ……おぅ……うっ……」

極限に昂《たかぶ》ったところで、未瑠は立ち上がった。

「ちょ、ちょっと、おい……」

「返事が先です」

つけ入る隙のない口調で言うと、未瑠は中林を見下ろした。

「わかった。脚本家の菊園《きくぞの》に言って、七話あたりから手を入れてもらうから」

観念したように、中林が言った。

「本当ですか!?　ありがとう！　中林さん、大好き！」

未瑠は中林の上に腰を沈め、8の字グラインドを再開した。

いまやドラマのメインになっているのり子との共演シーンが少なくなること即《すなわ》ち、ハンナの出演シーン自体が少なくなるということだ。ある意味、降板させられるよりも屈辱的な処遇だ。

「約束よ」

未瑠は中林の耳朵を咬《か》みながら胸を密着させ、激しく腰を前後させた。

☆　☆

『ねえ？　聞いてる？』

未瑠が耳に当てたスマートフォンの受話口から、穂積の少しだけいらいら立った声が流れてきた。

「聞いてます。今日は、撮影でクタクタなんです」

ベッドで横になった未瑠は、気怠げに言葉を返した。ヘッドボードに置かれた目覚まし時計は、02:32の数字を表示していた。

穂積に言ったことは、本当だった。「嗚呼！　白蘭学園」の撮影が二十一時過ぎに終わったあとに、中林の秘密部屋に行き、自宅マンションに戻ってきたのは午前一時を回っていた。

『撮影だけかしら？』

穂積が、疑わしそうに訊ねてきた。

「なにが言いたいんですか？」

未瑠は、お気に入りのテディベアのぬいぐるみ……文太《ぶんた》を抱き寄せた。

乳児くらいのサイズで、抱き枕代わりには最適だった。

ほかにも、ミッキーマウスやくまのプーさんのぬいぐるみが、そこここに散乱していた。大小合わせて、二十体以上はあるはずだ。

どのぬいぐるみも薄汚れ、ところどころ破れ綿が食《は》み出たり、片方の眼や耳が取れていた。

粗大ゴミで捨てられていたり、道端に落ちているぬいぐるみを発見すると放っておけなくて拾い集めているうちにこれだけの数になってしまったのだ。

『「嗚呼！　白蘭学園」の出番、急に増えたわね？』

「努力が報われて嬉しいです」

『それにしても、ありえないほどの昇格ね』

「言いたいことがあったら、はっきりと言ってください」

『昨日、「桜テレビ」の橋本《はしもと》プロデューサーと飲んだんだけどさ、とんでもないことを聞いたんだよね』

橋本と言えば、中林と並んで「桜テレビ」の看板プロデューサーだ。穂積が耳にしたというとんでもないことがなんであるかの、だいたいの予想はついた。

『あなた、中林プロデューサーと関係を持ってるって本当なの？』

やはり、予想は的中した。未瑠は、穂積に聞こえぬようため息を吐いた。

「ええ、本当です」

『よく、そんな平然としてられるわね!? あなた、自分がなにをやっているかわかってるの?』

「はい。出演してる連ドラのキャスティング権を持っている方なので近づきました」

未瑠は、文太の本来は瞳があった場所の空洞をみつめた。文太も、未瑠をみつめ返した。

『いい役をもらうために、身体を売ったっていうの!?』

「別に、今回が初めてじゃないのに、どうしてそんなに驚くんですか?」

演技ではなく、本当に理解できなかった。

『前にそういうことしたからって、いつまで続けるつもり!? いい役を取るためだからって、十七歳の女の子がやることじゃないでしょう?』

「じゃあ、いくつならいいんですか?」

未瑠が冷めた口調で質問すると、受話口から穂積のため息が聞こえてきた。未瑠は、文太をきつく抱き締めた。

『未瑠……ごめんなさい』

不意に、穂積が謝ってきた。

「急に、どうしたんですか?」

『坂巻チーフがあなたに特別営業をやらせていたのを知っていながら、私はなにも言えなかった。私が、いまのあなたを作ったも同然よ』

穂積の声はうわずり、震えていた。

穂積が泣いている——汚れてしまった自分を憐《あわ》れみ、罪の意識を感じている。

「別に、穂積さんのせいじゃありません。私がそうしたくてしてるんですから。自分の意志です」

未瑠は、冷静な声音を送話口に送り込んだ。文太を抱き締める腕に、さらに力が入った。

『ねえ、どうしちゃったの？　私が担当だったときは、葛藤してたよね？　悩んでたよね？　いまは、罪悪感とかないの？　なにも、感じなくなっちゃったの？　あなたは、大変なことをやってるのよ!?』

「もう、慣れました。でも、たかが枕でそんなに騒ぐことですか？　私のやってることが問題なら、風俗で働いている女の人はどうなるんですか？　毎日、何人もの知らない人とエッチしてますよね？」

『それとこれとは、話が違うわ』

「どう違うんですか？　お金を稼ぐために不特定多数の人とエッチをする風俗嬢と、仕事を貰うために権力者に枕営業する私と、なにが違うんですか？」

淡々と、未瑠は訊ねた。穂積に……というより、自分自身に。

『風俗の人達は、それが仕事だから……』

「私だって、仕事です」

未瑠は、穂積を遮った。

「愛してない人とエッチする人だって世の中に大勢いるし、特別に自分が悪いことをしているとは思いません」

『未瑠、あなたの言っていることは詭弁《きべん》よ。もっと自分を大事にしてほしいの』

穂積が、懇願するように言った。

「私のこと心配してくれて、ありがとうございます。でも、大丈夫です。私は、自分を大事にしてますから。いまはいい役をもらえて、毎日が愉しくて仕方ありません」

ねえ？　私のこと、不潔だと思う？

未瑠は、穂積にたいしての明るい声とは対照的な暗い瞳で文太をみつめた。

☆　　☆

穂積との電話を切った未瑠は、スマートフォンでブログを開いた。

寝る前にブログのチェックをするのが、未瑠の習慣だ。コメントの数は、一千件を超えていた。連ドラでメインになってから、以前の五十倍ほどに増えていた。

いつも観てます！　涼との恋、応援してます！
（あきな）

のり子は健気《けなげ》で、優しくて、私の理想の女の子です！
（レディ・カカ）

未瑠ちゃんみたいな顔になりたいなぁ～。使ってるカラコンとかリップのメーカー教えてください。
（チワックス）

涼と結婚してほしいな！　ハンナに絶対、負けないで！
（大和撫子）

未瑠は、人差し指を猛スピードで動かしページをスクロールさせた。
ドラマが始まる前はコメントしてくるのはオタクの中年男性ばかりだったが、いまは七割が同年代の女の子だった。

もちろん、一千件を超えるコメントすべてに眼を通すのは不可能だ。

未瑠は次に、メッセージ欄を開いた。コメントほどではないが、それでも四、五十件のメッセージが届いていた。メッセージの中の、樹里亜、という名前に未瑠の鼓動が激しくなる。いつも誹謗中傷のコメントばかり送ってきているギャルだが、最近は音沙汰がなかったのでほっとしていた。

恐る恐る、樹里亜のメッセージをクリックする。


『衝撃！「未瑠」の枕営業証拠写真！』


いきなりだけど、「嗚呼！白蘭学園」で一話と二話はセリフもない脇役だった無名の未瑠が、三話から急に準ヒロインになったこと、みんな、不思議じゃなかった？

読者のみなさんに、私が特別に種明かししてあげるね。


「嘘っ……」

未瑠は、スマートフォンを手に跳ね起きた。

「なんで……なんで……」

未瑠の唾液が蒸発した口から、干乾びた声が零《こぼ》れ出た。

全身の血液が氷結し、思考が停止した。なにがどうなっているのか……どうしてこんな写真を樹里亜が持っているのか、わけがわからなかった。


謎の中年男性は、「桜テレビ」でオンエア中の「嗚呼！　白蘭学園」のチーフプロデューサーの中林って人。

もう、みんな、気づいたよね？　私の恋人はファンのみなさんでーす、なんて言ってるミルミルは、準ヒロインの役をゲットするために裏で中林チーフプロデューサーとラブホテルでニャンニャンしてたんでーす（笑）

未瑠は、眩暈《めまい》に襲われた。動悸《どうき》が激しく、息苦しかった。

眼を閉じ、深呼吸して動転する気を静めた。

十秒、二十秒……未瑠は深呼吸を繰り返した。

ゆっくりと眼を開け、メッセージ欄の活字を追った。

ひさしぶりね。枕アイドルさん……あ、枕女優さんか（笑）

あんたの清純ぶった仮面を引っ剥《ぺ》がしてやろうと思って探偵つけたんだけどさ、まさか、こんな大スクープが撮れるなんて、あたしもびっくりだよ！

この写真、あたしのブログとかツイッターにUPしたら、あっという間に拡散されて「嗚呼！　白蘭学園」で人気急上昇中の未瑠も終わりだね。

でも、あたしってこうみえても優しいから、あんたに一回だけチャンスあげるよ。

いますぐ芸能界を引退したら、SNSにUPするのをやめるよ。

一週間やるから、引退を発表しなよ。

もし、一週間過ぎてもあんたが引退を発表しなかったら、そのときは速攻でこの記事と写真をUPするからさ。

んじゃ、そういうことで（笑）

（樹里亜）

未瑠の手から滑り落ちたスマートフォンが、ベッドの上でバウンドした。スマートフォンの横で仰向けに転がる文太に虚ろな瞳を向けた。

「笑っちゃうね」

未瑠は、無表情に文太に語りかけた。

樹里亜

『セイリバンゴウ246バンノオキャクサマ、マドグチマデオコシクダサイ』

コンピューターのアナウンスに促され、前の列の椅子に座っていた初老の女性が立ち上がった。

樹里亜が、「椿《つばき》銀行」赤坂《あかさか》支店を訪れるのは初めてだった。

順番待ちをしている数人の男性客が、樹里亜にちらちらと視線を送っていた。どの顔もこの顔も、頬の筋肉が弛緩している。女性客のほうは、樹里亜の服装をみて露骨に眉をひそめたり不快な表情になる者が多かった。

無理もない。栗色の盛り髪、臍が露出したタイトなTシャツ、股関節に食い込む黄色のショートパンツ……煽情的《せんじようてき》な樹里亜の出で立ちは、銀行の待合フロアでは浮いていた。

樹里亜は隣に座っている会社員ふうの若い男性にみせつけるように、万歳の恰好で身体をくねらせ伸びをした。男は、樹里亜のTシャツ越しにもわかる釣り鐘型に突き出た乳房を舐めるようにみつめた。

整理番号に視線を落とした。２４９――暇潰しの時間はある。樹里亜は、会社員ふうの男性に意味ありげに微笑み足を組み替えてみせた。

「ねえ、ひとり？」

案の定、会社員ふうの男性が、声をかけてきた。

「はい」

はにかんだような笑みを浮かべ樹里亜は頷いた。

「ここ出たら、ご飯行かない？　奢《おご》ってあげるよ」

下心みえみえの誘い――男性の視線が、樹里亜の胸、ヒップライン、太腿と粘っこく這った。

『セイリバンゴウ２４９バンノオキャクサマ、マドグチマデオコシクダサイ』

「は!?　行くわけねーだろ！　エロい眼でみてんじゃねえよっ」

顔を凍てつかせる会社員ふうの男性を置き去りに、樹里亜は窓口へ向かった。

馬鹿な奴――樹里亜は、心で嗤《わら》った。

下種《げす》で、下劣で、下等な男など、絶滅すればよかった。

「本日は、口座の開設をご希望で……」

「支店長を呼んで」

窓口の女性行員の言葉を遮り、樹里亜は言った。

「お客様、もしよろしければ私が代わりに……」

「支店長を呼べって言ってんだよ」

「あの、お客様、失礼ですがどのようなご用件でしょうか？」

動揺を営業スマイルで押し隠し、女性行員が訊ねてきた。

「娘だよっ」

樹里亜は、吐き捨てた。窓口のほかの女性行員も、異変に気づき出し顔を見合わせていた。

「支店長のお嬢様でしょうか？」

遠慮がちに、女性行員が繰り返した。

「そう言ってんだろ！　さっさと呼んで……」

「こっちにきなさい」

背後から、腕を掴まれた。振り返った視線の先――険しい表情の英輝が、樹里亜を関係者専用通路へと引っ張った。

「なにすんだよ！　痛いから離せってっ」

抗議する樹里亜を無視して、英輝は支店長室のプレイトがかかったドアを開けた。

「こんなところにきて、どういうつもりだ!?」

ドアを閉めると、英輝が血相を変えて詰め寄ってきた。

「娘が父親の職場にきちゃいけないの？」

樹里亜は人を食ったような顔で言いながら、黒革張りのソファに腰を下ろした。窓を背に木製の大きなデスクがあり、壁には額縁に入った赤い富士山の絵がかけてあった。

「惚けてないで、用件を言いなさい。私は、忙しいんだ」

樹里亜の真向かいのソファに腰を下ろし、英輝がいらついた口調で促した。

「お金用意して。百万でいいよ」

「なにをふざけたことを言ってるんだ！」

英輝が、声を荒らげた。

「デリきて娘を呼んだって、バラしてもいいの？　銀行なんだから、百万くらい余裕でしょ？」

「銀行にあるのはお客様のお金で、私のお金じゃない。それに、そのぶんのお金は払ったじゃないか!?」

「五万かそこらのお金で、済まされると思ってんの？」

言いながら、樹里亜はスマートフォンを取り出し英輝にディスプレイを向けた。

「なんだ、これ……」

動画の再生ボタンを押すと、英輝が絶句した。

『あんた、私が思っていたより数百倍もサイテーの親父だね』

スマートフォンの動画には、衣服を脱ごうとしている樹里亜が映っていた。

『おい、なにしてる!?』

『私はデリ嬢、あんたは客。やることは決まってんじゃん。やることやったら、五万三千円払えよ』

上半身裸の樹里亜が、英輝と向き合っていた。

『もう、やめなさい』

『なに父親ヅラしてんの？　本当は私のおっぱいみたいんだろ？　美乳だと思わね？』

両手で乳房を寄せて上げる樹里亜。


「隠し撮りしてたのか……？」

スマートフォンの動画を観ていた英輝の顔から、血の気が引いた。

「なんかあったときのために、いつも撮ってるだけ。あんただけじゃないから」

涼しい顔で、樹里亜は言った。

「こんなものみせて、どうする気だ？」

英輝の声は、警戒心と不安にうわずっていた。

「黙ってみてて。これからが面白いんだから」


『早く』

英輝が、樹里亜に手を差し出した。

『なに？』

『釣りだよ、釣り。二千円、多く渡しただろう?』

樹里亜は無言で、スマートフォンのリダイヤルボタンを押した。

『樹里亜ですっ! 助けてください! 嫌だって言ってるのに無理矢理やろうとして……はい、すぐにきてください!』

『おい、お前、なにを言ってるんだ!?』

気色ばんだ英輝が、樹里亜を問い詰めた。

『あんたが私に与えた苦しみに比べたら、たいしたことないから』

『二千円は返さなくていいから、もう大丈夫だからって電話しろ』

英輝が投げやりに言うと、樹里亜は口角を吊り上げふたたび望月に電話した。

『じゃ、ご利用、ありがとうございました』

電話を切った樹里亜が、小馬鹿にしたように慇懃に頭を下げた。

『まだ、二十分、残ってるだろ?』

英輝が、バスローブを脱ぎ始めた。

『なにやってんの?』

怪訝な表情で、樹里亜は訊ねた。

『五万五千円も払ったんだ。やることやって元を取らなきゃな』

『は? あんた、それ、マジで言ってんの?』

『お前だって、さっきまで、やらないのかって挑発してきたじゃないか?』

下卑たにやけ顔で言う英輝の股間は、猛々《たけだけ》しく反り返っていた。

『あんた、最低の下種男だわ』

軽蔑の表情で吐き捨てる樹里亜に英輝が抱きついたところで、画面からふたりの姿がフェードアウトした。

『ちょっと、待ってよ。タイマーかけてくるから』

樹里亜の声だけが聞こえ、ほどなくすると、フェードインした樹里亜がカメラに近づいてきた。部屋の景色が流れ、レンズはベッドを真横から捉えている。

「別のスマートフォンをバッグに……仕込んでいたのか？」

質問する英輝の顔色は、死を目前にした人間のように蒼白だった。

「そう、撮影用のやつ。バッグにレンズ分の穴を開けてさ。内側に、スマホを差し込むポケットも作ってあんだよ。完璧だろ？」

得意げな樹里亜に、英輝は言葉を失っていた。


『まったく、こんなろくでもない仕事を……親不孝者が……』

英輝は説教じみた口調で言いながら、樹里亜の乳房を揉みしだき、乳首を吸い始めた。

レンズに向けた樹里亜の表情は、仮面をつけたように動きがなく瞳は虚ろだった。

『不特定多数の男に股を開くなんて……ふしだらな娘だ……本当に、ふしだらな奴め……』

愛撫もそこそこに樹里亜に挿入した英輝が、うわずる声で言いながら法悦に顔を歪ませた。

『はしたない……』

時間にして一分にも満たないうちに、英輝が歯を食い縛り身体を震わせた。

「どエロの変態のくせして、早漏って笑えるし。ま、私はそのほうが楽だけどさ」

樹里亜は動画を止め、鼻で笑った。

「こんなものみせて……私を強請《ゆす》るつもりか？」

「娘とセックスしといて、なに被害者ぶってんの？　百万くらいで済ませてやるってんだから、ありがたく思いなよ。断るんなら、まずは銀行の人達にみせてから『YouTube』にUPして拡散するからさ。あんたの人生も終わりだね。ホームレスになってるあんた、マジにウケるんだけど！」

樹里亜は、胸前で手を叩いて爆笑した。だが、その瞳は底なしに暗かった。

「そんなことになったら、お前だって無傷じゃ済まないんだぞ!?　それでもいいのか？」

「なにそれ？　逆に脅してんの？　無理無理。私は、別にバレたっていいし、どうなったって構わないから」

ハッタリではなかった。さらし者になることにも、なにかを失うことにも恐れはなかった。

恐れるどころか、むしろ、消去したかった。

生まれてからの十七年間で眼にしてきたものすべてを……触れてきたものすべてを、そして、築き上げてきたものすべてを、跡形もなく記憶から、社会から消し去りたかった。

この世に、期待することなどなにもない。

ただひとつ、願うことがあるとすれば……人生をリセットすることだった。

「強がりを言うんじゃない。何不自由のないいまの恵まれた生活を、捨てられるわけないだろう？」

「恵まれた生活って……あんたに、私のなにがわかるんだよ!?　あんたら夫婦のせいで私がどれだけ地獄をみてきたか……わからねえだろうが？」

樹里亜は、押し殺した声で言うと英輝を睨みつけた。

「お前は苦労ってものを知らないから、そんな甘えたことばかり言ってるんだ。私ら夫婦がいたから、いまのお前があるんじゃないか。そうやって不満やわがままを言えるのも、私ら夫婦がいたからじゃないか。お前の言ってることは、砂漠で死にかけてるときに水を差し出してくれた人に唾を吐きかけるようなもんだぞ？」

先ほどまでの蒼白な表情が嘘のように、英輝が、罪悪感など微塵もない顔を向けた。

樹里亜は眼を閉じ、暗鬱な記憶を遡《さかのぼ》った。

——どうしたの？　はやく食べないと学校に遅れるでしょ？

樹里亜は、目の前に並べられた皿に虚ろな視線を巡らせた。

山積みになったパンの耳、卵の白身、福神漬け……食欲が湧くはずもない食材が、樹里亜を嘲笑っているようだった。

正面に座る母……真理恵《まりえ》の前には耳の取られた食パンのサンドイッチ、スクランブルエッグ、アサイーのスムージーが並んでいた。

——ほら、はやく食べなさいって！

真理恵が腰を上げ、パンの耳を樹里亜の顔前に翳した。

——いらない……。

——いらないいじゃないでしょ！

顔を背ける樹里亜の口に、真理恵がパンの耳を押しつけた。樹里亜は泣きながら、パンの耳を食べた。

――手間をかけさせるんじゃないわよっ。

憤然《ふんぜん》とした表情で席に戻った真理恵が、サンドイッチを頬張った。

この日の朝食は、ましなほうだった。ひどいときには、自分の食べた手羽先の骨やアサリの貝殻だけの味噌汁など、残飯と見紛《みまが》うような食事が出されることもあった。

――なに!?　その眼は!?

真理恵が、鬼のような形相で樹里亜を睨みつけてきた。

――親に、そんな反抗的な態度を取っていいと思ってるわけ!?

――私、なにも……。

――口答えするんじゃないよ！

幼い頬に、激痛が走った。

――あんたみたいな汚らわしい子を育ててあげてるだけでも、ありがたいと思いなさい！

――どうしたんだ？　朝から騒々しいな。

英輝の声が聞こえると真理恵の顔色が変わり、慌てて樹里亜の前から皿を下げた。

――おはよう、ジュジュちゃん。なにかあったのかな？

スーツ姿の英輝が、柔和な笑顔で食卓に着いた。

――すみません。樹里亜がダダをこねてたものですから。

真理恵が、人が変わったような物静かな声で言った。

――なんだなんだ、ジュジュちゃん、なにをダダこねてたんでちゅか？

英輝が樹里亜の頭を撫《な》でながら、もう片方の手を太腿に置いた。

真理恵の厳しい視線が、太腿の内側に滑り込む英輝の手に注がれた。

――パパにも、ダダをこねていいんでちゅよ～。

英輝が樹里亜の頬に唇を押しつけた。

一見、よくありがちな娘を溺愛する父親のスキンシップにみえる。テーブルの下で、下着越しに樹里亜の陰部を撫でる右手を除いては……。

――朝御飯は、ちゃんと食べまちたか～？

――サンドイッチにスクランブルエッグ、樹里亜の好物ばかりだったものね？

樹里亜に問いかける真理恵の唇は弧を描いていたが、瞳の奥は憎悪の色が宿っていた。勢いに気圧《けお》され、樹里亜は頷いた。

――そっかそっか、ジュジュちゃんはいい子だね～。パパの膝においで。

英輝が樹里亜の身体を抱え上げ、膝の上に乗せた。硬いものが、樹里亜の臀部《でんぶ》に押しつけられた。

背中から抱き締めてくる英輝の荒い息遣いが、耳もとを不快に撫でた。

――ほら、樹里亜、ご飯を食べ終わったのなら学校に行かないと。パパもご飯を食べられないでしょう?

真理恵は口調こそ柔らかかったが、樹里亜に向けられる瞳は怖かった。

――いいんでちゅよね～ジュジュちゃんは、パパのお膝にいたいんでちゅよね～、ほ～ら～ほ～ら～。

英輝が腰を突き上げるたびに、樹里亜の身体が膝の上で弾んだ――弾むたびに、固いものが肛門《こうもん》にあたり気持ち悪かったが、口には出せなかった。

――パパに行ってきますをして。

真理恵が樹里亜の手を取り、半ば強引に膝の上から下ろした。一瞬、ズボンを膨らます股間にちらりと視線をやった。

――行ってきます。

――うんうん、行ってらっちゃいね～。

尖《とが》った股間をグイグイ押しつけるように密着し、英輝が樹里亜を抱き締めた。

――パパが困るから。

真理恵が樹里亜の手を引き、玄関へと引っ張った。

――ほらっ、ランドセル！　帽子も！　なにも用意してないじゃない！

荒々しくランドセルを担がせ帽子を叩きつけるように被せると、真理恵がヒステリックに叱責した。

――ママ、お腹が……。

樹里亜は勇気を振り絞り言いかけた言葉の続きを、鬼の形相を向けてくる真理恵をみて呑み込んだ。

――あのね、いまから、大事なことを教えてあげるから、よく聞きなさい。

真理恵が前屈みになり、樹里亜と同じ目線になった。

――パパとママは、愛し合って結婚したの。それで、あなたが生まれたのよ。あなたとパパは親子だから、愛し合うことはできないの。わかる？

真理恵が眼を見開き、蠟人形《ろうにんぎょう》のように無機質な瞳で樹里亜を見据えた。

――わ・か・る？

真理恵が樹里亜の頰を抓《つね》りつつ、語調強く繰り返した。なぜそんなことを言われるのかわからないまま、激痛と恐怖に樹里亜は頷いた。

――パパがあなたにベタベタするのは、愛してるからじゃないの。人間が子犬にチュウしたり、そういうのと同じ。わかる？

頰を抓られたまま、樹里亜は頷いた。

——だから、勘違いしないように。パパが愛してるのはママで、あなたじゃないの。わかる？

痛みに涙を滲《にじ》ませながら、樹里亜は何度も顎を引いた。

わけがわからなかったが、一刻もはやく、この痛みから解放されたかった。

——真理恵、樹里亜は行ったのか～？

——は～い。いま行きました～。

奥から聞こえてくる英輝の声にさわやかな声を返した真理恵は、ドアを開けランドセルを思い切り押した。

軽量の樹里亜は、足を縺《もつ》れさせ路面に俯《うつぶ》せに倒れた。数メートル先を、車が行き交っていた。

不思議と、恐怖はなかった。幼心にも、このまま車に轢《ひ》かれてもいいと思った。

「お前には負けたよ。ほら、持って帰りなさい」

英輝の声が、樹里亜を現実に連れ戻した。

得意げな顔で小鼻を膨らませた英輝が、一万円札を二枚、樹里亜に差し出した。

「あんた、マジにクズだな。デリきて実の娘を抱いといて、なにケチってんだよ！」

「二万は、大金だぞ？　私が甘やかして育てたから、お前はお金の価値がわからないんだよ。それに、私を非難しているが、お前のやっていることは盗撮に恐喝……立派な犯罪だぞ？」

二万円をテーブルに置き諭すように言う英輝に、樹里亜は開いた口が塞がらなかった。

「だから、デリきて自分の娘抱いてる変態が、ガキの頃から幼い娘のマンコをイジってた変態が、なに偉そうに説教垂れてんだって！　こんな金で、引き下がるわけねえだろ！」

樹里亜はテーブルの上の二万円を鷲掴みにするとビリビリに引き裂いた。

「樹里亜！　お金を粗末にするんじゃない！　それに、マンコとか変態とか、女の子がそんなはしたない言葉を使っちゃいけないよ」

一ミリの後ろめたさもない顔で、英輝が窘《たしな》めてきた。

昔から、自分のことを棚に上げることにかけては天才的な男だった。

「ざっけんなよ。あんたにあーだこーだ説教されるのだけは、我慢できねえんだよっ。あんたは、私のいろんな大切なものを壊した。人を信頼することも、愛することも、許すことも……希望や夢どころか、普通の女の子でいることもできなくした……わかってんのかよ!?」

「その一。いいことを考えればいいことが起きる。悪いことを考えれば悪いことが起きる。その二。天国も地獄も、どこかよそにあるわけではありません。人が毎日考えていることによって、いまここに天国も地獄も作り出されるのです。アメリカの思想家、ジョセフ・マーフィーの有名な言葉だ。お前が、自分は不幸だ、自分は幸せになれない、って思い続けているから、そんな出来事しか起こらないんだ。つまり、お前に降りかかっている不幸はお前自身が生み出した世界なのさ。わかるか？　私のせいでも母さんのせいでもない。お前の日々の思考の問題だ」

どこまで演技かわからないが、英輝の顔からは少しの動揺も罪悪感も窺えなかった。

「あんたには、クズという言葉を口にするのももったいねえよ……」

樹里亜は拳を握り締め、唇を噛んだ。

「まだ、お前は未熟だ。あと数年もすれば、私に感謝するようになるさ」

「三日経ったら、またくるよ。そんときに百万を払わなかったら、動画をＵＰするから。人生終わりにしたくないなら、金用意しろよ」

敢えて冷静な声音で言い残し、樹里亜は腰を上げた。これ以上、英輝の顔をみていると、取り返しのつかない罪を犯してしまいそうだった。

人生が破滅するのは怖くはない。だが、英輝のために刑務所に入るのはごめんだった。

「もう帰るのか？　よかったら、今夜、親子水入らずで久しぶりに飯でも食わないか？」

背中を追いかけてくる英輝の声を無視して、樹里亜は支店長室を出た。

理解不能な男だ。絶体絶命の状況で、この言葉を口にする英輝の本心がわからなかった。

わかっているのは、たとえ百万が一億でも……たとえ英輝の人生が終わっても、樹里亜の闇が取り払われることはないということだ。

☆　☆

渋谷の並木橋通り沿いの路地裏に建つ雑居ビルのエントランス——「グローバルプロ」のメイルボックスに樹里亜は書類封筒を入れた。

樹里亜はビルを出ると、スマートフォンで自分のブログにログインした。

あたしってこうみえても優しいから、あんたに一回だけチャンスあげるよ。
いますぐ芸能界を引退したら、SNSにUPするのをやめるよ。
一週間やるから、引退を発表しなよ。

樹里亜は、送信ボックスを開き、先週、未瑠に送ったメッセージに眼を通した。

今日が期限の一週間だが、未瑠からのメッセージも引退の発表もなかった。本当は約束通りＳＮＳに暴露するつもりだったが、もう一度だけチャンスを与えることにした。目的は未瑠を公開処刑にすることではなく、芸能界を引退させることなのだ。

樹里亜はスマートフォンを耳に当てた。

三回目で、呼び出し音が途切れた。

『「グローバルプロ」です』

受話口から、よく通る男性の声が流れてきた。

「未瑠さんの担当マネージャーに繋いでほしいんですけど？」

『あ、私、坂巻と言います。弊社の所属タレント、未瑠のチーフマネージャーをやってますが、どういった御用ですか？』

「いますぐメイルボックスの書類封筒をみて」

『えっ、なんの……』

樹里亜は坂巻の声を断ち切るように終了ボタンを押し、ふたたびビルのエントランスに足を踏み入れた。

☆　　☆

樹里亜は、下降するエレベータの橙色のランプを視線で追った。

エレベータのドアが開き、スーツ姿の三十歳前後と思しき男が強張った顔で現れメイルボックスに向かった。書類封筒を手にした男の顔が、中から取り出した写真を眼にして凍てつく。

「なっ……なんだこれは……」

男は動転し、三、四メートル離れたところにいる樹里亜の存在に気づいていない。

樹里亜は、スマートフォンのリダイヤルボタンを押した。男は背筋をピクリとさせ、慌ててスマートフォンを耳に当てた。

「坂巻さん？　写真みた？」

樹里亜が送話口に声を吹き込むと、男……坂巻が弾かれたように振り返った。

『お前っ……』

「近寄らないで！」

樹里亜が鋭い声で命じると、坂巻が足を止めた。

『こんな写真を送りつけてきて……お前、誰なんだ？』

距離は離れているし、キャップ、サングラス、マスクで変装しているので、顔を覚えられる恐れはなかった。

「そんなことより、私の条件を言うから。『嗚呼！　白蘭学園』から未瑠を降ろさないと、この写真のデータをSNSで拡散するわよ」

『なっ……』

坂巻が絶句した。

『誰だか知らないが、こんなことしてただで済むと思ってんのか!?　お前、芸能人か？　未瑠を蹴落とすためにこんなことを……』

「いま、何話分まで撮ってるわけ？」

坂巻を遮り、樹里亜は訊ねた。

『五話だ』

「六話に未瑠が出てたら、ツイッターやインスタにUPするからね。出演者のアイドルがドラマのチーフプロデューサーと枕してるなんて放映中に暴露されたら、スポンサーとか激怒して損害賠償とかの問題になるんじゃない？　重病で入院するとか妊娠したとか適当な理由をつけて降板を申し込んだら、プロデューサーも納得するしかないでしょ？」

『ま、待て……待ってくれ……。いくらだ？　いくら払えば、写真のデータを渡すんだ？』

未瑠は答えず、エントランスを出た。

『おいっ、待て！　まだ話は終わって……』

「私の条件は、ドラマから未瑠を降ろすことと、今後一切、未瑠に表立った芸能活動をさせないこと。このふたつだからさ。私が持ってる爆弾は、まだまだ凄いのがあるからさ。じゃ、頼んだから」

抑揚のない口調で一方的に告げると、樹里亜はスマートフォンの電源を切った。

これで、踏ん切りがついたでしょう?

樹里亜は薄く微笑み、心で未瑠に語りかけた。

未瑠

「グローバルプロ」の応接室は、重苦しい沈黙に支配されていた。

未瑠は壁にかかった水彩画……全裸の黒人女性が海をみつめている絵に視線をやっていた。

別に絵に興味があるわけではないが、黒人女性の眼差しが印象的だったのだ。物哀《ものがな》しげでもあり、憂いを帯びているようでもあり、心地よさそうでもあり……黒人女性の瞳は、みる者の心のあり様によって違った表情に映る。

未瑠には、黒人女性の瞳がガラス玉に思えた。一切の感情を喪失した瞳からは、哀しみも憂いも窺えない。ただ、視界に入る物を映す水晶体としての役割を果たしているだけの瞳だ。

「おいっ、聞こえないのか!?」

坂巻が未瑠の顔前で手を叩き、いら立たし気に言った。

「聞こえてます」

未瑠は黒人女性から、視線を坂巻に移した。

「だったら、質問に答えろっ。どうして、勝手に枕なんてした!?　この写真を撮った女は、誰なんだ!?」

坂巻が、テーブルの上に並べた写真を指差しながら矢継ぎ早に質問を浴びせてきた。

写真には、未瑠と「嗚呼！　白蘭学園」のチーフプロデューサーの中林がラブホテルから出てくるところやキスをしている瞬間が写っていた。以前に、樹里亜というギャルが未瑠のブログのメッセージ欄を通じて送ってきた写真をプリントアウトしたものだった。

「男とエッチするのに、いちいちチーフに報告しなきゃならないんですか？」

「は？　なに言ってるんだ!?　お前はアイドルなんだぞ？　事務所がプライベートを管理するのはあたりまえだろ!?」

「アイドルっていっても、地下アイドルじゃないですか？　私が誰とエッチしたって、記事にもならないですよ」

未瑠は、鼻で笑った。

「なんにもわかっちゃいないな。お前はもう、ただの地下アイドルじゃないんだ。連ドラで準ヒロインの役を……」

「その準ヒロインの役を貰えたのは、私が中林チーフと枕したからです」

坂巻を遮り、未瑠は淡々と言った。

「お……おい、いま、どんな状況かわかってるのか!?　お前はわけのわからない女に、スキャンダル写真撮られて脅されてるんだぞ!? いいか? 俺の眼が行き届いている範囲での枕なら問題は起こらないが、自分勝手なことやると今回みたいなトラブルに巻き込まれてしまうんだよ!」

「問題が起きなくても、もう、制作会社のプロデューサーみたいな小物相手の枕はやりたくありません」

未瑠は抑揚のない口調で言った。

「こ、小物!? お前、自分でなにを言ってるのかわかってんのか!?」

坂巻がテーブルを叩き、怒声を浴びせてきた。

「小物じゃなければ、雑魚《ざこ》ですか? 好きでもないおっさんに抱かれるんですから、決定権のある大物がいいに決まってるじゃないですか? 前々から思っていましたが、坂巻チーフって、人脈ないんですね」

表情ひとつ変えず言う未瑠に、坂巻の顔が強張った。

「お前、俺を敵に回してる場合か!? ただでさえ、スキャンダル写真で脅されてるんだぞ!? 女は、ドラマの第五話でお前を降ろし、芸能界の表舞台から消すことを交換条件にしてきた。どうするつもりなんだ!? お前を守ってやれるのは、俺だけなんだぞ!?」

「守ってくれなくても結構です」

未瑠は、あっさりと言った。

「は? それは、どういう意味だ? 芸能界を辞めるつもりか!?」

予期していなかった返答に、坂巻は動揺していた。

「まさか」

「なら、どうするつもりだ!?　あんな写真を出されてしまったら一巻の終わりだ。あの女は何者だ？　居所がわかれば金で話を……」

「なにもしなくて結構です」

「なにもしなくて結構って……お前、芸能界を辞めるつもりはないんだろう？」

「はい。でも、この事務所は辞めます」

「辞めるだと!?　そんなことになったら、ドラマも降板だぞ!?　せっかくの準ヒロインの仕事を失ってもいいのか？　自棄《やけ》になる気持ちはわかるが、はやまった決断はよせ。俺が女を探し出してなんとかしてやるから。な？」

坂巻が、懸命に未瑠を諭した。

彼はわかっていない。未瑠は自棄になってもいなければ、はやまってもいない……至って冷静な判断で導き出した結論だ。

このまま坂巻のもとにいても、スキャンダル写真が世に公表されればドラマの降板は免れない。たしかに、準ヒロインの役を失うことは痛手なのかもしれない。だが、このスキャンダルをうまく逆手に取れば、下手にドラマに出続けるよりも世に名前が広まるチャンスにできる可能性があった。

未瑠は、たまたま地下アイドルとしてデビューしただけであり、ベビーフェイスに拘っているわけではない。トップを極めることができれば、ヒールでも構わなかった。

ただし、坂巻のもとでは無理だ。人脈も戦略もない坂巻に頼らずとも、未瑠を高みに引き上げてくれる人間に「枕」を仕かければいいだけの話だ。

悪女、魔性の女、小悪魔……いや、それで名前を残せるのであれば「枕女優」と呼ばれてもいい。

樹里亜は、思い違いをしている。名誉を失い傷つく前に引退しろ……彼女はそう言っている。

だが、未瑠が恐れているのは名誉が傷つくことではない。なによりも怖いのは、傷つく名誉もないまま年を重ね、枕営業をしようが話題にもならない無名のタレントのまま埋もれてしまうことだ。

マスコミやネットで叩かれるのは、未瑠には不幸どころかむしろ幸せなことだ。スキャンダル写真で脅しているつもりだろうが、樹里亜のやっていることは致命傷にはならない。SNSに拡散したければ、するがいい。

「その必要はありません。私、今日限りで事務所を辞めます」

未瑠は、眉ひとつ動かさずに言った。

「な……なんだって!? そんな勝手が通ると思ってるのか！ スキャンダル起こしてドラマを降板させられたとなれば、お前に損害賠償を請求することになるぞ!? それでもいいのか!?」

坂巻が鬼の形相で恫喝してきた。

「ご自由にどうぞ。でも、私はなにも悪いことはしていません。中林さんというひとりの男性と恋愛していただけで、たまたま彼が出演しているドラマのチーフプロデューサーだったという話ですから。私を訴えるということは、『桜テレビ』の中林プロデューサーも巻き添えになりますよ。いいんですか？　ウチみたいな弱小プロダクションが、民放テレビ局の敏腕プロデューサーを敵に回しても」

未瑠は、無表情に坂巻を見据えた。

「俺を、脅す気か……？」

「それからもうひとつ。もし私を訴えるなら、坂巻チーフがこれまで私に無理強《じ》いしてきた枕営業のこと、全部話しますから。未成年の少女に肉体接待を強要していたとなれば、刑務所行きでしょうね」

未瑠は、口もとに酷薄《こくはく》な笑みを浮かべた。

「なっ……」

「じゃあ、私、帰ります。契約書、自宅に送ってください。これまで、いろいろとありがとうございました」

絶句する坂巻を残し、未瑠は席を立ち頭を下げた。

「社長になんて報告を……」

「私から、ありのままを報告しましょうか？　枕営業は、社長の指示だったのかも訊いてみます。もしそうなら、社長も同罪ですから」

坂巻を遮り、未瑠は人を食ったような顔で言うとドアに向かった。

「おいっ、待て！」

背中に追《お》い縋《すが》る坂巻の声を無視して、未瑠は応接室を出た。

☆　☆

穂積さんへ

ご報告があります。

今日、私、事務所を辞めてきました。

相談もなく、勝手なことをしてすみません。

私に嫌がらせをしているギャルが、「桜テレビ」の中林チーフプロデューサーとラブホテルから出てくるところやキスしているところを盗撮して、坂巻チーフにみせて脅しをかけてきたんです。

私を「嗚呼！　白蘭学園」から降ろさなければネットにその写真を拡散するって。

坂巻チーフは、なぜ勝手に枕営業をしたのかと私を責めてきました。

笑っちゃいますよね？　いままで散々、枕をやらせてきたくせに。泥棒に説教されている気分でした。

その瞬間、完全に見切りをつけました。

この人のもとにいたら、私の夢を叶《かな》えることができないって。

だから、後悔はありません。

落ち着いたら、ご飯にでも行きましょう。

未瑠

自室のベッドに仰向けになっていた未瑠はスマートフォンの送信ボタンを押し、双眼のないテディベア……文太を胸の上に載せた。

「善悪って、誰が決めるんだろうね？」

未瑠は、文太に語りかけた。

「だってさ、戦争では人を殺しまくっている人が英雄視されるじゃない？　でも、戦争じゃないときに人を殺したら犯罪者として刑務所に入らなければならない。その時代の人間達の都合で、人殺しが英雄になったり犯罪者になったり……。善悪の定義なんて、そんなものよ。麻薬だってそう。日本だと所持して使用しても初犯なら執行猶予がつく程度だけど、マレーシアだとヘロインやモルヒネを十五グラム以上、所持、使用したら死刑なのよ。善悪は神様が決めたことじゃなくて人間が決めたことだから、私は無視するわ」

文太は、ふたつの空洞を未瑠の瞳から逸らさずに話を聞いていた。彼だけは、いつだって未瑠の話に熱心に耳を傾けてくれる。

「それにさ、別に人殺ししてるわけじゃないし。たかが、セックスでしょう？　愛のないセックスはするべきじゃないとか言う人がいるけどさ、どうして愛があるとかないとかわかるわけ？　カップルなんてみんなすぐに別れてるし、夫婦になっても離婚してるよね？　そのときは愛があるって、錯覚してるだけじゃない。私には、わかってるの。愛なんて、この世に存在しないってさ。龍とか人魚と同じ伝説だよ」

未瑠は、冷え冷えとした声で文太に語り続けた。

声同様に、心も冷めていた。

愛情を受けていない家庭で育った子は、愛がどういうものか知らない。

よく、こう口にする人間がいる。

未瑠は両親を嫌悪していた。きっと死んでも涙を流さない自信があった。むしろ、死んでくれればいいとさえ思っていた。

だが、いまの自分が愛を信じないのは、両親のせいだとは思わない。そもそも存在しないものを、両親が未瑠に与えられるわけがない。

両親から愛情を受けて育ったという者は、そう信じ込まされているだけだ。私は子供を愛情深く育てている、という親の自己満足につき合わされているに過ぎない。親も人間……聖人君子ではないのだ。

謹厳実直にみえる父親も、一歩外に出れば娘と変わらない歳の少女の胸や尻に溺れ、下卑た顔で欲望を満たそうとする生き物だ。

良妻賢母にみえる母親も、一歩外に出れば息子と変わらない歳の青年の前腕や腹筋を盗み見し、妄想を膨らませ、秘部を熱く潤ませている淫靡な生き物だ。

聖人君子どころか、親も煩悩に塗れ私利私欲に走る下等動物だ。脊椎があるだけ、ムカデやゴキブリよりもましだというレベルだった。

「幸せになるためのセックスが、悪いわけないよね？　私の夢は芸能界でトップに立つことよ。その夢を叶えるために自分の武器を使うんだからさ」

未瑠には、文太が大きく頷いているようにみえた。

メールの着信音が鳴った。未瑠はスマートフォンを手に取り、受信ボックスを開いた。

未瑠へ

あなたが決めたことなら、私はなにも言わないわ。

できれば「グローバルプロ」をやめてほしくないけれど、あなたの担当を外れた私にそれを言う権利はないよね。

たしかに、あなたにそういう営業を教えたのはチーマネであり、会社の責任だし。

これから、どうするの？　どこか、新しいプロダクションに移籍するの？

でも、スキャンダル写真を公表されたら困るわね。

そのギャルの子って、連絡取れないの？

私でよければ力になるから、いつでも連絡をちょうだいね。

ごはん、来週あたり行こうね。

穂積

未瑠は大きなため息を吐いた。もしかしたら穂積なら、もっと違う角度から物事をみられるのではと、まだどこかで少し期待していた。

担当マネージャーだった頃は、依存といっていいほど穂積に頼っていた。仕事面の愚痴や不満はもちろん、プライベートでの友人関係や恋愛のことまで、なにかあれば穂積に相談していた。

穂積のアドバイスは絶対で、未瑠にとって彼女は教祖のような存在だった。未瑠の中で穂積が絶対的な存在でなくなった瞬間を、いまでもはっきりと覚えている。

――今夜、制作会社のプロデューサーさんが待ってるから、渋谷のラブホテルに行けって坂巻チーフに言われました。これって……身体の関係を持てってことですか？

初めての枕営業を坂巻に言い渡された直後、未瑠は穂積に電話した。

――……多分、そういうことになるわね。

歯切れ悪く、穂積が言った。

――どうすれば、いいんですか？

未瑠は、縋る思いだった。訊ねてはいたが、心の底では助けを求めていたのだ。

――未瑠から、直接、チーマネに気持ちを伝えたほうがいいと思うわ。

穂積の口から出たのは、未瑠が期待していた言葉とは程遠いものだった。

――私が言っても、耳を貸してなんかくれません。

――でも、私は部下だから、もっと聞いてくれないわ。困ったわね……。

穂積の困惑が、未瑠を動揺させた。

――私、ラブホテルなんて行きたくありません。

――とりあえず、熱が出たとかなんとか言って、仮病を使うしかないわね。

穂積が出してくれた助け船は、すぐに沈む紙の舟のようだった。

彼女への信頼が、音を立てて崩れてゆくのを未瑠は感じた。結局、穂積は保身を優先させたのだ。

誰も守ってくれないのなら、自分で守るしかない。坂巻の命令が避けられないならば、毒を食らわば皿まで、だ。

　未瑠は、枕営業を、頂点を極めるための手段にすることを誓った。

　未瑠は、仰向けのまま、スマートフォンのリダイヤルボタンを押した。

「嗚呼！　白蘭学園」の主題歌のメロディコールが流れてきた。

『もしもし？　未瑠ちゃん？　こんな時間にどうした？』

　歌が中断し、中林が出た。どこかの飲み屋なのだろう、嬌声《きょうせい》が聞こえた。

「いまから、会えますか？」

『なんだ、嬉しいこと言ってくれるね。でも、今夜はかなり酔ってるから、未瑠ちゃんを悦《よろこ》ばせてあげられないな。誘いがくるってわかってたら、酒飲まないでビンビンな状態で待ってたのにさ』

　かなり酔っているのか、中林は妙にハイテンションだった。

「大事なお話があるんです。お時間は取らせませんから」

『まったく～聞き分けのない子だな～。しょうがない。あっちがだめでも、最悪、口や手で楽しませてやるよ。いつものマンションに、一時間後にきてくれ』

　下卑た笑いを残し、中林が一方的に電話を切った。

　馬鹿な男……。ライトの消えたスマートフォンのディスプレイに映る少女が、無表情に呟いた。

だった。

☆　　　☆

三十階の窓から見渡せる六本木の夜景、オフホワイトのカッシーナのソファ、室内を淡く照らすフロスの間接照明……センチュリオン六本木の部屋は十畳ほどの広さではあるが、女性を口説《くど》くためだけに借りているだけあり、生活感がなく、ムード満点の環境だった。

未瑠が訪れた理由を知らない中林の呑気《のんき》な鼻唄が、シャワールームから聞こえてくる。

未瑠は一脚で国産車が買える値段のソファに腰を下ろした。ロマンティックな夜景や高価な調度品など、未瑠には必要なかった。野心を満たしてくれるなら、安アパートの一室でも構わなかった。

鼻唄が止み《や》、ドアの開く音がした。

「お待たせ……あれ、なんで服を脱がないんだ？」

バスタオルを腰に巻いて現れた中林が、ソファに座る未瑠をみて怪訝な表情になった。

未瑠は無言で、書類封筒から取り出した複数の写真をナイトテーブルの上に並べた。

「ん？　なんだ、その写真……これは……」

写真を手に取った中林の陽灼け顔が、血の気を失い白っぽくなっていた。

「事務所のチーフマネージャーのところに、ある女が持ち込んで脅しをかけてきたそうです。公表されたくなかったら、私を『嗚呼！　白蘭学園』から降板させろって」

「そ、それで、チーフマネージャーはどうしたんだ!?」

中林が、未瑠の肩を摑み訊ねてきた。

「事務所に呼び出されて問い詰められました。面倒なので、事務所を辞めてきました」

「辞めてきたって……じゃあ、ドラマはどうするんだ!?」

「降板しますよ。だって、無視して出演し続けたら、この写真がネットにバラ撒かれますよ？　中林さんも、そのほうがいいでしょう？」

未瑠は、窺うように言った。

「あ、ああ……賢明な判断だと思う。君みたいな才能ある女優が脅しに屈してドラマを降板するのは残念でならないが、将来のことを考えるとそのほうがいい。でも、本当に、未瑠ちゃんが降板するだけで、その女は写真を流出させたりしないか？　俺は平気だが、君のことが心配でね」

中林が、頰の筋肉を従わせた作り笑顔で、未瑠に気遣いの言葉をかけた。

本当は、写真がマスコミに持ち込まれたりはしないか、SNSにUPされはしないか、不安で不安で仕方がないはずだ。

「中林さんが私の頼みをきいてくれれば、写真が世に出回ることはありません」

未瑠の言葉に、中林の笑顔が消えた。

「私の頼みをきいてくれれば……？」

中林が、恐る恐る未瑠の言葉を繰り返した。

「はい。頼みっていうのは、『桜テレビ』のゴールデン帯の連ドラの主役を、三クール連続でほしいんです」

「は!? 連ドラの主役を三クール連続ほしいって!? じょ……冗談だろ!?」

中林が素頓狂な声を上げた。

「いいえ、本気です。中林さんの立場だったら、主役のキャスティング権ありますよね？」

涼しい顔で、未瑠は言った。

「主役のキャスティング権なんかあるわけないだろう!? とくに連ドラの主役なんて、局の上層部クラスと大手プロダクションの間で決まったものが落ちてくるだけだ」

「中林さんだって、『桜テレビ』の有名プロデューサーでしょう？ キャスティング権はあるはずです」

感情的な中林とは対照的に、未瑠は淡々とした口調で言った。

「仮にそうだとしても、どうしてお前を主役にしなければならないんだ!? だいたい、お前程度の知名度じゃ一本でも主役なんて無理なのに、三本連続なんかありえないだろう!?」

中林が顔を紅潮させ、未瑠に人差し指を突きつけた。

「わかってますよ。私程度じゃ無理だから、中林さんとこういう関係になってるんじゃないですか」

「だから、『嗚呼！　白蘭学園』の準ヒロインにしてやったじゃないか！」

「話、聞いてなかったんですか？　このスキャンダル写真で脅迫されて、ドラマを降板することに決めたって言いましたよね？　私、新しい大きな仕事が必要なんですよ」

「そんなのお前の問題で、俺には関係……」

「関係ありますよ。中林さんとのスキャンダル写真で脅されてるわけですから」

未瑠は、中林を遮り言った。

「脅されているのは、俺じゃない」

「私の頼みをきいてくれなきゃ、この写真をネットに流しますから」

「なっ……」

中林が絶句した。

「お、お前、なにを言ってるのかわかってんのか？　そんなことをしたら、お前の女優生命も終わりだぞ!?」

「構いませんよ」

間を置かず、未瑠は答えた。

「嘘を吐くんじゃない！　いまのいままで、三クール連続でドラマの主役がほしいって言ってたじゃないか!?」

「もちろん、連ドラの主役はほしいですよ。でも、スキャンダルが広まれば女優として生き残るのは無理でしょうし、バラエティ番組中心に活動するタレントとしてやってゆきますよ。私みたいに元アイドルで十代のぶっちゃけキャラっていないから、番組に引っ張りだこになると思いますよ。だから、中林さんとのスキャンダルを暴露しても、私は少しも困りません。困るどころか、いい宣伝になりますよ」

未瑠の言葉に、中林の顔が蒼白になった。

「なあ、馬鹿なことを考えるんじゃない。バラエティ番組なんて、消費するだけ消費してポイ捨てされるのが落ちだ。プライベートの切り売りなんて考えずに……」

「三クール連続のドラマの主役を貰うか、スキャンダル写真をマスコミにバラ撒くか。私には、ふたつの選択肢しかないですから。どっちにしますか？」

未瑠は、取り付く島のない口調で二者択一を求めた。

「わ……わかった。ドラマの主役にキャスティングするよ。だが、ワンクールだけにしてくれっ。三クールなんて、とてもじゃないが無理だ。そんなことゴリ押ししたら、写真をバラ撒かれなくても君との仲を疑われてしまうよ。頼むっ……この通りだ！」

中林が、ナイトテーブルに両手と額をつけて懇願した。

「わかりました。中を取って二本で納得しましょう」

「二本だって無理……」

「これ以上は妥協しません。すぐにとは言いませんから、来年の一月クールと四月クールの二本の連ドラの主役に私をキャスティングする。約束できますか？　それとも、キャスティング権を武器に十七の少女の身体を貪《むさぼ》った事実を暴露しますか？」

未瑠は、口角をサディスティックに吊り上げた。

一本だけなら、マグレだと忘れられるかもしれない。しかし、二本連続でドラマの主役を張ったとなれば視聴者に強烈な印象を残すことができる。

もちろん、未瑠の演技力も重要だが、ゴールデン帯のドラマの主役を担っているというだけで、それなりの女優にみえるものだ。

アーティストは実力が問われる世界だが、アイドルや女優は露出が多いことイコール成功への近道となる。

「お前って奴は……いつか天罰が下るぞ」

中林が、怒りを押し殺した声で言いながら未瑠を睨みつけてきた。

「私、神なんて信じてませんから」

未瑠は、吐き捨てるように言った。


もし神がいたなら……。

開きかけた暗鬱な記憶の扉を、未瑠は慌てて閉めた。無力だった過去を振り返るつもりはない。屈辱と恥辱に汚されてきた未瑠は、自らが神となり、思い通りの未来を実現すると誓ったのだ。

「ほしいものは……」

未瑠は、右手で顔の前あたりの宙を摑んだ。

「自分の手で摑み取りますから」

口を半開きにして見上げる中林に、未瑠は酷薄な笑みを浮かべた。

未瑠のガラス玉の瞳に映るのは、希望でも絶望でもなかった。虚無……それだけだ。

樹里亜

壁に蔦《つた》が絡まる洋館を改築したその店は、中目黒《なかめぐろ》の閑静な住宅街にあった。

イタリアンレストラン「ジェノヴァ」。樹里亜は念のためにスマートフォンにメモした店名を確認し、ドアを開けた。

「いらっしゃいませ」

蝶ネクタイをつけたボーイが、瞬間、眉をひそめたのを樹里亜は見逃さなかった。セレブを気取った人種が好みそうな小洒落《こじゃれ》た店に、ブレザーにチェックのミニスカート姿のギャルふうな少女は珍しいに違いない。

樹里亜も、好きで訪れたわけではない。

「お待ち合わせでしょうか？」

ボーイは、これは仕事だと言い聞かせたようなわざとらしい作り笑顔を樹里亜に向けた。

「中里っておっさん」

樹里亜は、吐き捨てた。

「はぁ……」

ふたたび、ボーイが眉をひそめた。

「中里様は、先におみえになっております。こちらへどうぞ」

気を取り直したように笑顔を取り戻したボーイが、フロアの奥へ促した。

「お待ち合わせのお客様が、おみえになりました」

ボーイが声をかけながら、モスグリーンのベロアのカーテンを開けた。

「おう、待ってたぞ。さあ、かけなさい」

テーブルを挟んだ奥の席に座っていた英輝が、満面に笑みを湛え正面の席に手を投げた。前には白ワインが入ったグラスが置かれ、既に顔は赤らんでいた。

「なんだよ？　こんなところに呼び出してさ。百万、持ってきたんだろうな？」

樹里亜は腕組みをし、英輝を睨みつけた。

「まあまあ、そう焦るな。約束はちゃんと守るから、とりあえず座りなさい」

英輝を睨みつけながら、樹里亜は渋々と席に着いた。

「飲み物、なににする？」

「いらねーよ」

「そんなわけにはいかない。お店に悪いだろう」

「私には関係ねーし」

樹里亜と英輝のやり取りに、ボーイが強張った笑みを浮かべた。

「困った子だ。すみませんが、この子にウーロン茶を。食べ物は、いつもの感じでお任せにするから」

英輝が、包容力のある父親を演じた。実の娘を抱いている変態のくせに、笑わせてくれる。

「かしこまりました」

「そういえばお前、高校はどうするんだ？」

「は？　いまさらなんだよ！　そんなの、あんたに関係ねえだろ！」

「まあ、お前の年頃は親や世間に反発したくなるもんだし、それを頭ごなしに否定するつもりはないよ。でもな、人生を長く生きた先輩として少しだけアドバイスすると、高校だけは卒業しておいたほうがいい。女の子だって、お嫁に行けばいいって時代じゃない。最低限のキャリアを積まなければ生きづらい世の中になったんだ。いまからでも遅くはない。悪いことは言わないから、もう一度、高校に……」

「は!?　なに父親づらしてんだよ？」

自分のことを棚に上げるにも程がある。この男に比べれば、動物愛護を声高に叫びながら肉を食らい毛皮のコートを着ている奴らの矛盾などかわいいものだ。

「父親づらもなにも、私は正真正銘、お前の父親だよ」

英輝が、柔和に眼を細めた。

「あんた、自分が私になにをしたかわかってて、そんなふざけたことを言ってんのか!?」

「お待たせしました」

空気を読んだボーイが樹里亜の前にウーロン茶のグラスを置くと、そそくさと個室を出た。

「ふざけたことっていうのは、この前、お前がみせてくれた動画みたいなことかな？」

英輝が、他人事《ひとごと》みたいに言いながら白ワインのグラスを傾けた。

「私を馬鹿にしてんの!?　あんたと話してるとムカつくから、さっさと百万出せよ！」

樹里亜は、右手を英輝の鼻先に突きつけた。

「その件だが、今日はお前に提案があるんだ。百万の代わりに都内にワンルームマンションを借りてやるから、そこに住まないか？　いまだって、家賃を払ってるんだろう？　月に十万だとしても、一年で百二十万が浮く。二年で二百四十万……百万を現金で貰うよりも遥かに得だぞ？」

「ドケチなあんたが、自分が損することをやるわけない。なにを企んでるんだよ？」

「親として、やるべきことをやってあげようと思っただけだ。いままで、父親らしいことをなにもしてなかったから、反省してるんだよ。だから、これからは父娘の時間をもっと大切にしたいと思ってな。週末には、父さんも泊まれるようにするから」

「は!?　なんでてめえが泊まるんだよ！」

「言っただろう？　ふたりの時間を大切にしたいのさ」

英輝が、差し出していた樹里亜の手を握った。

「キモいんだよ！」

樹里亜は、英輝の手を振り払い睨みつけた。

「樹里亜、いろいろ誤解させてしまったが、父さんはお前のことがかわいくて仕方がないんだ。もう、お前も十七だ。過去のことは水に流して、新たな関係を築こうじゃないか」

英輝が、ねっとりとした眼で樹里亜をみつめた。

「新たな関係って……てめえ、なに考えてる？」

皮膚を鳥肌が埋め尽くした。

「父親とか娘とか、そういうことに拘るのはやめて、ひとりの男と女としてつき合おうってことだ。お前も、立派な大人の女だからな」

英輝が、樹里亜の胸もとに舐めるような視線を這わせた。

「てめえ……それ、本気で言ってんのか!?」

耳を疑った。この会話は現実ではない……現実であるはずがない。夢だ……それも飛び切りの悪夢だ。

英輝は、デリヘルで偶然再会した娘との性行為を盗撮した動画を世間に公表すると脅されている立場なのだ。

金に糸目をつけないから動画を売ってくれと懇願するならまだしも、マンションを借りてあげるから男女の関係にならないかと提案してくるなど、正気の沙汰ではない。

「ああ、本気も本気だ。お前を幸せにできるのは世界中を探しても私しかいないんだよ。わかるだろう？　ジュジュ？」

「その呼びかたはやめろ！　わかるわけねえだろう！　てめえ、頭がどうにかしたんじゃないのか!?　あんな動画を撮られて公表するって脅されたら、慌ててなんとかしようとするのが普通だろう!?」

「なにが普通で、なにが普通でないのかな？　たしかに、私がお前に持ちかけている提案は、世の中の親子の普通とは少し違うかもしれない。しかし、よく考えてみなさい。酒を飲んだくれて仕事もせずに娘に貧乏な生活を送らせているアル中の父親、母親や娘にひどい暴力を振るうＤＶの父親、詐欺で捕まり刑務所暮らしを送り娘に肩身の狭い思いをさせる犯罪者の父親……彼らに比べれば、私は普通の父親だと思うがな。ただ、ほかの父親よりも娘への愛情が強いだけだ。五歳まで父親と一緒にお風呂に入っていた娘が、十歳になったら急に嫌がる。ほかの父親は諦めても、私は娘への愛が深いから十歳どころか、十五歳になっても二十歳になっても入り続けていたい。それだけのことだよ。お前が普通だと言う父親像は、子供のことは妻に任せっ放しで自分は接待だゴルフだと家庭を顧みない典型的な会社員タイプのことか？　繰り返しになるが、私は、彼らより何倍も子供を愛しているだけの父親だ。それが、そんなに悪いことなのかな？」

微塵も悪びれた様子もなく、罪悪感のかけらもなく、一秒も己を省みることなく、英輝が樹里亜に訊ねてきた。

「ふざ……ふざっけんな……」

樹里亜は、憤怒《ふんぬ》に震える声を絞り出した。

「てめえが……愛情深い父親だと？　幼い娘の性器を触ったり自分の性器を触らせる父親が、普通だって言うのか？　てめえのせいで、私があの女からどんな目にあったか知ってんのか!?」

樹里亜は、燃え立つ瞳で英輝を睨《ね》めつけた。

——ママ……やめて……寒いよ……。

街がイルミネーションに染まる十二月。七歳の樹里亜は浴槽に閉じ込められ、母にシャワーの冷水を浴びせかけられていた。

——だめよっ。あなたが悪いんだから、我慢なさい！

母のヒステリックな叫び声が、浴室に響き渡った。

――樹里亜……なにも悪いことしてない……。

樹里亜は、嗚咽《おえつ》混じりに訴えた。

――悪いことしてないじゃなくて、あなたの存在自体が悪なのよ！　私の愛する人を惑わせ、誑《たぶら》かして……なんてふしだらで、卑しい女なの！　あなたの汚らわしさを、洗い流さなければならないの！

母は樹里亜の髪の毛を鷲摑みにし、顔に冷水を浴びせかけてきた。カミソリで皮膚を切られているような鋭い痛みが頰に走った。鼻や口から入り込んだ水に、樹里亜は激しく噎《む》せた。呼吸ができず、窒息しそうだった。

――苦しい……よ……やめて……。

――あなたが悪いから！　あなたが汚らわしいから！　あなたがふしだらだから！

樹里亜の小さな口に、シャワーのノズルを突っ込みながら母は金切り声で喚《わめ》き散らした。

母が幼い娘を虐げるのは、珍しいことではなかった。

父が娘を男の視線でみるたびに、陰で母に拳で頬を殴られた。父が娘の頬や首筋にキスの雨を降らせるたびに、陰で母に腹を蹴られた。父が娘の平らな胸や性器を触るたびに、陰で母にベルトで叩かれた。幼心にも、母が自分を憎むのは父が原因だとわかっていた。

樹里亜が成長するに従って……胸が膨らみウエストが曲線を描くに従って、母の折檻《せっかん》はエスカレートした。

それも、中学二年までだった。三年になる頃には、樹里亜は友人の影響でいわゆるギャルの仲間入りをした。

中高一貫の女子高で、よほどのことがない限り進学の心配がなかった樹里亜は、髪をプラチナブロンドにブリーチし、陽灼けサロンで肌を黒くし、派手なメイクを施し、勉強そっちのけで渋谷の街を遊び回った。

背も自分より高くなりグレた娘に、母は手出しができなくなっていた。

だからといって、樹里亜の心に刻まれた傷が消えることはなかった。

それは、母も同じだった。

ある日、ギャル仲間と夜通し遊び耽《ふけ》った朝、自宅に戻った樹里亜が眼にしたのは、ドアノブに何重にもビニール紐を括りつけ首を吊っている母の変わり果てた姿だった。

顔は赤黒く怒張し眼球は迫《せ》り出し、洟《はな》と糞尿《ふんにょう》を垂れ流している様は、ドラマや映画で女優が演じる眠っているようなきれいな縊死体《いしたい》とは違った。

父を会社に送り出してから死んだのだろう。心に傷を負っていたのは、樹里亜だけではなかった。

夫が娘に父親以上の感情を抱き、性的対象としてみている日常は母の精神を蝕《むしば》んだ。娘が幼い間は八つ当たりすることで心の均衡をギリギリ保っていられたが、思春期になり手出しできなくなったことで母は逃げ場を失ったのだ。


——ダルい女。


母の屍《しかばね》に吐き捨て、樹里亜は一一〇番通報した。同情も憐れみもなかった。かといって、恨みや怒りもなかった。

負け犬。母にたいする感情は、それだけだった。


「私が虐待されてたのも、あの女が死んだのも全部てめえのせいだよ」

樹里亜は、運ばれてきたカプレーゼを貪り食う英輝に言った。十七年間、ずっと秘めていた思いを初めて口にした。

「おいおい、なにを言い出すかと思えば……ほら、半分、残してやったから食べなさい」

英輝は、齧りかけのトマトとモッツァレラチーズの皿を樹里亜に差し出した。

「てめえが変態だから、あの女がおかしくなったんだよ！」

「それは、違うな。まず、私は変態ではない。至って健全な精神の持ち主だ。もうひとつ、母さんがああいうことになったのは自業自得だ」

「てめえは、悪くないって言うのか？」

「もちろんさ。母さんとは、見合い結婚だった。親の意向で、半ば強制的に結婚させられたようなものだ。正直、母さんへの愛情はまったくなかった。むしろ、嫌いなほうだった。母さんだって、燃えるような恋愛をしたわけじゃないんだから、私への想いは似たようなものだったはずだ。それを承知で結婚したんだから、私のお前への想いにたいして嫉妬するのは筋違いだ。体裁上の結婚なんだから、不満なら自分もほかの男と遊べばいいだけの話だよ」

英輝が、子羊の肉をくちゃくちゃと耳障りな音を立てて咀嚼《そしゃく》しながら涼しい顔で言った。

「てめえがあの女を愛してなかったからって、娘に手を出していいって話にはならないだろうが!?　だったら、なにか!?　見合い結婚の夫婦の父親は、全員、娘に色目を使うのかよ！」

想像以上に、英輝は倒錯していた。こんなにも、己の鬼畜な行為を正当化する自己中心的な人間をみたことがなかった。

「全員が、そうだとは言ってない。風俗に走る者もいるだろうし、社内不倫をする者もいるだろう。ただ、私はお前に走ったというだけの話だよ。いらないなら貰うぞ」

英輝は、樹里亜の前の食べかけのカプレーゼの皿を引き寄せ直接口をつけるとフォークで掻き込んだ。

「マジに訊くけどさ、父親が娘に手を出すことを本当に悪いと思わないのか？」

樹里亜は、幼い頃からずっと訊きたかった疑問をぶつけた。

「逆に訊きたいけど、なにが悪いんだ？」

ボーイがテーブルに置く前にトレイから奪った黒毛和牛のステーキにかぶりつき、英輝が質問を返した。

「なにが悪いって……近親相姦《きんしんそうかん》なんだから、悪いに決まってるだろうが！」

会話の内容に、ボーイが表情を強張らせ個室から出て行った。

「いいか？　よく聞きなさい。親子が愛し合うこと自体は、なにも悪くはない。問題があるとすれば、子供に先天性の疾患が起こりやすいってことだけだ。だから、子供さえ作らなければなにも問題はない。いや、問題はないどころか、わけのわからない相手と関係を持つよりもよほど安全だ」

英輝が、満足そうに言いながら白ワインのグラスを空けた。

「頭のおかしい奴と、これ以上話したくねえから。百万、早く出せよ」

「だから、部屋を借りてやると言ったろう?」

「ふざけんな! 部屋なんて借りなくていいから、さっさと百万払えって!」

「部屋なら借りてやる。そのほうが長い目でみると、百万貰うより得だと教えてやったじゃないか?」

「てめえが借りた部屋に住む気はねえんだよ!」

英輝が、口もとに光るステーキの肉汁を舌で舐め取りながらふてぶてしい顔で言った。

「なら、百万もなしだな」

あっさりと言うと、英輝がゲップをした。

「なにか、勘違いしてないか? てめえに決める権利はないんだって。動画を、ネットに公表してもいいのか!?」

「それは、困るな」

言葉とは裏腹に、英輝に逼迫《ひっぱく》している様子はなかった。

「だったら、百万を……」

「西島哲治《にしじまてつはる》という名前に、聞き覚えはないか?」

樹里亜の言葉を断ち切り、英輝が唐突に訊ねてきた。

「は? 誰だよ、それ?」

「西島春海《はるみ》の父親と言えば、わかるかな?」

樹里亜の記憶が、物凄い勢いで巻き戻った。

——遠慮しないでいいから、何日でもウチにいなよ。なんなら、一ヶ月でも二ヶ月でもいいよ！

母が自殺した直後、英輝とふたりきりになりたくなかった樹里亜は、ギャル仲間で一番の親友だった春海の家に転がり込んだ。彼女の家も幼い頃に母親を交通事故で亡くし、父と娘のふたり暮らしだった。

——嬉しいけど、なんか悪いよ。
——私のことなら、気にしなくて大丈夫だよ。むしろ、春海も退屈しないで私も安心だから、樹里亜ちゃんがウチに泊まってくれるのは歓迎さ。

奥の部屋から玄関に出てきた春海の父……哲治が、柔和な笑顔で言った。
哲治は、英輝と同じ銀行の別の支店に勤務していた。もちろん、そんなことは知らずに春海とは偶然に仲良くなった。愛してくれる母親のいない家庭、という意味では樹里亜の家と同じだが、父親としての人間性は雲泥の差だった。哲治は、武骨で口下手《くちべた》だが娘思いの優しい男だった。間違っても、実の娘に性的虐待をするような父親ではなかった。

――支店長も心配しているだろうから、私から連絡しておくよ。


支店長とは、英輝のことだった。春海には事情を話していたが、哲治には本当のことは話していなかった。母が自殺したショックで、親友を頼って家を訪れたということにしていた。

そのときは三日で家に帰ったが、口実をつけては春海の家に泊まり、月のうち半分は家を空けた。そして高校中退とともに樹里亜は家に帰らなくなった。

母の死後は、さすがに英輝が手を出してくることはなかった。だが、だからといって、なにも変わらない。危害をくわえてこなくても、ゴキブリにたいしての嫌悪感がなくならないのと同じだ。


「先月から、西島君はウチの支店で勤務していてな。つまり、私の部下ってわけだよ」

英輝が、樹里亜の顔色を窺いながら言った。

「だからなに？　関係ないし」

樹里亜は、平静を装った。少しでも動揺が顔に出てしまえば、ウ、イ、ル、ス、が侵食してしまう。

「惚けなくてもいい。春海って子は、お前の大親友だったじゃないか。母さんがあんなことになってからは、私とより西島家で過ごした時間が長いんじゃないのか？」

「だから、春海とはもう全然会ってないし、昔の話だから」

あくまでも、樹里亜は興味のないふうを装った。樹里亜が高校を中退してからは会ってないのは事実だが、一番苦しかったときに助けてくれた西島父娘には迷惑をかけたくなかった。

「西島君の家も、新居を購入したばかりで大変みたいでね。もし、いま、職を失ったりしたら破産するしかないだろうな」

英輝が、独り言のように呟いた。もちろん、樹里亜の耳を意識しているのはみえみえだ。

「この前、大口の取り引き先を彼のミスで他行に奪われてしまってな。本店に報告すれば、懲戒解雇にまではならないだろうが、系列会社の警備会社に飛ばされるのは間違いないな。給料なんて四分の一くらいになるし、新居のローンなんてとてもじゃないが払えないだろう。西島は思い詰めるタイプだから、自殺とか変な気を起こさなければいいんだが……」

英輝が、わざとらしく心配げな表情を作った。

「私を……脅してんの!?」

樹里亜は、怒りに震える声音で言った。

「ん？　脅す？　どうして？　お前、春海って子は、親友じゃないんだろう？　西島家が破産しようが親父が自殺しようが、関係ないんじゃないのか？　まあ、百万を払わなくても動画を公開しないっていう約束をお前がするなら、西島のミスは黙っていてやってもいいがな。それとも、動画を公開して、お前の手で西島家を破滅に追い込むか？　私はどっちでもいいから、好きにするがいい」

英輝が、下卑た笑いと優越感の入り混じった顔で樹里亜に二者択一を迫った。

「てめえは、どこまで腐ってんだ……絶対、許さねえからな！」

樹里亜は席を立ち、英輝に捨て台詞を残し個室を出た。

「マンションの件は、また今度な」

背中を追ってくる英輝の声から逃げるように店を飛び出した樹里亜は、植え込みに飾ってあった「白雪姫」の「七人の小人」の置物を次々と蹴り倒した。下種、卑劣、狡《こう》猾《かつ》……英輝の人間性を表現するには、どんな言葉でも生温かった。あのひとでなしの血が自分にも流れていると考えただけで、ぞっとした。

甲高い通知音が鳴った。ブログのメッセージの通知音だった。

樹里亜は足を止め、スマートフォンを手に取りサイトを開いた。未瑠からのメッセージだった。期限より四日早い返信——マネージャーへの脅しが利いたようだ。

暇な一般人様へ

ご親切に、報告ありがとう。写真も、よく撮れてるね。欲を言えば、もっとかわいく撮ってほしかったな。

私から、報告するわね。

「嗚呼！　白蘭学園」は、降板することにしたの。

勘違いしてほしくないのは、あなたに脅されたからじゃないってこと。

これからは、アイドルや清純派女優じゃなくて、悪女キャラで行くってことを決めたの。だから、芸能界は辞めないし、写真をマスコミやネットに拡散したいのならお好きにどうぞ。

逆に、話題になるからやってほしいくらいよ（笑）

最後に訊くけど、あなたはなんで私に絡むの？　友達でもないし会ったこともないでしょ？

もしかして、芸能人になりたくてオーディション雑誌に応募しまくってるけど、書類選考で落ち続けてる残念な女の子とか？（笑）

地下アイドルだった私がブレイクしたのが羨ましくて、嫉妬しているなら素直にいいなよ。

ブログに載せてる写真みたけどさ、どうせ修整しまくってるんでしょ？

つけ睫毛とかメイクでごまかしてるけど、素顔になったら友達でもわからないおブスちゃんとか?

特別に、忠告してあげるね。

どんなに騒いでも、私はテレビに出てる華やかな芸能人で、あなたはテレビを観ている地味な一般人って立場は変わらないから。

前から思ってたんだけどさ、私のことああだこうだ言うほど、自分は立派なの?

どうせさ、親を恨んで、環境を恨んで、悲劇のヒロインになってさ、自分じゃなにもやらないタイプでしょう?

そういう口ばっかりの人間って、一番、嫌いなんだよね。

なにかに不満があるなら、人の人生に逃げ込まないで、自分で切り拓《ひら》いてみなよ。それが犯罪でも、私は、いまのあなたみたいになにもしないよりは評価するね。

あ~時間無駄にしちゃった。暇人なあなたに今回はつき合ってあげたけど、これが最後よ。もう、メッセージは出さないで。

あ、それから、この文章をコピーして公表してもいいわよ。どうせ、そういうことばかり考えてる暇人でしょ(笑)

また、脅迫メッセージを出されるの迷惑だから、先に許可してあげるから(笑)

メッセージを読み終えた樹里亜の、スマートフォンを持つ手が震えた。頭が痺《しび》れたよ

うになり、周囲の景色が粒子の粗い画像のようにざらつき色を失った。

ハッタリなのか？　それとも、自らの置かれている状況さえ判断できない馬鹿なのか？　もしかしたら、あの坂巻というマネージャーの入れ知恵なのかもしれない……。

樹里亜の頭の中に、様々な憶測が飛び交った。

とにかく、予想していたどの返答とも違った。まさか、ここまで罵詈雑言を浴びせてくるとは考えもしなかった。

もしかして、樹里亜のことを口だけだと甘くみているのか？

未瑠という女の考えが読めなかった。自分をここまで挑発するのだから、したたかで周到なタイプにも思えるし、浅はかな世間知らずにも思える。

――なにかに不満があるなら、人の人生に逃げ込まないで、自分で切り拓いてみなよ。それが犯罪でも、私は、いまのあなたみたいになにもしないよりは評価するね。

樹里亜は、メッセージの一部分を読み返した。熱湯風呂に浸かったように、頬が火照った。人前で丸裸にされたような羞恥心が、樹里亜の心臓を鷲摑みにした。

「お前のために……言ってやってんだ……」

樹里亜の口から無意識に、うわずる声が零れ出た。

「その強気がどこまで続くか、たしかめてやるよ」

足もとで、破損音がした。樹里亜の靴の下で、「小人」の置物が砕け散っていた。

未瑠

玄関に佇んだ未瑠は、壁にかかった姿見の前に立った。

いつもより入念に施されたメイク、いつもより入念にセットされた髪の毛——未瑠は五割増しの美しさに、しばしの間見惚れた。

いままではアイドルとして売っていたので、メイクもナチュラルな感じで清楚《せいそ》にみえるようにしていた。

だが、今日からはその必要はない。鏡の中の女性は色濃いアイラインが眼尻から跳ね上げるように描かれ、唇には燃えるような真紅のルージュが塗られていた。

眉毛の上で水平に揃えていた前髪もオールバックふうに頭頂に盛り、サイドの髪はゆる巻きにすることで、アイドル定番のカマトトヘアから、夜の女ふうにイメージチェンジしていた。

メイクとヘアスタイルを変えただけで、二十代半ばと言っても通じるくらいに大人びた雰囲気になった。

服装もレースやフリルのワンピースばかりだったが、今日は胸もとが大きく開き身体のラインが強調されたキャミソールドレスに肩からショールをかけていた。

ベタな変身だが、日本人はわかりやすい物事が好きな人種だ。

清廉潔白なアイドルが悪女に……芸能界に、キャラの悪女は大勢いる。中途半端ではだめだ。前代未聞の突き抜けた悪女にならなければならない。

「伝説を作るわよ」

未瑠は、鏡の中の女性に語りかけ、玄関を出た。

☆　☆

エレベータホールからエントランスに抜けた未瑠は、木製の自動扉の前で深呼吸をした。

外の熱気が、扉越しにも伝わってきた。足を踏み出した瞬間に、運命が決まる。誓った通りの伝説のスタートか、二流週刊誌のネタで終わるか……どちらに転がるかは、未瑠次第だ。

未瑠がドアを開けると、一斉に明滅する青白い閃光《せんこう》が視界を灼いた。

〈未瑠さん！　あのネットの記事は事実ですか!?〉

〈写真をネットやマスコミに拡散していいと書いてましたが、その写真って男性関係ですか!?〉

〈ネットに未瑠さんのメッセージを公表したのは誰ですか!?　未瑠さんは、相手と会っ

たことがないと書いてましたよね？　脅迫されてるんですか!?〉

〈その写真のせいで、『嗚呼！　白蘭学園』を降板することになったんですね!?〉

〈ネットに掲載した女性が未瑠さんのスキャンダル写真を撮ったんですか!?〉

〈恋人との写真ですか!?〉

〈悪女キャラでやって行くっていうのは、本当ですか!?〉

〈今日のファッションとメイクはいつもと印象が違いますが、悪女を意識してるんでしょうか!?〉

報道陣が、我先にとマイクやボイスレコーダーを突き出してきた。

「質問に答えますから、落ち着いてもらえません？」

過熱する報道陣を見渡しながら、未瑠は小憎らしいほどの冷静さで言った。

「今回、暇なギャルが私と男の人がキスしている写真を送ってきて、ドラマを降板しないとSNSで拡散するって脅してきたんです。だから、事務所のマネージャーにそのことを話して、自分からドラマを降板したんです」

未瑠は、淡々とした口調で言った。

〈キスしてた男の人っていうのは誰なんですか!?〉

〈もしかして、共演者ですか!?〉

〈準ヒロインのドラマを、よく降りる気になりましたね!?〉

〈事務所を辞めたのは、スキャンダル写真が原因で解雇されたんですか!?〉

傷ついた獲物に群がるハイエナさながらに、ふたたび報道陣が矢継ぎ早に質問を浴びせてきた。

「恋人でも共演者でもありません。ある、テレビ業界に力を持った方とホテルに行ったときの写真です。因みに、事務所は自分から辞めました」

未瑠の発言に、報道陣がどよめいた。

〈それって、枕営業ってことですか!?〉

〈ドラマでいい役を貰うために、ホテルに行ったということですか!?〉

〈テレビ業界に力を持つ人というのは、大手芸能プロダクションの関係者ですか!?　それとも、スポンサーですか!?〉

「それを枕営業というのなら、そうかもしれませんね。はい。仕事のためにホテルに行きました。相手の方にご迷惑がかかるので、名前は言えません」

臆することなく堂々と認める未瑠に、報道陣のどよめきに拍車がかかり、フラッシュの嵐が未瑠の視界を奪った。

〈未瑠さんは、自分でなにを言ってるかわかってますか!?〉

〈肉体を使っていい役を貰うなんて、恥ずかしいことだと思わないんですか!?〉

〈好きでもない人とそういう関係になることにたいして、罪悪感はないんですか!?〉

あたかも自らは聖人君子であるとでもいうように、ハイエナ達が吠《ほ》え立てた。

「所属していた『グローバルプロ』に十五歳のときから枕営業をさせられていましたか

ら、私の中では恥ずかしいこととか悪いことという思いはありません。芸能界で有名になるための手段のひとつと、教えられてきましたから」

未瑠は、まったく感情の籠もらない瞳で報道陣を見渡した。

本音だった。子供のときから狩りを教えられて育った肉食獣は、ほかの動物を殺して食らうことに罪の意識を感じない。

子供のときから翼を持っている鳥は、空を飛ぶことに疑問を持たない。

未瑠にとって枕営業で伸《の》し上《あ》がるのは、肉食獣が動物を食らい、鳥が空を飛ぶこととなにも変わらない。

〈どうして、枕営業のことを告白する気になったんですか!?〉

百キロはありそうな男性記者が、額に玉の汗を浮かべながら質問した。

「正直、脅されていました。ただ、バラされるのを恐れて言いなりになるのも嫌だったんです。それに、さっきも言いましたけど、枕営業を悪いこととは思っていませんから。意識して悪女キャラになろうとしているわけではなく、枕営業をカミングアウトしたら、世の中の好感度はなくなるでしょう?」

微笑みを湛えながら語る未瑠に、報道陣からため息が漏れた。

〈あの、未瑠さんはこれから、映画などで脱いだりするんですか!?〉

二十代半ばと思しき女性記者が、瞳を好奇の光で爛々《らんらん》とさせながら訊ねてきた。茶に染めた髪ときつめのアイラインに、生来の目立ちたがり屋な性格と気の強さが滲み出ている。

「ストーリーに必要な流れなら脱ぎます」

未瑠は即答した。

〈じゃあ、オファーがあったらＡＶに出演しますか？〉

同じ女性記者が質問してきた。

「しません」

ふたたび、未瑠は即答した。

〈いくらくらいのギャラなら、考えますか？〉

女性記者が食い下がってきた。

「どんなにギャラが高くても出ません」

未瑠は、いら立ちが顔に出ないように無表情を貫いた。

〈どうして、枕営業は恥ずかしいことじゃないと言い切る未瑠さんがＡＶには出演しないんですか？〉

女性記者の言葉尻には、悪意が含まれていた。

「枕営業は売れるための手段で、ＡＶに出演するためじゃありません。セックスするって共通点だけで一緒にするなんて、記者さんって発想が乏しいんですね」

未瑠は、故意に女性記者に挑発的に言った。

〈その言いかたは……〉

「誰か、ほかの質問ありますか？」

血相を変えて食ってかかってこようとする女性記者を遮り、未瑠は報道陣を見渡した。

〈現在、未瑠さんはフリーですよね？　これから、事務所とかどうするんですか？〉

鼻から下が髭に覆われた中年記者が、傷だらけのボイスレコーダーを差し出してきた。

「いまは、考えてません。しばらくは、個人でやって行こうと思います。この報道をご覧の業界関係者の方は、私のブログからオファーをくださいね。あの、私、これから行かないといけないところがあるんで、このへんで終わりにさせてください」

未瑠は一方的に告げると、報道陣を掻き分け通りに出た。

〈未瑠さん、最後に、枕営業の相手を教えてもらえませんか!?〉

〈暴露本とか出す予定はあるんですか!?〉

〈相手は『嗚呼！　白蘭学園』の関係者ですか!?〉

矢継ぎ早に飛んでくる質問から逃げるように未瑠は駆け出し、空車のタクシーに乗り込んだ。

☆　　☆

六畳ほどの空間。テーブルには、ウーロン茶、ミネラルウォーター、スポーツドリンクのペットボトルと、サンドイッチと焼肉弁当が並べられていた。

未瑠は、「スクープサタデー」の台本に視線を落とした。

出番まで、あと三十分といったところだ。未瑠は、スマートフォンを取り出しブログのメッセージ欄を開いた。

暇な一般人さんへ

もうメッセージしないって言ったけど、あなたにお礼だけはしとこうと思って。

あなたがＳＮＳで暴露してくれたおかげで、オファーが殺到しちゃってさ。今日だけで、情報番組とワイドショーで五本も生出演があるの。いまもひとり部屋の楽屋でさ、アイドルやってたときなんて、いつも大部屋ばかりだったから。

これも、あなたのおかげだよ。

これで、わかったでしょ？　あなたが私を潰すことなんてできないってことが。

これからは、人のことより自分の将来を考えなよ。

どうせ、くだらない人生送ってんでしょ？

じゃあ、今度こそ、さよならだね。

メッセージを送信したのを見計らったかのように、ドアがノックされた。

「どうぞ」

ドアが開き、チェックのシャツを着た長髪の男が入ってきた。

「ディレクターの橋口《はしぐち》です。本日は、よろしくお願いします」

橋口が名刺を差し出しながら、未瑠の正面の席に座った。

「未瑠です。よろしくお願いします」

「早速ですが、今日の打ち合わせに入ります。まず最初に確認しておきたいんですが、枕営業の相手の名前を公表するのはNGなんでしたよね？」

「はい、これからも仕事でお世話になる方なので」

中林には、来年の一月クールと四月クールの連ドラの主役のキャスティングを約束してもらっている。約束を守るかぎりは、どんな下種な人間でも宝物だ。迷惑をかけるわけにはいかない。

「どんな仕事をしてる方かだけでも、教えて頂くわけにはいかないですか？」

「すみません」

「枕営業を強要した方の名前は……」

「それも、すみません」

未瑠は、ディレクターを遮るように詫びた。

もはや坂巻は利用価値のない男だが、悪戯に刺激して敵に回す必要もない。

「なら、枕営業の流れについて、具体的に話して頂くことは可能ですか？」

「相手を匿名《とくめい》でいいなら、大丈夫です」

「それで結構です。まずお訊ねしたいのが、初めて枕営業したのは何歳のときで、誰の指示で……あ、名前は結構ですから。どんな関係の方に命じられ、どこに行ったかを教えて頂ければ」

「iPad」のキーに指を載せたディレクターの瞳は、好奇の光で輝いていた。

「初めて枕営業をしたのは十五歳のときで、芸能事務所に所属して三ヶ月目くらいです。命じたのはマネージャーで、相手は映像制作会社のプロデューサーでした」

「十五歳で……」

淡々と語る未瑠とは対照的に、ディレクターはあんぐりと口を開けて驚いていた。

未瑠は、心の奥底に封印していた二年前の記憶の扉を開けた。

☆　　☆

「十五歳ですか……」

MCを務める売れっ子男性芸人の驚愕の表情は、楽屋で打ち合わせしているときのディレクターと同じだった。

女性作家、男性弁護士、女性医師、男性コラムニストの四人のパネラー達も、悲痛に顔を歪めていた。

「つらかったでしょう?」

「はい。でも、すぐに慣れました。芸能界って、こういうところなんだなって」

「いやいや、そんなことをさせるような事務所のほうが稀《まれ》ですよ」

芸人MCが、顔前で大きく手を振った。

「抗議とかは、しなかったんですか?」

「しましたよ。もっと影響力のある人を選んでくださいって」

「え? それは、どういう意味でしょう!?」

「制作会社のプロデューサーさんは、脇役のキャスティング権しかないんです。だから、どうせなら、メインキャストのキャスティング権のあるテレビ局のプロデューサーや大手広告代理店の偉い方とか、そういう人にしてくださいって頼みました」

未瑠が涼しい顔で言うと、芸人MCとパネラー達が呆気《あっけ》にとられた表情で固まった。

「え……あの、ちょっとよくわからなくなっちゃったんですけど、未瑠さんは自ら好んで枕営業をやってたわけじゃないんですよね?」

「好んではいませんけど、どうせやらされるのなら決定権のある相手のほうがいいってだけの話です。好きでもない相手に抱かれるわけですから……」

「あ、未瑠さん、朝の生放送ですから、もう少しオブラートに包みましょう。局のツイッターが炎上しちゃいますよ、ねえ?」

慌てた芸人ＭＣが冗談で取り繕い、パネラー席を振り返った。

「つまりは、語弊《ごへい》があるかもしれませんが、効率のいい相手にしてほしいって未瑠さんのほうから要求を出したってことですね？」

未瑠が頷くと、スタジオの空気が変わった。

番組開始の頃までは同情的だった四人のパネラーも、不快な表情になっていた。

「間宮《まみや》さん、十五歳の少女に枕営業させるというのは法的にどうなんでしょうか？」

芸人ＭＣが、パネラーの男性弁護士に話を振った。

「そうですね、未瑠さんのケースは、成人が十八歳未満の青少年と淫らな行為をした場合、青少年健全育成条例違反……いわゆる淫行条例のことですが、懲役は上限二年、罰金は最高百万という刑罰にあたりますね。ただし、ふたりが婚姻関係にあれば別です」

「間宮さん、婚姻関係以外の成人と十八歳未満の青少年が淫らな行為をした場合は、すべて罪になるんですか？」

「いえ、そうとはかぎりません。青少年の保護者が公認するような恋愛関係であったりすれば罪にはなりません」

「じゃあ、恋仲ではあるけど、保護者の公認がない場合はどうなんですか？」

「真剣交際であれば罪には問われないということになってはいますが、そのへんは正直グレイゾーンですね」

「たしかに、交際した期間で決めるのか、ふたりの思いで決めるのか……そもそも、なにを以てして恋人関係というのかの判断が難しいですよね？　橋野《はしの》さんは、どう思います？」

　芸人ＭＣが、男性コラムニストに意見を求めた。

「僕は、ふたりが初めてそういう行為をするときに、保護者公認である関係になってい

るというほうが稀だと思います。どちらかと言えば、そういう行為があったあとに関係

性が深まるパターンが多いんじゃないんですかね？」

「なるほど。話を間宮さんに戻しますが、未瑠さんに枕営業をさせていた事務所のスタ

ッフは、児童福祉法違反の罪に問われるということですか？」

　芸人ＭＣが、橋野から間宮に視線を移した。

「そういうことになりますね。あの、私から未瑠さんに質問したいんですが、いま、枕

営業をやらせた事務所のスタッフを訴えたいと思っていますか？　児童福祉法違反は親

告罪ではありませんが、未瑠さんのお気持ちを知りたいなと思いまして」

「そういう気持ちはありません。別に、恨んでませんから」

「ちょっと、いいかしら？」

　未瑠がきっぱり言い放つと、医者の氷室《ひむろ》が手を挙げた。

「あのさ、あなたの言いぶんをそのまま聞いてると、枕営業を肯定しているみたいに聞

こえるから、イメージ的にあまりよくないと思うわよ」

　氷室が、嫌悪感を隠そうともせずに眉間に縦皺を刻んだ。

「イメージをよくしようと思っているなら、枕営業をカミングアウトしたりしません」

　未瑠の返答に、氷室の眉尻《まゆじり》が吊り上がった。

「あなた、同じような境遇でつらい目にあっている子達を救うために出てきたんじゃないの!?」

　氷室は、完全に戦闘モードになっていた。

「申し訳ないんですけど、あるギャルが、私が枕営業していることをバラすって脅してきたから、それなら自分からカミングアウトしたほうがましだって……で、どうせカミングアウトするなら芸能界で新しい自分のポジションを作ることに利用しようって思いました。だから、おばさんが言うような誰かを救うためとかじゃないです」

「おばさん!?」

　未瑠の挑発に、氷室が気色ばんだ。頭にきて喧嘩を売ったわけではない。むしろ、彼女の絡みかたは未瑠の悪女キャラを際立たせてくれるのでありがたかった。

「まあまあまあ、朝の生番組ですから」

　さっきと同じように冗談めかした口調で、芸人ＭＣが険悪な空気を和ませた。

「未瑠さん、そもそも枕営業って、事務所の人から具体的な説明があるんですか?」

「説明はありませんけど、制作会社のプロデューサーさんがどこそこのホテルで待ってるから行けって言われたら、だいたいの想像はつきますよね?　しかも、ほとんどが夜ですから」

「ホテルというのは、いわゆるラブホテルというやつですか？」

「はい。相手によっては、自宅や普通のホテルのときもありますけど」

微塵の躊躇いも困惑もなく答える未瑠に、氷室は嫌悪感を露《あらわ》にし、ほかの三人のパネラーは複雑な表情になっていた。

「質問があります」

作家が、初めて口を開いた。

「園《その》さん、どうぞ」

芸人ＭＣが、女性作家を促した。

「相手の人は、あなたとそういうことをしたら、どんな仕事を用意するとか事務所と取り決めてるんですか？」

「はっきり決まってはいませんけど、だいたいは決まってます。五番手か六番手あたりとか、セリフは毎回あるわけじゃないけどテレビには必ず映るとか、そんなアバウトな感じです」

「たとえば、役の大小によって、枕営業の回数も増えたり減ったりはするんですか？」

小説の題材にでもするつもりなのか、園は質問しながらノートに物凄い勢いでボールペンを走らせていた。

「相手によっては、何度もセックスしたがる人はいます」

すかさずＡＤが、未瑠さん、表現をボカしてください、と書かれたカンペを掲げた。

「でも、五番手以下の脇役なら二度目のエッチはしません」

ＡＤが天を仰ぎ、未瑠さん、その表現もＮＧです！　のカンペを出した。

「なら、どのくらいの役をくれたら二度目に応じるんですか？」

園の質問はかなり具体的だが、氷室とは違い敵意がないことは伝わってくる。もしかしたら、本当に新作のネタにする気なのかもしれない。

「二番手、三番手の準ヒロインクラスを貰えるなら、相手が満足するまでおつき合いします。四番手、五番手なら二、三回ですかね。ただこれは十九時から二十三時までの看板番組が並ぶ、いわゆるプライムタイムでオンエアされる地上波の連続ドラマの場合です。地上波であっても二十四時以降の深夜帯だったりプライムタイムでも衛星やローカル局の場合は、メインクラスの役を頂いても一度しか淫らな行為はしません」

未瑠がＡＤに視線をやると、人差し指と親指でオーケーサインを作り頭を下げていた。

「ちょっと、話についていけないわ」

氷室が、顔を顰めて吐き捨てた。間宮弁護士と橋野も、渋い表情で首を傾げていた。

未瑠は、彼らのリアクションを鵜呑《うの》みにしていなかった。

所詮は、視聴者にたいしての好感度を気にしながら言葉を選ぶ人種だ。未瑠の話に共感した態度を取ったりすれば、局へのクレームが殺到し番組を降板させられる恐れがある。

現に、正直に枕営業について語っている未瑠の好感度は急下降している。もし、涙ながらに悲劇のヒロインを演じれば、パネラーや視聴者の同情を誘えたことだろう。

納得できないといったふうに首を傾げている芸人MCにしても、本音では未瑠をネタにして笑いを取りたいに違いない。

このスタジオにいる出演者は、すべて建前でしか物を言わない。真実を伝えるのが使命のはずの情報番組が、真実を口にすると消滅してしまうという不条理を抱えている矛盾だらけの世界がテレビだ。偽善という名のフィルターを通さなければ成り立たない媒体なのだ。

「もうひとつだけ、いいですか？　単発ドラマだと、プライムタイムでも条件は変わるんですか？」

園の取材欲が尽きることはなさそうだった。

「もちろん、変わります。全十回の連続ドラマと単発では、視聴者への認知度が違います。でも、単発であっても大手の企業が一社提供のスペシャルドラマは例外です。予算も豊富ですし、共演者も一流の俳優さんばかりなので。質問がくる前についでに言っておきますが、映画も数百館公開の全国ロードショーと単館公開のレイトショーでは雲泥の差です。もっと細かく言えば、低予算で小規模の映画であっても監督が有名だったりすれば全国ロードショーに匹敵《ひってき》する場合もレアケースですがあります」

「なるほど、枕営業とひと口で言っても、仕事の規模によって細かに条件が変わるんですね。交渉は事務所のスタッフさんがやるんですか？」

芸人ＭＣが、カンペを気にしながら言った。未瑠さんから事務所にシフトしてください、という内容だ。

一見、未瑠を守ったようにみえるが、そうではない。未成年の少女をあまりにも悪者にすると、番組のイメージダウンに繋がることを危惧したに違いない。テレビ局が考えそうな保身だ。

事務所の悪徳スタッフをやり玉に挙げるぶんには、番組は正義の味方の立場を守れるというわけだ。

いつだってテレビ局が考えるのはスポンサーと視聴者にたいしてのみえかたであり、出演者がその後どうなろうと歯牙にもかけない。

「最初のうちだけです。私が所属していた事務所は小さくて交渉力も政治力もありませんでしたから、途中からは私がやりました」

「で、でも、右も左もわからない未瑠さんに、事務所が枕営業を強要していたのは事実ですよね？　でなければ、未瑠さんがこんな哀しいことをやる少女にもならなかった……」

予想外の答えに動揺した芸人ＭＣが、懸命に軌道修正しようとした。どうしても、「グローバルプロ」を悪者にするつもりだ。

「ある意味、事務所には感謝してます」

未瑠の発言に、パネラー達がざわついた。ADが、未瑠さん、事務所にたいしての不満をお願いします！　と慌ててカンペを突き出した。

「肉体ひとつで、確実にいい仕事を取れる方法を教えてくれたわけですから」

未瑠は、カンペを無視して己のシナリオ通りに発言を続けた。

「未瑠さん、そのマネージャーという方は……」

「それに、私は自分のことを哀しい少女だなんて思っていません。枕営業のおかげでドラマでも準ヒロインをやらせて頂いたり、こうやって高視聴率の生番組にも呼んで頂いたり……。芸能界でタレントをやっていて、一番哀しく惨めなことがなんだかわかりますか？」

未瑠は、芸人MCを遮り逆質問した。

「いや……よくわかりませんが……それよりも、私が訊きたいのは枕営業を指示した事務所の……」

「批判さえされないような無名な存在であることです」

ふたたび芸人MCを遮り、未瑠は語気を強めて言った。

もう、芸人MCは諦めたように口を噤んだ。パネラーの四人もADもディレクターも、苦虫を嚙み潰したような顔をしていた。

構わなかった。いま、この番組を敵に回しても、各局のプロデューサーやディレクターがこれだけ突き抜けた十代の悪女キャラの希少価値に気づくのは時間の問題だ。

「スクープサタデー」の望み通りに、枕営業を強要されていた少女が顔を隠すこともなく、しかも生放送で衝撃的なカミングアウトをする——視聴者の同情票を集め一時的に好感度が上がったとしても、あとが続かないのは眼にみえている。

生々しい枕営業をやっていた優等生タレントなど、情報番組でも舌鋒《ぜっぽう》鋭く突っ込みづらいし、バラエティ番組でもイジりづらいので敬遠される。

ようするに、中途半端なのだ。

二十歳で電撃結婚、引退してから四十年経っても語り継がれる伝説的女性歌手、ホームランの世界記録を作った巨人軍の不動の四番打者、任侠映画で一世を風靡《ふうび》し五十年以上に亘《わた》って「男の象徴」としてスクリーンを飾った大物俳優……テレビは、いつの時代も飛び抜けたヒーローを追い続けた。

品性に欠け行動に問題があるとバッシングされた外国人横綱、嘘泣きのカマトト女とバッシングされた大物アイドル、ヤクザみたいな言動で対戦相手を冒瀆するとバッシングされたボクシングの元世界チャンピオン……テレビは、いつの時代も飛び抜けたヒールを追い続けた。

テレビは、よくも悪くも振り切った人間が注目を集める世界なのだ。

「ほかに、なにか質問ありますか?」

未瑠は、今日、初めてみせる飛び切りの笑顔で芸人MCとパネラー達を見渡した。

樹　里　亜

午後五時――道玄坂の雑居ビルに足を踏み入れたのは、約二ヶ月ぶりだった。「ギャルセレブ」には、客として現れた英輝を相手にしたのを最後に一度も出勤していなかった。

金が尽きたから出勤しようと思ったわけではない。あと二、三ヶ月は遊んで暮らせるくらいの貯金はあった。

見知らぬ男に股を開く。金のためでもなければ、未瑠というアイドルのように有名になるためでもない。

特別な理由はなかった。強いて理由を挙げるならば、理由がないのに好きでもない男に抱かれるということが理由だった。

自暴自棄とは違う。ただ、逃げたくなかった。

薄汚れた血を継ぎ、薄汚れた幼少期を送り、順調に薄汚れた人間に成長している中里樹里亜から……。

受け入れてきた、コケのような日陰の人生を。

受け入れてきた、一生のうちのほとんどを地中で暮らすセミのような人生を。

醜い姿で五年も六年も地中で暮らすセミは、成虫になれば三週間そこそこで死ぬ。醜い幼虫期から蝶のように美しく成長するわけではない。

成虫になったセミの一生は虚《むな》しい。たいして美しくもないのに無理して地上へ出る目的は、子孫を残す交尾のためだ。そんな不毛な人生を送るくらいなら、生涯、幼虫のように地中で暮らしたほうがましだった。地上に出ても地中にいても不毛な人生なら、醜い姿を晒《さら》すのはごめんだ。


——私は自分のことを哀しい少女だなんて思っていません。枕営業のおかげでドラマでも準ヒロインをやらせて頂いたり、こうやって高視聴率の生番組にも呼んで頂いたり……。芸能界でタレントをやっていて、一番哀しく惨めなことがなんだかわかりますか？　批判さえされないような無名な存在であることです。


不意に、未瑠の声が脳裏に蘇った。

未瑠は、枕営業していることを裏づけるブログメッセージのやり取りを樹里亜にSNSで暴露されたにも拘らず、芸能界を引退するどころか情報番組に出演し、自らカミングアウトした。

芸能界で前例のない衝撃的な出来事に、各テレビ局、週刊誌、スポーツ新聞はこぞって未瑠を取り上げた。地下アイドルや女優をやっているときよりも、オファーの数が飛躍的に増えているのは間違いない。

ただ、彼女はわかっていない。テレビやマスコミが未瑠に求めるのはスター性でもトーク力でもなく醜聞《スキャンダル》だ。読んで字の如し、周囲が興味あるのは未瑠の醜さだ。どれだけ醜い行為をして伸し上がってきたのか？　その醜い女は、いったい、どんな顔をしていて、どんな声で喋るのか？

課外授業の観察目的で捕らわれ、短い成虫となった時間のほとんどを虫かごの中で送るセミと同じだ。

ただでさえセミは三週間ほどしか生きないというのに、捕獲しようとする少年も少年の父親も、短き寿命を気にかける者はいない。目的を果たせば、翅《はね》がもげようが弱って死のうが関係ない。未瑠も、さんざん晒し者にされた挙句、ポイ捨てされる運命だ。

いまは珍しい物みたさでオファーが殺到しているが、そのうち飽きられる。一発屋芸人が一週間で数時間しか眠れないほどにブレイクしても、たいていは年を越せない。

一年も経てば、一週間で一本でも仕事が入ればましという状態になる。忙殺され真っ黒に埋まっていたスケジュール表が、嘘のように真っ白になる。周囲は新しい人気者に興味が移り、ついこのあいだまで一世を風靡していたギャグを口にしようものなら失笑と嘲笑しか起こらない。一年が過ぎ、二年が過ぎれば忘れた頃に「あの人はいま？」というコーナーに呼ばれるだけだ。

ただ、それでも未瑠よりはましだ。極稀《ごくまれ》にだが、ファッションやヘアスタイルの再流行と同じで、何年か周期で再ブレイクすることもある。

しかし、未瑠の場合はそうはいかない。一発屋芸人と違い、ダークなイメージが染みついている。話題性もないのにスポンサーが嫌う汚れタレントに改めてオファーする物好きはいない。その意味では、未瑠は一発屋芸人よりもさらに賞味期限が短いだろう。

理解できなかった。嘲られ、嗤われ、使い捨てられるだけの人生をなぜ選ぶのか？

未瑠は自分と同じように日陰に咲くべき花だ。

待機部屋のドアノブに手をかけたとき、背後から肩を叩かれた。

「ちょっと、話がある」

振り返った視線の先――人工的な陽灼け顔をしたオーナーの工藤《くどう》が、隣の部屋のドアに樹里亜を促した。

☆　　☆

工藤に会うのは、面接のとき以来だった。

待機部屋の隣室では六脚のスチールデスクが三脚ずつ向かい合い、店長の梶田を中心に男性スタッフが電話を取ったりパソコンを打ったりと慌ただしく働いていた。

この五坪ほどの空間は、客の予約を受けたり顧客データを入力したりする場所だった。

六人の男性スタッフは、スエットやポロシャツにデニムといったラフな恰好をしていた。みな、二十代にみえた。

「まあ、座れや」

パーティション越しの部屋——オーナー室に入った工藤が、ソファに手を投げた。

「話って、なんですか？」

座りながら、樹里亜は訊ねた。

後ろに束ねたロングヘア、耳に光るピアス、白いタオル地のクルーズモデルのパーカー、ブルーのデッキシューズ……工藤は若作りをしているが、四十を超えていた。

本当のオーナーは別にいて、警察に摘発されたときのための名義上のオーナーだ。逮捕されることまでを条件に、高額な報酬を貰っている。尤《もっと》も、初犯であれば執行猶予がつく程度の罪なので、前科を気にしない人間であれば悪い仕事ではない。

「今日かぎりで、店を辞めてもらう」

樹里亜の正面に座るなり、工藤が言った。

「え!? なんでですか!?」

「昨日、お前の父親がきてな」

「あいつが!?」

思わず、樹里亜は大声を出した。

「ああ。娘をすぐに辞めさせないと、警察に通報するってな。バレたのか？」

工藤が舌打ちしたと同時に、樹里亜も舌を鳴らした。客として娘と性行為をした親が、よくもそんなことが言えたものだ。

「親なんて関係ありません。私、続けますから」

「警察に通報されたら、ヤバいんだよ。俺も、もう少し稼ぎたいしさ」

工藤が肩を竦め煙草に火をつけた。

「そんなの、脅せばいいじゃないですか？　ヤクザとかに、知り合いいるんですよね？」

「おいおい、父親をヤクザに脅させればいいなんて、娘が言うことじゃないだろうが」

呆れたように言うと、工藤が勢いよく紫煙を吐き出した。

「あんな奴、親じゃないですよ。死んでもいいし」

本音だった。死んでもいい……というよりは、死んでほしかった。

もし、アラジンの魔神が現れて願いを三つ叶えてくれるというのなら、樹里亜が最初に願うのは間違いなく英輝の死だ。

ほかのふたつの願い――ふたつ目は英輝が地獄に行くこと、三つ目は母の死を願う。

母は既に死んでいる。父親に嬲《なぶ》り者《もの》にされている娘を助けるどころか、嫉妬して裏で虐待する魔女みたいな母親は何度殺しても足りなかった。

「できればボコって追い返したかったが、そうもいかないんだな」

工藤が、渋い顔で首を横に振った。

「あいつはただの一般人のおっさんですよ!?　ヤクザに頼めば簡単じゃないですか!?」

樹里亜は、いら立った口調で言った。

「馬鹿。いまは暴対法っていうものがあって、ヤクザってだけで宴会場も借りられないし、ホテルに泊まることもできない。ヤクザと取引した堅気は逮捕される世の中だからな。ヤクザに頼んでお前の親父を痛めつけたりしたら、こっちが刑務所行きだ。大人の世界は複雑なんだよ」

工藤が呆れた顔を樹里亜に向けた。

「でも、私は辞めませんよ」

樹里亜は、工藤を睨みつけた。英輝の魂胆はわかっていた。幼い頃のように、娘を奴隷にするつもりなのだ。地獄から逃げ出したというのに、これ以上、英輝に支配されるのはごめんだ。

「だめだ。お前ひとりのために、臭い飯は食いたくないからな」

「お願いしますっ。私……」

「だめなもんはだめだ！　さっさと消えろ！」

工藤が鬼の形相で、テーブルに平手を叩きつけた。

「こんなとこ、やめてやるよ！」

樹里亜は勢いよく立ち上がり工藤の脛を蹴りつけると、オーナー室を出た。

声が聞こえていたのだろう、スタッフの好奇の視線が集まった。

事務所を出た樹里亜は非常階段で足を止め、スマートフォンを取り出した。ディスプレイに浮かぶ携帯番号をみただけで、怖気《おじけ》を震った。三回目のコール音が途切れた。

『そろそろかかってくると思ってたよ』

受話口から、勝ち誇ったような英輝の声が流れてきた。

「てめえ、なんで店に……」

『悪いがまだ勤務中だから、夜、マンションで話そう』

「は？　てめえ、なに言ってんだよ!?」

当然のような口振りの英輝のセリフに、樹里亜は耳を疑った。普通の関係の父娘なら、おかしなことではない。だが、父が娘を「女」としてみている場合は話が違ってくる。

『なにって、マンションを借りると言っただろう？』

少しも悪びれたふうもなく、英輝が言った。

「ふざけんな！　そんなの、私は納得してないだろ!?」

樹里亜は、スマートフォンに怒声を浴びせた。

『お前が納得するしないは関係ない。逆に、感謝してほしいもんだな。恵比寿《えびす》に新しいマンションを借りてやったんだぞ？　家賃もかからないし交通の便もいいしな。こんな優しい父親は、そんなにいるもんじゃないぞ』

英輝は、至って真剣な声音だった。彼の常軌を逸した自己中心的な考えは、いまに始まったことではない。

「とにかく、店に電話して取り消せよ！」

『それは無理だな。未成年の娘がデリヘルに勤めていると知って許す父親がどこにいる?』

「そのデリで、未成年の娘を抱いた父親はてめえだろうが!」

スマートフォンのボディが、掌の中で軋《きし》みを上げた。

『また、その話を蒸し返すつもりか? もう、過去のことだろう』

英輝が、ため息を吐いた。

ため息を吐きたいのは、樹里亜のほうだった。

「それ、マジで言ってんのか!? 娘に手を出しておいて、過去のことだって!?」

樹里亜の膝が、怒りに震えた。

『なあ、ジュジュ、質問だが……』

「その呼びかたをするんじゃねえ!」

瞬時に、表皮が粟立《あわだ》った。

『今日は、いつにも増して怒りっぽいな。もしかして、アレの日か?』

英輝の下卑た笑いに、背筋に悪寒が走った。

「てめえ……」

『待て待て、冗談だから。話を戻すが、質問というのは、お前はどうしてデリヘルなんかで働くんだ? 金が必要なら、この前みたいな脅しでなければ支援してやってもいい』

「てめえには、関係ねえだろうが……」

吐き捨てながら、樹里亜は思考を巡らせた。

『質《たち》の悪い金融会社に、借金でもあるのか？　まさか、ホストに嵌《は》まってるんじゃないだろうな？』

「そんなんじゃねえよ」

樹里亜は、非常階段の狭い踊り場をケージの中の犬のようにぐるぐると回った。

『金でもない。男でもない。それとも、なにか買いたい物があるなら言いなさい』

「そんなもんねえよ」

『だったら、なんのために不特定多数の男に肉体を開いてるんだ？』

英輝が、怪訝そうに訊ねてきた。


なんのために……。


理由を、真剣に考えたことはなかった。

たしかに、生活費を稼ぐためもあった。いままでは、そういうふうに思い込もうとしている自分がいた。

だが、それだけが理由なら、居酒屋やコンビニエンスストアなど、ほかのバイトでもやっていける。

友人と呼べる存在がいない樹里亜は遊びに繰り出すことはほとんどなく、同世代の少女達に比べ金を使う機会は少ない。

ひどいときには、朝起きて珈琲を飲んで、ボーッとして気づいたら一日が終わっていることもよくある。少なくとも、肉体を売ってまで金を得る必然性はなかった。

ならば、どうして?

樹里亜には、自信を持って口にできる答えがなかった。いや、本当はあるのかもしれないが、答えを正視したくない自分がいた。

正視したくない答え——忌まわしき血と向き合い、受け入れること。

日陰に咲くことで、安心できる。

自分の汚物を人にみせることをしないのと同じ……中里樹里亜は、陽の当たる場所に出てはならない。どこまでも、どこまでも……可能なかぎり堕《お》ちてゆかなければならない定めだ。

『もし、性欲を満たしたいためなら、これからは大丈夫だ。週末は一緒にいられるわけだからな。これも、お前のためなんだ。考えてもみろ? 不特定多数の男を相手にして、病気をうつされたらどうする? だったら、私とだけやってたほうが安心だぞ。ん? どうだ?』

「誰がてめえとなんか住むか! はやく、店に電話してさっきのこと取り消せよ!」

『お前は店を辞めて、私が用意したマンションで暮らす。これはもう決まってることで、お前に選択権はない』

「さっきからなに勝手なことばかり……」

『西島君の話、忘れたのか？』

受話口から、英輝の含み笑いが聞こえてきた。

西島哲治——中学時代の親友だった西島春海の父親。

英輝に性的虐待され、母親が自殺し、居場所がなくなった樹里亜を、父子家庭だった西島父娘は温かく迎え入れてくれた。

「勝手にしろって言ったろ？」

樹里亜は、素っ気なく吐き捨てた。

『わかった。ならば、お前の言う通りにして、西島君のミスを本店に報告して地方の警備会社に飛んでもらおうか？』


——大口の取り引き先を彼のミスで他行に奪われてしまってな。本店に報告すれば、懲戒解雇にまではならないだろうが、系列会社の警備会社に飛ばされるのは間違いないな。給料なんて四分の一くらいになるし、新居のローンなんてとてもじゃないが払えないだろう。西島は思い詰めるタイプだから、自殺とか変な気を起こさなければいいんだが……。

脳裏に蘇った英輝の恫喝のセリフが、樹里亜の五臓六腑《ごぞうろっぷ》を滾《たぎ》らせた。

『ショートメールでマンションの住所送っておくから。八時にはいるからきなさい。今後のことを、じっくり話そうじゃないか』

「死ねよ！」

『じゃあ、待ってるからな』

樹里亜の罵声を受け流し、一方的に言うと英輝は電話を切った。

スマートフォンを手に、振り上げた右腕を宙で止めた。床に叩きつけたいという衝動を、寸前のところで堪えた。自分は、もう引き返せないほど汚れてしまった。だが、自分のことで西島父娘にだけは迷惑をかけたくなかった。

「死ねよ」

樹里亜は、もう一度、スマートフォンに向かって吐き捨てた。

☆　　☆

醜い少女様

あんたって、最低だね。枕営業を恥じるどころかネタにしてテレビに出まくってさ。

いい気になって悪女でもいいとか言ってるけど、あんたなんて悪女にもなれないから。ただの、売春婦だって。

売れたいからって、テレビであんなこと言うなんて馬鹿じゃない？

本当に、人気が出ると思ってるわけ？

いまあんたに声がかかってるのは、物珍しいから。

観ている人はさ、誰もあんたのことを凄いとは思わないし、怖いとも思わない。

じゃあさ、どんなふうに思われてるか教えてあげようか？

みっともない女。

それだけ。

あのさ、女子高生の更衣室を盗撮していた校長がテレビで発言するって言ったら、みんな興味持つじゃん？　たぶん、テレビ局から引っ張りだこでしょうね。

でも、それをブレイクとは言わないじゃん？

校長のくせに女子高の更衣室を盗撮するなんて、どんな変態なんだろう？　ってね。

これ以上、テレビに出たら、今度こそ止めを刺すわよ。言っとくけど、この前の枕営業を認めた文面を暴露したことの何十倍ものダメージを与えられるカードを持ってるから。

樹里亜

「樹里亜ちゃん？」

メッセージの送信ボタンを押すのとほとんど同時に、声をかけられた。

顔を上げた樹里亜の視線の先——黒髪のセミロング、ノーフレイムの眼鏡、化粧気のない肌。春海は、少しも変わっていなかった。

「ごめんね、急に呼び出して」

樹里亜は、正面の席を促しながら言った。

「ううん、連絡貰えて嬉しかったよ！　でも、久しぶりだね！　二年ぶりくらい!?」

春海が席に着きながら声を弾ませた。

「そうだね。私が高校一年の夏前に中退して以来だから、そのくらいか。なに飲む？」

樹里亜は、春海の前でメニューを開いた。

「ご注文、お決まりでしょうか？」

「イチゴラテお願いします」

ウエイトレスに、春海が注文した。

「その好みの感じ、相変わらずだね」

昔から春海は、かわいくて甘いドリンクを好んで飲んでいた。

「樹里亜ちゃんも、ギャルギャルした感じ、相変わらずだね！　髪色、明るくした？」

「うん！　よく、覚えてるね。前は茶髪だったけど、いまはミルクティーカラーって言うの。春海ちゃんも染めてみたら？　似合うと思うよ」

お世辞ではなかった。春海は地味にしているので気づかれないが、眼鏡を外した素顔はかなりの美少女だった。

「だめだめ、私なんて。樹里亜ちゃんと違ってかわいくないからさ」

「春海ちゃんは、私のスッピンみたことないでしょ？　居候してたときも、メイクとツケマは落とさなかったし」

「たしかに、寝るときくらい落としなよって私が言ったら、メイクとツケマはギャルの戦闘服とか言ってたね」

春海が、懐かしそうに言うとクスリと笑った。

「それは言い訳で、春海ちゃんがあんまりかわいいって言ってくれるからメイク落とせなくてさ。私、スッピンはブサイクだから」

樹里亜は言うと、声を上げて笑った。心の底から笑えたのは、いつの日以来だろうか？

「樹里亜ちゃんは絶対にスッピンもかわいいって。私、いつも思ってたもん。かわいいのに、ツケマとかメイクとかするのもったいないってさ。ギャルの子って、みんな、同じような顔になってしまうから、樹里亜ちゃんには損だよ」

春海は言うと、運ばれてきたイチゴラテをストローで吸い上げた。

「ありがとう。そんなふうに言ってくれるの、春海ちゃんだけだよ。じゃあ、今度、スッピンみせるね。でも、春海ちゃんがいてくれて、本当に助かったわ。ありがとうね」

「ううん。私のほうこそ、感謝してるよ。中学の頃から私みたいな地味な女の子の友達になってくれて。いま、樹里亜ちゃん、なにやってるの？」

「うん……フリーターで楽にやってるよ」

樹里亜は、曖昧に言葉を濁した。春海にだけは、汚れた自分をみせたくはなかった。

「ファーストフードとか？」

無邪気な瞳で、春海がみつめてきた。

素直で、純粋で……春海だけは、樹里亜を決めつけたりしなかった。色眼鏡でみずに、まっさらな気持ちで接してくれた。

「ちょっと違うけど、似たようなものかな」

キリで突かれたような疼痛《とうつう》が胸に走った。

嘘には慣れていた……だが、春海は別だ。まっすぐに向き合ってくれる彼女の前では、誠実な人間でありたかった。

「でも、偉いな、樹里亜ちゃんは。私なんて、パパの脛齧って学校に通っているだけだからさ。同い年なのに、ぜんぜん樹里亜ちゃんは大人っぽいもの」

樹里亜は、眼を伏せた。大人にみえるのは、それだけ樹里亜が汚れた証《あかし》だ。

「そんなことないって。私なんか、自分のことばかりで子供だよ」

「自分のことばかりじゃないよ。沙羅《さら》にイジめられていたときも助けてくれたし……いろいろあったけど、あの頃は愉しかったね」

春海が遠い眼差しで言った。

「ひさしぶりに、一緒に食事とか行きたいね」

「行きたい行きたい！　自由《じゆう》が丘《おか》のケーキ屋さんとか、梯子《はしご》したね！」

春海が、円《つぶ》らな瞳をよりいっそう真ん丸にして弾んだ声を上げた。

春海の家に居候しているときは、毎日のようにふたりで出かけた。ふたりとも甘い物が大好きだったので、都内のスイーツ店巡りが日課のようになっていた。

「あ、そうそう、前から聞きたかったんだけどさ、樹里亜ちゃん、ときどき外泊していたけど、あの頃、彼氏とかいたの？」

不意に、春海が思い出したように訊ねてきた。

「え？　そうだっけ？」

樹里亜は、シラを切った。

もちろん、覚えていた。あの頃はもう、デリヘルではないが援助交際的なものは始めていた。

「うん。週一の感じで外泊してたよ。本当は、少しやっかんでたの。ほら、私は、男の子関係はさっぱりだからさ」

「そうだったんだ。でも、私も彼氏なんていなかったよ。実家に帰って、自分の部屋に必要なものを取りに行ってたの」

樹里亜は言うと、ロイヤルミルクティーのカップを口もとに運んだ。

ふたたび、疚《やま》しさが胸を刺した。

デリヘルの客やどうでもいい相手には嘘を吐いてもなにも感じないのに……なぜだろう？　自分の中にも、純粋さのかけらは残っているということか？

「え？　まずいじゃない！　だって、樹里亜ちゃんのお父さんって、物凄く悪い人でしょ？」

春海には、すべてを話していた。

父に性的虐待を受けていたことを……母に虐待されていたことを。そして、精神を患《わずら》った母が自殺したことを……。

「うん、まあね……でも、顔は合わせなかったから」

「あれから、お父さんには会ってるの？」

「全然」

樹里亜は、疑われないように即答した。

さきほど電話で、自分と一緒に住まなければ春海の父を左遷すると脅されていたなど口が裂けても言えなかった。

「春海ちゃんのパパは元気？」

これ以上、英輝のことを訊ねられたくないので樹里亜は話題を変えた。

「うん、ウチはもう相変わらず元気があり過ぎて困りものよ。張り切ってマイホーム建てたはいいけど、ローンでヒイヒイ言ってるよ」

春海の笑顔をみていると、罪悪感に押し潰されてしまいそうだった。

「春海パパには、本当にお世話になったわ。改めて、ありがとうございました、ってお礼を言っておいてね」

「うん、それはいいけど……ところでさ、今日は、なにか話があったんじゃないの？　お礼を言うためだけに電話くれたんじゃないよね？」

春海が、ふたたび思い出したように言った。

「え？　ああ……うん」

唐突な問いかけに、樹里亜は即答できなかった。

「どうしたの？　恋の悩み以外なら、なんでも相談に乗るわよ。ほかならぬ親友のためだからね。こうみえて、案外、頼りがいあるんだよ」

春海が八重歯を覗かせ、力こぶポーズを作った。不意に、涙腺が熱を持った。樹里亜は天を仰ぎ、奥歯を嚙み締めた。

「どうしたの？」

心配そうな春海の声に、樹里亜の眼尻から溢れた涙がこめかみに伝った。

「樹里亜ちゃん……泣いてるの？」

「あ……ああ、ごめん。急に、昨日観た韓国《かんこく》のドラマを思い出しちゃって」

樹里亜は、泣き笑いの表情でごまかした。

「あれ、樹里亜ちゃんって韓流とかに興味あったんだ！　たしかに、あっちのドラマって泣けるツボを押さえるのうまいよね」

微塵の疑いもなく信じる春海に、樹里亜は心で詫びた。

「あ、また、横道に逸れちゃったね。相談事あるなら言って！」

「ううん、大丈夫。ひさしぶりに、春海ちゃんの顔をみたくなっただけだから」

「私の顔なんて、毎日みせてあげるよ！」

嬉しそうに春海が破顔した。

守らなければならない。目の前の無垢な親友を……。

樹里亜は、テーブルの下でスマートフォンのショートメールを開いた。

ショートメールが限界だった。あの男には、ＬＩＮＥはもちろん、メールさえも打ちたくなかった。


今日、マンション行って話すから。


「春海ちゃんと話してたら、元気になったよ」

ショートメールを送信し、樹里亜は春海に笑顔を向けた。

お世辞ではなく本音――偽りではなく心からの微笑みだった。

私の命に換えても、あなたのパパに手を出させないから。

樹里亜は、胸奥で春海に約束した。

未　瑠

「ここで行かなきゃ、と思っちゃうと周りがみえなくなって……それで、先輩の発言を奪ったり結果的に潰したり、控室で大目玉を食らうんですよ～」

若手芸人で人気急上昇中の「ドルフィン1号&2号」の1号が、半べそ顔で言った。

痩せノッポの1号がボケ担当で、チビデブの2号がツッコミ担当だ。

今日は日曜プライムタイムのバラエティ番組――「芸能人やらかし相談室」の収録日で、未瑠はカウンセラーとしてオファーを受けていた。

仕事や人間関係で失敗した体験談を語るタレントにたいして、アドバイスやダメ出しをするのがカウンセラーの役目だ。

未瑠以外の三人のカウンセラーは、以前に「スクープサタデー」で枕営業をカミングアウトしたときに激しく非難してきた氷室、歯に衣《きぬ》を着せぬ発言が人気のゲイのデザイナー、説教キャラでプチブレイク中の僧侶――共通しているのは、みな、アクの強いキャラということだった。

未瑠も、地下アイドル時代に枕営業をしていたことをいくつかの生放送で打ち明けてから、ぶっちゃけキャラとして定着し、バラエティ番組に呼ばれるようになった。

「スクープサタデー」での衝撃のカミングアウトから二ヶ月、いまでは週に二本ペースで収録が入り、ブレイクとまではいかないまでも世間の未瑠にたいしての認知度は上がった。

これから先、未瑠の知名度が全国区になるかどうかは、バラエティ番組での仕事ぶりにかかっていた。発言が面白く視聴率に貢献しているとプロデューサーや放送作家に判断されれば、キャスティング会議などで名前が挙がるようになり、オファーが増えるという仕組みだ。

「わざとほかの芸人さんに被せて空気が読めない男を演じるのはありだけど、周りがみえなくなって先輩の発言の機会を潰すなんて、プロとは言えないんじゃない？　そういえばさ、あなた達のネタって学園祭のノリだもんね」

氷室が軽蔑の視線を1号と2号に巡らせ、嘲るように言った。

「えー！　やらかしてるのは1号だから、僕まで巻き添えにしないでくださいよ～」

2号が、手を合わせて氷室に泣きついた。

「そうやってここぞとばかりに自分の存在感を出すのやめてくれるぅ～。今日は、1号さんが主役なんでしょ～？」

ゲイデザイナーが、すかさず2号にツッコミを入れた。

「そうだよお前、俺の尺《しゃく》を奪うなよ！」

「それをお前が先輩芸人さんにやらかしてるんだよ！」

抗議する1号の頭を、2号が平手ではたいた。

「未瑠先生は、1号さんの悩みになにかアドバイスはありますか？」

ＭＣの大御所芸人が、未瑠に振った。

「グイグイ前に出るのはいいんじゃないんですか？　芸人さんも弱肉強食の世界ですから。だけど、前に出る以上、きっちり仕事はしてほしいですよね。芸人さんの仕事は笑いを取ることだから、発言権を奪った芸人さんまでおいしくなるような話術があればの話ですけど、1号さんって声が大きいだけで空回りしてますよね？」

未瑠の発言に、観覧客とスタッフが爆笑した。

「そりゃ、未瑠ちゃんはグイグイ前に出るのは得意でしょうよ！　こうやって、僕ら芸人よりおいしい仕事を貰ってるんだから！」

1号が、枕営業に引っかけて笑いを取りにきた。

「ほらほら、その強引で雑なフリのせいで空気を凍てつかせてますよ」

未瑠のツッコミに、ふたたびスタジオが笑いに包まれた。

「枕やってた地下アイドルに笑いで負けてちゃ、芸人失格ですよ～」

空気が読めないふりをして危険なネタを扱っているようにみえるが、すべては1号の計算のうちだ。

「ドルフィン1号&2号」が注目されているのは、馬鹿なふりをして失笑を買いながら共演者を引き立てるという高度なスキルを持っているからだ。

自分達がスべることで共演者を光らせる彼らは、プロデューサーや共演者の所属事務所から好感を持たれ、オファーが殺到しているのだ。いまも、好感度が下がるのを恐れて誰もが触れない未瑠の枕営業にツッコミを入れてくれた。

「だったら、1号さんも枕営業やってみたらどうですか?」

未瑠が切り返すと、スタジオがドッと湧いた。

「じゃあ、氷室先生、お願いできますか?」

1号が、氷室に懇願の表情で手を合わせた。

「馬鹿じゃないの!? あんたなんかより、そのへんの雑種犬のほうが百倍魅力的よ」

氷室が手で追い払う仕草をすると、1号が泣き顔を作ってみせた。未瑠は、ADの出すカンペに視線をやった。

ハマさん　三十秒でVTRのフリをお願いします。

スタジオの隅にいるプロデューサーの井筒《いづつ》が、未瑠に笑顔でオーケーサインを出してきた。

いい仕事をした――プロデューサーの笑顔はそう語っていた。

まだまだだよ。私が見たい景色は、こんなものじゃない。

未瑠は井筒に笑みを返しながら、心で呟いた。

☆　　☆

収録を終えた未瑠は関係者やスタッフに挨拶を済ませ、控室に戻った。

［未瑠様］

ドアの前に立ち止まり、貼紙をみつめた。どこの局に行っても、ひとり用の控室を貰えるまでになった。ここまでは、順調だった。

が、ここから先が重要だ。

未瑠は控室に入ると、ソファに座りブログをチェックした。

コメント数が三千を超えていた。地下アイドル時代はふた桁だったことを考えると、信じられないステージアップだ。

よくテレビに出られるな？　どういう神経をしてるんだ!?
氏ね！　お前の顔をみてると吐き気がする！
枕営業してる女が、公共の電波に出ていいと思ってるのか！
同じ女性として恥！　ソッコーで消えてほしい。
お前のやってることは売春だぞ？　犯罪だってわかってる？
好きでもないおっさんに抱かれてキモくないの？
肉便器（笑）
公衆便所（笑）

24時間営業の股間（笑）

ほとんどのコメントが罵詈雑言だったが、悪女キャラで勝負しようと考えていた未瑠にとってはそれらはむしろ、称賛の言葉だった。

共感した、応援するという好意的なコメントは数百件に一件の割合しかなかったが、未瑠にはわかっていた。この調子でテレビに出続けると、一年後……いや、早ければ半年後には罵詈雑言と好意的なコメントが半々になるだろうということを。

善悪は、テレビでいくらでもコントロールできる。女性を性欲の捌《は》け口《ぐち》にしかみていないような男優を人の好い男性に映すこともできれば、性根の腐った女優をお嫁さんにしたいナンバーワンの女性に仕立て上げることもできる。

反対に、正直な人間を嘘吐きに映すことも、誠実な人間を腹黒く映すこともできる。人間の印象など、テレビというフィルターを通せば、編集やカメラワークでどうにでも操作できるものなのだ。

いまは、好感度を意識せずに視聴者やスタッフにインパクトを残す発言をし、一本でも多くの番組に出ることを考えなければならない。

ドアがノックされた。

「はい」

未瑠が返事をすると、ドアが開き番組プロデューサーの井筒が入ってきた。

「いや～お疲れさま～。よかったよ～」

白縁の伊達眼鏡をかけた井筒が、満面の笑みで言った。遊ばせた長髪の毛先、人工的に灼いた褐色の肌、クロムハーツのペンダント……井筒は、ホストのような軽薄さがあった。

だが、体形はでっぷりとしたビール腹で、ホストふうの外見とはギャップがあり過ぎた。

「ありがとうございます」

未瑠は立ち上がり、頭を下げた。

「いやいや、ありがとうはこっちだよ。まあ、座って座って」

井筒が、ソファに未瑠を促した。

「あんな感じでよかったですか？」

自信はあったが、プロデューサーの口から直接評価を聞きたかった。

「よかったもなにも、最高だよ。トークもうまいし機転も利くし……アイドル時代、バラエティとかに出てたの？」

「いえ、無名な地下アイドルでしたから、五十人も入れば一杯のライブスタジオとか地方のデパートのイベントスペースとかでＭＣをやったくらいです。テレビ出演なんて、夢のまた夢でしたから」

謙遜ではなく、本当のことだった。

「へぇ〜、じゃあ、天性の才能だね。あのさ、改めてなんだけど、本当にドラマのプロデューサーとかと枕やってたの？」

井筒が、伊達眼鏡の奥の瞳を好奇に輝かせた。

「はい、本当です」

「凄いなぁ。同じPでも、ドラマのPはモテるんだよな〜。ほら、なんか、格上感があるじゃん？　未瑠ちゃんも、そう思うだろ？」

井筒が、ビジュアル同様に軽薄な言葉遣いで訊ねてきた。

「バラエティが格下なんて、全然思いません。とくに、いまの若い子達はドラマよりバラエティを観てますから」

「嬉しいこと言ってくれるじゃん！　じゃあさ、ウチの局のほかのバラエティにも出たいと思う？」

「もちろんです！」

「俺さ、『やらかし』以外にも、『ドッキリダービー』と『クイズ天国と地獄』もやってんだよね〜」

捲《めく》れ上がったTシャツの裾から覗くメタボ腹を掻きながら、井筒が得意げに言った。

「凄いです！」

未瑠は胸前で手を合わせ、いつもより高い声音を出した。四大民放テレビ局のプロデューサーなので、媚《こ》びを売っても損はない相手だ。

「未瑠ちゃんも出たい？」

「はい、出たいです！」

未瑠は無邪気な感じで即答した。

「そっか〜。じゃあさ、このあと、ご飯でも行こうか？」

顔は笑っていたが、井筒の眼は笑っていなかった。未瑠の頭の中で、警報が鳴った。

「明日の朝早くから収録が入っているので、あまりゆっくりできないんですけど、それでも大丈夫ですか？」

ガードを固めて、井筒の出方を窺った。

「なら、明日は？　ゆっくりできる日を教えてくれたら、合わせるよ」

間違いない。井筒は、枕を要求している。

「話は変わるんですけど、私、『芸能人やらかし相談室』のレギュラーカウンセラーになるのが夢なんです」

未瑠は、全然関係のない話をする振りをして、逆に井筒に仕掛けた。彼が名前を挙げたほかのふたつの番組より、「芸能人やらかし相談室」の視聴率が群を抜いていいことはリサーチ済みだった。

今日の四人のカウンセラーの中で、氷室だけがレギュラーだ。未瑠が狙っているのは、ふたつ目のレギュラーの椅子だった。

「お？　それって、もしかして、おねだり？」

井筒が、ニヤついた顔を未瑠に向けた。

「というか、私の夢です」

未瑠は無垢な少女を演じ続けた。

「そっか。いきなりレギュラーはハードルが高いから、まずは、いろんな番組で顔を売って知名度を上げたほうがいいね。自分で言うのもなんだけど、俺はなかなか頼りになるぜ」

井筒がウインクし、煙草をくわえた。彼が手にしていた使い捨てのライターを取り、未瑠は火をつけてやった。

「井筒さんが頼りになるのはわかってます。だから、ハードルも越えられるんじゃないかと思って」

熱く潤ませた瞳で、未瑠は井筒をみつめた。

「そ、そう言ってくれるのは嬉しいけど……俺もスーパーマンじゃないからさ」

しどろもどろになりながら、井筒が強張った笑みを浮かべた。

「じゃあ、私のスーパーマンになってください」

茶目っ気たっぷりに、未瑠は言った。

「わかった。とりあえず、飯を食いに行こう。レギュラーの件も含めて、いろいろ相談に乗ってあげよう」

井筒が紫煙を鼻から漏らしながら、未瑠の手を握った。

「『やらかし相談室』のレギュラーにしてくれるなら、ご飯が終わってからもミーティングにつき合えますよ」

未瑠は勝負に出た。井筒が、滑稽なほど動揺しているのが手に取るようにわかった。

震える手で吸い差しを灰皿に押しつけたかと思うと、すぐに新しい煙草を逆さにくわえていた。

煙草をくわえ直し、二、三度吹かすと捩《ね》じり消し、すぐに新しい煙草に火をつけ……

五本の煙草に火をつけ灰にすることを繰り返した井筒は、まるで明日が地球の終わりとでもいうような深刻な表情で逡巡《しゅんじゅん》していた。

「単発でもプライムタイムだから影響力はある……」

「私、そろそろ帰りますね」

未瑠は井筒を遮り、席を立ちドアへ向かった。

「わかった……わかったよ」

井筒の絞り出すような声に、未瑠は足を止めた。

「九時に、六本木の『ソアビル』のカフェで待ってるから」

「了解です」

未瑠は振り返らずに返事をすると、楽屋を出た。

「ちょっと、いいですか？」

紺色のスーツを着た男性が、声をかけてきた。

「お疲れ様です」

誰だかわからなかったが、未瑠は礼儀正しく頭を下げた。広告代理店やスポンサーの関係筋かもしれないので、テレビ局で擦れ違う人間にはとりあえず挨拶をすることにしていた。

「私、氷室のマネージャーの山崎《やまざき》といいます。氷室が未瑠さんをお連れしてほしいと申しておりますので、一緒に控室にきて頂けますか？」

「なんのお話ですか？」

嫌な予感に導かれるように、未瑠は訊ねた。

「私はなにも聞かされていません。お連れするようにと言われているだけですから。こちらへ」

山崎が半ば強制的に未瑠を通路の奥に促した。

二十メートルほど歩くと、山崎がドアの前で足を止めた。ドアには、氷室様、と書かれた紙が貼ってあった。

「失礼します。未瑠さんをお連れしました」

山崎が、声をかけながらドアを開けた。氷室の控室は、未瑠の倍ほどのスペースがあった。

「呼びつけてごめんね。こっちに座って」

ソファに座っていた氷室が、自分の前のソファを指差した。

「失礼します」

未瑠はソファに腰を下ろした。

「どう？　今日は緊張した？」

氷室が細長い煙草に火をつけながら訊ねてきた。

「はい。でも、愉しかったです」

「そう、よかった。だけど、もう、これを最後にしたほうがいいわね」

顔を横に背け糸のような紫煙を吐き出しながら、氷室が言った。

「え？　どうしてですか？」

「先輩のアドバイスとして受け取ってほしいんだけど、あなたはテレビに出ちゃだめな人なのよ。前に一緒に出た情報番組で枕営業をカミングアウトしてからオファーが殺到しているみたいだけど、あなたのやったことはバラエティで茶化されるようなことじゃないの。今日みたいに、1号君がイジってくれればそれなりに笑いとして成立するけれど、枕営業なんて表に出しちゃいけないタブーな物件なのよ。あなた、頭の回転は速そうな子だから、わかるわよね？」

氷室が、作り笑いを未瑠に向けた。

「アドバイスありがとうございます。でも、私は、自分がテレビに出たらいけない人とは思いません」

　未瑠は、氷室から視線を逸らさずにきっぱりと言った。

「あら、どうしてそう思わないのかしら？」

　感情的にならないように、氷室は懸命に作り笑いを維持していた。

「私、法に触れることをしたわけじゃありませんから」

「法に触れることじゃなかったら、なにをやってもいいというわけじゃないのよ。モラルというものがあるじゃない？　テレビはね、子供からお年寄りまで観ているから、深夜帯や衛星放送の番組ならまだしも、地上波のプライムタイムで枕営業をネタにしたタレントが出ているのは、問題があるっていうことを教えてあげてるの」

　氷室は、あくまでもアドバイスをしてあげている、というスタンスを崩したくないようだった。

「そんなこと言ったら、ほかにも一杯いるじゃないですか？　覚醒剤で捕まったことのあるアーティストとか、暴力事件を起こしたことのある芸人とか、人身事故を起こした俳優とか……そういう人達は、どうなるんですか？」

　未瑠は、挑戦的に言った。

「そうね、本当は、テレビに出ちゃいけない人達ね。罪を償ったといっても、芸能界はなんでもありなのか？　って思われてしまうから。一般企業の会社員が覚醒剤で捕まって解雇されたのに、出所して復帰できたなんてありえないでしょう？」

「立派ですね」

　未瑠は呟いた。

「え？　なにか言った？」

「氷室さんは、ご立派なんですね」

　今度は、大きな声で言った。

「それ、私のこと、馬鹿にしてるの？」

　氷室の眦が吊り上がった。

「馬鹿にしてるのは、氷室さんのほうじゃないですか？　私はたしかに枕営業で仕事を取ってきましたけど、誰にも迷惑をかけていませんから。氷室さんは、そんなに完璧なんですか？　誰のことも傷つけたことがなくて、嫌な思いをさせたこともなくて……まさか、自分のことを女神みたいな人間だと思ってるんですか？」

　未瑠は、淡々と言葉を並べた。

「あなたって、やっぱり卑しい子ね」

　氷室が、蔑視を向けてきた。

「これから週一で顔を合わせることになるので、いがみ合うのはやめましょう」

　未瑠は、微笑みながら言った。

「なにそれ？　どういう意味？」

　怪訝な表情で、氷室が訊ねてきた。

「私、『芸能人やらかし相談室』のレギュラーになりますから」

「なんですって!?」

気色ばんだ氷室が、裏返った声で叫んだ。

「これからも、アドバイスお願いします」

未瑠は小馬鹿にしたように頭を下げ、ソファから腰を上げた。

「ちょっと、待ちなさいよ!」

氷室の金切り声を無視して、未瑠はドアに足を向けた。そして熱り立つ氷室を置き去りに、控室を出た。

「いまに、吠えることもできなくしてあげるから」

未瑠は、ドア越しに冷え冷えとした声音で警告した。

☆　　☆

「まさか、君とこんなことになるなんて、夢にも思わなかったよ」

バスタオルを腰に巻いた井筒が、シャワールームから出てくるなり言い訳がましく言った。たぷたぷに波打つメタボ腹が、バスタオルの縁から食み出していた。

「そんな気は全然なかったのにさ……」

股間の膨らみが、彼の言葉から説得力を奪っていた。

「私もです」

ひと足先にベッドに潜り込んでいた未瑠は、毛布から顔だけ出して言った。

六本木交差点近くのイタリアンレストランで食事をし、徒歩数分の井筒のオフィスに連れてこられた。尤もオフィスといっても、ワンルームタイプのスペースにはベッドと冷蔵庫しかない、使途がみえみえの部屋だった。このベッドで、夢をちらつかされ欲望の餌食になった女が何人、いや何十人といることだろう。

自分は違う。夢を摑むために、井筒に餌をちらつかせたのだ。

「もちろん、誰にも言わないよね?」

ベッドに滑り込みながら、井筒が不安げに訊ねてきた。

「言いませんよ」

「ありがとう。おっ、ピンクか！　いいね」

井筒が、未瑠の下着をみて声を弾ませた。

これまでの経験で未瑠は、男という生き物が、全裸の女よりも下着姿の女のほうに興奮を覚えると学んだ。それを裏づけるように、ブラジャーのフックを外す井筒の鼻息は荒くなり、指先は震えていた。

「美乳だね～。やっぱ、十代は張りが違うわ」

感嘆のため息を漏らす井筒が、露になった未瑠の乳房をまじまじとみつめた。

胸には、自信があった。未瑠は着痩せするタイプなので、服の上からでは八十六センチのDカップもあるようにはみえない。関係を持った何人かの男に聞いたのだが、服を脱がせた瞬間に得をした気分になるらしい。

千人斬りを豪語する広告代理店の部長が言うには、大き過ぎず小さ過ぎずの乳房、色素が薄く小さめの乳輪と小粒な乳首のバランスは奇跡の黄金比で滅多にお目にかかれないという。

「恥ずかしいです……そんなにみつめないでください……」

未瑠は、はにかみながら言うと眼を閉じた。

「へぇ、もっと慣れてる感じだと思ったのに、意外に純情なんだな」

井筒が、嬉しそうに言った。彼もいままでの男と同じように単純な生き物だ。見ず知らずの男とベッドを共にして伸し上がってきた自分が、純情なはずがない。

たとえ百人の男に囲まれて裸をみられようとも、恥ずかしさなどなかった。犬や猫の前で平気で服を脱げるのと同じだ。未瑠にとって男という種は、畜生と同等だった。

井筒が左右の胸を揉みしだき、乳首を口に含んだ。右の乳首を吸い、乳輪を舌先でなぞりながら、左の乳首を指先で摘まむ。

未瑠は鼻から抜ける甘ったるい声を漏らし、枕の下に忍ばせていたティッシュを手に取ると素早く股間に当てた。

胸を愛撫するのに夢中の井筒は、ティッシュに染み込ませていたローションで陰部を湿らせる未瑠の動きに気づいていなかった。

「最高の肉体だ……若いっていいな……瑞々しくて……プリプリしてて……ああ……たまんねぇ！」

鼻息を荒くした井筒が、未瑠の耳朶、首筋、鎖骨の窪み、腋の下、乳房、乳首、乳房の下、脇腹、腹筋、臍を飢えた犬のように舐め回す。

井筒の指先が、陰部に触れた。

「こんなにびちょびちょになって……スケベな女の子だな」

ローションとも気づかず、井筒が興奮に声を上ずらせた。

「言わないでください……」

「恥ずかしがっても、下の口がはしたない涎《よだれ》を垂らしてるぞ？　ん？　そうだろ？　ほら？　これがほしいんだろ？」

安っぽい官能小説に出てくるような安っぽいセリフを口にしながら井筒が、未瑠の顔に跨りペニスを口に押しつけてきた。

「ほら！　カチカチのこれをしゃぶりたいんだろ？　ん？　しゃぶれよ。ほら？　ほら？」

相変わらず陳腐な言葉責めを続けながら、井筒がカ、、、カチカチとは程遠いペニスを未瑠の唇に捩じ込んだ。

因みに、井筒は下戸《げこ》で酒を一滴も口にしていない。突き出た腹や浮腫《むく》んだ顔から察して、勃《た》ちが悪いのは糖尿の気があるのかもしれない。

未瑠は、ぎこちなく井筒のペニスをくわえた。

「もっと、頬を窄めて……強く……激しく……歯を立てないように先っぽを舐めて……未瑠ちゃん……フェラ慣れてないね……そうそう……うまいよ……」

言われなくてもわかっていたが、敢えて不慣れな少女を演じた。その気になれば、井筒など三分もあれば果てさせることができる。

「ほら、もっと奥に……」

井筒が未瑠の髪の毛を鷲摑みにし、腰を前に突き出した。セックスが下手で粗末な性器の男にかぎって、ＡＶの真似事《まねごと》をしたがるものだ。

喉に亀頭が当たり、未瑠は噎せ返った。

「でかいだろう?」

涙に潤む視界――井筒が優越感に満ちた表情でニヤついていた。

未瑠の知るかぎり、下から数えたほうが早い平均サイズ以下の性器だ。

「入れてほしいか?」

未瑠は、微かに頷いた。

「なら、入れてくださいって、お願いしろよ。ん?」

ふたたび、陳腐な官能小説の受け売りのような言葉責めが始まった。曲がりなりにもバラエティ番組のプロデューサーなのだから、もう少し独創性がほしいものだ。

「……入れて……ください……」

蚊の鳴くような声で、未瑠は言った。恥ずかしくてたまらないとでもいうように、未瑠は顔を横に向けた。

「よしよし、そんなに言うなら、俺のぶっとくて硬いやつをぶち込んでやるよ！」

自分の言葉に盛り上がった井筒が、粗末で柔らかいペニスを未瑠の陰部に押しつけた。すかさず、未瑠は腰を右に捩る。

「おい、動かないでくれよ」

気を取り直して挿入しようとする井筒――今度は、左に捻った。

「おいおい、なんの真似だよ？　これじゃ入れられない……」

「『芸能人やらかし相談室』、いつからレギュラーにしてくれるんですか？」

井筒を遮り、未瑠は切り込んだ。

「なんだよ……こんなときに？　その話は、終わってからにしよう」

「いま、答えてください」

譲らなかった――射精したあとの男はコントロールが利かなくなるということを、未瑠は学習していた。

「参ったな……じゃあ、秋の特番のゲストからでどうだ？」

面倒臭そうに、井筒が言った。

「レギュラーに決定してください。じゃなきゃ、帰ります」

未瑠は話を詰めた。十二月からは中林が強引に主役に捩じ込んだ連ドラの撮影がクランクインする。　秋の特番というのは、顔を売る意味も含めてちょうどいいタイミングだった。

「わかったよ……特番から、未瑠ちゃんをレギュラーにするからさ……」

井筒が観念したようにため息を吐き、未瑠に約束した。

「じゃあ、いいですよ」

未瑠は、両足をM字に広げて蠱惑《こわく》的な瞳で井筒をみつめた。

「萎んじゃったから、ちょっと待ってくれ……」

右手でペニスを扱く井筒の胸を突き飛ばし、仰向けにさせた。

「な、なにするんだ……？」

井筒が、驚きに眼を丸くした。

「私に任せてください」

妖艶に微笑み、未瑠は干乾びた幼虫さながらに縮んだペニスを口に含み、亀頭を集中的に吸いながら陰嚢《いんのう》を揉んだ。

「ん……」

井筒がきつく眼を閉じ歯を食い縛った。硬度を取り戻しつつあるペニスから離した口で、陰嚢を吸い込んだ。

「んふぉ……」

妙な呻き声を漏らす井筒のペニスが、未瑠の掌の中で怒張した。

「約束、守ってくださいよ」

未瑠は釘《くぎ》を刺しながら、井筒のペニスに腰を沈めた——ゆっくりと、腰を8の字にグラインドさせた。

「き、君はやっぱり……噂通りの……うっ……」

括約筋を締めつつ、恥骨を擦りつけるようにグラインドのピッチを上げた。交渉がまとまれば、一秒でも短く仕事を終わらせたかった。

眉間に恍惚の縦皺を刻んだ井筒が、僅か一分ほどで果てた。


これでレギュラーなら安いもの。

腹を波打たせ荒い息を吐く井筒を、未瑠はガラス玉の瞳で見下ろした。

樹　里　亜

三十五歳の商社マン、四人連れの女子中学生、二十二歳のロシア人モデル、交際して二ヶ月の仲睦《なかむつ》まじいカップル、輸入雑貨店の女性店員、二十七歳のカリスマ美容師、ガールズバーでアルバイトしている十九歳の女子大生、四十七歳のデパートの紳士服売り場の男性店員、五十二歳の地方銀行の支店長……みなの蔑視が、樹里亜の全身に突き刺さる。


――あの子、援助交際やってるんだって。

――援助交際じゃなくてデリヘル嬢だよ。

――いやだ、デリヘル嬢ですって。まだ、十代でしょう？

――安そうなギャルだな。

――親父ともやってんだってよ。信じられないだろ？

――不潔な女。

――父親とセックスするなんて、変態じゃね？

――最近の若い娘は、ろくでもないな。


ひそひそ話が、次々と樹里亜の鼓膜に突き刺さる。

クラクションが鳴った。一台、二台、三台、四台……数えられたのは、そこまでだった。無数のクラクションがヒステリックに鳴り響いた。


「おい、なにやってんだ！」

「危ないだろ！」

「さっさと渡れよ！」

「頭おかしいのか！」

「死にたいのか、お前！」

歩行者信号が赤になった渋谷のスクランブル交差点の中央で立ち尽くす樹里亜は、クラクションを鳴らし怒声を浴びせかけるドライバー達を虚ろな瞳で見渡した。

☆　　☆

［人気少女コミック待望の映画化！
映画『恋人の値段』のヒロインオーディション開催決定
主演、宮原隼人《みやはらはやと》の恋人役募集！
◎応募資格
○年齢15歳から20歳までの日本人女性の方
○身長155センチ以上165センチ未満
○髪の色は黒
○芸能プロダクションに所属していない方］

［あなたも、歌姫になれる！

第一回「歌姫誕生」オーディション応募者募集
国民的歌姫、ＬＥＯＮＡの所属事務所が第二の歌姫を発掘する！
◎応募資格
○年齢14歳～22歳の日本人女性の方（日本国籍ならばハーフ、クォーター可）
○歌の経験不問
○芸能プロダクションに所属していない方」

樹里亜は、オーディション雑誌を閉じ棚に戻した。

男性の書店員が、樹里亜にちらちらと視線を投げていた。無視して、アイドル誌を手に取る。どのページも、作られた笑顔のオンパレードだった。

彼女達の瞳に映っているのはなんだろうか？　スポットライトを浴びて大観衆の前で歌う姿か？　黄色い声で騒がれ、憧れの眼差しを一身に受ける姿か？　レストランや美容室では個室を、クラブではＶＩＰルームを用意され、アミューズメントパークでは裏口から通される特別扱いを受けている姿か？

いったい、どんな気持ちなのだろうか？　一挙手一投足を注目され、憧憬の的になる気持ちは？　性悪で淫乱だったとしても、純真無垢なふりをしていればみなに天使みたいだと思われる気持ちは？

光だけをみつめていれば、闇はみえなくなるのだろうか？　自ら光になれば、闇は存在しなくなるのだろうか？　たとえそれが偽りの光であっても、闇を消し去ってくれるならそれでいい。醜悪な過去とともに……憐れな中里樹里亜とともに葬れるのなら、光になりたい。

「あの、すみませんけど……」

男性書店員が、声をかけてきた。

「ちょっと立ち読みしたくらいで、いちいちうるせえな」

樹里亜はアイドル誌を平台に放り投げ、書店をあとにすると、夜の渋谷を駅に向かって歩いた。気のせいか、擦れ違う人々にみられているように感じた。珍しくノーメイクなので、裸で歩いているような心細い気分だった。

ファストファッション店のショーウィンドウの前で足を止めると、ショーウィンドウの向こう側から、見知らぬ少女が樹里亜をみつめていた。

年は、同じくらいだった。髪は黒いストレートロングで、ノーメイクだった。

少女は透き通った肌を持つ、目鼻立ちがはっきりとした美少女だった。一点の曇りもない黒眼がちな瞳は、みているだけで吸い込まれそうだった。

『あなたも、メイクなんてしなければいいのに』

不意に、少女が声をかけてきた。

「は？」

樹里亜は、訝しげな顔で少女を見据えた。

『だって、きれいな顔立ちをしてるんだから、もったいないよ』

少女が、にっこりと微笑んだ。純粋で、上品で、見惚れてしまうような笑顔だった。

「そんなの、あんたに関係ないじゃん。それに、自分の顔が好きじゃないし」

樹里亜は、吐き捨てた。

『どうしてなの？』

「どうしてって……なんであんたに、そんなこと言わなきゃならないんだよ!?」

『そんなにきれいな顔をしているのに、嫌いな理由がわからないから』

少女が、首を傾げた。

「理由なんかないし」

樹里亜は、素っ気なく言った。

本当は、わかっていた。素顔をみていると、汚れた自分を思い出してしまう。素顔をみていると、醜い自分を思い出してしまう。なによりも、素顔の自分には、あの母と父親の影を感じてしまう。

無抵抗で、震えることしかできなかったあの頃の自分を闇に葬りたかった。

メイクで塗り潰せば、汚れた自分をみなくても済んだ。

メイクで塗り潰せば、醜い自分をみなくても済んだ。

だから、素顔になるのが怖かった。

『あなたは、あなたでしょう？』

少女が、諭すように言った。

「なにが？」

『メイクでごまかしても、髪の毛を染めても、あなたはあなたよ』

「なに言ってんだよ!?　っていうか、あんた誰だよ？」

樹里亜は、少女を睨みつけた。

『通用しないの。私には』

少女が微笑んだ。

「どうして、そう言い切れるんだよ!?」

『だって、知ってるもの。あなたのことは、すべて。あなた以上に、あなたのことをね』

一転して、真顔になった少女が樹里亜を見据えた。

「初めて会ったあんたに、私のことがわかるわけないだろ！」

樹里亜の怒声に、通行人が立ち止まり怪訝な顔を向けてきた。いつの間にか、遠巻きに人だかりができていた。

『わかるわよ。あなたが私のことを羨ましがっていることも』

自信満々に、少女が言った。

「は!?　馬鹿じゃね？　なんで、見ず知らずのあんたを羨ましがるわけ!?」

樹里亜は、激しい口調で少女に食ってかかった。さらに、野次馬の数が増えた。

『もう、嫌わなくてもいいじゃない？　そろそろ、受け入れてあげたら？』

「だから、さっきからなにを……」

『あなたは、なにも悪くないんだから』

慈愛に満ちた瞳でみつめ、少女が言った。罵声を浴びせたつもりだったが、声が出なかった。

少女は、柔和に口もとを綻ばせながら手を振ると身を翻した。

「待って！」

樹里亜は、ファストファッション店のドアに駆け寄ると、ガラス越しにみえる「CLOSED」のプレイト——ドアを引いた。

当然、カギがかかっていたが構わず引いた。

引いた、引いた、引いた、引いた、引いた、引いた、引いた……。

「君、なにをやってるんだ!?」

初老の警備員が、樹里亜の腕を摑んだ。

「離してくださいっ。いなくなっちゃいます！」

樹里亜は摑まれた腕を振り払い、ドアを引いた。

「誰のことを言ってるんだ？」

ふたたび、腕を摑まれた。

「私と同じくらいの年の女の子よ！」

樹里亜は腕を摑まれたまま、ドアを引き続けた。

「なにを言ってるんだ？　店は営業が終わって、もう、電気もついてないだろ!?」

「いたんだから！　嘘じゃないっ！　離してっ、離してよ！」

「おいっ、君っ、いい加減にしないと警察を呼ぶぞ！」

身体が浮いた——景色が回った。凄い数の人だかりが、樹里亜に好奇の視線を向けていた。


——なに、あの子？

——ガラスに向かってひとりで喋ってさ、ヤバくない？

——彼女、誰と話してたの？

——怖いわね……危険ドラッグとかやってるのかしら？

陰口を叩く野次馬を、樹里亜は睨みつけた。

「いつまで触ってんだよ！」

樹里亜は怒鳴りながら振り返った。警備員が、驚いた顔で手を離した。

「てめえらも、みてんじゃねえよ！」

樹里亜は野次馬を掻き分け、駆け出した。

とめどなく溢れる涙が、風に掬《すく》われた。

☆　　☆

あの男からメールで送られてきた住所を確認しながら、樹里亜は恵比寿駅西口の商店街を進んだ。

文字をみているだけで、吐き気がした。情緒不安定になっているのは、あの男が原因なのは明らかだった。できることなら、一生、あの男の顔をみたくなかった。

あの男がこの世から消えてくれるなら、寿命が十年縮んでもよかった。

あの男がこの世から消えてくれるなら、生涯、愉しいことがなくてもよかった。

あの男に比べれば、どんな犯罪者も許せる気がした。

あの男に比べれば、どんな変質者もまともに思えた。

あの男がこの世に存在すること以上の不幸と苦痛など、想像できなかった。

そんな男のもとに向かうのは……春海のためだ。春海達が平穏な生活を送れるように、向き合う覚悟を決めた。

会話にならないかもしれない——言葉さえ通じないかもしれない。

自分ひとりなら背を向け続けるか、逆に攻撃に転じてもよかった。

しかし、人質を取られている以上、主導権はあの男にあった。


樹里亜は足を止めた。およそ五メートル先に、目印として書いてあったコンビニエンスストアの看板が視界に入った。

あの男のメールによれば、コンビニエンスストアの入っているマンションの五階が樹里亜に用意された部屋だった。

「アビシニオン恵比寿」——マンション名を確認し、エントランスに足を踏み入れた。

「あ、もしかして、樹里亜さんですか？」

不意に、声をかけられた。

管理人室の小窓から、初老の男が顔を覗かせていた。

「どうして私の名前を？」

訝しげな表情で首を傾げる樹里亜に、初老の男が待ってと手を出した。ほどなくすると、管理人室のドアが開いた。

「私、去年まで中里支店長の働いている銀行で警備員をやっていたのですが、定年退職になりまして。中里支店長の計らいで、このマンションの管理会社に就職させて頂いた次第です。今夜、お嬢様がいらっしゃると聞いてましたので」

なぜ自分の名前を知っていたかの謎が解けた瞬間に、管理人への興味が消え失せた。

「樹里亜さんのお父様は、素晴らしい方ですね。聞いてますよ。お嬢様のために、マンションをお借りになったんですよね？　本当に、心根の優しい方です」

「誰が？」

「もちろん、樹里亜さんのお父様のことですよ」

「あいつが素晴らしい？　ありえないでしょ」

樹里亜は、鼻で笑った。

「お父様のことを、あいつなんて呼んだらいけませんよ。中里支店長は、人格者です」

「あの変態が人格者!?　笑わせんな」

樹里亜は、ふたたび鼻で笑った。

「なんてことを言うんです……」

「うるっせえんだよ！　くそじじいが！」

般若の面相に豹変した樹里亜に、管理人が血の気を失った。

「てめえが、あいつのなにを知ってんだよ!?　あいつはな、私がガキの頃から性器触ったり自分のを口に突っ込んだり、いたずらしてたんだよっ。それだけじゃねえ。いまデリヘルのバイトしてんだけどさ、この前客に呼ばれてホテルに行ったら待ってたのはあいつだった。あの変態、最初は驚いてたけど、結局娘を抱いたんだよ。てめえ、そんなことも知らねえくせして、なにが心根の優しい方だ、なにが人格者だよ！　ふざけんな！」

樹里亜は、管理人の胸倉を摑み前後に揺すった。

「は、離してくれ……」

さっきまで青褪めていた顔を紅潮させた管理人が、苦悶《くもん》の表情で訴えた。

「このマンション、なんのために借りたか知ってるか？　ここに私を囲って、愛人にするためだよっ」

「そ、そんな馬鹿な話が……」

「あるんだよ！」

樹里亜は管理人を突き飛ばし、ショートメールをみながらオートロックの四桁の暗証番号をプッシュした。

オートロックが開いた——樹里亜はエレベータに乗り込み五階のボタンを押した。

頭を空っぽにした。

思考を働かせると、正気を保てる自信がなかった。

到着を告げる震動——地獄の扉が開いた。

樹里亜は重い足取りでエレベータを出ると、五〇三号室の前で足を止めた。躊躇《ちゅうちょ》せず、インタホンを押した。まるで沓脱《くつぬ》ぎ場で待ち構えドアスコープを覗いていたのではないかというような早さで、ドアが開いた。

「待ってたぞ」

悍《おぞ》ましい笑顔の英輝が、バスローブ姿で現れた。紐は縛っておらず、白く弛《ゆる》んだビール腹に食い込むブリーフが丸見えで胃がムカムカした。

「キモいんだよ！」

樹里亜は英輝を押し退け、玄関に入った――靴を脱ぎ散らかし、廊下に上がり部屋へと向かった。

中扉を開けると、六畳ほどのフローリング床の洋間だった。

部屋の中央に白いクッションソファとガラステーブル、壁際には液晶テレビが置いてあった。六畳の洋間の隣は、ひと回り小さなタイプの部屋になっていた。大人ふたりは寝られそうな、ゆったりしたサイズのベッドだ。小さなキッチンスペースもあり、二ドアの冷蔵庫が設置してある。

「どうだ？　いい部屋だろう？　父さんな、ジュジュのために頑張っていろいろ揃えたんだ」

英輝が、樹里亜の肩に手を回した。

「触るんじゃねえよ！　その呼びかたもやめろって言ってんだろ！」

樹里亜は英輝の腕から逃れ、睨みつけた。

「これから週末は、この部屋でふたりで過ごすんだから照れることないだろう？」

少しも悪びれたふうもなく、英輝が言った。

「なんか勘違いしてねえか!?　誰がてめえと暮らすなんて言ったよ!?」

「なら訊くが、どうしてここにきたんだ？　なあ、ジュ……おっと、樹里亜、もうすぐお前も十八になるんだから、反抗期って年でもないだろう？」

「春海のために決まってんだろ！」

樹里亜は、怒声を浴びせた。

「なるほど。そっくりだな」

英輝が、樹里亜の顔をしげしげとみつめた。

「なにがだよ!?」

「照れ屋のところが、母さんにそっくりだよ」

英輝の言葉に、皮下を駆け巡る血液が沸騰した。

「てめえ、なに言ってんだよ!?　私が、あの女に似てるわけないだろ！」

唇が震えた――声が震えた。滾った血が脳に上昇し、視界が赤く染まった気がした。

――あなた、もしかして自分のことかわいいと思ってる？　父さんがちやほやするからって、勘違いしてない？

玄関の沓脱ぎ場——樹里亜が背負ったランドセルを背後から摑み、あの女は耳もとで囁いた……ダイニングキッチンで朝食を摂る英輝に聞こえないよう、小さな声で。

——あのね、教えといてあげるけど、あなたは少しもかわいくないから。父さんがちやほやしてるのは、あなたが相手してほしいような卑しい物欲しそうな顔をしているからなのよ。だいたい、そんな下品にくりくりした眼、ちっともかわいくないんだからね。母さんみたいに切れ長のひと重瞼のほうが、知的な美しさがあって男性にモテるのよ。

学校に行く前に、あの女に耳もとでねちねちと罵られ、頭や頰を小突かれるのが日課のようになっていた。

幼い頃の樹里亜は、くっきりとした二重《ふたえ》瞼が嫌で仕方がなく、鏡をみながら綿棒で一生懸命に溝を消そうとしていた。

——樹里亜ちゃんの顔っていいな。

——うん、私も芸能人みたいな顔になりたいな。

クラスメイトが褒めてくれても、喜べなかった。たとえどんなにかわいかったとしても、下品な顔立ちは嬉しくなかった。それは、成長したいまでも同じだった。誰に褒められても、自分の顔が好きになれなかった。

樹里亜の部屋には、手鏡がひとつしかなかった。その手鏡も、メイクをするとき以外は伏せていた。


「なにをそんなに怒っているんだ？　妻と娘の性格が似ていることは、夫であり父親である私が一番よくわかっている。あれも、感情を表現するのが苦手な女でな……」

「やめろっ！　そんな話をしにきたんじゃないんだよっ」

樹里亜は、英輝の声を怒声で遮った。

「ん？　なら、なんの話をしにきたんだ？」

「いいか？　絶対に、春海のパパに変なことするなよっ」

「だから、その話は解決しただろう？　西島君のミスで他行に奪われた取り引き先の件を本部に話せば彼の左遷は免れないが、お前がこの部屋に私と住むことを納得すれば眼を瞑ってやろうとな」

「この部屋には住まねえよ！」

「聞き分けのない娘だな。父と娘がひとつ屋根の下に暮らすことは、あたりまえのことじゃないか？」

英輝がさも自分は正当なことを言っているとでもいうように、両手を広げて小さく首を左右に振った。

「それは、普通の父親の話だろうが!?　娘に手を出す変態親父と一緒に住めるわけがないことくらい、わからねえのか!?」

「また、その話か？」

英輝が長いため息を吐いた。

「立ち話もなんだから、座って話そうじゃないか」

言って、英輝がソファに腰を下ろした。

樹里亜も、渋々と英輝の正面のソファに座る。

「そもそも、近親相姦がどうしてタブー視されているかは、この間、レストランで説明したじゃないか」

呆れたような表情で英輝は、ため息を吐くように言った。

「そんなもん、お前の勝手な考えだろう!　娘に押し付けるな!!」

「やれやれ、しかたないな。いいか。もう一度説明するから、よく聞くんだぞ。人間の遺伝子は大別すると、優性遺伝子と劣性遺伝子のふたつにわけられる。近親相姦で一番問題視されているのはモラルよりも、胎児が劣性遺伝子を継いでしまう確率が一般の性行為で生まれた赤子より高くなってしまうということが理由だ。つまり、近親相姦によって生まれた赤子は疾患がある子供になる確率が高いということだ。どうしてそうなるかの説明は省くが、私が言いたいことは子供さえ作らなければなにも問題はないということだ。問題がないどころか、騙されたり傷つけられたり、他人同士なら起きがちな男女間のリスクもない。逆を言えば、避妊は重要だ。私はゴムの装着はあまり好きじゃないから……ほれ」

英輝はバスローブのポケットから取り出したタブレットのシートをテーブルに放った。

「なんだよ、これ？」

「ピルに決まってるだろう？　早速、今夜から服用しなさい。卵巣が眠るまで一週間かかると言われている。つまり、排卵が止まるまで一週間かかるということだ。だから、気が進まないがその間はゴムをつけることにするよ」

「ふざけんな！　ピルなんて飲むわけねえだろっ」

「なるほど、太ったり乳がんにならないかの心配をしてるんだろう？　十数年前までは卵胞ホルモンの用量が多い高用量ピルが使われていたが、一九九九年に卵胞ホルモンの用量が少ない低用量ピルが認可されたから、副作用の心配はない……」

「わけのわからねえことばっかり言ってんじゃねえ！」

樹里亜はタブレットのシートを英輝の顔面に投げつけた。

「いいか、ここにきたのは、てめえに警告するためだっ」

「ほう、警告なんて言葉を知ってたのか？　いいだろう。なにを警告したいんだ？」

英輝が、鼻から煙を吐き出しながら訊ねてきた。

「春海のパパになんかしたら、デリヘルで娘と援交してる動画をサツに持ってくからなっ。未成年の少女と、それも実の娘と援交してるなんて、確実にムショ行きだろ？」

「まあ、そうだろうな。だが、ひとつ忘れちゃいないか？　刑務所に入るのは、私だけじゃないってことを。デリヘルでの本番行為が違法だってことくらいは知ってるだろう？」

「別に、構わねえよ。てめえを道連れにできるんだったら、喜んでムショに入ってやるよっ」

「お前がそうくるなら、仕方がないな」

英輝が苦笑し、ソファから腰を上げた。鞄を手に戻ってきた英輝が、中から用紙を取り出しテーブルに置いた。

「みてみろ」

樹里亜は用紙を手に取った。

「金銭……二千万……なんだよ、これ？」

「下の署名欄ってところの貸主と借主の名前は誰になっている？」

「中里……西島……」

署名欄に視線を走らせた樹里亜は息を呑んだ。

「事情が呑み込めたようだな。西島君は、家を買うための頭金を払うのに貯金を使い果たして生活が困窮してたようだから、見兼ねて貸してやったのさ。ああ、でも、安心しなさい。ちゃんと家を担保に押さえてるから、私が損することはない。返済日に日付が入ってないだろう？　これは、貸主が返せって言った日が支払期日になり、一日でも遅れたら西島君の家は父さんのものになる契約内容になっているのさ。だから、心配しなくても、父さんが二千万を取りっぱぐれることはないってわけだ」

英輝が、灰皿に煙草の穂先を押しつけ口角を吊り上げた。

「てめえ……わざとだろ!?」

「なんのことかな?」

「わざと貸したんだろ!?」

「おやおや、おかしなことを言うな。二千万もの大金を、どうしてわざと貸すんだ？たとえば、樹里亜が言うことをきかなかったら西島君に返済を要求して家を取り上げるとか、西島君親子をホームレスにするとか、そういうことか？　ん？　ん？　ん？」

英輝が、サディスティックな光を湛えた瞳で樹里亜を見据えた。

「きったねえぞ、てめえ……」

樹里亜は、膝の上で拳を握り締めた。

「お前のほうこそ、父親にたいして言葉遣いが汚くはないか？　まあ、いいだろう。私は寛大だからな。さあ、難しい話はここまでだ」

英輝が立ち上がり、バスローブを脱いだ。

「なにしてんだよ!?」

樹里亜は、嫌悪の縦皺を眉間に刻んだ。

「なにって？　そんなの、決まってるだろう？　お前も、脱ぎなさい」

英輝が、樹里亜のソファの隣に腰を下ろし肩を抱き寄せてきた。

「触るんじゃねえよ！」

英輝の腕を振り払い、樹里亜はソファから腰を上げた。

「この前は、私のこれを受け入れたろう？　全裸で絡み合い、セックスしたじゃないか？　その動画を持ってるんだろう？　いまさら、恥ずかしがることはない」

ブリーフの膨らんだ股間を指差し、英輝がニヤついた。

「いい加減にしねえと……マジに殺すぞ！」

低く震える声で言うと、樹里亜は英輝を睨みつけた。脅しではなかった。

犯罪にならなければ……刃物が手もとにあれば、躊躇なく刺しているだろう。

「殺すのは構わんが、西島君は家を失うことになるぞ？」

「てめえ、そんなことしたら、速攻で動画を警察に持ち込むからな！　ムショに入ったら、銀行もクビになるだろ!?　春海達の家を取らないで私もここに住まなくていいなら、動画は捨ててやるよ」

駆け引き――ここで、退くわけにはいかない。

下種な男のことだ。少しでも弱味をみせてしまえば、次々と都合のいい要求をしてくるのは眼にみえている。

「いや、その必要はない。お前がここに住まないのなら、私は西島君の家を差し押さえる。警察に訴えたければ、好きにするがいい。知り合いに有能な弁護士がいるし、デリヘルで未成年を買ったくらいは執行猶予がつく程度だ。銀行を解雇されても、困らないくらいの金はあるしな。だが、西島君はどうなるかな？　家を失ったら、神経の細い男だから絶望と娘への罪悪感で自殺するかもな」

英輝が、加虐的に唇の端を捩じ曲げた。

「さあ、どうする？　私の言うことを聞かずにここから出て行くか？　それとも、父さんと暮らすか？　二者択一だ。お前が判断すればいい」

樹里亜は、目まぐるしく思考を回転させた。

本気か？　ハッタリか？　黄色く濁った眼で樹里亜を見据える英輝の表情からは、判断がつかなかった。

「もし、私にたいして少しでも悪いって気持ちがあるなら、ひとつくらい親父らしいことをしてくれない？」

方向転換——万にひとつの、可能性に賭けた。

最低、最悪の父親だが、悪魔ではない。赤い血の通った人間……のはずだ。

「ほう、たとえば？」

英輝が興味津々の表情で身を乗り出した。

「今後一切、春海親子と私に干渉しないで」

「私と、親子の縁を切りたいということか？」

「そういうこと」

間髪容《かんはつい》れず、樹里亜は答えた。

「わかった」

拍子抜けするほどあっさりと、英輝が受け入れた。

「それ、マジに言ってんのかよ？」

肩透かしを食らった気分で、樹里亜は訊ねた。

「ああ、たしかに、お前には嫌な思いをさせてきたからな」

こんな言葉が、英輝の口から出るはずがない。きっと、なにかの魂胆があるはずだ。

「ただし、条件がある」

やはり、そうきた。だが、ある程度のことならば、歩み寄る覚悟はあった。

「なんだよ？」

訊ねる樹里亜に答えず、英輝が立ち上がりブリーフを脱いだ。屹立するグロテスクな肉塊が、悍ましい姿をさらした。

「なに脱いでんだよ!?　キモいのみせんじゃねえよ！」

「十分以内で、口で私をイカせることができたなら、お前の願い事を全部受け入れてやろうじゃないか。その代わり、十分を一秒でも超えたら、私の言うことを聞いてもらうからな。ほら、早くくわえなさい」

英輝が腰を突き出し、下卑た笑いを浮かべた顔で命じてきた。

「てめえは……」

人間じゃない……悪魔だ。

怒りに震える言葉の続きを、樹里亜は心で継いだ。

未　瑠

「未瑠さん入りまーす！」

ＡＤの声に、入口で花道を作るスタッフ達がスタジオ入りする未瑠を拍手で出迎えた。

「芸能人やらかし相談室」の収録のたびに感じる優越感——今日は、格別だった。

以前はゲストとしての参加だったが、今回からはレギュラーとしての参加だ。

ほかの出演者やスタッフに関係を疑われないようにしているのだろう、プロデューサーの井筒が平静を装い、手を叩いていた。

井筒が、気にするのも無理はなかった。

25　十一月からの「やらかし」、あの枕女レギュラーになるんだってな。

26　枕女って誰？

27 お前、テレビ観てねーの？　枕女って言えば末瑠に決まってんだろ？

28 ああ、枕営業ぶっちゃけた元地下アイドルか？　レギュラーなんてすげーじゃん。

29 また、プロデューサーと枕やったに決まってる。やらかしの「プロデューサー」って、タレントを食いまくってるって噂だし。

30 枕女とタレント食いのプロデューサー、運命の出会い（藁《わら》）

31 でも、末瑠って、C級の地下アイドルだったのに枕でここまで伸し上がったなんてすげーな。

32 あたりまえじゃん。十七歳が股開いてヤラせてくれるんだったら、たいていのエロじじいは言うこと聞いてくれるでしょ？

33 才能もねえくせに身体使って仕事取るなんてサイテーの女だな。

34 氏ね！　枕女！

インターネットのスレッドでは、末瑠が「芸能人やらかし相談室」のレギュラーになったことで、プロデューサーと枕営業したと噂になっていた。

誹謗中傷は、気にならなかった。匿名でしか非難できないようなクズには、言わせておけばいい。

ネズミやゴキブリに好かれたいとは思わない。ダニやシラミに嫌われたところで痛くも痒《かゆ》くもない。

それに、ネットに書かれているのはすべて事実だ。誰に強いられたことでもなく、自らが選んだ道だ。

突出した美貌があるわけでも、スタイルがいいわけでもない。秀でた歌唱力があるわけでも、演技力があるわけでもない。

枕営業は、自分より突出した美貌やスタイルを持つライバル達より……秀でた歌唱力と演技力を持つライバル達より上に行くための手段に過ぎない。

「マイク、いいでしょうか？」

ＡＤが未瑠にピンマイクを装着する間、スマートフォンでスケジュールを確認した。

「やらかし」のオンエアが正午に終わり、次は六本木の「日《ひ》の丸《まる》テレビ」のプライムタイムのバラエティ番組の収録が二時から四時まで、五時から七時まで同じ局で深夜帯のバラエティ番組の収録、八時から芝公園《しばこうえん》のスタジオで雑誌の取材が三本入っており、すべてから解放されるのは十時頃になる。

これに加えて、十二月からは未瑠が主演を務める来年一月クールの連ドラがクランクインする。

「桜テレビ」の中林プロデューサーに、枕営業で約束させた仕事だった。

数ヶ月前まで、地下アイドルでくすぶっていたことが自分でも信じられなかった。

「では、こちらへどうぞ」

ピンマイクをつけ終えたADが、未瑠をパネラーカウンターに案内した。四脚並んだカウンセラー席の中央の二脚が、レギュラーカウンセラーの席だった。

席には既に、氷室が座っていた。ゲストカウンセラーの二席は、まだ空席だった。

「お疲れ様です。今日から、お世話になります」

挨拶をする未瑠を、氷室は無視した。

別に、腹立ちも動揺もなかった。彼女がそういう態度に出てくるのは想定内だった。

未瑠は、空席のゲストカウンセラーの席に視線をやった。ひとりは関西の人気芸人の「弾丸爆弾《だんがんばくだん》」のツッコミ担当の弾丸、もうひとりは売れっ子子役の石川蘭花《いしかわらんか》だ。

ゲストのふたりとはキャラクターが被らないので、未瑠は胸を撫で下ろした。

「海山谷空《うみやまたにぞら》さん入りまーす!」

MCの大御所芸人が、貫禄十分にスタジオ入りした。

未瑠は、台本に視線を落とした。今日の相談者は、グラビアアイドルの石野凜々《いしのりんりん》だった。凜々は、童顔巨乳の典型のようなマイナーなグラドルで、かなり際どい着エロのDVDを発売していた。

「やらかし内容」は、現場に行くたびに業界関係者に必ず誘われるというものだった。

このゲストは、未瑠にとっては目立つチャンスだ。未瑠のレギュラーデビューということを意識した人選に違いない。

「あと五分で、本番に入りまーす!」

未瑠は眼を閉じ、意識を集中した——本番の展開をシミュレーションした。レギュラーとして初めての生放送で、強烈な爪痕を残すつもりだった。

☆　　☆

「今日の反省会をしたいから、キャスティングを考えているから、今後のためにいろいろとアドバイスをしたいから……だいたい、いつもこんな理由で誘われちゃうんですぅ」

Fカップはあろうかという胸が食み出さんばかりのチューブトップに下着がみえそうなミニスカート……悩殺ファッションの凜々が、男ウケを狙った舌足らずの口調で言った。

「え？　それはやらかしじゃなくてさ、男性にモテるっていう単なる自慢じゃないの？」

早速、氷室の毒舌が炸裂した。

「やらかし」はハプニング感が売りの番組で、パネラーが発言する順番を脚本で指定していない。なので、MCが誰かを指名しているとき以外は、パネラーの判断で自由に発言していいことになっている。

「違うんですぅ。私、そういうつもりじゃありませんって言って、誘ってくれた関係者を怒らせてしまうんですぅ。それから、もう、二度と仕事に呼ばれなくなっちゃってぇ……。私、やらかしちゃったのかなぁ、と思ってぇ」

谷間を強調するように、胸の前でわざとらしく手を組み合わせカマトトぶる凛々。

「だってさ、あなたそんな恰好して現場に行ったら、私を誘ってくださいって言ってるようなものじゃない？　それに、仕事呼ばれないのは単にあなたに実力がないからじゃないの？」

氷室が、さらに噛みついた。

「いやいや、氷室先生は相変わらず手厳しいですね～。弾丸先生は、彼女のやらかし相談をどのように受け取りますか？」

ＭＣの海山が、弾丸に振った。

このままだと、番組開始早々ヒートし過ぎると判断したのだろう。

「そうですねぇ～僕が関係者でもソッコーで誘ってしまいますわ。凛々ちゃん、因みに僕みたいな男はどう？」

「弾丸先生、朝の生番組でいきなりナンパはやめてくださいね。蘭花ちゃんもいるんですから」

海山が、呆れ笑いを浮かべながら弾丸を諭した。

「私ぃ、関西の男の人って好きなんですぅ」

凛々が、弾丸を上目遣いでみつめてアヒル口を作った。

「石野さん、業界関係者に媚びを売るのは悪いこととは思いませんけど、相手を間違ってますよ」

未瑠の発言に、観覧客がざわついた。

「ほう、未瑠先生、相手を間違っているとは、どういう意味ですか?」

海山の瞳が輝いた。面白い展開になりそうだという嗅覚が働いたのだろう。

「凜々も、教えてほしいですぅ」

凜々が、顎の下で掌を重ね合わせ首を傾げた。

「私は枕営業でたくさんのお仕事を頂けるようになりましたけど、相手は選んできましたから。媚びを売るなら、価値のある人にしたほうがいいですよ」

「なんやねん! ひどいな、それじゃまるで、僕が無価値な人間みたいやんけ! ま、外れてはいないけど」

弾丸が、自虐ネタで笑いを取った。

「いいえ、弾丸さんは売れっ子でトップクラスの芸人さんです。ただ、まだキャリアが浅い若手さんだし、誰かのキャスティングをプロデューサーさんに捩じ込める力はありません。同じ芸人さんなら、弾丸さんより海山さんに媚びたほうがいいですよ」

「おいおい、流れ弾は困るよ〜」

海山が、顔前で大きく手を振ってみせた。

「海山さんくらいの大物になれば、ゲストのキャスティング権くらい持っています。でも本気でレギュラーを狙うなら、プロデューサーに接触するべきです」

スタジオの隅で腕組みをしている、井筒の顔が強張った。

ＡＤが慌てて、［未瑠さん、ソフトにお願いします！］のカンペを出した。

「あら、あなた、それ自分のことを言ってるの？」

氷室が、蔑んだ眼を未瑠に向けた。

「はい。私の実体験を基にアドバイスしてます」

未瑠は、微笑んでみせた。

「呆れた……」

氷室が、大袈裟に首を振った。

このやり取りに関しては、井筒も満足げだった。未瑠がゲストで出演したときに、氷室とやり合った件が評判がよかったらしい。

井筒の中では、因縁のレギュラー対決、みたいな構図を描いているようだった。

「私ぃ、枕営業とかは嫌なんですぅ。別に下心があるわけでも誘ってるわけでもなくて普通にお話ししているだけなんですぅ。どうしたら、スタッフさん達に勘違いされないようにできるのかぁ、悩んでるんですぅ」

凜々が、甘ったるい鼻声で自分に話を引き戻した。相変わらず、腕を交差させて胸の谷間を強調している。

「だったら、そんな水着みたいな恰好をやめなさいよ。露出の少ない服にするだけで、誘いの数はかなり減るからさ」

氷室が、バッサリと斬って捨てた。

「いやいやいや〜、僕は反対やな〜。世の中の男性陣の眼の保養のために、いままで以上にセクシーな衣装でお願いしますわ」

鼻の下を伸ばし揉み手で祈るポーズを取る弾丸に、観覧席から爆笑が起こった。

「弾丸さん、ありがとうございますぅ。でもぉ、露出度の高い服装をしてるのは男の人を誘うためじゃなくてぇ、私のファッションなんですぅ」

凜々が、弾丸から氷室に視線を移した。

思ったより、少しは頭が回る女だ。だが、それは馬鹿ではないというレベルの話で、頭が切れるというほどではない。

「そんなの誰も信じない……」

「中途半端なんだと思いますよ」

未瑠は、氷室を遮った。

氷室が睨みつけてきたが無視した。

「なにが中途半端なんですかぁ？」

凜々が、頬を膨らませた。

「カマトトぶるにも中途半端だし、色で売るにも中途半端です。私は全然そんな気ないのに周りが勝手に誘ってきて、とかで惚けるのも無理があります。そもそも、そういう白々しいことを発言しても許されるのは知名度があるタレントさんで、石野さんみたいなマイナーなタレントさんがやっても売名行為にしかみえません。たとえば、有名な男性タレントさんに無理やり関係を迫られたとか、スポーツ新聞や写真週刊誌で被害者顔で訴えているグラドルさんのイメージですね」

ここが勝負どころ──未瑠は、切れ味鋭く突っ込んだ。

「手厳しいな～未瑠ちゃんは」

「うわっ、怖っ！」

海山が苦笑すると、弾丸が「ムンクの叫び」の顔真似をした。

「それって、言い過ぎじゃないですか？」

凜々が憤然とした顔で、未瑠を睨みつけてきた。

「ほら、そういうところです。売れているタレントは、みなさん、キャラを崩しませんから」

にべもなく、未瑠は言った。

「だ、だから、キャラじゃないですから……」

うわずる声で、凜々が言った。

「だって、さっきまでと喋りかたが全然違いますよ？」

未瑠は、微笑を湛えつつ言った。

「未瑠さん、最高です！　もっと切り込んでください！」

ＡＤのカンペをみた氷室が、険しい表情になった。井筒の上機嫌な顔も、彼女のいら立ちに拍車をかけているのだろう。

「ごめんなさい。なんだか意地悪を言っているように聞こえますけど、私がここまで突っ込むのは石野さんのためなんです。いま、ピンチみたいになっていますが、石野さんにとっては逆にチャンスですよ。ここで、現場のスタッフに興味を持たせるような言動ができたら一気にオファーが増えると思います。キャスティングのきっかけは、色仕掛けでも事務所のゴリ押しでもバーターでも、なんでもいいんです。大事なのは、貰った現場でチャンスを活かせるかどうかっていうことです。ブレイクできる人は、このチャンスをきっちりモノにします」

観覧席から、感嘆の吐息が漏れた。井筒も、感心したように頷いていた。

凜々にアドバイスしたことは、いま、まさに未瑠が実践していた。

ゲストの立場から井筒への枕営業を経てレギュラーの座を獲得した。だが、肉体を使っただけでなく、未瑠は機転とトークで井筒を納得させた。タレント力で認められれば、枕営業をしなくても次のオファーへと繋がる。

セックスを武器にするのと、肉体を売るしかないのとは意味が違う。

未瑠は枕営業は受け入れても、援助交際は軽蔑する。つまり、あのＳＮＳで絡んでくる樹里亜というギャルのような女のことだ。

樹里亜とは会ったこともなければ、彼女の私生活を知っているわけでもない。だが、未瑠にはわかる。何度かブログでやり取りしただけだが、樹里亜が目的もなく漠然と生きている典型的なギャルだということが。

「あなたさ、尤もらしいこと言う前に自分がルールを守りなさいよ」

氷室が、ついに矛先を未瑠に向けてきた。未瑠は内心、ほくそ笑んだ。これからが、本番だ。

「なんのルールですか？」

「そんなこともわからないの？　芸能界の先輩が発言しているのを遮るなんて、ありえないでしょう？」

「まあまあ、氷室先生、未瑠先生は今日がデビューの新人カウンセラーなので大目にみてあげてください」

海山が、強張った顔で取り成した。

強張った顔は、もちろん演出だ。未瑠と氷室を犬猿の仲にするのが井筒の狙いだということは、もちろん海山の頭にも入っている。

「遮ったんではなくて、遮られたんじゃないんですか？」

未瑠が少しも反省した素振りもなく言うと、氷室の血相が変わった。

「同じことだと思うけど……それって、どういう意味かしら？」

懸命に平静さを装い、氷室が訊ねてきた。

「発言がバッティングすることは、バラエティ番組や討論番組では常識です。氷室先生は、そのまま発言を続ければよかったんです。それで私が退かずに喋り続けたら海山さんが入ってくれたはずですし。私、バラエティ番組は戦場だと思っています。戦場で敵に撃たないでってお願いする兵士はいませんよね？　私は、撃たれる前に撃っただけです」

未瑠は、無表情に氷室を見据えた。

「あなた、それ、喧嘩売ってるの!?」

鬼の形相を未瑠に向ける氷室を、未瑠は心で嗤った。テレビでは、ムキになったほうが負けだ。

「氷室先生……」

未瑠は、驚いた顔で絶句してみせた。

「なによ!?　なんとか言いなさいよ！」

トラップ——予想通り、氷室が激しい口調で食ってかかってきた。

未瑠と氷室を争わせようとしていた井筒の表情が固まった。

テレビ的に争うのと、本気で争うのは違う。

プロレスと同じだ。殴り合い、蹴り合い、投げ飛ばし合ってはいるが、それはあくまでも観客にみせるためのパフォーマンスであり本気ではない。

すべての攻撃を手加減し急所を外していることは、言うまでもない。

たまに、仲の悪いレスラー同士だと一線を越え本気でやり合ってしまうときがある。

もちろん、パンチもキックも手加減なしに急所に叩き込む。

それを、業界用語でセメントマッチという。

自分と氷室は、いま、まさにセメントマッチの様相を呈していた。

仕掛けたのが氷室にみえるように仕向けたことが、ポイントだった。

「喧嘩を売るって……テレビの生放送中ですよ？」

未瑠は、ピンクのカラスをみるとでもいうように眼を見開いた顔を氷室に向けた。

「それが喧嘩を売ってるって言ってるのよ！」

「氷室さん、落ち着いてください！」

ＡＤが、氷室に掲げたカンペを何度も指差し訴えた。

蘭花は恐怖に固まり、弾丸は事の成り行きを見守るだけだった。

未瑠は、故意に困惑した顔を井筒に向けた――氷室の怒りの炎に油を注いだ。

「ちょっと、なに被害者ぶってるの!?」

案の定、氷室が激しい口調で食ってかかってきた。

「海山さん、流れを変えてください！」

「白熱しているところ申し訳ありませんけど、相談者が放りっぱなしになってますのでそろそろノーサイドということで……っていうわけで、お待たせしました凜々さん、カウンセラーの方々のアドバイスはためになりましたか？」

カンペの指示通りに、海山が強引に流れを変えようとした。

「なんだかぁ、消化不良ですぅ」

凛々が、ふたたびキャラを復活させて身体をくねらせつつ鼻声で言った。

「だから僕が、消化不良を解消させてあげるから」

弾丸が、話に乗ってきた。

「おばさん、更年期障害？」

観覧客の眼とカメラが三人に向いている隙に、未瑠は囁いた。

頭皮に激痛――氷室が、未瑠の髪の毛を鷲摑みにした。

観覧客から悲鳴が上がった。

「もう一度、言ってみなさいよ！」

氷室がヒステリックな金切り声で怒鳴りながら、未瑠の髪の毛を引っ張り続けた。

「氷室先生、暴力はいけませんよ！」

「あかんあかん、やめなはれ！」

ＭＣと弾丸が、氷室を未瑠から引き離しにかかった。

「海山さん！　ＣＭに入ってください！」

ＡＤがカンペを手に、海山の眼の前まで歩み出てきていた。

「ＣＭに入りまーす！」

海山が言うと、数人のスタッフが飛んできて氷室と未瑠の間に割って入った。

それでも、氷室は未瑠の髪の毛を離さなかった。

もみくちゃにされ、激痛に苛まれながら未瑠は下を向いたまま微笑んでいた。

☆　　☆

「本当に、すみませんでした。なぜあんなことになってしまったのか……」

未瑠の楽屋——濃紺のスーツに身を固めた氷室のマネージャーの山崎が、直立不動の姿勢で詫びの言葉を口にした。

「すみませんじゃないよっ。生放送中に、なんてことをしてくれたんだ！　番組終了直後から苦情電話が殺到して、三十分経ったいまだって鳴りっ放しなんだぞ!?」

井筒が、山崎を叱責した。

「後日、改めてお詫びにこさせますので……本当に、申し訳ございません！」

蒼白な顔で言うと、山崎が頭を下げた。

「詫びるならいまだろう！」

「ご尤もですが、氷室はまだ興奮状態でして……」

「もう、いいんです」

未瑠は、井筒に言った。

額には、絆創膏《ばんそうこう》が貼られていた。

「いや、よくないよっ。番組にも未瑠ちゃんにもこれだけ迷惑をかけたわけだからさ」

「もう出演しない人のことを、あれこれ言っても仕方がありません」

未瑠の言葉に、井筒とマネージャーの山崎が弾かれたように振り返った。

「それって、どういう意味？」

井筒が、怪訝な顔で訊ねてきた。

「え？　そのままの意味です。氷室さんは、番組降りますよね？　だって、生放送で私の髪の毛を引っ張ったんですよ？」

未瑠は、当然、といった表情で言った。

「悪いけど、外してくれるかな？」

井筒が言うと、山崎は不安げな顔で控室から出て行った。

「未瑠ちゃん、気持ちはわかるんだけど、氷室を降ろすのは無理だよ。事務所がどこか知ってるだろう？」

井筒が未瑠の隣のソファに座り、顔をしかめてみせた。

氷室の所属事務所……「東亜《とうあ》プロ」は、創立五十年になる老舗の芸能プロダクションだ。社長の東亜は東京芸能事務所協会の会長をやっており、「スターライトプロ」同様かそれ以上、業界に多大な影響力を持つ。

「つまり、事務所が怖いんですね？」

未瑠は、挑発的に言った。

「ああ、怖いよ。ウチの局でも何人もドラマの主役クラスに『東亜プロ』のタレントが入ってるからな。正直、怒らせたくないっていうのが本音だ。もちろん、番組でもきっちり謝罪させるからさ、今回はそれで収めてよ」

井筒が諭すように言った。

「私が収めても、視聴者やスポンサーが許さないでしょう？」

「まあ、そのへんはたしかに大変だが、今回は初めてだからなんとか乗り越えられると思う。番組としても氷室が謝罪すると視聴率も上がるし、視聴率が上がればスポンサーも喜ぶしな」

さすがはプロデューサーだ。どんな材料でもネタにして視聴率に繋げようとするあたり、抜け目のない男だ。

「でも、私は氷室を許せません」

「未瑠ちゃん、そんなこと言わないで……」

「他局のワイドショーのスタッフに、井筒さんと枕したことバラしますよ」

未瑠は、冷え冷えとした声音で言った。

「なっ……」

井筒が絶句した。

「そのおかげで、レギュラーを取れたんじゃないか！」

我を取り戻した井筒が、血相を変えた。

「だから、そのことを言うんです」

「お前……約束を守ってレギュラーにしてやった恩人にそんなことを言うのか!?」

「代わりに私を抱いたじゃないですか？　ギブアンドテイクってやつですよ」

　未瑠は、少しも動じずに井筒を見据えた。

「そんなことしたら、君だって無傷ではいられないんだぞ!?　『やらかし』はもちろん、へたをすればウチの局は出入り禁止になるかもしれない。それでもいいのか!?」

「もともと枕営業をカミングアウトしてここまできましたから、なにも怖くはありませんし」

　未瑠は、淡々と言った。

　ブラフ——本心ではなかった。

　せっかく摑んだレギュラーの座を、みすみす手離すわけにはいかない。だが、ここで番組への執着を悟られてしまえば、今後、井筒に主導権を握られてしまうだろう。

　いまはフリーなので、自分の身は自分で守らなければならない。なにより、氷室を潰しておきたかった。彼女がレギュラーの座に居座り続ければ、自分の持ち味を殺されてしまう。

「それ……本気で言ってるのか？」

　掠れた声で、井筒が訊ねてきた。

　未瑠は問いかけに答えず、ソファから腰を上げた。

「おい、まだ、話は終わって……」

「氷室先生の件、よろしくお願いしますね」

未瑠は振り返らずに言うと、楽屋のドアを開けた。

「おい、君っ、未瑠ちゃん！」

追い縋る井筒の声を、未瑠は無視して楽屋をあとにした。

☆　☆

「未瑠ちゃん、お疲れ様ー。初レギュラーなのに、災難だったね」

「お疲れ～髪の毛、大丈夫？」

「大変な目にあったね～」

「コメントよかったよ！　あまり、気にしないほうがいいよ」

局の廊下で擦れ違うスタッフに、次々と声をかけられた。みな、「芸能人やらかし相談室」のアクシデントをみていたようだ。

「ありがとうございます！　来週も頑張ります！」

下っ端のスタッフにも分け隔てなく、笑顔で挨拶した。いまはキャスティング権がなくても、数年後にはプロデューサーやディレクターになっている可能性もあるのだ。ガラクタにみえても将来宝になるかもしれないので、大事にしなければならない。

未瑠は速足で出口に向かいながら、キャップとマスクをつけた。次は二時から六本木の「日の丸テレビ」でバラエティ番組の収録だ。

氷室のマネージャーの山崎が詫びにきていたので、楽屋で弁当を食べる暇がなかった。持ち出した弁当を、移動のタクシーで食べるつもりだった。警備員に挨拶し、未瑠は自動ドアを通り抜けた。

「こっちに乗りなさい」

待っていたタクシーに乗り込もうとしたときに、不意に声をかけられた。未瑠は、視線を巡らせた。タクシーの後ろにつけた黒のレクサスのドライバーズシートから、見覚えのない中年男性が手招きしていた。

「タクシー代が節約できるだろう？」

また、声をかけられた。

「人違いです」

未瑠は冷たく言い放ち、ふたたびタクシーに乗り込もうとした。

「売れっ子タレントの未瑠ちゃんだろう？」

男性が、ニヤニヤしながら言った。自分が未瑠だということを知っていて声をかけてきたのだ。もしかしたら、ストーカーなのかもしれない。

「時間がないので」

面倒なことにならないうちに、未瑠は素早くタクシーに乗り込んだ。

「冷たいね。そんなに嫌うなよ」

車を降りた男性はタクシーに駆け寄り、相変わらずニヤつきながら窓越しに言った。

「六本木の『日の丸テレビ』に行ってください」

未瑠は運転手に告げると眼を閉じた。

これからは、マネジメントする男性を雇ったほうがいいのかもしれない。常軌を逸したストーカーに襲われるのはごめんだ。自分には、まだまだ、やらなければならないことが山とある。

いままで足踏みしていた人生を取り戻すために、立ち止まっている暇はなかった。

樹里亜

室内に響き渡る唾液の音が、樹里亜を自己嫌悪の海に溺れさせた。虫唾《むしず》の走る呻き声が、鼓膜を不快に震わせた。脂肪に塗れたでっぷりとした腹を突き出し、対照的に細く貧弱な足を投げ出した英輝の足もとに跪き、懸命に顔を前後に動かす自分を呪った。この数分間の行為だけで、この先数十年は悪夢にうなされることだろう。

「五分経過……したぞ。もっと……舌を上手に使わないと……私をイカせることはできないぞ……」

スマートフォンのストップウォッチをみながら、英輝が喘ぐように言った。

──十分以内で、口で私をイカせることができたなら、お前の願い事を全部受け入れてやろうじゃないか。その代わり、十分を一秒でも超えたら、私の言うことを聞いてもらうからな。

鬼畜の声が、樹里亜の焦燥感を煽った。

雑念を払い、頭の中を無にした。口に含んでいる肉塊が英輝のものでなく、客のものだと言い聞かせた。怒りよりも、春海親子を救うことを優先した。

亀頭を集中的に吸い上げ、舌先で尿道口を刺激した。右手で陰茎を扱き、左手で陰嚢を揉んだ。残り五分以内で薄汚い欲望を放出させることができなければ、自分は一生、英輝の奴隷となってしまう。樹里亜が奴隷生活を放棄すれば、春海の父親に卑劣な矛先が向く。どちらに転んでも地獄だ。

「お……うむふぉん……そうそう……うまいぞ……その調子……」

英輝の息が荒くなり、ペニスの硬度が増した。

オルガスムスが近づいている証拠──樹里亜は上下する右手のピッチを上げ、より強く亀頭を吸った。

「あと……三分を切ったぞ……もっといやらしく……しゃぶらなければ……私の勝ちだ……」

恍惚と下卑た笑いが入り混じった顔で、英輝が樹里亜を見下ろした。

もう、なりふりは構っていられなかった。激しい唾液の音や亀頭を吸う音を気にせずに、英輝を攻めた。陰茎を扱く右手も陰嚢を揉む左手も休めることなく動かし続けた。娘が父にフェラチオをし、十分以内に射精させられるかどうかで運命が決まる——馬鹿げていた、常軌を逸していた。だが、自分にはお似合いの人生なのかもしれない。

倒錯した生活は、いまに始まったことではない。幼い頃から、醜く歪んだ出来事に翻《ほん》弄《ろう》されていた。

理不尽を唾棄しながらも、受け入れてきた。

不道徳を軽蔑しながらも、従ってきた。

アブノーマルを嫌悪しながらも、共有してきた。

いまさら恥じたところで、どうなるものでもない。ゴキブリは、たいていの人間に嫌われている。だが、いくら気持ち悪がられても、ゴキブリがゴキブリであることに変わりはない。どんなに足掻《あが》いても、ほかの生物にはなれないのだから。

「イキそうだが……一分を切ったから……我慢できそうだ……。裸を……みたら……わからんがな……」

身を振り、声を上ずらせつつ、英輝が言った。

亀頭の怒張具合から察して、英輝が達しそうになっているのは間違いない。樹里亜は口の動きを止めず、服を脱いだ——下着の上下も取り去った。

「おおっ……視覚的に……たまらん……」

英輝が小鼻を広げ、歯を食い縛った。

靴下だけを履いたほぼ全裸で、樹里亜は顔を激しく上下させた。陰茎に舌を巻きつけ、乳首を摘まみ……屈辱は捨て、やれることはすべて試した。

「10、9、8、7、6……」

英輝が残り時間のカウントを取り始めた。

「5、4、3、2、1！　終了ーっ！」

叫び声とともに立ち上がった英輝が、樹里亜の頭を鷲掴みにして自ら腰を振り始めた。腰が突き出されるたびに喉の奥に亀頭が当たり、樹里亜は咳《せ》き込んだ。

「うっ、うっ、うっ、うっ……うふぁっ！」

ひと際大きな呻き声の直後に、口の中に生温い液体が放出された。樹里亜は英輝を突き飛ばし、精子を吐き捨てた。

「てめえっ、ふざけんじゃねえよ！」

樹里亜は怒声を浴びせ、下着と衣服を手早く身につけた。

「十分過ぎたから、遠慮なくお前の口に出させて貰ったよ……」

太鼓腹を波打たせつつ、英輝が満足げな顔で言った。

「嘘を吐くんじゃねえ！　てめえ、ごまかしただろう！」

英輝が、どうだ！　と言うようにスマートフォンを樹里亜の眼の前に翳した。アプリのストップウォッチの数字は、10:01:00で止められていた。

「お前が脱いだときには、正直、危なかった。父親の私が言うのも変だが、本当にそそる肉体をしてるよ。張りのある美乳だし、アスリートみたいな腹筋をしてるし、引き締まった尻をしているし……しかも、十代ときてるしな。それにしても、まさか父さんの玉袋まで揉むとは驚きだ。これから、好きなときに絶品のフェラを味わえて、好きなときにその肉体を自由にできるかと思うと……父さんは本当に、幸せ者だよ」

英輝が歩み寄り、樹里亜の肩に手を置いた。

「触るんじゃねえ！」

樹里亜は、英輝の手を振り払い憎悪の色が宿る瞳で睨みつけた。

この男は、正真正銘の異常者だ。言うなれば、猟奇殺人鬼や連続殺人鬼と同じカテゴリに属する男だ。違いは、人を殺しているかいないかだけだ。

いや……この男は殺人を犯してはいないが、心を殺している。樹里亜の心は、何回も……いや、何百回も殺されている。

「お前、なにか勘違いしてないか？　賭けに勝ったのは私だ。賭けに勝ったほうが好きにしていいという約束を忘れたのか？」

「誰がてめえの好きにさせるか！」

「そうか、なら、好きにしなさい」

英輝が裸のままソファに座り、煙草に火をつけた。

「その代わり、お前のなんとかいう親友の子の家は破産に追い込まれるがな」

紫煙をくゆらせながら、英輝が涼しい顔で言った。

樹里亜は眼を閉じ、深呼吸を繰り返すと、英輝への恨み、憎しみ、怒りを胸奥に封印した。

虚無に意識を集中させた。

人形になればいい。

その瞳には、なにも映ってはいない。

その耳には、なにも聞こえない。

その口は、なにも語らない。

「お前も、もうすぐで成人を迎える。そろそろ、きちんとした生活を送ることも考えないとな」

「父親とセックスする生活が、きちんとした生活か!?」

「まあまあ、話を聞きなさい。お前が私に反発したい気持ちはわからんでもない。世間一般では、父と娘の情事はタブー視されているからな。だが、何度も言うが、それは子供ができた場合に問題が生じる場合が多いからだ。父と娘が愛し合うという行為自体は、罪でも背徳でもない。私は子供を作る気はない。お前と普通に愛し合えれば、それでいいんだよ。だから、樹里亜も罪の意識を感じる必要はない。誰になにを言われようとも、後ろめたさなど感じず堂々としていればいい」

英輝が牧師にでもなったかのように、穏やかな瞳でみつめ説教してきた。

「ふざけんな！　なに都合のいいことばかり言ってんだよ！　子供を作らなくても、父親が娘にこんなことさせて正常だと思ってんのか⁉」

「なら訊くが、お前のやってることは正常なのかな？　本当の自分から逃げてばかりで、現実をみつめようとしない。自暴自棄になることで現実逃避している。せっかくの恵まれた環境を、自らの手で壊している。私がなぜ、デリヘルをやめさせたか気づいているか？　いつか表沙汰になってしまうからさ。そんなことになったら、すべてが終わりだ。もちろん、人生は何度だってやり直すことはできる。ただし、いまのお前が一度死ぬのは事実だ。人生を棒に振るようなことはやめなさい。あとからどんなに後悔しても、取り戻すことはできないんだぞ？」

「こんなクソみたいな人生、取り戻したくねえよ。それに、失うものなんてなにもねえし」

樹里亜は吐き捨てた。人生を取り戻したいどころか、できるものなら永遠に闇に葬り去りたいくらいだった。

「樹里亜、それは、真面目に言ってるのか？　それとも、惚けてるのか？」

英輝が、怪訝そうに樹里亜の顔を覗き込んできた。

「惚けてなんかないよ。こんな最悪な人生なら……死んだほうがましだよ」

樹里亜は、力なく呟いた。

「まあ、いいだろう。なんにしても、お前ひとりの問題で済ませられることではない。お前が思っているほど、大人の世界は甘くはない。これからは、私が守ってやるから安心しなさい。父娘だから、一緒に住んでいても誰にも疑われないし、変な噂が立つこともない。もっと早くに、こうするべきだったな。それから、一度落ち着いたら旅行でもしようじゃないか」

「誰が、てめえと旅行なんか……」

「たまには、心の洗濯をしたほうがいい。そして、ありのままの自分から眼を逸らさずに、一切を受け入れなさい」

樹里亜を遮り、英輝は諭し聞かせるように言った。

「偉そうに言いやがって、私がこうなったのはてめえのせいだろうが！」

樹里亜は、涙に潤む眼で英輝を睨みつけた。

好きで、こんな人間になったわけではない。眼を逸らさなければ、生きてゆけなかった。正視するには、あまりにも自分は醜く汚れていた。

「たしかに、そうなのかもしれない。だが、だからって、このままではいかんだろう？いまのお前は、いったい、何者なんだ？」

煙草を消した英輝が、真剣な表情を樹里亜に向けた。英輝が真面目になればなるほどに、滑稽にみえた。下着泥棒が道徳を説いているようなものだ。

「私は……」

何者だろうか？

樹里亜は、言葉の続きを心で自問した。


中里樹里亜、十七歳。

性格は……。

将来の夢は……。

好きな男性のタイプは……。

好きな食べ物は……。


名前と年齢以外、なにも浮かばなかった。

昔から自分について考えようとすると、パソコンがショートしたように脳内が白く染まり、身体に異変を来《きた》すことがあった。

いまもそうだ。呼吸が荒くなり、胸が圧迫されたように苦しくなった。額に脂汗が浮き、眩暈に襲われた。

「私は？」

英輝が、言葉に詰まる樹里亜を促した。

「もう、いい。私、帰るから」

「待て」

樹里亜の腕を、英輝が摑んだ。

「離せっ……」

物凄い力で腕を引かれた——よろめいた樹里亜は、英輝の胸に身を預ける恰好になった。

「これから、私の色に染めてあげるから」

耳もとで囁きながら、英輝がワンピースの上から乳房を鷲摑みにした。

「やめろっつってんだろ！」

突き飛ばそうとした樹里亜の手首を、英輝が摑んだ。

「最終警告だ。今度抵抗したら、西島家を破産に追い込むからな」

樹里亜は、力を抜いた——感情のスイッチをオフにした。

「いい子だ。それでいい。私の言うことを聞いていれば、お前も友達も幸せな暮らしを送れることを覚えておけ」

英輝が言いながら、樹里亜のワンピースのボタンを外した。今度は、抵抗しなかった。

喜怒哀楽の感情はオフになっているので、なにも感じない。

「本当に、きれいな胸をしている。若い頃の母さん、そっくりだ」

英輝が恍惚とした顔で、樹里亜の胸を揉んだ。

人形は、なにも聞こえない——なにも感じない。

「下のほうも、母さんに似ているんだよな」

下卑た笑いを浮かべ、英輝がスカートをたくし上げ下着を脱がした——樹里亜の乾いた秘部に、指が侵入した。

人形は、なにも聞こえない——なにも感じない。

「潤わないのは、睡眠不足だからだ。乾燥して、肌にもよくないぞ」

英輝が、唾液でびしょびしょに濡らした指で秘部を潤した。

「ここに……横になりなさい」

鼻息を荒くした英輝が、樹里亜をソファに仰向けに寝かせた。

「実は、この前は突然だったから、あまり覚えてなくて……うはぁ……」

樹里亜に語りかけていた英輝が、妙な呻き声を上げた。

英輝が顔を歪めつつ、腰を動かした。

頬に、熱い滴が伝った気がした。

錯覚に違いない。

人形は、涙を流さないのだから。

☆　☆

渋谷のスクランブル交差点を行き交う人々を、カフェの窓から樹里亜は虚ろな瞳で見下ろしていた。

初恋、万引き、告白、喧嘩、初潮、合格、癌宣告、恋愛、家庭内暴力、失恋、初体験、結婚、出産、不倫、離婚、リストラ……蟻のようなひとりひとりにも、それぞれの人生があるのだろうか?

喜び、悩み、怒り、哀しみ、苦しみ、驚き……様々な感情に翻弄されながら、単調もしくは波乱万丈な日々を積み重ねているのだろうか?

樹里亜は、蟻達からテーブルの上に開いた雑誌に視線を移した。

高梨　未瑠ちゃんはさ、枕営業をカミングアウトしたことで一躍注目を浴びたわけだけど、反面、ネットとかで物凄いバッシングを受けてるよね? つらいとか、逃げたいとか、思ったことないの?

未瑠　紛争国で両親を惨殺された幼子、性愛趣味の富裕層に売られた貧民街の少女、通り魔に妻の命を奪われた夫、介護士に虐待されている老人、災害で家族を失った人々……世界には、悲惨な目にあっている人々が大勢います。つらい、苦しい、哀しいと感じたときには、そういう人達のことを考えるようにしています。私達は、知らず知らずのうちに、日々のなにげない喜びとか幸せを見落としているのかな……って。

高梨　歳、まだ十七でしょ? なんか、お坊さんみたいに悟ってるよね。僕なんてもう三十七歳だけど、怒ったり動揺したり泣いたり笑ったり……全然、自分の感情をコントロールできてないよ（笑）。話題を変えるけど、次に生まれ変われるとしたら男と女、どっちがいい？　因みに僕は、来世も男……ハリウッドスターのマット・デイモンに生まれ変わりたいな。ハーバード大学に在学していた知性派で、アメリカで一番精子がほしい男優に選ばれたんだよ。あ……こういうところが低俗なのかな（笑）

未瑠　私は、次に生まれ変わるときも私がいいです。

樹里亜は、険しい表情でページを破いた。

周囲の客の視線が、樹里亜に集まる。威嚇するように客達を睨みつけると、みな、視線を逸らした。

誌面の切れ端を握り締める樹里亜の手が、小刻みに震えていた。

樹里亜は、スマートフォンでブログのページを開いた。まだ、メッセージの返信はきていない。前日に送信したメッセージ——送信箱をタップした。

雑誌の対談を読んだけどさ、あんたって本当に偽善者だね。

眼の前で親を殺された子供だっているんだから、親が生きてるだけでもありがたいと思えって？

変態趣味の客達に売られた貧しい国の女の子に比べたら、私達裕福な日本人はましだって？

わかったようなことを言ってんじゃねえよ！

てめえの言ってることは、拳銃で撃たれた人のことを考えると、ナイフで刺されるくらいたいしたことないって言ってるのと同じなんだよ！

枕やってたような薄汚れた女が、テレビなんて出るんじゃねえ。

売れるためにおっさんに股開いてる女が、偉そうに語ってんなよ！

いいこと教えてやろうか？　まだほかにも、てめえの決定的なもの、があるんだよ。

前とは比較にならないほどのスキャンダル写真だから、覚悟しとけよ。

これがネットに出回ったら、今度こそてめえは終わりだ。拡散されたくなかったら、明日の二時に渋谷のスクランブル交差点の角にある「ラスティ」ってカフェにこいよ。

仕事が入ってるとか言って、逃げるんじゃねえぞ。

突然だから、一時間だけは待ってやる。


樹里亜はブログのページを閉じ、液晶に表示されたデジタル時計に眼をやった。

午後二時十分。約束の時間を十分過ぎていた。

こないつもりか？

樹里亜は、スマートフォンの写真データを開いた。

決定的な写真——嘘ではなかった。

未瑠の芸能生命が終わるだけのインパクト——嘘ではなかった。

最終手段にするために、出さないでいたのだ。

これでも表舞台から身を引かないなら……樹里亜は、トートバッグの中に視線をやった。

ハンドタオルに包んだナイフ——覚悟は決めていた。

後悔はなかった。どの道、牢獄《ろうごく》に囚われたような人生だ。檻の中でも檻の外でも、たいした変わりはない。

ドアベルが鳴った。

振り返った樹里亜の視線の先——三人の家族連れ。三十代と思しき両親に、五、六歳の女の子が愉しそうに語らいながら樹里亜の後ろの席に座った。

「杏奈《あんな》ちゃん、なに飲む？」

「アイスクリーム！」

「おいおい、杏奈、アイスクリームは飲み物じゃないぞ」

「じゃあ、おかず？」

束の間の沈黙のあと、両親の笑い声が聞こえてきた。

急速に、体温が下がってゆく……。

ふたたび、トートバッグの中のナイフに視線をやった。

いま、ここで使ってもいい……ふと、どす黒い殺意が頭を過《よぎ》った。

もちろん、過っただけだ。

——私は、次に生まれ変わるときも私がいいです。

脳内に、未瑠のインタビュー記事が寒々と蘇った。

どうして、そんなに怒るの？

不意に、声がした。

彼女が、偽善者だからよ。生まれ変わるなら次も自分がいいなんて、あるわけないでしょ!?

それは、あなたのことでしょう？　彼女は自分の人生が好きなのよ。

そんなこと、あるわけがない。だって、そうでしょう!?　売れるためにプロデューサーに股を開くような人生を、もう一度送りたいと思う!?

彼女が自由に生きてるのが、許せないの？

そんなわけ……。


ドアベル――視線が自動ドアから入ってくる人物に釘づけになった。

未瑠が、厳しい表情で樹里亜の席に歩み寄ってきた。

「あなたが、樹里亜ちゃん？　その髪色、そのつけ睫毛、そのメイク……想像通り、安っぽい女ね」

痛烈な毒を吐きつつ、未瑠が正面の椅子に座った。

「こないかと思ったわ」

「写真を、早くみせて。あなたと違って、暇じゃないんだから」

樹里亜を促す未瑠に、周囲の客の視線が集まった。変装もしていないので、芸能人だと気づかれたのかもしれない。しかも未瑠はスッピンで、眉しか描いていなかった。彼女の堂々とした自信が、腹立たしかった。

「この写真で、暇にさせてあげようか？」

樹里亜は、写真データを開いたスマートフォンを未瑠の顔前に掲げた。

「たしかに、決定的な写真ね」

「どう？　これがSNSに拡散されたら、ぶっちゃけキャラで売り出したあんたも終わりね」

勝ち誇った表情で、樹里亜は言った。

「終わるでしょうね」

未瑠は表情を変えずに、他人事のように言った。

「無理して冷静なふりをしなくていいからさ」

「別に」

「ヤバいと思わないわけ？　前のプロデューサーとの写真とは、比べ物にならないでしょう？　これが公開されたら、枕で伸し上がってなにが悪いとか開き直ったりできなくなるから」

「ヤバいね、これは」

口ではそう言っているが、未瑠の表情に変化はなかった。

「なにそれ？　やせ我慢してる場合？」

「やせ我慢なんて、してないから。ネットに出したければ出せば？」

予想では、顔を強張らせ懇願してくるものだと思っていた。

未瑠の言動は懇願するどころか、挑発的でさえあった。

「樹里亜ちゃんだっけ？　だいたいさ、どうして、私を目の敵にするの？　私があなたに、なにかした？」

「あんたみたいな身の程知らずの女をみてると、マジにムカつくんだよ！」

「もしかして、私に嫉妬してる？」

小馬鹿にしたように言うと、未瑠が唇の端を吊り上げた。

「私があんたに!?　ありえないから！」

「あの……ほかのお客様のご迷惑になるので……」

「うるせえよ！」

樹里亜は、遠慮がちに注意してきたウエイターを一喝した。

「もっと、大人になりなよ。メッセージ読んだけどさ、なんで私が偽善者なわけ？　本当のことを言ってるだけじゃない？　あなたがどんなにつらい目にあったか知らないけど、たとえばさ、地雷を踏んで両足を失った子のほうが絶対に大変だって。だってさ、トイレにひとりで行くこともできないような日常を送ってみなよ。家庭環境がどうだとかぐちぐち悩んでいる余裕なんてないから。私のことを偽善者とか言うけど、こっちから言わせて貰えば、あなたは悲劇のヒロインになり過ぎじゃない？　ってこと」

未瑠が、冷めた眼でみつめてきた。

「身体が傷つくより、精神が傷つくほうが大変なこともあるんだよ！　てめえみたいに、眼にみえる物事でしか判断できない女にはわからねえよっ」

ウエイターがなにかを言いたそうにしていたが、遠巻きにしているだけで近寄ってはこなかった。

「じゃあさ、百歩譲って、あなたの抱えている闇が誰よりも深いとする。でもさ、そのことがトラウマになって後ろ向きな人生を送ったら、過去の闇が消えるの？　抜け殻みたいな人生しか送ることができないなら、生きてる意味ないよね？」

「仕事取るために枕やってるような女にはわからねえよ！」

「だったら、死ねば？　そんなに受け入れられない人生なら、終わらせればいいでしょ？　死ぬ度胸もないなら、悲劇のヒロインになるのはやめなよっ。私もさ、あなたみたいな他人や環境のせいにする人間が大嫌いなんだよね」

未瑠が、吐き捨てるように言った。

「てめえだって、他人や環境のせいにするだろうが!?」

「しないよ。私は、なりたい自分になるために足りない実力を枕で補ってるから。私にとってはさ、人や環境を呪いながら生きるより、枕営業のほうがよほど胸を張れるよ」

自信に満ちた表情の未瑠に、返す言葉がなかった。

周囲の客が、ひとり、またひとり、樹里亜から逃げ出すようにレジに向かった。

「警察を呼んだほうがいいんじゃないっすか？」

「声が大きいっ。聞こえたらヤバいだろ」

ウエイターと店長らしきふたりの会話は、聞こえていた。少し大声を出したくらいなのに、感じの悪い店だ。

樹里亜は、視線をふたりから未瑠に戻した——席には、誰もいなかった。トイレにでも、行ったのだろうか？　五分、十分……未瑠は戻ってこなかった。

「ねえ、ちょっと」

樹里亜に声をかけられたウエイターが、顔を強張らせながら駆け寄ってきた。

「はい！　なんでしょう？」

「私の連れがトイレに入ったままなんだけど、中々戻ってこないからみてきてくれない？」

「え？　お連れさんですか？」

ウエイターが、訝しげな声で訊ね返してきた。

「私と同い年くらいの女の子だよ。みてたでしょ!?」

「いえ……お客様は、ずっとおひとりでしたけど……」

怖《お》ず怖《お》ずと、ウエイターが言った。

「は!?　あんた、私を馬鹿にしてる!?　十分くらい前まで、私と話してたでしょうが！」

樹里亜は、正面の席を指差しながらウエイターに食ってかかった。

「あの……お客様は、ずっとおひとりでした」

店長らしき中年男性が、遠慮がちに話に割って入ってきた。

「あんたら、ふたりして私をからかってるわけ!?」

「いえいえ、とんでもない。お連れ様がいらっしゃったという席をご覧ください……」

店長らしき男性が投げた右手を、視線で追った樹里亜は絶句した。

未瑠が座っていたはずの椅子には、樹里亜のトートバッグが置かれていた。

「先ほど、お客様が大声でなにかを叫んでいるときにバッグが足もとに落ちたので、私が置いたんです」

店長らしき男性の声が、鼓膜からフェードアウトした。自分は、未瑠の幻と話していたというのか……？

無言で千円札をテーブルに置いた樹里亜はふらふらと腰を上げ、夢遊病者の足取りで出口に向かった。

未瑠

青山《あおやま》三丁目の交差点を渡った未瑠は、スマートフォンの地図を確認した。

西麻布《にしあざぶ》方面に五十メートルほど下ったあたりに、目的のビルはあるようだ。

通りの向こう側から、三人連れの若い男性が歩いてきた。

目深に被ったキャップと顔の半分を覆うマスクで変装しているので、擦れ違ったのが未瑠だと気づかれてはいない。

いまでは、素顔で外出することは滅多になくなった。自意識過剰になって芸能人風を吹かせているのではなく、「芸能人やらかし相談室」のレギュラーになってからは、変装なしでは気づかれることが多くなったのだ。

先週からは、未瑠が主役の連続ドラマ「恋なんていらねえよ」が始まった。

――正直、未瑠ちゃんを捩じ込むのに相当苦労したけど、結果オーライでほっとしてるよ。初回から二十パーセント超えは幸先がいいよ！　しかも一月クールの全ドラマの中で一番の視聴率だしさ。

第一話が放映された翌日の電話で、「桜テレビ」の中林が声を弾ませた。

「恋なんていらねえよ」の第一話の視聴率は二十一・二パーセント。十五パーセントに達すれば御の字と言われる近年、二十パーセントを超えるドラマは数少ない。

――私の言う通りにしてよかったでしょう？

――ああ、未瑠さまさまだね。この調子で、今後の撮影も頼むよ！

中林に枕営業を仕掛けて強引に得た主役の座だったが、いまでは感謝されている。この調子で行けば次から、中林を脅さなくても向こうからオファーがくるようになるだろう。

ついこのあいだまで、地下アイドル時代に数十人のオタクを繋ぐために必死に笑顔を振り撒きながら握手会をしていたのが信じられなかった。

未瑠は、シルバーメタリックの外壁の高層ビルの前で足を止めるとエントランスに入り、無人の受付カウンターの背後の壁に眼をやった。

「アースライズプロ」は七階に入っていた。

未瑠は、7のボタンを押した。


——え？　未瑠ちゃんって、フリーだったの!?

ドラマの撮影現場に居合わせた「アースライズプロ」のチーフマネージャーの伊浜《いはま》が、驚きの声を上げた。


——はい。以前の事務所を辞めてから、ずっとフリーです。

——君みたいな売れっ子がどこの事務所にも所属してないなんて、信じられないよ。だって、このドラマの主役でしょ？

——最初はひとりのほうがいいかなって思ってたんですが、仕事が忙しくなってきてからは、マネジメントしてくれる人がいたほうがいいなって。

——そりゃそうだよ。未瑠ちゃんみたいな売れっ子がひとりで移動していたら、ストーカーやらなんやら危険な目にあってしまうよ。

——どこか、いい事務所を紹介して頂けませんか？


七階に到着したことを告げる音が、未瑠の回想の扉を閉めた。

伊浜と会ったのは、偶然ではなかった。

ドラマの出演者の中に「アースライズプロ」のタレントがいることを知った未瑠が自ら、マネージャーに接触したのだ。

インターネットで様々な芸能プロダクションの噂を調べた結果、「アースライズプロ」は行政力があるとの声が多かった。

ほかにも、政治的な力の強いプロダクションの名前はいくつか挙がっていたが、その中で未瑠が「アースライズプロ」に狙いを定めたのは、社長の北城《きたしろ》の評判だった。

---

55 「アースライズ」って、売れてるタレントの数が半端なく多いよな？
56 全員枕（藁）
57 あそこの社長、タレント全員を政治家や大手企業のスポンサーへの枕要員にしてるって噂あるけど本当か？
58 全員はないんじゃねーか？　売れてないグラドルとかだろ？
59 肉便器予備軍？（藁）

60　いや、あそこは売れてるタレントも全員って話だ。枕営業っていっても、半端なプロデューサーや広告代理店の奴らじゃなくて、政治家とか一部上場企業の役員クラスとかをセッティングするらしいぜ。
61　スゲー！　北城って何者？　八九三？
62　いや、よくわからないけど、大物政治家の親族って噂だぜ。
63　いやいや、俺の聞いた話だと、大物八九三の息子って話だけど。
64　なんかよくわからねーけど、危ない人間なのは間違いねーな。

普通のタレントなら、北城に関するインターネットの書き込みを読んだら敬遠するだろう。

だが、未瑠は逆だった——自分の野望を満たせるのは、北城しかいないと感じた。

ドアの前に立った未瑠は、躊躇なくインタホンを押した。

『はい』

スピーカーから、若い男のぶっきら棒な声が流れてきた。

「北城社長と面会のお約束をしました、未瑠……」

いきなり、ドアが開いた。

「入って」

藤色のジャケットを着た坊主頭をプラチナブロンドに染めた若い男性がスピーカーの声同様にぶっきら棒に言った。

「失礼します」

二十坪ほどの縦長の空間——中央に置かれた白い円卓で七、八人のスタッフが各々忙しなく仕事をしていた。

みな、デニムやパーカーといったカジュアルな服装で、年齢も二十代前半と思しき若い男女ばかりだった。

芸能プロダクションというよりも、デザイン事務所かアパレルメーカーといった雰囲気だ。眼の前の二十代後半くらいの若い男性スタッフも、藤色のジャケットの下は白いデニムの短パンを穿《は》いていた。

「こっち」

藤色ジャケットが、フロアの奥の部屋に未瑠を促した。

通されたのは、フロアの半分ほどのスペースだった。

黒い大理石床、白地に金の刺繍《ししゅう》をあしらったヴェルサーチのソファ、ガラスケースに並ぶウイスキーやブランデーのボトル……一瞬、ホストクラブにでもきたような錯覚に襲われた。

「座って」

ソファにどっかりと腰を沈めた藤色ジャケットが、正面のソファに未瑠を促した。

「あの、北城社長と面会に……」

「ほら」

未瑠を遮り、藤色ジャケットが名刺を差し出した。

株式会社　アースライズプロダクション
代表取締役　北城貢

「え……」

「なんだ？　オールバックでスリーピースのスーツを着たおっさんを想像してたか？」

驚く未瑠に、藤色ジャケット……北城が片頬だけで笑った。

「あ、すみませんでした。こんなに若い方だと思わなかったので……」

「こうみえても、もう二十九だ。ま、これだけ売れっ子を抱えた事務所の社長としては驚異的に若いけど、未瑠ちゃんの世代からしたらおっさんだろ？」

「いいえ、若いのに凄いと思います」

お世辞ではなく、本音だった。中沢《なかざわ》沙雪《さゆき》、水野《みずの》杏里《あんり》、菊池《きくち》ニーナ、芹沢《せりざわ》優実《ゆみ》、宍戸《ししど》まひる、マッキー、レオナ……いずれも、連ドラでメインキャストを張っている女優やバラエティ番組に引っ張りだこのタレントばかりだった。

テレビをつけて、「アースライズプロ」のタレントをみない日はないといっても過言ではない。

　ネットで仕入れた情報だと、「アースライズプロ」はまだ創設十年も経っていない歴史の浅いプロダクションだ。やはり、北城に纏《まつ》わるダークな噂は本当のようだ。

「たいしたことはないさ。伊浜から、ウチの事務所に所属したいみたいなこと言ってるって聞いたんだけど、本当？」

「はい、本当です」

「俺のこと、どこまで知ってる？」

　北城が訊ね、ガムのタブレットを口に放り込んだ。

「ネットに書いてあるようなことしか知らないんですが……」

　未瑠が遠慮がちに言うと、北城が高笑いした。

「ろくなこと書いてなかったろ？」

　未瑠が頷くと、北城がふたたび笑った。

「で、もし、書いてある内容が本当だったらどうする？」

「そのほうが嬉しいです」

　北城が、驚きに眼を見開いた。

「俺は、タレント全員に枕営業させているって有名な男だぜ？」

「はい、知ってます」

　平然とした顔で、未瑠は言った。

「さすがは、枕営業をぶちまけてブレイクしただけはあるな」

北城が、好奇の色の宿る瞳で未瑠をみつめた。

「正直に言おう。噂はほぼ本当のことだ。俺は、枕営業を効果的に使いながらタレントを大きくしてきた。だが、違うこともある。ひとつは、俺がヤクザだとかヤクザの息子だとかあるが、それはない。俺が有力者に強力なパイプを持っているのは、有力者の中に親がいるからだ。それについて言えるのは、ここまでだ」

有力者の中に親……北城は、政治家か誰かの息子なのか？

どちらにしても、北城に強大な行政力があることはわかった。それだけで、未瑠には十分だった。北城が総理大臣の息子だろうが資産家の御曹司だろうが関係ない。必要なのは、未瑠を「頂《いただき》」に引っ張って行けるだけの力のある存在であることだ。

「もうひとつの誤解は、枕営業についてだ。ネットで噂されているような、タレント全員に枕をさせているっていうようなことはない」

「じゃあ、やっぱり、売れてないタレントだけを……」

「雑魚じゃ大魚を釣れない」

未瑠の話の腰を折った北城が、吐き捨てた。

「CMの決定権を持つ一流企業の役員クラス、テレビ局に影響力を持つ大臣クラスの政治家……彼らを満足させるには、顔の知れたタレントじゃなきゃ無理だ。だが、売れていればなんでもいいってわけじゃない。VIPを接待するのに相応しいスキルを持っているかどうかが重要だ」

「セックスの技術っていうことですか？」

未瑠は、デニムのミニスカートから伸びている足を組んだ。

瞬間、北城の表情の動きが止まり、視線が太腿に移ったのを見逃さなかった。北城が太腿の奥を視界に捉えられるくらい、ゆっくりと足を組み替えた。

「おいおい、ずいぶん、ストレートな物言いだな？」

北城は、未瑠の挑発に乗らないように平静を装っているようだ。

「私、寄り道は嫌いですから」

前へ、前へ進みたいという衝動が未瑠を駆り立てた。

立ち止まることが、苦痛でならなかった。

それ以上に、過去を振り返ることが苦痛だった。

なぜだかわからない。ただ、未来しかみつめることができなかった。自分の思い描く未来の色で過去を塗り潰したいという欲求に、強迫的に衝《つ》き動かされていた。

「君は、不思議な子だな。いまだって十分に売れているのに、どうして、生き急ぐ？」

「全然、十分なんかじゃありません。私の目指すところは、もっともっと高いところですから」

「そんなに高いところに上り詰めて、どうする気だ？」

北城が、新しいタブレットガムを口に入れながら訊ねた。

「従えたいです」

　未瑠は迷わず答えた。

「従えたい？」

　鸚鵡《おうむ》返しに未瑠の言葉を口にする北城。

「はい。男の人も女の人も、誰ひとり私になにも言えないような存在になりたいです」

　自分でも驚くほどに、すらすらと言葉が出た。

「テレビや週刊誌で君の言動は知っていたが……想像以上だな」

　毒気を抜かれたような顔で、北城が言った。

「親に発言をみられたらとか、思わないのか？」

「両親ともいませんから」

「あ、悪かったな」

「大丈夫です。親の顔、覚えてませんから」

　未瑠は、素っ気ない口調で言った。

「赤ん坊の頃に、両親を亡くしたのか？」

「いいえ」

「記憶がないくらいに幼いときか？」

「いいえ。物心はついてましたけど、忘れました。もともと、親に興味ありませんでしたから」

未瑠は、涼しい顔で言った。

「そうか……本当に、面白い子だな。だが、そう簡単に枕をやらせるわけにはいかない。相手はＶＩＰでウチの事務所の宝だから、なにか粗相があったらごめんなさいじゃ済まされない。一年くらいは、様子をみさせてもらう。まあ、でも、フリーでやってたいままでより仕事の量は増えるから安心しろ」

「一年も待てません」

未瑠は首を横に振った。

「俺の話を聞いてなかったのか？　ウチは売れっ子が何人もいるし行政力があるから、枕をしなくても仕事は入るって言ってるんだ。一年くらい様子みて、大丈夫だって判断できたら考えてやるから」

北城が、駄々っ子に諭し聞かせるように言った。

「でも、枕したほうがランクが上の仕事を取れますよね？　私、ＣＭがほしいんです。いままで、自分の力でドラマの主役もバラエティのレギュラーも取れましたが十分じゃありません。やっぱり、タレントにとって何本のＣＭに出ているか……どんなＣＭに出ているかでステータスが決まると思うんです。それも、マイナーな商品やローカルＣＭではだめです。私、枕営業をカミングアウトしてブレイクしたので、正攻法では大企業のＣＭは取れません。だから、どうしても枕をやる必要があるんです」

未瑠は、熱っぽい口調で訴えた。

「俺も大勢のタレントをみてきたが、自分から率先して枕をやりたがる女は初めてだ。君は、相当に屈折してるな」

北城が苦笑した。

「だが、とにかく、一年は様子をみることは変えられない」

「VIPの方に、喜んで貰えればいいんですよね？　心も身体も気持ちよくさせられる自信があります」

未瑠は、大胆な言葉を口にした。奇をてらったわけでも、ハッタリでもない。これまで培った経験で、男性を悦ばせることには自信があった。

「口では、なんとでも……」

「社長が、私をテストしてください」

「え!?」

北城が頓狂な声を出した。

「私のセックスをテストして不合格だったら、一年間我慢します」

「君は、自分でなにを言ってるのかわかってるのか？」

「はい。まずは、社長に枕営業をするということです」

微塵の躊躇いもなく言うと、未瑠は斜《はす》に構えた。ブラウスのボタンを上から三つ外しているので、北城の位置からは胸の膨らみが覗けるはずだ――因みに、ブラジャーはつけていなかった。

「参った な……君は、恐ろしい女だ」

北城の顔からは、笑みが消えていた。

「今夜、予定を空けてあります」

対照的に、未瑠はにっこりと微笑んだ。

「俺を甘くみないほうがいい。小娘の掌で、転がせられると思うか？」

押し殺した声――それまでとは打って変わった鋭い眼光。

「社長こそ、低くみないでください。私が単なる色仕掛けで、社長を誘惑していると思いますか？　芸能界でトップに立つために、私は命を懸けてますから」

未瑠も押し殺した声で言うと、北城を睨みつけた。

「いつからだ？」

不意に、北城が訊ねてきた。

「なにがです？」

「君がそんなふうな物の考えかたになったのは、いつからなのかと思ってな」

「質問の意味が、よくわかりません。私は、至って普通ですよ」

未瑠は艶っぽく濡れる瞳で北城をみつめた。

「俺が本気にしたら、どうするつもりだ？」

言葉のキャッチボールを続けている間に北城は、未瑠の真意を読み取ろうとしているのだろう。周到な男なので、罠《わな》の可能性も警戒しているのかもしれない。

「本気にしてもらわなければ、困ります」

「ウチに突然舞い込んできたのは、天使なのか悪魔なのか……」

本気とも冗談ともつかぬ口調で言うと、北城が未瑠を見据えた。

「ほかの事務所からすれば悪魔でも、『アースライズプロ』にとっては天使だという自信はありますよ」

未瑠は口もとだけを綻ばせ、刺すような視線で北城を見据え返した。

☆　　☆

ラブホテルと違い、大きな窓からは夜景が望めた。開放的な室内は広々とし、キングサイズのベッドは未瑠が四人は寝られそうだった。

部屋はふたつに分かれており、ビリヤード台やピアノまであった。

「珍しいか？」

ドラマに出てくる書斎にあるような大きなデスクに座った未瑠に、北城が訊ねてきた。

「こんなに広い部屋、初めてです」

お世辞ではなかった。枕営業と言えばたいていはラブホテルで、シティホテルのときもあったが、それでもこれだけ広く立派な部屋は初めてだった。

「この部屋はスウィートルームだからな。ウチのＶＩＰを相手にするときは、いつもこんな感じの部屋だ」

「凄いですね」

心からの言葉だった。密会用のプライベートのマンションを六本木に持っている中林をセレブだと思っていたが、次元が違った。

「一泊、いくらだと思う？」

「十万くらいですか？」

「五十万だ」

「五十万!?」

未瑠は、思わず大声を出した。

「でも、彼らが使う部屋のランクとしては決して高いほうじゃない」

「五十万もするのに!?」

未瑠は訊ねながら、北城の隣に座った。

五十万もあれば、都内のワンルームマンションの数ヶ月分の家賃が払える。たかがセックスするためだけに彼らは、もっと高い部屋に宿泊するというのか？

「ああ。八十万とか百万とかな」

未瑠は絶句した。

北城がナイトテーブルに置いてあったウエルカムシャンパンを手に、ベッドに腰かけた。

「馬鹿みたいだと思ってるだろ？」

ポンッ、という発泡音と北城の声が重なった。

「あ、いいえ、そんなこと……」

「いいんだよ。一泊するだけなのに五十万も百万も使うなんて、正気の沙汰じゃないって思う気持ちはよくわかる。だがな、人間にはいろいろなタイプがいる。女を抱ければ三千円の安ホテルで十分だと思う男もいれば、抱く環境までも自分のステータスとして惜しみなく金を使う男もいる。いわば、自分の名誉への投資だ。まあ、どっちもどっちだが、前者は抱かれてもたいした対価もくれないが、後者は違う。抱いたぶんだけの仕事を与えてくれる。それはプロダクションやタレントのためでなく、自分のためだ。前者と違って後者には、社会的地位、名誉、資産……失う物が多い。対価を与えずにやり逃げしてテレビや週刊誌に垂れ込まれないために、保険をかけるのさ。だから俺らも、彼らに見合った一流の女を斡旋《あっせん》しなけりゃならない。大きなリスクを冒してでも抱きたいと思える、極上の女をな」

北城が、グラスに注いだシャンパンを未瑠に差し出した。

「未瑠ちゃんの『アースライズプロ』所属に乾杯」

未瑠が受け取ったグラスに、北城がグラスを触れ合わせてきた。

「ん？　飲まないのか？」

グラスをテーブルに置いた未瑠に、北城が怪訝な顔を向けた。

「一応、未成年ですから」

「そういうところだけ、まともなことを言うんだな」

北城が皮肉っぽく笑い、シャンパングラスを傾けた。

未瑠は北城の首に手を回し、唇に唇を重ねた――シャンパンを啜《すす》った。

北城が驚きに眼を見開いた。

唇を重ねたまま、未瑠は北城のシャツのボタンを外した。首筋、鎖骨、乳首、腹筋……鍛え上げられた浅黒い筋肉質の身体に、舌を這わせた。

同時に、右手で短パンの上から股間を擦った。掌の中で、ペニスが膨らんだ。未瑠は北城を仰向けに寝かせベルトを外すと、ファスナーを下ろした。

黒いボクサーパンツの上から、膨らみを口に含んだ。頰を窄め吸引すると、さらに膨らみが増した。

未瑠は北城を上目遣いでみつめながら、ボクサーパンツを脱がせた。勢いよく飛び出したペニスを、手を使わずに口で捕らえた。

上目遣いのまま、未瑠は陰茎に舌を絡め亀頭を吸った。北城の鼻息が、微かに荒くなった。陰嚢を掌で転がし、指に付いた蜂蜜をそうするように根元から裏筋を丁寧に舐め上げた。未瑠は陰茎を左手で固定し、窄めた唇を亀頭の裏側に押しつけた。小刻みに吸い、嚙むことを繰り返した。

フェラチオは、緩急をつけるのがポイントだ。同じ速さや強さで攻撃していると、刺激に慣れてしまい快楽神経が麻痺してしまう。

未瑠は口だけで愛撫しながら、ブラウスとスカートを脱いだ。

「ずいぶん、慣れてるな？　誰に……教わった？」

上ずった声で、北城が訊ねてきた。

未瑠は怒張した肉塊を頬張ったまま、眼だけで笑った。

「上に乗っても、いいですか？」

赤らんだ顔で、北城が頷いた。

わざと、許可を得た。そのほうが男は燃えることを……とりわけ中年男性が喜ぶことを経験上知っているからだ。

「おい、着けないのか？」

コンドームを装着しないまま挿入しようとする未瑠に、北城がびっくりしたように確認してきた。

「ピルを飲んでるから大丈夫です」

笑顔で言うと、未瑠はパンティの股間部を横にずらし屹立する「北城」に手を添えながら腰を沈めた。

未瑠は俯きがちに、控えめな声を出してみせた。積極的な行動と控えめな仕草のギャップに、男は燃え上がるものだ。

「摑みどころのない子だな……」

恍惚に、北城が顔を歪ませた。

未瑠ははにかんだ顔で、腰を8の字にグラインドさせた。

肛門に力を込め膣を締めると、顎を上げ気味にした北城の唇から呻き声が漏れ出した。

厚い胸板に突いた両手をクロスさせ、乳房の盛り上がりを強調した。男の眼に自分がいかに官能的に映るかも、計算済みだった。

未瑠は北城に覆い被さり乳首を吸いながら、腰を前後に動かした。動き続けている間、括約筋から力を抜かなかった。右手で耳を、左手で首筋を愛撫することも忘れなかった。女性が感じる部位は、男性にとっても性感帯だ。

北城の息遣いが、次第に激しくなっていった。あと二分……未瑠は見当をつけた。「未瑠」の中で硬度を増す感触でわかる。もっとも、二分を三分にするのも一分にするのも未瑠次第だ。未瑠は、そのときの状況によって男を自在にコントロールできる。

上体を起こし、未瑠は身体を百八十度回転させた。後ろ向きになり、北城の太腿に手をつき腰を動かした。未瑠は下付きなので、この体勢のほうがGスポットに亀頭が当たって刺激を増す。

大きく、激しく……腰のグラインドの動きに拍車をかけた。ときおり、小刻みな動きで変化をつけた。

そろそろだ。北城の太腿に、爪を立てた――よりいっそう、腰の動きのピッチを上げた。

背後で、北城の喘ぎ声が大きくなった。物凄い勢いで、下から腰を突き上げた。
五、四、三、二……。寸前のところでカウントを中断し、未瑠は立ち上がった。
「……おい、まだ途中だろ?」

狐につままれたような顔で、北城が言った。

「VIPを紹介してほしいですから」

未瑠は微笑んだ。自分への興味を失わせないために……北城の従順度を強めさせるために、射精までは許さなかった。

切れ者青年実業家だろうとも、男は男……操縦法は心得ていた。

「そのための……テストじゃないのか?」

「私のスキルは、十分にわかりましたよね?」

「参ったたな。テストの続きは、あるのか?」

「私の気分次第です」

未瑠は呆気に取られた表情の北城を残し、ベッドから下りるとバスルームに向かった。

☆

☆

「ただいま」

誰もいない漆黒の空間に声をかけ、未瑠は電灯のスイッチを押した。靴を脱ぎ、まっすぐ脱衣所に向かった。全裸になり、姿見の前に立った。

シャワーは、ホテルで浴びてきたばかりだ。

未瑠は五分ほど、眼を閉じ立ち尽くしていた――「声」に耳を傾けた。

眼を開けた。

無駄な肉の一切ない細身の少女が、暗い瞳で未瑠をみつめていた。

「無駄よ」

未瑠は、少女に向かって素っ気なく言った。

咎めるような顔で、少女がみつめていた。

「嫌いなのよね」

未瑠は、少女を睨みつけた。

「善悪を自分の基準で決めるタイプって」

少女の瞳には、相変わらず非難の色が浮かんでいた。

「残念だけど、私は自分のやっていることに自信を持ってるの。あなたはどう？　いつも陰気で、私、かわいそうでしょ？　みたいな顔してさ」

未瑠は、吐き捨てた。

「それでなにか、変わるわけ？　悲劇のヒロインになれば、幸せになれるの？　私は、この手で幸せを摑み取るわ。誰になんて言われようと、気にしない。自分の身体を使って、なにが悪いの？　誰にも迷惑をかけてないんだし、ううん、迷惑をかけたって構わないと思ってる……はっきり言えば、私が幸福を摑むために誰かが不幸になっても全然いいと思ってるわ」

強がりでもなんでもなく、本音だった。誰かを蹴落とさなければ自分が蹴落とされるのが、芸能界だ。格闘技が対戦相手をKOし続けなければランキングが上がらないのと同じだ。対戦相手に怪我をさせるのは当たり前で、一生後遺症が残る場合もある。ときには、殺してしまうことも……。

格闘技で許されることが、芸能界で許されないのはおかしな話だ。

「あなた、私の良心のつもり？　だったら、教えてあげる。良心なんて役に立たない感情は、ずっと昔に捨てたの」

冷え冷えとした声で、未瑠は言った。

少女の顔が哀しみに歪んだ。

「それはいらない感情」

未瑠は抑揚のない口調で言った。

「だから、あなたも消えて」

無感情に言い放ち、未瑠は右手を突き出した。

激痛とともに、少女の白く華奢《きやしや》な裸体に赤い亀裂が入った。

樹　里　亜

帰宅した樹里亜は、電気もつけずに冷蔵庫を開けるとミネラルウォーターのペットボトルを取り出しソファに座った。

今日は朝からなにも食べていなかったが、食欲がなかった。

暗闇で、ペットボトルを傾けた。冷蔵庫のモーター音が、静寂を際立たせていた。スマートフォンのデジタル時計は、午後九時を回っていた。

樹里亜は、テーブルの上のリモコンを手にしスイッチを入れると、記憶を辿り、チャンネルのボタンを押した。

薬屋の化粧品コーナーで、きょろきょろと首を巡らせる茶色のブレザーにチェック柄のミニスカート姿の未瑠が、画面に映った。未瑠は口紅とマニキュアを素早く鞄に入れ、フロアを移動した。あたりを警戒しながら、今度はヘアスプレーを鞄に入れた。

『お前、なにやってるんだ!?』

中年の男性スタッフが、血相を変えて未瑠に駆け寄った。

未瑠は身を翻し、脱兎《だっと》の如く逃げ出した。

『待ちなさい！　誰か、その子を捕まえてくれ！』

店を飛び出した未瑠を、同じ色のブレザーを着た男子学生が捕まえた。

男子学生の役は、女子中高生の間で圧倒的な人気を誇る若手俳優の岡田慎吾《おかだしんご》だ。男子学生は無言で鞄を奪い逆さにすると、路上に中身を空けた。

『なにすんだよ！』

未瑠が、男子学生に食ってかかった。

『それは、俺が訊きたいよ』

男子学生が、路上に転がる口紅、マニキュア、ヘアスプレーを拾い上げながら言った。

『あ、君、ありがとう！　ご両親を呼ぶから、事務室にきなさいっ』

追いついた男性スタッフが、男子学生に礼を言うと未瑠の腕を摑んだ。

『触るなよ！　痴漢！』

未瑠が男性スタッフに平手打ちを食らわせた。

『な、なにするんだ！　警察に突き出すぞ！』

『まあまあ、そう興奮しないで。商品も返ってきたことだし、許してあげましょうよ』

男子学生が、にこやかに言った。

『なにを言ってるんだ!?　こいつは万引きした上に、私にビンタしたんだぞ!?』

『お客さんをこいつ呼ばわりしたらだめですよ。父は、いつも言っています。お客さんあってのお店だって』

『君のお父さんは世間知らずなんだよっ。こいつは客じゃなくて、万引き犯なんだよ！』

『じゃあ、父に伝えておきますね。酒井《さかい》さんが、そう言ってたって』

男子学生が、男性スタッフの名札をみながら言った。

『だから、君のお父さんなんて関係……』

『ありますよ。この店のオーナーだから』

男子学生が、にっこりと微笑んだ。

『えっ……』

男性スタッフ……酒井が顔色を失った。

『事を荒立てなかったら彼女も反省して、いいお客さんになってくれますよ。今回は、僕を信用してください』

『まあ、オーナーの息子さんがそう言うなら……さっきのことは、言わないでくれるよね？』

酒井が、愛想笑いを浮かべながら男子学生に訊ねた。

『さっきのことって、なんでしたっけ？』

男子学生が言うと、酒井が媚び笑いしつつ店内に引き返した。

『助けてやったんだから、礼くらい言えないのか？』

鞄をひったくるように取り戻し立ち去ろうとする未瑠に、男子学生が言った。

『誰が助けてくれなんて言ったよ！　勝手なことするんじゃねえよ！』

未瑠は、男子学生を睨みつけ激しい口調で吐き捨てた。

樹里亜は、テレビのスイッチを消した。

未瑠の演技はへたではないが、うまくもない。一般人よりは顔もかわいくスタイルもいいが、芸能人の中で飛び抜けているわけではない。

少なくとも、プライムタイムの連続ドラマのヒロインになるような突出したスター性は感じられない。いま放映されていたドラマも、どうせ枕営業で取った仕事に違いない。

スマートフォンを手にし、ネットニュースをみた。

〈高視聴率ドラマ、桜テレビ「恋なんていらねえよ」のヒロインの未瑠、ドラマにバラエティに大活躍の秘密。〉

〈枕営業カミングアウトのぶっちゃけ毒舌タレント、好感度急上昇。〉

〈なぜ若者にウケるのか？　未瑠流に習う生き方。〉

少しネットサーフィンしただけで、未瑠を称賛する記事に行き当たった。

じっさいに未瑠は、雑誌などの女子タレントランキングではベスト10に名を連《つら》ねるほどの人気者になっていた。

——樹里亜ちゃんだっけ？　だいたいさ、どうして、私を目の敵にするの？　私があなたに、なにかした？　もしかして、私に嫉妬してる？

未瑠の言葉が、鼓膜に蘇る。そう考えたことはなかったが、もしかしたら未瑠の言う通りなのかもしれない。

自分は、未瑠に嫉妬していた。ただし、それは彼女の活躍を妬んでいる、という意味ではなく羨ましいのだ。

芸能界で成功していることにたいしてではなく、自分に自信を持ち自由に生きていることに、だ。それに引き換え、自分は……。

樹里亜は、スマートフォンのメールのアイコンをクリックした。

受信ボックスには、六通のメールが届いていた。

電話の着信も、七件入っていた。


〈今日は、何時頃帰ってくるんだ？　中華でも食いに行こう。〉

〈店を予約するから、何時頃になるのか連絡くれ。〉

〈メールを読んでないのか？　至急、連絡しなさい。〉

〈もう、八時を過ぎたぞ？　どうして電話にも出ないんだ？〉

〈もしかして、帰らないつもりか？　そんなことしたら、どうなるかわかっているよな？〉

〈あと一時間以内に電話しないと、お前の大事な親友が困ることになる。〉

すべてが、英輝からのメールと電話だった。最後のメールが八時四十五分……一時間後の九時四十五分まで、あと三十分といったところだ。

樹里亜は、ダイヤルボタンをタップした。一回も鳴り終わらないうちに、コール音が途切れた。

『ようやく、かけてきたな。いま、どこだ?』

英輝が、怒りを押し殺した声で訊ねてきた。

「どこだっていいだろ」

『よくはない。私達の家に帰ってこないで、どこをほっつき歩いている!?』

「関係ねえよ」

樹里亜は吐き捨て、飲み干したミネラルウォーターのペットボトルを握り潰した。

『ほう、そんな強気な態度でいいのか? 忘れたのか? 私の言うことを聞かなければ西島父娘がどうなるか……』

「もう、いい加減にしろよ! あんたは、父親だろ!? どうして……どうして……娘にこんなことが……」

溢れ出そうになる涙を、樹里亜は必死に堪えた。泣くわけにはいかない。こんな虫けらのような男のために、流す涙は一滴もない。

「自分と同じ血が流れる娘を脅してセックスを求めるなんて……てめえは……どうして

そんな悪魔みたいなことができるんだよ！」

樹里亜は、スマートフォンが壊れんばかりに握り締め絶叫した。

『お前も私と同類だ』

英輝の含み笑いが、受話口から流れてきた。

「は!?　なに言ってんだ、てめえと一緒にすんな！」

『忘れたのか？　お前とデリヘルで再会した日のことを。指名したデリヘル嬢が実の娘だと知って、帰ろうとする私のあれを握って挑発をしてきたのはお前のほうだぞ？』

「あれは、てめえへの皮肉でやったんだよ。あんたが性的虐待して育った娘が、こんな女になった気分はどうだ？　ってね。そしたら、いくら最低の男でも少しは罪の意識を感じるだろうって。だけど、てめえは罪悪感どころか娘を抱いた。しかも、プレイ時間ギリギリまでね」

樹里亜は、軽蔑とともに吐き捨てた。

皮肉——英輝にたいしてだけでなく、平気で見ず知らずの男に抱かれる自分にたいしても。

初めての客は、十四歳のときだった。母親が死んで家に寄り付かなくなった樹里亜は、春海の家に居候しながら時折、夜の街をひとり彷徨うようになった。

そんな樹里亜に声をかけてきたのが、六十五歳の会社経営者の男だった。樹里亜は男に、性器にバイブレータを入れられ身体中を舐め回された。

ふたり目の客……四十二歳の中学校の教諭には、髪の毛を鷲掴みにされ、一時間以上、喉の奥に性器を突っ込まれた。

十一人目の客……五十二歳の外科医には、肛門に性器を挿入された。

嫌悪感はなかった。十一歳のときに樹里亜を抱いた初めての男……英輝を超える嫌悪感を与える男など存在しない。どんなに変態的な行為を強要してくる下劣な男でも、英輝ほどの悪夢を与えることは不可能だ。

そう、十一歳のあのときから樹里亜はなにも感じなくなった。

心も、肉体も……五感すべてに、靄《もや》がかかったようになった。

『恥ずかしいからって、自分をごまかさなくてもいい。お前はあのとき久々に私に再会して、どうしようもなく身体が疼《うず》いたんだろう？　また、昔みたいに抱かれたいってな。そうだろう？』

受話口から聞こえてくる下卑た声が、樹里亜を現実に引き戻した。

「てめえ……なに言ってんだよ!?　そんなこと、あるわけ……」

『認めたくない気持ちはわかるよ。自分の気持ちを受け入れたら、母さんに申し訳ないものな。だが、そんな心配は必要ない。母さんとの関係は、お前が生まれた直後から冷え切っていた。母さんは私を愛していた。だが、私には無理だった。子供を産んだ女性を変わらずに愛することがね』

「さっきから、わけのわからないことを言ってんじゃねえよ！」

『私とお前は父と娘という形で出会ったが、結ばれる運命だったんだよ。前にも言ったが、近親相姦は子供さえ生まなければ悪いことではない。好都合なことに、私は母親になった女性を、その瞬間から愛せなくなる。女という生き物は不思議なもので、妊娠したら細胞が入れ替わって、女とは違う別の生き物になるんだな。果物でたとえると、甘みも水分もなくなったパサパサの状態の果実というのかな……つまり、私の好みはジューシーな……』

「いい加減にしろ！」

樹里亜は、送話口に怒声を浴びせて電話を切った――スマートフォンを、床に投げつけた。

頬に、涙が伝い、底なしの絶望が、樹里亜から生気を奪った。

この先、自分にどんな未来が待っているというのか？

愛する人と出会い、結婚し、子供が生まれ……そんな自分を思い描くことができなかった。

恋愛にも結婚にも興味がなかった。英輝の欲望の対象になった幼少期から樹里亜の人生は、呼吸、食事、排泄、睡眠を繰り返すだけの日々だった。

植物の一生と同じ……そこには喜びも希望もない。枯れるまで、生命を維持するだけの一生だ。まだ、哀しみや苦しみがないぶん植物のほうがましな人生かもしれない。

この先、五年も十年も英輝の慰み者になるのは耐えられない。

腰を上げた樹里亜は、束の間、薄闇の中で立ち尽くした。
虚ろな瞳を宙に漂わせ、頭を無にした。
樹里亜は深呼吸を繰り返し、感情を静めた。
冷静に……冷静に……。
樹里亜は、自分に言い聞かせた。

いい？

問いかけた。
眼を閉じ、意識を研ぎ澄ました。
心の声に、耳を傾けた。

後悔しない？

声が返ってきた。

生まれてきた以上の後悔はないから。

自嘲気味に言った。

人生を犠牲にする気?

声が返ってきた。

こんなに薄汚れた自分でも役に立てることがあるなら……。

樹里亜は眼を開け、床に転がるスマートフォンを拾い、キャップとマスクをつけた。いつもならメイクとつけ睫毛をしてからでなければ出歩きたくなかったが、いまはスッピンでもなにもやる気が起きなかった。

少女時代の自分を想起させるので、素顔は嫌いだった。だが、もう、そんなことを気にする必要もないのかもしれない。

樹里亜は、重い足取りで台所に向かった。

すべてを終わらせる……。

すべてを……。

☆　☆

「恵比寿」

タクシーに乗り込んだ樹里亜は、運転手にぶっきら棒に告げるとスマートフォンを取り出し、未瑠のブログを開いた。


これが、本当に最後のメッセージになるから。

あんた、言ってたよね？　私が自分の運命を呪ってばかりで前をみてないってさ。

たしかに、そうなのかもしれない。でも、それのなにがいけないわけ？　過去を振り返らないで前に進むって言えばかっこよく聞こえるけど、それだって逃げてるだけじゃない。

私は、あんたと違って、哀しみからも、苦しみからも、怒りからも背を向けないわ。

一生、闇から抜け出せなくても構わない。

闇に生まれて、闇の中で死ぬ生きかたで構わない。

過去に囚われず、自分の好きなように生きる？

ほしい物は、すべて手に入れる？

それで、自分の生きかたがかっこいいと思ってる？　私から言わせれば、あんたは臆病者よ。あれこれ理由をつけてるけど、怖いだけじゃない？　本当の自分の姿を見るのがさ。

私は、真正面から受け止めて決着をつけるわ。

あ、それから、あんたを破滅させるって言ってた写真のことだけど、二、三日中にマスコミに出すから。あんたも終わりね。

樹里亜はメッセージを送信し、窓の外に眼をやった。

タクシーは恵比寿の商店街に入っていた。

「停めて」

商店街を抜けると、樹里亜は運転手に告げた。タクシーを降りた彼女は、暗い眼でマンションを見上げた。

☆　　☆

「お帰り、ジュジュ。物分かりがいい子で、嬉しいよ」

ドアを開けると、バスローブ姿の英輝が出迎えた。顔は湯船でのぼせたように赤らんでいる。

樹里亜は無言で英輝の脇をすり抜け、リビングのクッションソファに座った。

「どうだ？　お前も飲むか？」

英輝が樹里亜の隣に腰を下ろしながら、缶チューハイを差し出してきた。

「いらねえよ」

「そうか、じゃあ、とりあえずするか？」

英輝が、酒臭い息を吐きかけ樹里亜の肩を抱き寄せた。

「ふざけんなっ」

「やりたくて疼いてるんだろう？」

英輝の手が、樹里亜の股間に伸びてきた。

「ここにきたのは、あんたに話があるからだよ！」

「話は、セックスが終わってからでいいだろう？　ん？」

「頼むから……」

唐突に樹里亜は、英輝の足もとに土下座した。

「なんだ？　それは、なんの真似だ？」

頭上から、怪訝な声が降ってきた。

「……私に、構わないで」

樹里亜は、声を絞り出した。

「ん？　構わないでとは、どういう意味かな？」

「だから……私にも、春海親子にも構わないでほしいの」

「それは無理だな」

にべもなく、英輝が言った。

「解放するのは、お前かあの父娘のどっちかだけだ」

「もう一度、言うわ。私と春海親子に構わないで」

樹里亜は、頭を下げたまま繰り返した。

「だから、無理だと言っただろう？　何度も、同じことを言わせるな。それより、早く服を脱げ」

ゆっくりと樹里亜は顔を上げ、ガラス玉の瞳で英輝を見据えた。

「聞こえなかったのか？　早く、服を脱げと言ってるんだ」

言いながら、英輝がバスローブを脱ぎブリーフ一丁になった。

「どうして……」

樹里亜は絞り出すような声で言うと、ゆらゆらと立ち上がった。

「やっと、その気になった……」

下卑た英輝の顔が、樹里亜の手に握られた刺身包丁を見て凍てついた。

「な、なんのつもりだ……気でもふれたのか!?」

蒼褪めた顔で、英輝が言った。

「どうして……もっと早くに、こうしなかったんだろう……」

うわ言のように、樹里亜は言いながら英輝を見据え続けた。

「ば、馬鹿な真似はやめなさい……私は、お前の父親なんだぞ……」

「どうして……もっと昔に……こうしなかったんだろう……」

刺身包丁を構えた樹里亜は、一歩足を踏み出した。

「や……やめろ……こんなことをしたら、一生……刑務所暮らしになるんだぞ!?」

英輝が後退《あとずさ》りつつ、恐怖に震える声で言った。

「そこは……いまより地獄なの？」

樹里亜は、また一歩足を踏み出した。

「な、なにを言ってるんだ……そんなの、あたり前……だろう？　殺人犯になってしまったら……人生が破滅だぞ!?」

英輝が、血の気を失った顔で樹里亜を諭した。

「私の人生が……破滅してないとでも？」

樹里亜は、絶望に満ちた暗い眼で言った。

「わ……わかった……もう、お前のことも西島のことも解放するから……だから……頼むから、やめてくれ！」

「決めたの……」

樹里亜は呟いた。

「決めたって……なにをだ？」

英輝が、怖々と訊ね返してきた。

「すべてを……」

樹里亜は、言葉を切った。


終わらせる……。

心で固く誓いながら、勢いよく足を踏み出した。

☆　　☆

鍋で沸騰する湯から、レトルトカレーのパックを取り出した樹里亜は封を切り大盛の白米にかけた。匂い立つスパイシーな香りに、食欲が増進した。

コーンとシーチキンの缶を開け、カレーライスにトッピングした。

烏龍茶《ウーロンちゃ》のペットボトルとカレーライスの皿をリビングに運んだ。

「いただきます」

樹里亜は、物凄い勢いでカレーを掬い上げたスプーンを口に運んだ。朝からなにも食べていなかったので、五分も経たないうちに完食した。

ふたたびキッチンに戻った樹里亜は目玉焼きを二枚とサラダを作り、オーブンで食パンを四枚焼いた。リビングに運んだ樹里亜は、目玉焼きを二枚のトーストに挟み一分もかからずに食べた。

樹里亜は同じように目玉焼きを挟んだトーストを口の中に押し込み、紙パックごと口をつけた牛乳で流し込んだ。

胃袋に穴でも開いているかのように、空腹感がおさまらなかった。

樹里亜は冷蔵庫の野菜室から取り出した五個のトマトをボウルに入れ、クッションソファに座った。丸ごとトマトにかぶりついた。一個、二個、三個……立て続けにトマトを貪り食った。へたも残さずに、五個すべてを平らげた。

樹里亜はテーブルの上にあったセブンスターのパッケージを手にするとソファに深く身を預け、紙巻をくわえライターの炎で穂先を炙《あぶ》った。煙を吸い込むと、激しく噎せた。咳き込みながら、肺に煙を送り込んだ。

樹里亜は、足もとに視線を落とした。

転がる肉塊から、血溜まりが広がっていた。肉塊は数十ヶ所刺され、顔は原形を留めていなかった。

樹里亜はソファに座ったまま、肉塊を踏みつけた。

血溜まりには、切断された性器が浮いていた。

もう、この鬼畜に凌辱《りようじよく》されることはない。

もう、この鬼畜の声を聞くことはない。

もう、この鬼畜に苦しめられることはない。


くわえ煙草のまま、樹里亜は肉塊を何度も踏みつけた。

煙草の吸いさしを血溜まりに捨てると、ジュッ、と音を立て火が消えた。

殺人者になってしまった。

無断欠勤を続ける英輝を、不審に思った会社関係の人間が捜し始めるのは間違いない。

屍が発見されるのも、時間の問題だろう。娘である樹里亜のところにも、警察が事情聴取に現れるのは眼にみえている。そして、犯人と疑われるだろう。

だからといって、指紋などの痕跡を消すつもりはなかった。

逃亡者になるつもりも、さらさらなかった。

捕まるのなら、それでいい。いや、むしろ、逮捕されることを望んでいた——マスコミに派手に報道されることを望んでいた。

後悔はなかった。あるとすれば、英輝の娘に生まれてきたことだ。

しかし、それも終わった。

そう、すべてに決着をつけた。

一週間もすれば、ワイドショーや新聞、週刊誌で大騒ぎになるだろう。自由である間に、マスコミに写真と動画を送りつける必要があった。それが、樹里亜に残された最後の使命だ。

それらが取り上げられれば、彼女もまた逃げ切ることはできない。

これでいい……これで……。

樹里亜は己に言い聞かせると立ち上がり、切断された性器を踏《ふ》み躙《にじ》った。執拗《しつよう》に、何度も、何度も踏み躙った。


——私は大きくなったら、誰もいない無人島にひとりで住みたいです。

不意に、小学生の頃にホームルームで語った自分の声が脳裏に蘇った。

ようやく、夢が叶った。

肉塊に唾を吐きかけ、樹里亜は玄関に向かった。


どこへ行くの?

声がした。

さあ、自分は、いったい、どこに行くんだろう……。

未　瑠

「もう、試合前一週間になると、テレビもインターネットも一切見ないし、コンビニも避けて通りますね」

「えーなんで？　なんで？」

ボクシングバンタム級王者の岡国敏《おかくにさとし》の「あるある話」に、MCの売れっ子芸人の坂《さか》田徹《たとおる》が身を乗り出した。

日曜二十時の枠の情報バラエティ番組、「あるあるスポーツ井戸端会議」の新アシスタントになって初めての収録に未瑠は挑んでいた。

「あるあるスポーツ井戸端会議」は、様々なスポーツ選手が競技ならではの「あるある話」を披露するというシンプルな番組構成が受け、視聴率二十パーセントを超える人気番組だ。

「アースライズプロ」に所属してすぐに決まった仕事は、北城の行政力の凄さを証明するものだった。

前アシスタントが病気療養のために空いた人気番組の席を争い、オーディションには五百人を超えるタレントが集まったが、裏では既に結果は決まっていた。つまり、出来レースのオーディションというわけだ。

「減量がピークに達しているので、飲料水のCMやグルメ番組とか眼に入ったら正気を失いそうになるんですよ」

岡国が、眉を八の字に下げた。

「あー、そういうこと！　減量中って、なんも食べられへんの？」

「追い込むときは一日、コップ一杯の砂糖水だけで凌ぐなんてことも珍しくありません。それでも体重が落ちないときは、ガムを噛んでひたすら唾液を吐き出したりサウナで汗を出したり……もう、アニメの世界です」

「ほんまに、『あしたのジョー』の力石《りきいし》みたいなことやるんやな!?」

坂田が、驚きに甲高い声を張り上げた。

「あっちのほうって、どうしてるんですか？」

「えっ……」

鋭く切り込む未瑠に、岡国が絶句した。

「お前なぁ、いきなり、なに言うてんねん！　アシスタント最初の質問が、シモネタかい！」

坂田が、未瑠の肩にパンチを入れてツッコんだ。

「男の人って、大変じゃないですか？　我慢できるのかな？　と思って」

未瑠の言葉に、岡国は苦笑いを浮かべるのが精一杯のようだった。

「ごめんなぁ、新しいアシスタント、貞操観念がぶっ飛んでる子やから、変な質問して。

で、そっちのほうはどないなっとるん？」

坂田が惚けた調子で、岡国に質問した。

「いや、まあ、試合に影響しますから禁欲ですね」

「でも、唾を吐いてまで体重を落とさなきゃならないなら、出しちゃったほうがよくないですか？　唾より体重減りますよ？」

未瑠が言うと、ほかの男性スポーツ選手が失笑した。

「お前な、ほんま、ええ加減にせいよ！　この番組、インターネットの深夜放送やなくて、プライムタイムの全国放送やで!?」

坂田が、甲高い声で言いながら未瑠の後頭部を叩いた。


——坂田さんに頭をはたかれたら、気に入られた証拠だから。


打ち合わせのときにプロデューサーに言われた言葉が脳裏に蘇った。

「岡国選手、ほんま、ウチの新アシスタントが重ね重ねごめんな〜。で、その減量法について、どう思う？」

ふたたび、ボケツッコミをする坂田にスタジオが爆笑の渦に包まれた。

☆　　☆

「お疲れ様ぁ〜。未瑠ちゃん、過激発言のオンパレード、最高だったよ〜」

収録が終わると、プロデューサーが笑顔で声をかけてきた。

「失礼します」

背後では、未瑠より年上の男性ＡＤがへこへこと頭を下げながらピンマイクのアダプターを外していた。

マネージャーの横井《よこい》が差し出したミネラルウォーターのペットボトルを無言で受け取った未瑠は、プロデューサーには笑顔を返した。

「次も、この調子で頼むよ」

プロデューサーが去ると、未瑠は横井を従えるように楽屋に向かった。

「このあとの予定は、どうなってるの？」

未瑠は、歩きながら訊ねた。

「二時から『顔』の雑誌インタビュー、四時から『極東《きょくとう》テレビ』で『今歌《いまうた》』の収録、七時から『桜テレビ』で『恋なんていらねえよ』の撮影です。今夜は、天辺《てっぺん》は越えてしまいそうです」

横井が、「iPad」に視線を落としながら言った。六歳年下のタレントにタメ語を使われても、横井は気を悪くしているふうもなかった。無理もない。「王」である北城の女に、一介のマネージャーが逆らえるわけがなかった。

横井だけではなかった。局の人間も、広告代理店の人間も、未瑠にたいしては腫《は》れ物《もの》に触るように接していた。

「王」を後ろ盾にした未瑠に、怖いものはなかった。

楽屋に入った未瑠は、スマートフォンを手に取るとソファに座り、ブログを開いた。

樹里亜からのメッセージに、ふたたび眼を通した。


さよなら。

待ってるから。


いままでとは違う内容のメッセージに、未瑠は首を傾げた。

さよならとは？　どこかに引っ越すのか？　だが、待ってるから、という言葉は意味不明だ。誰を待っているのか？　自分を待っているのか？　だとしたら、どこで？　なぜ、自分を待っている？　単なる悪戯なのかもしれない。いままでも、妙な絡みかたをしてきた女だ。今回も、気にする必要はない。たとえ悪戯でないにしても、自分には関係のないことだ。もともと、会ったこともない赤の他人なのだから。

胸騒ぎから眼を逸らし、未瑠は己に言い聞かせた。

ドアがノックされた。

「どうぞ！」

横井が声を返すと、ドアが開いた。

入ってきた男性をみて、未瑠は微かに眼を見開いた。

「いきなり、すみません。私、『グローバルプロ』の坂巻と言います」

「あ、どうも、どういった御用で……」

「なんの用ですか？」

横井の声を、未瑠は遮った。

「やあ、ひさしぶり」

入口で佇む坂巻が、媚びた笑いを浮かべていた。安っぽい制作会社のプロデューサーに枕営業をさせていた頃の傲慢さは、すっかり影を潜めていた。頬もげっそりとこけ、眼に覇気がなかった。

「しかし、本当に立派になったな。ウチにいて地下アイドルをやっていた頃のお前と同一人物とは思えないよ。いまじゃ、ドラマの主演にバラエティ番組のレギュラーに、手の届かない遠い存在になってしまったな」

坂巻が、感慨深げに言った。

「用がないのなら、帰って貰えますか？」

未瑠は、素っ気なく言った。

「ああ、ごめん。今日は、お願いがあってきたんだ。お前達、中に入れ」

坂巻がドアを開け、誰かを呼び寄せた。

「失礼します」

恐る恐る入ってきたふたりの女性は、元「ショコラ」の梨乃と奈緒だった。

「久しぶりだね……」

「未瑠……久しぶり」

強張った笑顔で、梨乃と奈緒が話しかけてきた。相変わらず、オーラの欠けらもない地味な女達だ。

「お願いって、なんですか？　私、次の収録も入っているので時間がありませんから」

未瑠は、梨乃と奈緒を無視して坂巻に抑揚のない口調で訊ねた。

「じつは、ウチの事務所が潰れてしまってさ……っていうか、社長が芸能に飽きて潰してしまったんだけどな」

坂巻が、憔悴《しょうすい》した顔で笑った。

「それが、なにか？」

未瑠は、冷え冷えとした瞳で坂巻を見据えた。

「なんだよ、冷たいなぁ、もう～。昔、一緒にやってきた仲……」

「時間がないと言いましたよね？　用件をお願いします」

坂巻を遮り、未瑠は言った。

たしかに、かつては「グローバルプロ」に所属していた。だが、それは未瑠にとって恥ずべき汚点以外のなにものでもない。

安っぽい衣装を着て豚小屋のような薄暗く狭いライブハウスで、汗臭いオタクに愛想を振り撒く日々、力も金もない三流プロデューサー相手に無意味に抱かれる日々……思い出すだけで、虫唾が走った。

「じゃあ、言うけどさ……彼女達ふたりが『アースライズプロ』に入れるようにお前の口から社長にお願いしてくれないかな？　未瑠の頼みなら、北城社長も聞いてくれるだろう？」

坂巻の言葉に、横井が弾かれたように振り返った。

「なんで私が、そんなことをしなければならないんですか？」

「だから、いま言ったじゃないか？　『グローバルプロ』が潰れて梨乃と奈緒の行き場がなくなったってさ。できれば、俺のこともマネージャーとして雇ってくれるように口添えしてほしいんだ」

「だから、なんで私が彼女達とあなたの行き場を作らなければならないんですか？」

未瑠は、無感情な声で繰り返した。

「なんでって……そりゃ、元のユニット仲間だからじゃないか？　それに、いまのお前があるのも俺が育てたから……」

「話がそれだけなら、もう行きますから。それに、あなたに育てて貰った覚えはありません。でたらめを言うのは、やめてください」

怒りを押し殺し、平板な声音で未瑠は言った。

怒る価値もない相手だ。感情的になってしまえば、自分まで雑草になってしまう。薔薇《ばら》が雑草と共生して、得することはなにもない。

「未瑠、いきなり訪ねてこんなことをお願いするのは迷惑だってわかってたけど、私達、もう一度、夢を見たいの！」

梨乃が、熱っぽい口調で訴えた。

「お願いっ、未瑠！　昔みたいに、三人で力を合わせて夢を追い続けようよ！」

奈緒が、瞳を輝かせて訴えた。

未瑠の皮下を駆け巡る血液が、氷水のように冷たくなった気がした。

「三人で力を合わせて……？」

梨乃と奈緒を、未瑠は体温を感じさせない無機質な瞳でみつめた。

「まさか、あなた達と私を同じ立場で考えているの？　笑わせないで。昔から、あなた達は私にとってお荷物だったわ。かわいくもないのにアイドルになったつもりのあなた達のせいで、私がどれだけ迷惑したかわかってる？」

「未瑠、そんな……」

「ひどいわ、未瑠……」

梨乃と奈緒が、声を詰まらせ瞳に涙を浮かべた。

「馴れ馴れしく名前を呼ばないで。私は、あなた達が気安く話しかけられる存在じゃないの。あなたも同じよ」

未瑠は、凍える視線を坂巻に移した。

坂巻は頬肉を引き攣《つ》らせ奥歯を噛み締めていたが、反論することはなかった――いや、したくてもできないのだ。

「二度と、私の前に現れないで」

三人に告げ楽屋をあとにする未瑠を、横井が慌てて追ってきた。

☆　☆

「はじめまして、『顔』の編集長をやっております伊坂《いさか》と申します。このたびは、当雑誌の巻頭インタビューをお受けくださり、ありがとうございます」

鮮やかなスカイブルーの三つ揃いのスーツ、ツーブロックのオシャレ七三、浅黒く焼けた肌、薄く蓄えた口髭……伊坂は、出版社の編集長というよりは、「輩《やから》上がり」の怪しげな青年実業家といった雰囲気だった。

「こちらこそ、『顔』の取材を受けられるなんて、光栄です」

名刺を受け取った横井が、頬を上気させて言った。

取材場所は、高校の教室だった。といっても、本当の教室を使っているわけではなく、未瑠が出演している「桜テレビ」の「恋なんていらねえよ」のスタジオセットだった。番宣込みの条件で、協力をしてくれているらしい。

「顔」は、政界、経済界、芸能界、スポーツ界、伝統芸能などの、各分野で注目を集めている人物にスポットライトを当てる、人気カルチャー情報誌だ。編集長との対談形式の巻頭インタビューのオファーがくること即ち、未瑠が芸能界でトップグループに入ったと認められた証だ。

「では、録音させて頂きます」

ライターの女性が、ボイスレコーダーのスイッチを入れた。

「はじめまして、編集長の伊坂です。本日は、コーナー史上、最年少のタレント、未瑠さんの登場です」

伊坂が、挨拶を促すように頷いた。

「未瑠です」

素っ気ない挨拶に、伊坂が苦笑いを浮かべた。

「テレビで観ていると、怖いな～って感じの女の子ですけど、こうやって向かい合っても十代とは思えない迫力がありますね」

「普通だと思いますけど」

ふたたび未瑠は、無味乾燥な返事をした。

セットの隅で見守る横井は、ひやひやした顔をしていた。

キャラクターを意識しているわけではない、素のままで受け答えをしているだけだ。

ここまできた、という思いと、まだまだ、という思いが交錯していた。

芸能界で頂点を極め、何者にも……何事にも左右されない絶対的な地位を築き自分の存在を知らしめるためにやってきた。

存在を知らしめる——視聴者にたいしてでもなく、業界関係者にたいしてでもなく、自分にたいしてだ。未瑠にとっては、どんな権力者にたいしてよりも、「自分」にたいして存在意義を証明することが重要だった。

「未瑠さんは、現在放映中の『恋なんていらねえよ』の主役を始め、バラエティ番組のレギュラーを複数抱えるという、いま、最も勢いのあるタレントさんです。未瑠さんと言えば、どうしても避けて通れない話題は、枕営業のカミングアウトですが……あれは、衝撃でした。長い芸能史の中でも、未瑠さんの年齢でカミングアウトし、しかもブレイクした方は記憶にありません。そのへん、ご自分ではどう感じていますか？」

伊坂が、気負い込んだ顔を向けた。

「どうも感じていません。私にとっては、枕営業は芸能界でトップになるためにやったことですから。でも、それだけでは、いままでよりいい仕事を貰えるだけで、ブレイクするまでにはなりません」

未瑠は、平板な口調で語った。

身を乗り出して話を聞く伊坂とライターの姿が滑稽だった。未瑠にとっては、至って当然なことを言っているだけだ。大魚がいる海域に行く船に乗せて貰っても、技術がなければ釣れはしない。

「それは、どういうことですか？　枕営業をすることによって、大きな仕事を貰えるんですよね？」

「結局は、人の力で強引にキャスティングして貰っている仕事です。スタッフも冷めていますし、次の現場にも呼ぼうなんて思っていません。上からのトップダウンで仕方なく現場に受け入れられているので、一回きりの付き合いとしか考えていないんです」

未瑠は、淡々と語り続けた。ドラマや映画の場合などはとくに、監督は自分の世界観を大事にする。その中でキャスティングは重要で、監督が最もこだわるところだ。それなのに、使いたくもないタレントを押し付けられてテンションが上がるはずがない。

「なるほど～、いやぁ、深いですね。でも、枕営業をカミングアウトすることが、タレントのプラスになるとは思えないんですけど」

感嘆のため息を吐いた伊坂が、一転して、怪訝な表情を未瑠に向けた。

「清純なイメージで売っているアイドルや女優さんじゃ無理でしょうね。でも、私は、ぶっちゃけキャラで行こうと決めてましたから、マイナスどころかプラスになりました」

「枕営業をカミングアウトすることで、プロデューサーの眼に留まったということですね？」

「はい。面白い子だな、使える子だな……って次のキャスティングに繋がれば、それは私の実力で勝ち取った仕事ですから」

少しも表情を変えずに、未瑠は言った。

「それにしても、凄い子ですね。未瑠さんは、本当に十七歳ですか？」

驚いたように、伊坂が眼を見開いた。

「私達や読者の興味は、未瑠さんがどんな幼少期を送ったのか？　その合理的というか、何物も恐れない性格は、どうやって形成されたのか？　なのですが……未瑠さんのご両親は、どういった方だったんですか？」

眼を閉じた。両親との思い出も、会話も……なにも浮かばない。

いつの頃からか、意識して過去を思い出そうとしても、記憶の扉が開かなくなっていた。わかっていることは、愉しい幼少期ではなかったということだ。おぼろげながら、早く大人になって家を出たいと願っていた記憶がある。

「語るほどではありません」

未瑠は眼を開けて、無感情に言い放った。

「え？　それは、どういう意味ですか？」

伊坂が、訝しげに訊ねてきた。

「そのままの意味です。私の両親は、語るほどの人物ではありません。つまり、くだらない人間という意味です」

眉ひとつ動かさず断言する未瑠の瞳に、凍てついた顔の伊坂が映った。

「それは、反抗期のときの気持ちが残っていて、未瑠さんがそう思い込んでいるだけですよ」

伊坂が、取りなすように言った。

「いいえ、思い込みではありません。私の両親は、語るに値しない人間です」

ふたたび、未瑠は断言した。細かい出来事を覚えているわけではないが、それについてははっきりと言えた。

「な、なるほどね……未瑠さんがそこまで言うには、相当なご苦労があったんでしょうね？　差し支えなければ、その瞳でどんな地獄を見てきたのかを教えて頂けませんか？」

伊坂が好奇の色を押し隠し、遠慮がちに言った。

「地獄なんて、見てませんよ。両親が無能なだけです。だから、そんな実家が嫌になって芸能界に入ろうと決意したんです」

嘘ではない。地獄を見せられるくらいなら、まだましだ。両親は自分を傷つけることはできないし、なんの影響も与えることはできない。

両親は自分にとって空気のような存在だ。いや、空気はなくてはならないが、両親は違う。

この世に存在しなくても、誰も困らない。いや、それも違う。存在したら害を与えるダニやシラミ……それが、両親だ。誰が好んで、害虫と生活をともにしようとするだろうか?

未瑠は、陽の当たる場所へと出るために芸能界を目指した。ダニやシラミの存在しない、燦々《さんさん》と照りつける太陽の世界を……。

「では、親を見返すために芸能界で成功しようと、文字通りに身体を張ったわけですね!?」

伊坂が、鼻息を荒くして身を乗り出した。

この男は、どうしても自分の人生を両親に滅茶苦茶にされたという展開に持っていきたいらしい。

「誰が?」

未瑠は、伊坂を氷のように冷たい瞳で見据えた。

「え……」

伊坂が表情を失った。

「誰が、誰のために身体を張ったんですか?」

未瑠は押し殺した声で訊ねた。

「あの……私、なにか、まずいことを言いましたでしょうか?」

恐る恐る、伊坂が未瑠の表情を窺った。

冗談ではなかった。なぜ、自分が彼らのために身体を張らなければならないのか？ 自分の人生は、彼らになんの影響も受けてはいない……受けるはずがない。ダニやシラミに、いったい、なにができるというのか？

「私は、自分のために身体を張ったんです。ほかの、誰のためでもありません」

未瑠は、伊坂を見据えたまま言った。

「気を悪くしたなら、すみません。テレビで枕営業をカミングアウトするようなタレントさんはいなかったので、つい、苛烈な人生を想像してしまいまして……」

伊坂が、バツが悪そうに言った。

「芸能界で売れたいから、権力を持っている業界関係者に肉体を提供する。これだけが理由じゃ、おかしいですか？ 遊ぶ金ほしさに援助交際している女子中高生なんて、珍しくもありませんよね？ 彼女達のすべてが、ひどい家庭環境で育ったんですか？ 編集長さんは、そう言っているのと同じですよ」

未瑠は窘めると、セットの隅に視線を移した。

いつの間にか、横井の隣に北城が立っていた。なんの用だろうか？ 普通なら社長自らが、わざわざ雑誌の取材の現場に足を運ぶとは思えない。なにか、急用に違いない。

「私が浅はかでした……すみません。で、では、質問を変えます」

動揺した伊坂は、しどろもどろになっていた。

「未瑠さんの、将来の目標というか、到達点はどこですか？」

「芸能界の頂点に立つことです」

未瑠は即答した。ここ数年間、そのことしか頭になかった。

「未瑠さんの考える芸能界の頂点とは、いったい、なんなのでしょうか？」

「誰よりも有名であること、誰よりもCM本数が多いこと、誰よりもドラマや映画の主演本数が多いこと……ベタですが、こんな感じだと思います」

「凄く、わかりやすいです。未瑠さんは、本当に自分を飾らない正直な人ですね」

伊坂が口もとを綻ばせた。

「芸能人になるような人間は、みな、自分勝手で強欲で嘘吐きです。もちろん、私もそのひとりです。正直な人間なんかじゃありませんよ」

謙遜しているわけではない。自分のことは、自分が一番よくわかっていた。

「未瑠さんほどに魅力的でハングリーな女性なら、登頂成功はそう遠い日の話ではないのかもしれませんね。では、そんな未瑠さんが、芸能界の頂点に立ったあとに目指す未来像を教えて頂けますか？」

「未来像……」

未瑠は呟いた。

芸能界の頂きに上り詰めることだけを、考えてきた。

名誉と権力と金を手に入れたあと……どうするつもりだったのか？　いったい、なにを目指してきたのだろうか？

なにか、決定的なことを見落としているような気がした。

いや、見落としているのではなく、眼を逸らしているのかもしれない。

眼を逸らしている？　なにから？

脳の奥が、ズキズキと痛んだ。

不意に、眩暈と動悸に襲われた。

未瑠は眼を閉じ、深呼吸を繰り返した。


落ち着いて……落ち着いて……。


「未瑠さん、どうしました？」

心配げな、伊坂の声が聞こえた。眩暈と動悸は激しさを増すばかりだった。

「少し、休憩させてください……」

未瑠はふらふらと立ち上がり、おぼつかない足取りで北城のもとに向かった。

「……お疲れ様です」

それだけ言うのが、やっとだった。

「どこか、具合が悪いのか？　病院に行くか？」

北城が未瑠の顔を覗き込みながら訊ねてきた。

「疲れが……溜まっているだけだと思います。少し休めば……大丈夫ですから。それより、なにか急用でもあったんですか?」

「そうだが……体調がよくなってからにする」

「いえ、平気ですから……なんでしょう?」

本当は立っているのもつらかったが、それ以上に北城がわざわざ現場に足を運ぶほどの用件が気になった。

「そうか。なら、ついてこい。すみませんが、十五分ほど休憩にしてください」

北城が伊坂に言い残し、セットを出てスタジオの出口に向かった。

未瑠は、目頭を指先で摘まみながらあとに続いた。

☆　　☆

北城に促されたのは、テレビ局の地下駐車場に停められたアルファードの車内だった。

「連絡入れるまで、席を外せ」

未瑠がリアシートに座ると、北城はドライバーズシートの若い男性スタッフに命じた。

「こんなものが、事務所に届いた」

男性スタッフが車から降りるのを見届け、北城が書類封筒を未瑠に手渡した。

「なんですか?」

「いいから、中を見てみろ」

北城が、険しい表情で言った。

書類封筒の中に入っていたのは、プリントアウトされた用紙の束だった。十枚はあるだろうか？

「えっ……」

用紙の束を取り出した未瑠は、絶句した。

一枚目、二枚目、三枚目……中年男性の性器を口に含む自分、中年男性に愛撫される自分、中年男性と性交している自分。

用紙にカラーコピーされている写真に注がれる未瑠の視線は凍てついた。

「こ、これは……なんですか？」

掠れた声で、未瑠は訊ねた。

「それは、俺の言葉だ。これを送ってきたのは、ある写真週刊誌の編集部だ。来週には、記事にするつもりのようだ。こんな写真を、いつ撮られた？　この写真の男は、どこのプロデューサーだ？　いくら枕営業をカミングアウトしたことでブレイクしたと言っても、いまのタイミングでこれが出たらヤバい。枕営業を過去のこととして話すのと現在進行形でやっているのとは、意味が違う。しかも、話で聞くのと行為を眼で見るのでは、視聴者やスポンサーがお前にたいして抱く印象が大きく変わってくる。どうして、この大事な時期にこんな写真を……」

北城が、臍《ほぞ》を噬《か》んだ。

カラーコピーを手にした未瑠の手が震えた。

あ、それから、あんたを破滅させるって言ってた写真のことだけど、二、三日中にマスコミに出すから。あんたも終わりね。

樹里亜のメッセージが、脳裏に蘇った。

間違いなく、黒幕は彼女だ。

そして……。

未瑠は、カラーコピーに視線を戻した。

たしかに、これが世に出たら終わりだ。これまでとは、レベルが違いすぎる。

視界が、暗くなった。身体から、力が抜けた。

「おいっ、大丈夫か!?　未瑠っ、おい！」

北城の声が、鼓膜からフェードアウトした。

☆　　☆

未瑠は、車窓に流れる景色を虚ろな瞳で追った。一週間の休みなど、ブレイクしてからは初めてのことだった。

――とりあえず、写真週刊誌の発売日まで休め。既に予定が入っている仕事先には体調不良と伝えるから、俺の許可が出るまで一歩も外に出るんじゃないぞ。食べ物は、ウチのスタッフに運ばせるからそれで我慢しろ。俺は発売日までに、記事の揉み消しに動くから。

北城の言葉を、未瑠はタクシーの中で思い出していた。

約束は、早くも翌日に破られた。尤も、未瑠には約束した覚えなどなかった。来週発売の写真週刊誌「スクープラッシュ」に、未瑠のスキャンダル記事が載るらしい。

――全力を尽くして記事の差し止めに動いてみるが、「スクープラッシュ」の編集長は圧力に屈しないことで有名な頑固者だ。あんな記事が掲載されたら、俺でもお前を救えない。最悪の結果も、覚悟しておくんだな。

北城の言う通り、あれが掲載されたら自分の芸能生命は終わってしまう。それほどのインパクトだった。

だが、いまの未瑠の頭を占めているのは別のことだった。どうして、樹里亜があんな写真を？　なにより、写真に写っていた男は……。

頭が、混乱していた。

男とのことは、まったく記憶になかった。しかし、写真の女は間違いなく自分だ。

肉体を重ねた相手のことを覚えていないとは……こんなことが、あるのだろうか？

……自分は、いったい、どうしてしまったのか？

未瑠は、掌の中のスマートフォン……開いていたブログのメッセージ欄に視線を落とした。

写真、見たわ。

どうして、あなたがあんなものを持ってるの？

あなたは誰？

いったい、何者なの？

私に、探偵とかつけてるわけ？

それに、さよならって、どういうこと？

待ってるって、どういうこと？

あなたのやってることは、脅迫だからね。

ちゃんと、私が納得する説明をしてくれる？

じゃないと、警察に突き出すからね。


自分の送ったメッセージを、未瑠は読み返した。

もう二度と、連絡を取らないつもりだったが、我慢の限界だった。

暇なギャルが絡んできているだけだと、軽く考えていた。違った。樹里亜には、悪意があった。自分のことを、徹底的に調べている節があった。


写真、見てくれたみたいだね。

あんたを止めるには、こうするしかなかったのよ。

私は、あんたみたいに開き直ることはできない。

私は、あんたみたいになにもかもを忘れることはできない。

だから私は、決着をつけたわ。

今度は、あんたが決着をつける番よ。

いつまで、そうやって気づかないふりをしているつもり？

いつまで、そうやって眼を逸らしているつもり？

本当は、気づいているんでしょう?

いいわ。

あんたの納得する説明をしてあげるから、下の住所にきて。

私が何者か、教えてあげるから。


未瑠は、メッセージ欄から視線を窓に移した。

夕闇をバックに窓ガラスに映る自分の顔……無表情で、血の通っていない死人のような顔だった。

「お客さん、ナビでいうとこのあたりだと思いますが……」

運転手の声で、未瑠は我に返った。

未瑠は無言で五千円札を渡した。

「お客さん、もしかして芸能人ですか? いや、夜にキャップとマスクをつけているから、そうなのかな……と思いまして」

興味津々の表情で訊ねてくる運転手を無視して、未瑠は釣り銭を受け取りタクシーを降りた。

未瑠は、白タイル貼りの外観のマンションの前で立ち止まった。マンションに、見覚えはなかった。誘い込まれるように、エントランスに足を踏み入れた。

不意に激しい頭痛に襲われ、未瑠は立ち止まった。脳の奥が、締めつけられるように痛かった。

「失礼ですが、どちら様ですか？　私は、このマンションの管理人です。こちらに居住の方ではないですよね？」

作業着を着た初老の男性が、訝しげに声をかけてきた。

「あ、知り合いが住んでまして、待ち合わせをしているんです」

「何号室をお訊ねですか？」

「え？　どうして、言わなければならないんですか？」

別に言っても構わなかったが、メッセージ欄に部屋番号が書かれていなかったのだ。番号がわからないといったら、管理人に疑われてしまう。

「最近、このマンションで殺人事件が起こりましてね。警察の方に、居住者以外の立ち入りはあまりさせないようにと言われてるんですよ」

使命感に満ちた顔で、管理人が言った。

「わかりました。もう、いいです」

「ちょっと待ってください」

踵《きびす》を返した未瑠を、管理人が呼び止めた。

「なんですか？」

「念のため、お名前を伺ってもいいですか？」

「どうしてですか？」

未瑠は、剣呑《けんのん》な響きを帯びた声音で訊ね返した。

「いやね、警察の方から、出入りする人の名前を聞いておいてほしいと頼まれてまして……」

「任意でしょ!?」

未瑠は管理人の言葉を強く遮ると、呆気に取られる男を残し、エントランスを出た。

樹里亜の戯言《ざれごと》を信じてのこのこと出てきたのが、間違いだった。

マンションの一階にテナントを構えるコンビニエンスストアの前で、未瑠はセーラムのメンソールを取り出した。

煙草を吸い始めたのは、昨日からだった。

使い捨てライターで穂先を炙り、ゆっくりと吸い込んだ。気管支を、清涼感が駆け抜けた。

連ドラの主演、バラエティ番組のレギュラー……なにもかもが、うまく行っていた。

文字通り身体を張って、地下アイドルから芸能界のトップグループまで駆け上がった。

これから……のはずだった。

勢いよく煙草を吸い過ぎ、未瑠は激しく咳き込んだ。

もしかしたら……突然、未瑠の頭をある疑念が過った。

樹里亜は誰かに雇われているのかもしれなかった。アンチファンの振りをして接触し、自分のスキャンダルを探る……そう考えれば、彼女の異常なまでの絡みかたの説明がつく。

第一、見ず知らずの他人がなんの意図もなくここまで絡んでくるなど不自然だ。

だとすれば、彼女を雇っているのは？

過去に役を奪った女優、「ショコラ」のメンバー、元マネージャーの坂巻、つらく当たったAD、踏み台にした制作会社のプロデューサー……自分を快く思っていない人間の顔が次々と浮かぶ。

未瑠は、思考を止めた。恨みを買っているだろう人間の数は枚挙にいとまがないので、考えてもキリがない。だとすれば、これはいい機会だ。

未瑠は、樹里亜に会って黒幕を突き止めるつもりだった。黒幕に接触できれば、写真週刊誌の掲載を阻止できるかもしれなかった。

コンビニエンスストアの窓ガラス越しに、視線を感じた。

派手なつけ睫毛に派手なメイク……ギャルふうの少女が、未瑠をみつめていた。

未瑠は、ゆっくりと振り返った。

「あなたが、樹里亜さん？」

無言で、樹里亜が頷いた。

「ここ、あなたの家？」

「わざとらしい」

樹里亜が、初めて口を開いた。

「なにがわざとらしいのよ!?」

未瑠は、むっとした口調で言った。

「そのままの意味だよ」

樹里亜が吐き捨てた。彼女は、敵意を隠そうともしなかった。

「よく私だってわかったね?」

未瑠は、キャップとマスクを指差しながら話題を変えた。

「わかるに決まってるじゃん」

樹里亜の態度は、終始、反抗的なものだった。

なぜ、わかると決まっているのかの意味がわからなかったが、質問を重ねるのはやめた。もっと別に、訊きたいことは山とあった。

「あのメッセージはなに? 私が眼を逸らしているとか、気づかないふりをしているとか?」

「だから、それだよ、それ。私は、なにも知りません、みたいな感じ」

「あなたの言ってること、本当に意味不明。あなたのほうこそ、いい加減に芝居はやめたら?」

「芝居ってなによ?」

未瑠は、核心に切り込んだ。

「しらばっくれないで。誰に頼まれたの？　どこかのプロダクション？　それともタレント？」

未瑠は、矢継ぎ早に質問を浴びせた。

「誰にも頼まれてないわ。全部、私の考えでやってることよ」

「でたらめ言わないでよ。あなたみたいなギャルが、どうしてあんな写真を撮ることができるの!?　探偵かなにかつけなきゃ、不可能に決まってるじゃない！　正直に言いなさいよっ」

「じゃあ訊くけど、探偵がさ、部屋の中をどうやって撮るわけ？」

「……隠しカメラが仕込んであったんじゃないの？」

「どこに仕込んだのよ？　その前にさ、あの写真の部屋はどこ？　あんたの部屋？　それともラブホ？」

今度は、樹里亜が質問を重ねてきた。

「それは……」

未瑠は、言葉に詰まった。

たしかに、探偵がカメラを仕込む以前に、あの写真の部屋がどこか覚えていなかった……というより、相手の男のことも記憶になかった。

「私が、どうしてあんたにこんなことをするか教えてあげようか？」

「誰かに雇われたから……」

「消えてほしいからよ」

樹里亜が、未瑠を遮りそれまでとは一転した低く押し殺した声で言った。

「えっ……」

「あんたは、存在しちゃいけない人間……ドラマや映画の中の役者と同じで、実在しない人間なんだよ」

底なしに暗く澱《よど》んだ眼つきも、底なしに暗鬱な声音も、いままでとは別人のようだった。

「だから、私が終わらせるって決めたの」

「なにを言ってるの？　あなた、頭は正気!?」

未瑠は、空恐ろしくなった。

もしかしたら、自分の推測は間違っていたのかもしれない。樹里亜に雇い主など存在せずに、彼女自身が病的なストーカーの可能性があった。

そうだとしたなら……未瑠の背筋に冷たいものが走った。

「私を殺したつもりだろうけど、そうはいかないからさ」

樹里亜の据わった眼が、未瑠の危機感に拍車をかけた。

「私があなたを殺した？　さっきから、わけわからないことばかり言わないで。私のテレビや雑誌での発言にムカついたなら謝るから……もう、こういうことやめてくれるかな？」

未瑠は、樹里亜の神経を逆撫《さかな》でしないよう気をつけながら言った。

「私は、気づいた。そして、きっちりとケジメをつけた。今度は、あんたがつける番よ」

「私が、なんのケジメをつけるのよ？」

問いかける未瑠を、樹里亜は無言でみつめた。

さっきまでの眼つきとは違い、とても哀しげな色を湛えた瞳だった。

「もう、いいじゃん。終わりにしようよ」

樹里亜の訴えかけるような瞳をみた未瑠の脳内で、なにかが弾けた。

「そっちこそ、いい加減にしなよっ。私は、無名で負け犬のあなたとは違うのっ。変装しなきゃコンビニにも行けないほど有名なタレントなの！　消えるのは、あなたのほうよ！」

人が変わったように眼尻を吊り上げ、未瑠は樹里亜を指差した。

「さっきのお嬢さんだろう？」

不意に、背後から声をかけられた。

振り返った視線の先――マンションのエントランスから、管理人が怪訝そうに顔を出していた。

「すみませんけど、いま、友達と話してますから」

樹里亜を友人などと口にもしたくはなかったが、管理人を追い払うためだ。

「誰のことかな？」

管理人が、眉を顰めながら未瑠の背後をみた。

「ここは、あなたの住んでるマンションでしょ……」

顔を正面に戻した未瑠は、息を吞んだ。樹里亜の姿は、どこにもなかった。

「ねえ？　ちょっと……」

「誰を探してるのかな？」

管理人が訊ねてきた。

「私と同い年くらいの女の子がいたでしょう？」

「え？　どこにもいないがな……」

「そんなわけないですよっ。いままで、ずっと話していたんですから！」

未瑠は、強い口調で訴えた。

「私のほうこそそんなことを言われても、ずっとあんたを見ていたんだから間違いない」

管理人も、一歩も退かずに言った。

もう一度、未瑠はあたりに視線を巡らせた。樹里亜は、いったい、どこに行ったのだろうか？

「それより、ちょっと訊きたいことがあるから、管理人室にきて貰ってもいいかな？」

「急いでますから」

「あ、待ちなさい……」

追い縋る管理人の声を振り切り、未瑠は駆け出した。樹里亜がどこに潜んでいるかわからないので、未瑠は足を止めなかった。

——だから、私が終わらせるって決めたの。

樹里亜の押し殺した声が、陰鬱な眼が、未瑠の脳裏に蘇った。

身の危険を感じたのは、生まれて初めてだった。

こんなところで、終わるわけにはいかない。自分には、まだまだやらなければならないことがある。

未瑠は心で繰り返しながら、駆け足のピッチを上げた。

☆　　☆

「あなただけね、変わらないのは……」

ベッドに仰向けになった未瑠は、「文太」の瞳のあった場所の空洞をみつめた。

謹慎生活も、一週間が過ぎた。

今日の午後一時に、記者会見を開くことになっていた。

――もう一度だけ、チャンスをください。

三日前の記憶の扉が開いた。

――いま交渉しているところだが、記事の差し止めは難しい。

受話口から流れてくる北城の声は、苦渋に満ちていた。

――差し止めなんて期待してません。私がお願いしたいのは、写真週刊誌の発売日前に記者会見を開いてほしいんです。

――記者会見だって!? そんなもの開いて、どうするつもりだ!?

――ありのままを、話します。私がブレイクしたきっかけも、自分のやってきたことを隠さずにカミングアウトしたからです。

――そのときといまは、事情が違う。たしかにお前は、枕営業をカミングアウトしたことで話題になった。だが、世間に認知されてからのお前が同じことをやっても、視聴者は受け入れてはくれない。日本人は過去の過ちには寛容でも、過ちを繰り返す人間には厳しい生き物だ。とくに、お前みたいに富と名声を得た人間が同じ過ちを犯したら、嫉妬心も入り混じって反感を買うことになる。

――わかってます。だけど、それでも、なんとかできる自信があります。私を信じてください！

正直、自信はなかった。しかも写真週刊誌の発売を待たずに、ＳＮＳでは未瑠のスキャンダル写真と動画が拡散され、大炎上していた。しかし、なにもしないまま消えるのはごめんだった。可能性がかぎりなくゼロに近いとしても、諦めるつもりはなかった。

上り詰めた芸能界の頂きから落ちるときは……死ぬときだ。

「私……なにか悪いことした？」

未瑠は、「文太」に語りかけた。

「文太」は、空洞で未瑠をじっとみつめた。

「大丈夫。心配しないでも、諦めたりしないから」

「文太」の顔が綻んだ。

未瑠は、スマートフォンのデジタル時計に眼をやった。

AM11:10――未瑠はベッドから身を起こし、「文太」をそっと枕もとに置いた。

「そろそろ出かける用意するから、うまく行くように祈っててね」

未瑠は「文太」に言い残し、シャワールームに向かった。

☆　　☆

ウォークインクロゼットの前で逡巡していた未瑠は、持っている服の中で一番清楚《せいそ》な濃紺のワンピースのかかったハンガーを手に取った。ワンピースを手早く身につけ、ドレッサーに座った。ヘアアイロンを使って、入念に髪の毛のはねを伸ばした。化粧は、眉をかいて薄くアイラインを引く程度にした。

記者会見では、いままでと百八十度違う貞淑《ていしゅく》な印象を与えたかった。どんなに手厳しく下世話な質問が飛んでも、真摯《しんし》な受け答えをするつもりだった。

もちろん、翌日のワイドショーやスポーツ紙の芸能欄は自分のバッシングで溢れ返ることだろう。最低でも一、二ヶ月は、逆風を覚悟しなければならない。逆を言えば、三ヶ月を過ぎれば燃え盛っていたスキャンダルの炎は下火になってゆくということだ。

記者会見での真摯な姿勢が効果を発揮するのは、そこからだ。

未瑠というタレントを評価しているスタッフは少なくない。息を潜めて機会を待っていれば、声をかけてくれるプロデューサーやディレクターのひとりやふたりはいるはずだ。

一本の仕事でいい。現場で爪痕を残し、次のオファーへと繋げてゆけばいいだけの話だ。自分には、一度のチャンスをきっかけにふたたび頂きに上り詰める自信があった。

未瑠はヘアアイロンのスイッチを切り、スマートフォンを手にした。

かけようかやめようか、束の間、躊躇した。

枕営業に難色を示す穂積とは、微妙な距離感になっていた。というよりも、未瑠が意識的に遠ざけていた。

だが、北城だけでは心配だ。あのスキャンダル写真が送りつけられてから、明らかに北城の未瑠にたいするテンションは下がっていた。「アースライズプロ」には売れっ子タレントが大勢いるので、未瑠ひとりがいなくなったところで痛くも痒くもないのだから。

未瑠は、穂積の携帯番号ではなくメールアドレスを呼び出した。

電話だと、話がこじれたら面倒だと思ったのだ。

穂積さんへ
ご無沙汰しています。
すでにご存じのことと思いますが、枕営業の現場を盗撮されてしまいました。その件で、今日の午後から記者会見を開きます。

穂積さんがあんなに心配してくれていたのに、本当にごめんなさい。

忠告も聞かなかった私が厚かましいのですが、穂積さんにお願いがあります。

記者会見の内容次第では、いまの事務所を解雇になってしまうかもしれません。なので、穂積さんと繋がりのあるプロデューサーさんを紹介してほしいんです。

こんな状況だから、贅沢は言いません。局ではなくて制作会社のプロデューサーさんでも構いませんから、ぜひ、お願いします。

虫がいいのはわかっているのですが、頼れるのは穂積さんしかいないんです。

必ず、這い上がってみせます。このくらいで潰れるような、弱い女じゃないですから。

記者会見が終わってから、ご連絡させて……


インタホンのチャイムに、メールを打つ未瑠の指の動きが止まった。

北城が迎えにきたのか？　珍しいこともあるものだ。

自分を解雇するにしても記者会見が終わるまでは所属タレントなので、事務所のイメージを傷つけたくないのだろう。

未瑠はスマートフォンをドレッサーに置き、壁に埋め込んであるモニターを見た。

四十代と二十代と思しきスーツ姿の男性がふたり……北城の部下か？　だが、事務所では見たことのない顔だ。

「はい。どちら様ですか？」

通話ボタンを押し、未瑠は問いかけた。

『渋谷警察署の者ですが』

年嵩《としかさ》のほうの男が、二つ折りの警察手帳を開きカメラに翳した。

思わぬ訪問者に、全身の毛穴が閉じたような気がした。

「警察……の方ですか？」

『はい。お伺いしたいことがありますので、少しだけお時間よろしいでしょうか？』

「あの……どういったご用件でしょうか？」

『ここではなんですから、ひとまず開けてくださいますか？』

言葉遣いこそ丁寧だが、有無を言わさぬ年嵩刑事の口調に背を押されるように未瑠は玄関に向かった。

沓脱ぎ場のサンダルを履き、未瑠はチェーンロックを外し解錠するとドアを押した。

「急いでいるんですけど……ご用件は？」

迷惑な気持ちを敢えて表情と声音に出して、未瑠は訊ねた。

「お出かけのところ、すみません」

軽く頭を下げる年嵩刑事の隣で、若い刑事が厳しい視線を未瑠に向けているのが気にかかった。

「中里樹里亜さんですよね？　渋谷警察署の矢田部《やたべ》といいます」

年嵩刑事の言っていることがわからなかった。

「中里英輝さん殺害容疑の重要参考人として、署までご同行お願いします」

もしかして、夢の中なのだろうか？

首を傾げ気味にした未瑠は、年嵩刑事の顔をみつめた。

無言で、部屋に引き返した。

「中里さん、どちらへ!?」

背中を追ってくる年嵩刑事の声を無視して、未瑠は寝室に入った。枕もとで心配そうな顔でみつめている「文太」を、未瑠は抱き上げた。

「行こうか？」

「文太」に笑顔で語りかけ、未瑠は玄関に足を向けた。

矢田部

オフホワイトのカーテン、ベージュのベッドシーツに枕カバー……最初に矢田部が足を踏み入れたのは、六畳ほどのフローリング貼りの洋間だった。

二畳ほどのクロゼットの中に吊るされている衣装は、五十着以上はありそうだ。クリーニング店のつけたネームタグには、未瑠様、と書いてあった。

矢田部は、ガラステーブルに載っていた郵便物を手に取った。美容室、ヨガスクール、アパレル店からのダイレクトメールの宛名は、いずれも未瑠になっていた。芸名だから、おかしなことではないのかもしれない。

「矢田部さん！」

ドレッサーに置かれていたスマートフォンを調べていた満島《みつしま》が、大声を張り上げた。

「どうした？」

矢田部は満島の肩越しにディスプレイを覗き込んだ。

「容疑者のブログですが……ほら、メッセージ欄でやり取りしている相手をみてくださいよ」

矢田部は、満島が指差す差出人の名前を眼で追った。

「樹里亜……」

矢田部は呟いた。

「ええ、容疑者は、メッセージ欄で自分と中傷合戦を繰り広げてますね。どういうことでしょうか？　なんだか、気味が悪いですね……」

満島の言うように、「未瑠」と「樹里亜」はメッセージを通じて互いを激しく罵り、嘲り合っていた。

「とくにわけがわからないのは、このやり取りですよ」

満島が、一通の受信メッセージを開いた。

これが、本当に最後のメッセージになるから。

あんた、言ってたよね？　私が自分の運命を呪ってばかりで前をみてないってさ。

たしかに、そうなのかもしれない。でも、それのなにがいけないわけ？　過去を振り返らないで前に進むって言えばかっこよく聞こえるけど、それだって逃げてるだけじゃない。

私は、あんたと違って、哀しみからも、苦しみからも、怒りからも背を向けないわ。

一生、闇から抜け出せなくても構わない。

闇に生まれて、闇の中で死ぬ生きかたで構わない。

過去に囚われず、自分の好きなように生きる？

ほしい物は、すべて手に入れる？

それで、自分の生きかたがかっこいいと思ってる？

私から言わせれば、あんたは臆病者よ。あれこれ理由をつけてるけど、怖いだけじゃない？　本当の自分の姿を見るのがさ。

私は、真正面から受け止めて決着をつけるわ。

あ、それから、あんたを破滅させるって言ってた写真のことだけど、二、三日中にマスコミに出すから。あんたも終わりね。

「最後の、マスコミに出す写真って、ネットで話題になっている被害者と容疑者の例の写真のことですよね？　差出人は樹里亜なので、つまり、父親と近親相姦をしている写真を自分が自分に送り付けて脅迫しているっていうことに……いったい、どうなってるんですかね!?　そんなことをしたら自分が芸能界から追放されることくらい、わかるでしょう？　どうして、自分の首を絞めるようなことをするんですかね？」

満島が混乱するのも、無理はない。多重人格者なら、これまでにも接したことがある。だが、樹里亜が単なる多重人格者であるならば、自分を破滅させるような写真をマスコミに送りつけたりはしない。

たしかに、心を病んだ者の中には破滅志向や自傷癖のある者もいる。しかし、樹里亜が己にやっている行為は、手首を切ったり電車に身を投げるのとは意味合いが違う。

しかも彼女は、父親との写真も自分で仕込んで盗撮したということになる。父親への復讐のために、盗撮した写真を職場に送るならばまだ理解できなくもない。

だが、樹里亜の場合、自らを芸能界で窮地に立たせるために父親との性行為を盗撮し、自らにブログのメッセージを送って自分を脅迫している。

もし、芸能界を辞めたいのなら、辞めれば済む話だ。なぜ、こんなに意味不明で大がかりなことをする必要があったのか？

矢田部は、隣の部屋へ向かった。

ドアを開けると、ヒョウ柄のカーテンと同じ柄のベッドシーツが眼に飛び込んできた。フローリング床には制服らしきチェック柄のミニスカートとブレザーが脱ぎ捨てられ、クロゼットの中には原色のタンクトップやショートパンツがハンガーにもかけられずに散乱していた。

そこここに、カップ麺やコンビニ弁当の空容器が放置され、ガラステーブルにはつけ睫毛に金髪や茶髪のウイッグが無造作に置かれていた。整頓されていた隣の「未瑠」の部屋と、同一人物の住む空間とは思えなかった。

「ここにも、スマホがありますよ」

満島が、さっきとは別のカバーケースのスマートフォンを掲げてみせた。恐らく「未瑠」のブログのメッセージは、このスマートフォンを使って送っていたに違いない。

「あの仕切りは？」

矢田部は言いながら、自分の肩くらいの高さの半透明のパーティションに歩み寄った。パーティションの向こう側の狭いスペースには、スチールデスクが一脚設置してあるだけだった。

スチールデスクの上には、ノートパソコンと折り畳まれた黒のパンツスーツが載っていた。

矢田部は、ノートパソコンの電源を入れた。

幸いなことに、パスワードは設定されていなかった。お気に入りに保存されていた未瑠のブログをクリックした。

メッセージの受信ボックスを開いた矢田部は、息を吞んだ。

穂積さんへ

ご報告があります。

今日、私、事務所を辞めてきました。

相談もなく、勝手なことをしてすみません。

私に嫌がらせをしているギャルが、「桜テレビ」の中林チーフプロデューサーとラブホテルから出てくるところやキスしているところを盗撮して、坂巻チーフにみせて脅しをかけてきたんです。

私を「嗚呼！　白蘭学園」から降ろさなければネットにその写真を拡散するって。

坂巻チーフは、なぜ勝手に枕営業をしたのかと私を責めてきました。

笑っちゃいますよね？　いままで散々、枕をやらせてきたくせに。泥棒に説教されている気分でした。

その瞬間、完全に見切りをつけました。

この人のもとにいたら、私の夢を叶えることができないって。

だから、後悔はありません。

落ち着いたら、ご飯にでも行きましょう。

末瑠

受信メッセージを読んだ矢田部は、次に送信ボックスを開いた。

末瑠へ

あなたが決めたことなら、私はなにも言わないわ。

できれば「グローバルプロ」をやめてほしくないけれど、あなたの担当を外れた私にそれを言う権利はないよね。

たしかに、あなたにそういう営業を教えたのはチーマネであり、会社の責任だし。

これから、どうするの？　どこか、新しいプロダクションに移籍するの？

でも、スキャンダル写真を公表されたら困るわね。

そのギャルの子って、連絡取れないの？
私でよければ力になるから、いつでも連絡をちょうだいね。
ごはん、来週あたり行こうね。

穂積

「このメッセージは……」
矢田部は言葉を呑み込み、震える手でパンツスーツを手に取った。

未瑠

冷え冷えとした、窓のない灰色の空間——スチールデスクに座った未瑠は、虚ろな瞳で宙をみつめていた。
一、二、三、四、五、六、七、八、九……。
時を刻む壁かけ時計の秒針の音を、心の中で数えた。

「樹里亜さん、もう一度訊くけど、君は中里英輝さんを殺害したよね？」

未瑠の正面に座っている見ず知らずの中年刑事が、聞き覚えのない名前で呼びかけ、意味不明なことを問いかけている。

中年刑事のせいで、秒針の音を聞き逃してしまった。また、数え直しだ。

一、二、三、四、五、六、七、八、九、十、十一、十二、十三、十四、十五……。

「また、ダンマリかい？　いつまでそうやっていても、中里英輝さん……君のお父さんを殺害したっていう証拠はあるんだよ」

中年刑事が、傾けたコーヒーカップ越しに未瑠の瞳を見据えた。

未瑠の前に置かれているミネラルウォーターのペットボトルは、キャップも外されていなかった。

相変わらず、中年刑事は意味不明なことを問いかけていた。

また、数え直しだ。

一、二、三、四、五、六、七、八、九、十、十一……。

「お父さんが殺害されたときに使われた刺身包丁に付着していた指紋と、君の指紋が一致した。殺害現場になったお父さん名義の恵比寿のマンション、何度も行ってるよね？　管理人さんがそう証言をしているし、なにより、部屋中の至るところから君の指紋が発見されているんだ。なあ、樹里亜ちゃん、惚けるのはこのへんでやめにしないか？　君が思っているほど、大人は馬鹿じゃないんだよ」

　未瑠は、思い違いをしていた。中年刑事が口にしているのは、聞き覚えのない名前ではなかった。

「樹里亜っていう女の子は、いつも私のブログに誹謗中傷のメッセージを送ってきていた人です」

　窓のない灰色の空間に閉じ込められてから、初めて未瑠は口を開いた。

「それは、君自身がやっていたことじゃないのかな？」

　中年刑事の言葉に、未瑠は首を傾げた。

「なにを言ってるんですか？　その子……樹里亜って女の子は、私に嫉妬してたんです。恵比寿のマンションにも、彼女から呼び出されて初めて行きました。そのおじさんを殺したのは、樹里亜さんじゃないんですか？」

「お前っ、馬鹿にするのもいい加減にしろ！」

　それまで中年刑事の後ろのスチールデスクでパソコンのキーを叩いていた若い刑事が、未瑠に怒声を浴びせてきた。

　未瑠は、不思議そうな顔で若い刑事を見つめた。

「中里樹里亜はお前で、殺されたおじさんはお前の父親だろ！」

机に掌を叩きつけ血相を変える若い刑事に、未瑠は珍種の動物を見るような眼を向けた。

「まだ、そんな態度を続ける……」

「やめなさい」

熱り立つ若い刑事を、中年刑事が制した。

「ごめんね、大きな声を出して。でも、彼が怒るのも無理はないよ。中里樹里亜が別人で、君に嫉妬していて、お父さんを殺害しただなんてね、そんなでたらめを言ってはいけないよ。君の住んでいたマンションにあった二台のスマートフォンに、『未瑠』と『樹里亜』の互いのブログへのメッセージのやり取りが残っていたことが確認されているんだから」

「その殺された男の人とは会ったことがありませんし、父は私が幼い頃に死にました。スマートフォンも、樹里亜さんが私の部屋に忍び込んで置いたんじゃないんですか？」

未瑠が淡々とした口調で言うと、中年刑事と若い刑事が顔を見合わせた。

「じゃあ、ここに写っている女の子は誰なんだ？」

中年刑事が、プリントアウトされた三枚の写真を挟んだクリアファイルをデスクに置いた。

中年男性のペニスを口に含む少女、中年男性と立ったまま背後から挿入されている少女、中年男性に胸を揉みしだかれている少女……どの写真の少女も、無表情だった。

「私です」

未瑠は、中年刑事をまっすぐにみつめた。

「ようやく、認めたね。なら、相手が誰だかわかるよね？」

「業界関係者の方です」

「なっ……」

中年刑事が絶句した。

「売れない地下アイドルだった私がブレイクしたのは、枕営業をカミングアウトしたからなんです。でも、それは過去だから許されたことであって、いまも枕営業を続けていたとなると、私を起用してくれるプロデューサーはいなくなります。樹里亜さんは、私を芸能界から干すために探偵を雇って隠し撮りしたんです」

未瑠は、能舞台に立つ能楽師のような無表情で言った。

正直、このときの記憶はまったくなかったし、男が何者かわからなかった。本当のことを口にしたら刑事に疑われてしまうので、咄嗟《とっさ》に業界関係者だと言ったのだ。

だが、この写真が枕営業の現場を写していることは間違いないはずだ。

それにしても、自分はどうしたのだろうか？　過去に数えきれない男と肌を重ねてきたが、行為が記憶にないのも相手に覚えがないのも初めてだった。

「それ、本気で言ってるのか……？」

んです」

中年刑事が、幽霊と出くわしたような顔で未瑠をみつめた。

「ええ。だから、もうそろそろ解放して貰えますか？　記者会見に出なければならないんです」

壁掛け時計の針は、記者会見が始まる予定だった午後一時を既に回っていた。

こんなところで、取り調べを受けている場合ではなかった。

光を手にするために、反吐《へど》が出るような男達に抱かれてきた。

光を手にするために、闇に身を委ねた。

手に入れた栄光を、手放すわけにはいかない。

もう、惨めな地下アイドルに戻るのはごめんだった。

「記者会見なんて、出られるわけないじゃないか？　君は、お父さんを殺害した容疑で逮捕されたんだよ。事の重大さが、わからないのか？」

呆れた口調で、中年刑事が言った。

完全に、樹里亜にしてやられた。スキャンダル写真や動画をバラ撒かれ、殺人の濡れ衣を着せられ……このままでは、自分は間違いなく芸能界から消えてしまう。いや、芸能界どころか人生が終わってしまう。いま頃、樹里亜は笑いが止まらないことだろう。

「私が犯人だという証拠はあるんですか？」

「だから、殺害に使われた刺身包丁から君の指紋が採取されたと言っただろう？」

「私がそのマンションに行ったことがあるのなら、部屋に置いてある物に指紋がついていても不思議じゃないですよね？」

　未瑠には部屋に行った記憶はなかったが、行ったと仮定して反論した。

「凶器には、英輝さんと君の指紋しか付着していなかったんだよ」

　中年刑事が、挑むような口調で言った。

「だいたい、私が、どうしてこの男の人を殺さなければならないんですか？」

　惚けているわけではなく、本当にわからなかった。

「この男の人、ではなく、殺されたのは君の父親だ。樹里亜ちゃん。君の気持ちはわかるよ。こんな関係を強いられていたんだから、中里英輝さんを父親だと認めたくないのも当然だと思う。殺意が芽生えるほどの恨みがあっただろうことも察するよ。だがね、だからといって、人を殺していいということにはならない。それは、君にもわかるだろう？　罪を認めれば、情状酌量を求めることもできる。だから……」

「殺意とか恨みとか、さっきからなにを言ってるんですか？　私が芸能界で売れていることは、刑事さん達も知ってますよね？　どうして、すべてがうまくいっている私が人を殺さなければならないんですか？」

「わかった。じゃあ、君の話に合わせてあげよう。殺害された男性が業界関係者だとしようじゃないか。君はこの男性と枕営業をしたわけだが、マンションは彼の部屋なのか？」

「詳しくは知りませんが、そうじゃないんですか？」

「この写真に撮られた日は、マンションにひとりで行ったのかな？　それとも、男性とふたりで行ったのかな？」

「さあ、覚えてません」

「おいっ……」

「いいから、黙ってなさい。なら、質問を変えるが、君は殺害された男性を業界関係者だと言ったのに、一方では記憶にないと言っている。これは、どういうことかな？」

口を挟もうとする若い刑事を制した中年刑事が、未瑠を見据えた。

「私がセックスするのは仕事のためだけです。正直、写真の男の人には見覚えはありませんが、年恰好からプロデューサーか監督だと思ったんです」

「つい最近のことなのに、相手のことも行為のことも忘れるなんて、どう考えてもおかしいと思わないか？　君が、記憶喪失だというなら別だがね」

中年刑事の声に、周波数の合っていないラジオのようにノイズが入った。

鼓膜に鋭い痛みが走った。

痛みは鼓膜から脳にまで広がり、視界が色を失った。

厳寒期の雪山に放り出されたとでもいうように、体温が奪われてゆく。

中年刑事の唇が動いている。

唇の動きが止まり、未瑠をじっと見つめてくる。

ふたたび、唇が動き出す。

背後の若い刑事が、眼を見開き立ち上がった。

未瑠を指差しながら、激しく唇を動かしていた。

中年刑事が、若い刑事の腕を摑み座らせた。

景色が縦に流れた——中年刑事と若い刑事が未瑠を見上げた。

ふたりとも、顔を強張らせ口を半開きにしていた。

視界が、ゆっくりと戻ってくる。

ああ……あなたね。

未瑠は暗黒色の瞳で、虚空を見つめる——。

矢　田　部

警察官になって二十五年……取り調べた容疑者の数は五百人を超えていたが、あんな容疑者は、初めてだった。

樹里亜が、正常な精神状態でないことは間違いなかった。その原因が、殺害された父親であることも間違いない。

これまでにも、幼い頃に虐待を受けて心を病んでいる容疑者はいた。支離滅裂な言動をする容疑者は珍しくはなかった。矢田部が取り調べた中に、多重人格者もいた。樹里亜にもその可能性があるのは、自宅マンションの「未瑠」「樹里亜」「穂積」として生活していたそれぞれの空間が証明していた。

あるいは、罪を逃れるために心神喪失を装っているのかもしれない。

だが、取り調べや裁判で正常ではない状態を演じる容疑者はいても、部屋やスマートフォンまで使い分けるのは大掛かり過ぎる。考えれば考えるほどに、謎は深まった。

樹里亜はそのどちらでもあるような気がするし、そのどちらでもないような気もする。

いきなり立ち上がり、自分と満島を見下したときの彼女の鋭い瞳が頭から離れなかった。鋭いという表現では足りないほどの、鬼気迫る眼つきだった。たとえるなら、子熊を守る母熊のような何物をも恐れぬ……敵が自分の何倍も大きく強くても、微塵も恐怖心を感じさせない肚《はら》を括《くく》った眼つきだ。

樹里亜の守りたいものとは、いったい……。

「あの女、臭い芝居をしてバレないと思ってるんですかね？」

満島が、矢田部の前に淹《い》れ立てのコーヒーを置いた。

「だといいんだがな」

矢田部は煙草の穂先を灰皿に押しつけながら呟いた。

「え？　なにがです？」

満島が怪訝そうに眉を顰めた。

「芝居とは、思えんのだよ」

矢田部はコーヒーを啜り、大きなため息を吐いた。

「じゃあ、自分は本当に樹里亜とは別人で、今回の殺人事件も樹里亜に嵌められたと思っているんですかね？」

腕組みをした矢田部は、眼を閉じた。

正直、判断に迷っていた。樹里亜のあの瞳は、明確な意志を持っていた。少なくとも、自分を見失った者の眼ではない。だからといって、芝居をしているとも思えなかった。根拠はなかったが、矢田部には不思議と確信があった。

「それに、父親の顔を覚えていないなんて、矢田部さんも言っていたように記憶喪失じゃないかぎりありえませんって」

「幼い頃から父親に性的虐待を強いられていたとしたら、記憶から消したくもなるよな」

矢田部は、眼を閉じたまま言った。

十年ほど前に、夫を刺殺した女性の取り調べを行ったことがあった。

女性は、日頃から夫にひどい暴力を受けていたという。幼い頃に両親を交通事故で亡くした女性には頼るべき実家もなく、交友範囲も狭かったので相談できるような友人もいなかった。そう思っていた……いや、そう聞かされていた。

だが、違った。捜査を続けるうちに、驚きの真実が次々と明るみに出た。まず、女性の両親は交通事故で亡くなってはおらずに健在だった。次に、友人がいないどころか女性の交友関係は広く、連日のように遊び仲間と飲み歩いていた。

そして最後に、夫は非常に温厚な性格であり、妻に暴力を振るうような男ではなかった。女性が暴力を受けていたのは現在の話ではなく過去のことで、しかも夫ではなく両親から虐待されていたのだった。

女性と樹里亜との共通点は、つらい記憶から逃避し、妄想を現実だと思い込んだことと、苦痛と恐怖の根源を胸の奥に封印したことだ。

だが、それでも、矢田部には十年前の女性と樹里亜が同じ状態だと思えなかった。

「矢田部さんは、彼女が無意識のうちに三役を演じていたと思いますか？　だとしたら、心の病ってことになりますね」

矢田部は、満島の問いかけに答えずに、樹里亜の瞳を思い出していた。

「それにしても、彼女の眼つきには驚きましたよ。ヤクザの組長に睨まれたときにも、あんなに圧倒されませんでしたから。どんな地獄を見てきたら、ああいう眼になるんでしょうね？」

「地獄を見てきたからじゃない」

矢田部は、ゆっくりと眼を開けた。

「え？」

満島の顔に疑問符が浮かんだ。

「地獄をもう二度と見ないための……」

矢田部は言葉を切り、ふたたび眼を閉じた。

誓いの瞳だ——言葉の続きを、矢田部は心で紡いだ。

未瑠

正座した未瑠は、焼き鮭、オムレツ、野菜炒め、シューマイを立て続けに口に入れ、咀嚼《そしゃく》し、味噌汁で流し込んだ。白米は一粒も、口にしなかった。炭水化物はダイエットの大敵だ。留置場での生活はろくに運動もできないので、摂取するカロリーを控える必要があった。

親殺しという特殊な殺人事件の容疑者だからなのか、それとも未成年だからなのか、未瑠に与えられたのは個室だった。

未瑠は、締めのおしんこを小気味のいい音を立てて食した。

「臭い飯」と表現される刑務所で出される食事は、イメージしていたよりもおいしかった。

結局、記者会見をすっぽかしてしまう形になった。北城は、さぞかし怒っていることだろう。いま頃、未瑠の置かれている状況を知らされて動転しているに違いない。

「アースライズプロ」を解雇されてしまうのは確実だ。いや、それどころか、芸能界復帰も絶望的な状況になってきた。

枕営業のスキャンダル写真や動画の流出だけなら首の皮一枚繋がったかもしれないが、殺人容疑をかけられてしまったのだ。

イメージを最も大事にする芸能界では、未瑠の置かれている立場は致命的だった。

だが、未瑠に悲観はなかった。タレントとしてだめなら、タレントを生み出す側になればいいだけの話だ。

王妃になれないのなら、王妃を生み出す女王になればいい。


最初で最後、あなたの存在を認めてあげる。

心が弱過ぎるあなたのせいで、私がどれだけ迷惑を被っていると思うの？

恨みがあるからって、殺してどうなるの？

クズみたいな人間のゴミみたいな命のために、囚われの身になるのは馬鹿らしいと思わない？

最後に、忠告してあげる。

もっと強く、利口でありなさい。

でも、この忠告も無駄ね。

だって……。


「すみません。おかずのお代わりって頂けますか？」

未瑠は看守に訊ね、静かに眼を閉じた。

もう二度と、中里樹里亜を思い出すことはないのだから。

北城

フランクミュラーの文字盤に視線を落とした北城は、動物園の熊さながらにホテルの部屋をグルグルと歩き回った。あと十五分で、記者会見が予定されている午後一時となる。

北城は、スマートフォンのリダイヤルボタンをタップし耳に当てた。

『オカケニナッタデンワハデンゲンガハイッテイナイカデンパノトドカナイバショニアルタメ……』

北城は通話ボタンをタップし、スマートフォンをベッドに投げ捨てた。

「あいつはなにをやってるんだ！　おい、横井からの連絡は!?」

北城の怒声が、室内の空気を震わせた。

現場マネージャーの横井が未瑠の家に迎えに行ってから、三十分が経っていた。

「繋がりませんね。どうしたんでしょう……」

チーフマネージャーの伊浜が、困惑した表情でリダイヤルキーをタップする。

「いったい、どうなってるんだ!? あいつ、会見をドタキャンする気か！」

北城は、サイドチェアを蹴りつけた。

会見場の「鳳凰《ほうおう》の間」には、既に百人を超えるマスコミが集まっていた。

この一時間のうちに未瑠に二十回以上電話をかけていたが、すべて音声アナウンスが流れた。

プロデューサーとの枕営業の現場を盗撮された写真や動画が、何者かの手によってSNSにUPされ、連日、ワイドショーやネットニュースは未瑠のスキャンダルで持ち切りだ。

未瑠がヒロインの連続ドラマはDVDの発売が中止になり、クランクイン間近だった映画も緊急降板となった。

レギュラーのバラエティ番組も、過去のオンエア分がすべてお蔵入りになった。大小様々な仕事を合わせると、違約金は軽く一億円は超えるだろう。

記者会見を開く第一の目的は、謝罪することでスポンサーやプロデューサーにたいして反省している姿勢を見せ、少しでも怒りを鎮めるためだ。

未瑠が、枕営業をカミングアウトしたことでブレイクしたのは事実だ。だが、ブレイクしたいま、ふたたび枕営業をしてもいいということではない。ブレイク前とブレイク後では、未瑠の置かれている状況も責任も違うのだ。

「社長！」

唐突に、伊浜が大声を張り上げた。

「どうした？」

「これを……見てください！」

伊浜から受け取ったスマートフォンのディスプレイ……ネットニュースの見出しに、北城の視線が吸い寄せられた。


「枕営業カミングアウトタレント」の未瑠、父親殺害容疑で逮捕！

衝撃！　流出セックス写真の相手は被害者である実の父親！

ドラマ、バラエティで引っ張りだこの売れっ子タレントの未瑠こと、本名、中里樹里亜さん（17）を、父親である中里英輝さんを殺害した容疑で、渋谷警察署は逮捕しました。

未瑠は、枕営業で仕事を取っていた過去を某バラエティ番組でカミングアウトしてから人気が沸騰し、以降、歯に衣着せぬ発言と個性的な演技力が高く評価され、レギュラー番組や連続ドラマのヒロインを務めるなど、飛ぶ鳥を落とす勢いの人気急上昇中のタレント。

ＳＮＳにＵＰされた未瑠のスキャンダル写真と動画の相手は当初、業界関係者と思われていたが、驚くべきことに被害者である実父の英輝さんだった。

「なんだ……これは……？」

干上がった喉から、掠れ声が零れ出た。スマートフォンを持つ手が震え、掌が汗ばんだ。

「父親を殺害？　父親とのセックス写真や動画？　なにが、いったい、どうなってるんだ……」

独り言のように、北城は呟いた。

「それに、中里樹里亜って……？」

ネットニュースの文面の中に、北城が理解できないワードがちりばめられていた。

「記事によれば、未瑠の本名が中里樹里亜で、枕営業の相手は業界関係者なんかではなく、実父の中里英輝みたいです。そして、未瑠……いや、中里樹里亜が実父を殺害したと……」

「嘘だろ！」

北城は、伊浜の説明を怒声で遮った。

「近親相姦の縺れで父親を殺しただと……」

呟きの続きが、どこかに蒸発したように消えた。

頭が、真っ白に染まった。

枕営業の写真流出の謝罪会見だけでも危機的状況だというのに、所属タレントが実父殺しの犯人だったなど、会見が大荒れになるのは眼に見えている。男女間のスキャンダル事件ならまだしも、所属タレントから殺人犯が出たとなると事務所の評判はガタ落ちになってしまう。

中沢沙雪、水野杏里、菊池ニーナ、芹沢優実、宍戸まひる、マッキー、レオナ……。

「アースライズプロ」は、知名度のある女優やタレントを何人も抱えている。

今後、スポンサーが彼女達を敬遠することは火を見るより明らかだ。

芸能界は、イメージがすべてだ。北城がいくら有力者との強いパイプを持っていたとしても、殺人事件を起こしたタレントが所属する事務所と、仕事をしようという局や企業はない。

「どうしましょう……？」

蒼褪めた顔で、伊浜が伺いを立ててきた。

無理もない。謝罪会見が始まる一時まで、十分を切っていた。

「俺が出るしか……ないだろう」

北城は、絞り出すような声で言った。

「え!?　いまのタイミングで出て行くと、総攻撃を受けちゃいますよ！」

「だからって、会見をドタキャンするわけにはいかないだろうが！　ただでさえ事務所のイメージが悪くなるっていうのに、社長まで逃げ腰じゃウチは終わりだ。ここはなんとしてでも、踏み止まらなきゃならない。お前は、渋谷警察署に飛んで未瑠の様子を探ってこいっ」

北城は早口で伊浜に指示を与え、部屋を飛び出し会見場に向かった。

☆　☆

北城が会見場に足を踏み入れるなり、一斉に焚《た》かれたフラッシュの閃光が網膜を灼いた。シャッターを切る無数の音が、鼓膜を刻んだ。

北城はプラチナブロンドに染めていた髪を黒に戻し、いつもの派手なジャケットではなくダークグレイのスーツ姿で会見に挑んでいた。未瑠の謝罪会見に付き添うつもりだったので、髪と服装は地味にしておいたのだ。

「お忙しい中、お集まりくださりありがとうございます。このたびは、弊社所属の未瑠が信じられない不祥事を起こしまして、私も気が動転しています。関係者の皆様にも多大なるご迷惑をおかけしましたことを、この場を借りて深くお詫び致します。本当に、申し訳ございませんでした」

北城は、神妙な表情で言うと頭を下げた。

「ネットニュースの記事は本当なんですか!?」

「未瑠さんが実の父親を殺害した容疑で逮捕されたと報じられていますが、本当ですか!?」

「流出したスキャンダル写真に写っていた男性は、未瑠さんの父親だと書いてありましたが!?」

「事務所は、未瑠さんと父親の関係を知らなかったんですか!?」

「近親相姦、つまり性的暴行が父親殺害の原因ですよね!?」

「社長さんは、彼女と父親の関係に気づかなかったんでしょうか!?」

「未瑠さんから、なにか相談を受けていましたか!?」

マスコミが、我勝ちに質問を浴びせかけてきた。その様は、まるで手負いの獲物に群がるハイエナさながらだった。

「すみません。私も事件のことは、先ほどネットニュースで知ったばかりで、詳しいことはわからないのです。これから、警察の方に会って事の詳細を聞いてまいりますので……」

「それ、ちょっと無責任じゃないですか!?」

「社長は、彼女の異変にまったく気づかなかったというんですか!?」

「父親を殺害後、未瑠さんはバラエティ番組などに出演してますよね!?　普通の神経なら、実の父親を殺しておきながら平気な顔でテレビに出演などできないと思いますが？」

「あれだけの活躍をしていたタレントです。今回の事件で、各方面の関係者に及んだ被害を考えると、タレントを管理する立場の所属事務所の社長の発言として無責任過ぎませんか!?」

「親を殺したタレントの変化に気づかず生放送の番組に出演させていたこととか、番組のスタッフにたいして詳しいことは知らなかったんです、の一言で済む問題だと思っているんですか!?」

攻撃の矛先が、北城に向けられた。

たしかに、所属事務所の社長が殺人を犯したタレントを仕事に使い続けていたというのは、気づかなかった、で済まされる問題ではなかった。

だが、自分を庇《かば》うわけではないが、未瑠の言動や表情からは微塵もおかしな変化は窺えなかった。

北城は、洞察力や観察力には自信があるほうだった。その自分の眼力を以《もっ》てしても見抜けなかったのだから、ほかの誰であっても未瑠の異変を察知するのは不可能だったはずだ。

「本当に、申し訳なく思っています」

北城は唇を嚙み、深く頭を下げた。言いたいことは山とあったが、すべてを呑み込んだ。この状況では、なにを言っても無駄だ。いや、無駄になるどころか、マスコミから反感を買ってしまう。事を大きくしてテレビや週刊誌で叩かれるのだけは避けたかった。

未瑠の犯した殺人事件イコール「アースライズプロ」に結びつけられるのは、大きなマイナスイメージになる。スポンサーや局関係者の覚えは、少しでもよくしておきたかった。

未瑠が父親殺しで逮捕されたいま、違約金は北城が被ることになるだろう。

二億、三億……もしかしたら、それ以上の請求になるかもしれない。

北城の役目は、「アースライズプロ」についた悪《あ》しきイメージを払拭し、ほかのタレントのオファーを守ることだ。

事務所の倒産は、北城の破滅を意味する。こんなことで、潰れるわけにはいかない。

「質問は挙手制でお願い致します。時間の許すかぎり、質問にはお答えしますので。では、前列の黒いスーツの方」

北城は記者団の顔を見渡しながら丁重に言うと、記者を指名した。

「『東都《とうと》スポーツ』の中上《なかがみ》です。北城社長、大手芸能事務所のトップであるあなたが、事の重大さをわかっていないわけはありませんよね？　容疑者の所属事務所の責任者として、どうお考えですか!?」

「もちろん、事の重大さは重々わかっております。代表である私の不徳の致すところです。素晴らしい仕事をするタレントを育てることで、少しずつ信用を取り戻して行きたいと思っております。三列目の中央の黄色のネクタイの方」

「『週刊荒潮《あらしお》』の野坂《のさか》です。容疑者が『アースライズプロ』に移籍したのは、ずいぶん急な話でしたよね？　北城社長は、未瑠さんとどういったご関係ですか!?」

「ウチのマネージャーが、撮影現場で知り合った彼女を私に紹介してきたんです」

北城は平静を装っていたが、鼓動が激しくなっていた。脳裏に蘇る未瑠の瑞々しい肢体を……激しく、なまめかしくグラインドする腰の動きを慌てて打ち消した。

未瑠と肉体関係を持ったことを、絶対に知られるわけにはいかない。知られてしまえば、自分は確実に終わる。

北城は、次の記者を指名した。

「桜テレビ『特ダネスクープ』の志村《しむら》です。以前から、御社には枕営業に纏わるよからぬ噂がありましたが、容疑者もそのようなことをしていたんでしょうか？」

「まず、最初に言っておきたいのは、ウチはただの一度もタレントに枕営業をやらせたことはありません」

北城は、きっぱりと言った。嘘——「アースライズプロ」は接待要員と呼ばれるデビュー前やデビュー直後のタレントを揃えており、広告代理店やテレビ局の権力者に肉弾接待をやらせていた。

ときには、相手が重役クラスであれば知名度のあるタレントを送り込むこともあった。

「アースライズプロ」が十年かそこらで大手と呼ばれるまでになったのは、権力者達の下半身を摑んだからだ。

「当然、未瑠に関してもそのようなことはさせていません」

「過去に御社に所属していたタレントからは、北城社長にテレビ局のプロデューサーやCMのスポンサーにたいして、枕営業を一年のうちに十数回命じられたと聞いています」

志村が、執拗に食い下がってきた。この話題は、「アースライズプロ」及び北城のイメージを著しく失墜させる。一秒でも早く、終わらせたかった。

強張りそうになる頰の筋肉を弛緩させ、吊り上がりそうになる眼尻を柔和に下げた。謝罪会見では、発言と同じくらいに表情が大切になってくる。どれだけ素晴らしい話術を駆使しても、表情が険しくなったり動揺が窺えたりすれば視聴者に与える印象が悪くなってしまう。

「その話が本当であれば、非常に残念なことです」

北城は、深呼吸で気持ちを整え、落ち着いた声音で言った。

「芸能プロダクションというのは因果な商売で、費やした労力と努力に比例した結果が出るものではありません。芽が出ずに辞めていったタレントの中には、私を逆恨みしている者もいます。気持ちは、わからないでもありません。青春といわれる大切な時期を芸能界に捧《ささ》げたわけですから、私に恨み言のひとつも言いたくなるでしょう。ある意味、私がそのタレントに、そういったでたらめを言わせるきっかけを作ったのかもしれません」

北城は、悲痛に顔を歪めて俯いた。

こういった悪意のある質問にたいしては、むきになって反論するのが一番まずい。自分にも非があると、受け入れるところは受け入れ、相手を慮っているふうを装いながら肝心なところは否定する――これが、賢い対応だ。

「最後に、もうひとつだけいいですか?」

志村が、なおも質問を重ねてきた。

「どうぞ」

次の記者を指名することもできたが、北城は敢えて志村の質問を受け入れた。疚しいことはなにもない、ということを印象づけるためだった。

「そのタレントは、北城社長に命じられて一夜を共にしたというプロデューサーとの写真を持っているというのですが……。それでも、所属タレントに枕営業を命じたことはないという主張は変わりませんか?」

「ええ、変わりません。彼女達の男性経験をいちいち私の命令や指示だと言われたら、キリがありませんからね。ひとつ、ここでお願いがあります。今日は、弊社所属の未瑠の犯した不祥事についての謝罪会見であり、私がタレントに枕営業を命じたとか命じないを論じる場ではございません。質問を、本題に戻して頂けるようお願い申し上げます。前列左の青いワンピースの方」

北城は記者達の顔を見渡し丁寧な口調で釘を刺すと、新しい質問者を指名した。

「『週刊女子力《じょしりょく》』の和田《わだ》です。容疑者はなぜ、父親を殺害したと思いますか?」

「まだ、容疑の段階なので、その質問にはお答えできません」
「では、質問を変えます。容疑者の流出写真の相手が父親だったということに関しては
どう思われますか？」
ベリーショートの髪にノーフレイムの眼鏡をかけた和田は、検事にでもなったつもり
なのか、上から目線で質問を重ねてきた。こういう女にかぎって、不倫や略奪愛を繰り
返しているものだ。
「その件に関しましても、警察からも本人からも直接聞いておりませんので、発言を控
えさせて……」
「反省してるのか!?」
「なんのための謝罪会見だ！」
「警察に捕まって本人の会見が中止になったのは事実でしょうが！」
「各所に迷惑をかけているんだから、ごまかさずにきちんと対応してくださいよ！」
「容疑者との関係で、言えないことでもあるんですか!?」
「黙ってないで、なんとか言いなさいよ！」
「今回の事件は、北城社長、あなたの監督不行き届き以外のなにものでもないでしょ
う！」
記者達が、北城に総攻撃を浴びせかけてきた。北城は両手を太腿の外側に当て、九十
度に身体を折り曲げた。

反省なんてするわけがない。

事務所を存続させるための会見に決まっている。

本人の会見が中止になったのは俺の責任じゃない。

迷惑をかけているからこそ、真実を言えるはずがない。

未瑠と面接した夜にセックスしたことは、口が裂けても言えない。

黙ってないで口を開いたら、お前らの思うツボだ。

性根の腐った少女がやることの監督責任を、いちいち取らされるなど冗談じゃない。

北城は深々と頭を下げながら、煩わしいハエ達の質問に心で答えを返した。

坂巻

ラッシュアワーの人波に揉まれながら坂巻は、電車に揺られていた。

昨日は呑み過ぎ、喉がからからに渇いていた。二日酔い特有の頭痛と胃のムカつきが、坂巻を不快にさせていた。

この時間に起きるのは、ひさしぶりだった。前の事務所……「グローバルプロ」が潰れたあとの生活は荒《すさ》んだもので、昼間から酒浸りで自暴自棄になっていた。未瑠がいる間は、枕営業をやらせていたので細々ながら仕事が取れていた。だが、未瑠が独立したことで、事務所の収入源がなくなり経営状態が悪化した。

——タレントの素質を見抜くこともできなくて、なにがチーフだ？

——バラエティ番組のレギュラーに連ドラのヒロイン……テレビをつけるたびに活躍している未瑠ってタレントは、以前、ウチにいた未瑠と同一人物だよなぁ？

——一年に億以上稼ぎ出すドル箱タレントに安っぽい枕をやらせていたなんて、たいしたマネージャーだよなぁ。

——辞めるのは、未瑠じゃなくて事務所に損害を与えた誰かさんじゃないのか？

「グローバルプロ」の経営が傾いた一切の責任を押しつけられ、会社が倒産するまで社長から皮肉と嫌味を浴びせられる地獄の日々が、坂巻の精神を蝕んだ。

しばらくはなにもやる気が起きなかったが、あの日の出来事が坂巻を奮起させた。

——だから、なんで私が彼女達とあなたの行き場を作らなければならないんですか？

「ショコラ」の元メンバーのふたりを連れて、未瑠を頼りに彼女の控室に顔を出した坂巻に浴びせられた言葉は痛烈なものだった。以前は、自分に枕営業を命じられ断ることすらできなかった無力な少女に、野良猫のように追い返されたのだ。

　未瑠を超える売れっ子を育て、自分に取った態度を後悔させてやる。


　見返してやるという原動力が、坂巻を職探しに衝き動かした。

　今日は、三社の芸能プロダクションにアポイントを取っていた。十時からの面接が渋谷の「フラッシュプロ」、正午からは恵比寿の「サンライズミュージック」、午後三時からは「ファイブスター」——三件とも無名のタレントが数人所属しているだけの弱小プロダクションだった。

　坂巻の経歴では、大手の面接は受からないことはわかっていた。また、無名のタレントをブレイクさせることに意味がある。必ず、未瑠を超えるタレントを……。

　電車が大きく揺れ、バランスを崩しそうになった。

「痛っ……」

　前のめりになった坂巻の頬に、小さく折り畳まれたスポーツ新聞の角が刺さった。

　こんな満員電車で……。

　不意に、激しい怒りが込み上げてきた。

「ちょっと、新聞なんて……」

［「枕営業カミングアウトタレント」の末瑠、父親殺害の容疑で逮捕！］

スポーツ新聞の見出しの活字が、坂巻の言葉の続きを奪った。

［恵比寿のマンションの一室、数十ヶ所を滅多刺しにされた死体、被害者は「椿銀行」赤坂支店支店長の中里英輝さん（54）、加害者は末瑠の芸名でタレント活動している中里樹里亜（17）、近親相姦、写真流出、幼少の頃から繰り返されてきた性的虐待にたいしての怨恨、容疑者に解離性《かいりせい》同一性障害の疑い……］

ショッキングな事件を報じる活字の断片が、坂巻の視界を駆け巡った。

［容疑者は犯行だけでなく、自らが中里樹里亜だということも否認している。渋谷警察署は、事件当時の精神状態や刑事責任能力の有無を調べるため、専門家による精神鑑定を行う予定だ。］

「嘘だろ……」

無意識に、坂巻は呟いていた。

中里樹里亜……。

坂巻の脳内に、ひとりの女性の姿が浮かんだ。プロデューサーとの枕営業の写真を「グローバルプロ」のビルのメイルボックスに入れ、自分を呼び出した女性だ。

彼女は未瑠をドラマから降ろすことと、芸能活動を引退させることを要求してきた。もっと凄い爆弾写真もあると……そう脅迫してきた。

もしかして、あのときのキャップとサングラスをしていた女性が樹里亜なのか？

だが、新聞によれば樹里亜は未瑠……自らのスキャンダル写真をネタに自分を脅迫し、芸能界からの引退を迫ったという。そんなことをして、未瑠にいったいどんな得があるというのか？

ＳＮＳにばら撒かれた父親との近親相姦写真や動画が、樹里亜の言っていた爆弾なのか？

しかし、樹里亜も未瑠も同一人物なので、そんなものが世に出回ったら自分で自分の首を絞める結果になるということは子供でもわかるのに、いったい、なぜ？　どうして彼女は、破滅的な行動を……。

なにはともあれ、未瑠の芸能人生は……いや、人生が終わった。

毛穴から、生気が抜け出すような脱力感に襲われた。

結局、未瑠は精神的に壊れてしまったのだろう。彼女が十五歳の頃に「グローバルプロ」に入って、すぐに枕営業をやらせたのは自分だ。

中学を卒業して間もない少女に、父親ほどに歳の離れたプロデューサーとの性行為を強要していたのだから、心が病むのも無理はない。その上、記事にあるように彼女が父親に性的虐待を受けていたとしたら、なおさらだ。

自分は、ひとりの少女の人生を台無しに……罪悪感の高波に、吞み込まれそうだった。良心の呵責《かしやく》に、押し潰されてしまいそうだった。

涙腺が震えた——心が震えた。

坂巻は奥歯を嚙み締め、嗚咽を堪えた。

目の前に、紺色のブレザーに赤いタータンチェックのスカートを穿いた女子高生がいた。

薄く茶に染めたロングヘア、ハーフのようなくっきりとした二重瞼——かなりの美形だが、幼い顔立ちからして高校に入学したばかりに違いない。

ちょうど、未瑠が事務所に入ったときが、このくらいの年頃だった。彼女は、どこかの芸能事務所に入っているのだろうか？

坂巻は、女子高生の全身をチェックした。

ブレザー越しにも、乳房の発育のよさが伝わってきた。スカート越しにも、欧米人のような肉厚な尻であることがわかった。

かといってぽっちゃり体型ではなく、ウエストは括《くび》れ足は棒のように細かった。

いまの女子高生は、マネキン人形のようなスタイルをしている。

坂巻の時代の女子高生は、胸が大きければ腰や腹にも脂肪がついていたものだ。

不意に女子高生が振り返り、坂巻を睨みつけた。

「この人、痴漢です！」

少女が叫び、坂巻の右手首を摑んだ。

「な、なにを言ってるんだ!?」

坂巻は、慌てて右手を引こうとしたが、思いのほか少女の握力が強かった。

「私の下半身を触りましたよね!?」

少女が、顔を朱に染めて叫ぶように言った。

右手首は、相変わらず摑まれたままだ。

「だから、触ってないって！」

坂巻は、必死に否定した。

痴漢の冤罪《えんざい》で家庭も仕事も失った男の話が、不意に脳裏に蘇った。痴漢をしていなくても、電車を降りて駅員室に連れて行かれれば、警察に引き渡されて罪を認めるまで拘《こう》留《りゅう》されてしまう。

否認を続ければ検察に送検され、罪を認めて示談にしないかぎり最終的には訴訟沙汰になる。日本の刑事裁判の有罪率は九十九・九パーセント――つまり、〇・一パーセントしか無罪になる可能性はない。これから心機一転やり直そうとしているときに、痴漢の嫌疑をかけられて人生を棒に振るわけにはいかない。

「すみません、ちょっと、前を空けてください！」

女子高生が、目の前の会社員ふうの男に言った。

会社員ふうの男が顔を真っ赤にして乗客を押しながら、スペースを空けた。

「これでも、触ってないんですか！」

坂巻は、自らの右手を視線で追った——我が目を疑った。

手首から先が、赤いタータンチェックのスカートの中に消えていた。

「なっ……」

信じられないことに、自分の手は女子高生の下着の中に入り、指先が陰毛に触れていた。

周囲の乗客達の視線が、一斉に集まった。

「いやっ、違う、これは……違うから！」

坂巻は裏返った声で絶叫した。

「なにが違うんですか！　下着に、手を入れてるじゃないですか!?」

女子高生が、涙声で訴えた。

「おいっ、痴漢だぞ！」

「なんだこいつ！」

「女の子のパンツに手を入れてるぞ！」

会社員ふうの男と学生ふうの男が、坂巻の両腕を掴んだ。

「ま、待ってくれ！　誤解だっ、俺は、痴漢なんてやってない！」

坂巻は渾身《こんしん》の力でふたりの男の腕を振り払おうとしたが、ビクともしなかった。電車が渋谷駅に停車し、雪崩《なだれ》のような乗客の塊が開いたドアに向かった。

「女の子のパンツに手を入れてたくせに、なにが誤解だ！」

「こんな馬鹿がいるから、世の中がおかしくなるんだっ。警察に突き出せ！」

学生ふうと会社員ふうの男に拘束された坂巻は、雪崩に呑み込まれながら車外へと連れ出された。

「駅員さん、痴漢を捕まえたので警察に連絡してください！」

「違う！　違う！　俺は、痴漢なんて……」

「見てみろ！」

会社員ふうの男が、坂巻の股間を指差した。

坂巻は、目線を下げた。

グレイのスーツの膨らんだ股間部に広がる黒い染みに、視線が凍てついた。

「なんで……」

呻くような声が、かさかさに乾いた唇を割って出た。

心が壊れていたのは、未瑠ばかりでないことを坂巻は悟った。

樹　里　亜

一日？　二日？　それ以上？

学習机に座った樹里亜は、窓越しに見える空を虚ろな瞳で眺めていた。

二日？　三日？　それ以上？

今日は晴れているのか？　曇っているのか？

三日？　四日？　それ以上？

色を失った世界では、天気さえも曖昧になる。

三畳程度の空間、パイプベッド、学習机、トイレ、洗面器。この部屋で過ごした日数を考えようとしたが、いつも途中で諦めてしまう。

いや、諦めるというより、わからなくなってしまうのだ。

中里樹里亜。十七歳。O型。蠍座《さそり》。百六十五センチ、四十五キロ。好きな食べ物はハンバーグ。嫌いな食べ物は蛸《たこ》と山芋。

樹里亜は、心で確認した。

中里樹里亜。十七歳。O型。蠍座。百六十五センチ、四十五キロ。好きな食べ物はハンバーグ。嫌いな食べ物は蛸と山芋。


樹里亜は、心で繰り返し確認した。

本当だろうか？　名前も、歳も、血液型も、星座も、身長も、体重も、好きな食べ物も、嫌いな食べ物も……どこに、本当だという証拠があるというのだ？　自分が樹里亜だと思う根拠は？

たとえば、一年のうちに半年の記憶を覚えてなかったとしたら？

覚えていない半年の月日を、樹里亜ではない「別人」として過ごしていたら？

好きな食べ物が蛸や山芋で、嫌いな食べ物がハンバーグかもしれないではないか？

そうでないという保証は、どこにある？　自分の知らない「時間」が存在しないと、自分の知らない「別人」が存在しないと、どうして言い切れる？　「別人」が築いた樹里亜の知らない「世界」が存在しないと、どうして言い切れる？

——君は、未瑠という名前で芸能活動をしていたんだよ。地下アイドルから始まり、枕営業という経験を武器にバラエティ番組でブレイクし、女優としてドラマにも主演で出演して……まったく、覚えてないというのか!?


若いほうの刑事のいら立ち交じりの声が、樹里亜の鼓膜に蘇った。

未瑠のことは知っている。嫌いだった。腹が立った。受け入れられなかった。まさか、未瑠が……。ありえないと、思っていた——映画やドラマの中だけの話だと、思っていた。

自分の知らない「時間」を生きていたのは未瑠。

自分の知らない「世界」を創っていたのは未瑠。

いや、もしかすると、分身だと思っていた彼女が本物で、本物だと思っていた自分のほうこそ分身なのかもしれない。

英輝から、性的虐待を受けていたのは自分か未瑠か？

英輝を殺したのは、自分か未瑠か？

なにがどうなっているのか……。

肉体を売ってまでブレイクしようとするタレントが、許せなかった。

肉体を売ったことを武器にしてブレイクしたタレントが、許せなかった。

樹里亜も、援助交際という名のもとで肉体を売っていた。初めて会った見ず知らずの男に身体中を舐められ、また、初めて会った見ず知らずの男のペニスを舐めた。

だが、それは、未瑠のように有名になりたいからでも、金がほしいわけでもなかった。

逆だった。英輝から受けた闇を、より濃い闇で塗り潰そうとしていたからだ。

より濃い闇に身を置いていれば、悪夢を見ずに済んだ。少しでも闇が薄まれば、悪夢が姿を現しそうで怖かった。

だが、未瑠は違った。闇を取り払い、光を浴びようとしていた。いや、彼女自身、光になろうとしていた。

理解できなかった。

未瑠が自分なら、なぜ、闇を白日のもとにさらそうとするのか?

未瑠が自分なら、なぜ、悪夢を見ようとするのか?


それは、あなたが闇だから。


不意に、未瑠の声がした。

樹里亜は、室内に首を巡らせた。

三畳程度の空間、パイプベッド、学習机、トイレ、洗面器……誰もいない。

あいつの闇じゃない。あいつの悪夢じゃない。

闇を作り出しているのはあなた。

悪夢を作り出しているのはあなた。

あなたは影のくせに、私を呑み込もうとした。

だから私は、あなたを消すことにした。

永遠に……。


未瑠の声は、樹里亜に語りかけ続けた。


「でたらめを言わないで！　私は影なんかじゃない！　私は悪夢なんかじゃない！　私は……影なんかじゃない！　影はあんたよ！」

樹里亜は、未瑠に反論した。


どっちが影かは関係ないの。残るのは強いほうよ。あいつが娘に手を出したのは、あなたが弱過ぎるから。眼を逸らそうとしたり、闇に葬ろうとしたり……逃げてばかりだから、あいつが調子に乗るのよ。

未瑠が、見下したように言った。

「あんたは私でしょ!?　自分だけ、違うみたいな言いかたはやめなよ！」

樹里亜は、強い口調で抗議した。


私は、あなたとは違う。

私は、過去がバレることを恐れない。

私は、過去の自分を恥じたりしない。

私は、どんな自分も受け入れる。

父親とセックスしていた自分も、枕営業で伸し上がった自分も、すべて私。

なにを恐れる必要があるの？

なにを悩む必要があるの？


未瑠が、自信に満ちた声で言った。


「ふざけんな！　あいつにやられてきたこと……受け入れられるわけないじゃない！」

樹里亜は叫んだ。


だから、あなたはだめなのよ。心が弱いから、そうやって、すぐに取り乱す。泣いても、叫んでも、怒っても……あいつの影から逃れることはできない。否定するほど……逃げようとするほど、牢獄に囚われてしまう。

そしてあなたは、取り返しのつかないことをした。

それは、あいつを殺したこと。

殺せば、牢獄から出られると思った？　殺せば、闇から逃れられると思った？

殺したら、永遠に牢獄に囚われたまま。

殺したら、闇は深くなるばかり。


「やめろよ……」

樹里亜は、押し殺した声を絞り出した。

眼を逸らさなかったら、闇は力を失ったわ。知ってた？　光を当てた瞬間に、闇は消え去るの。


「もう、やめろって……」

樹里亜は耳を塞いで、頭を激しく左右に振った。

あなたは、負けたのよ。あいつに、過去に、自分に。

私は負けない。あいつを恐れたりしない。

自分を嫌悪し、死んだように生きることを決めていたあなたを救ってあげる。

あとは私に任せて……。


「うるさいっ。消えろ！　消えろ！　消えろ！　消えろ！　消えろ！　消えろ！」

「なにを騒いでるの!?」

ドアが開いた——三人の女が、血相を変えて踏み込んできた。

「近寄るな！　消えろっ。消えろっ。消えろっ」

樹里亜は、両腕を振り回し叫んだ。

「どうしたの!?」

「落ち着きなさいっ」

「取り押さえて！」

三人が、樹里亜に組みついてきた。あっという間に、俯せに押さえ込まれた。

「あんたは幻だ！　本物は私よ！　幻は消えろ！　消えろ！　消えろ！」

樹里亜は、懸命に叫んだ。

「あなた、なにを言ってるの!?」

「暴れるんじゃありません！」

「もっと強く押さえて！」

女達の声が、遠のいてゆく……。

身体が、動かなかった。このままでは、未瑠に消されてしまう。本物は自分で、消えるべきは彼女のほうだ。意識が、薄れてゆく……。消えたくない……消えたくない……消えたくない……。

樹里亜は歯を食い縛り、懸命に抗《あらが》った。気を失ったら終わりだ。もう二度と、自分を取り戻せないような気がした。遠のきそうになる意識を引き戻すために、樹里亜は額を床に打ちつけた。二回、三回、四回、五回……。視界が揺れた——脳が揺れた。

「やめなさいっ！　なにをしてるの!?」

「三番！　血が出てるわよっ」

「医務室に！」

女達の声が、脳内でこだました。女達の声が、鼓膜からフェードアウトしてゆく。

六回、七回、八回、九回……。さらに、強く額を打ちつけた。意識が、朦朧《もうろう》としてきた。

忘れてしまう……なにもかもを……。

自分が樹里亜であることも、生きてきた証も……。

消えてしまう……なにもかもが……。

中里樹里亜の人生のすべてが……跡形もなく、消えてしまう。

樹里亜は、床に頬をつけた。

いや……忘れてしまうのも……消えてしまうのも、悪くないのかもしれない。悪夢のような人生と、さよならできる。

瞼が、重くなってきた。

少しだけ、休もうか……少しだけ……。

あなたは、安心して眠っていいからさ。永遠に、目覚めることのない眠りに。大丈夫。あなたのできなかったことを、私が全部やってあげるから。

未瑠が、優しい声音で語りかけてきた。

瞼が、落ちてゆく、落ちてゆく、落ちてゆく……。

「やっと……」

樹里亜の唇が無意識に動き、掠れ声が喉から剝がれ落ちた。

「え!?　なに!?」

「なんて言ったの!?」

「大丈夫!?　ねえっ!!」

闇が広がった。

解放される……。

言葉の続きを、樹里亜は心で呟いた。

早　苗

少女がソファに座ったとき、臨床心理士である早苗《さなえ》の視線が最初にいったのは額に貼られた絆創膏だった。職員の話では、昨夜、少女は個室で突然に錯乱し、消えろ、と繰り返し叫びながら額を床に打ちつけていたらしい。

早苗が矯正心理法務技官として勤める東日本少年矯正医療・教育センターに、少女が入院して四日目の朝――少女をカウンセリングするのは、今日が初めてだった。

テレビ、オーディオ、冷蔵庫、ソファ……カウンセリングルームは、できるだけリラックスできるようにプライベートな空間を意識した造りにしていた。

［樹里亜］
○樹里亜は都内の高校を二ヶ月で中退。
○樹里亜として、渋谷のデリバリーズヘルス「ギャルセレブ」でアルバイトをしていた。
○幼少の頃から父親に性的虐待を受けていた過去が原因で、樹里亜は心を病んだものと推測される。
○殺害現場となったマンションで、樹里亜は父親に性的関係を強要されていたものと思われる。
○父親とのセックスを盗撮し、インターネットにUPしたのは樹里亜自身。
○幼少の頃から現在に至るまで続いた性的虐待が、父親殺害の動機と思われる。

［未瑠］
●未瑠の芸名で、バラエティやドラマで活躍していた人気タレント。
●芸能界やテレビ業界の有力者と枕営業を重ね仕事を取っていた。
●枕営業で仕事を取ってきた過去を情報バラエティ番組でカミングアウトしたことで、大ブレイクする。
●父親とのセックス写真・動画が原因で芸能界を追われる。

【穂積】
◎未瑠の元マネージャー。
◎担当を外れてからも、何度か電話で相談を受けたことは認めているが、メールでのやりとりは否定している。

早苗は、中里樹里亜についてまとめられた報告書と少女を交互に見た。

報告書から導き出された結論は、少女は解離性同一性障害の可能性が高いということ。

人間は、許容範囲を超えたショックや苦痛から逃れるために、その時期の感情と記憶を切り捨て、忘却し、我が身に起こる出来事を自分のことではないと思うことがある。

これは離人症《りじんしょう》や解離性健忘《けんぼう》と呼ばれ、心的ダメージを回避しようとする防衛本能によって引き起こされる障害だ。それらの障害の中で最も重いのが解離性同一性障害であり、切り捨てた感情や記憶が勝手に成長し、別人格となって現れる。

少女の場合、主人格が樹里亜で交代人格が未瑠だ。メールをやりとりしていたとされる元マネージャーの「穂積」は、おそらく未瑠という交代人格を支えるために、新たに生まれたサブ人格だろう。

交代人格は主人格の記憶がないので、親しかった人のことを忘れてしまう。症状によって程度の差はあるが、障害が重度の場合は親や配偶者のことさえ覚えていないこともある。それぞれの人格に、過去、現在、未来のそれぞれの時間が存在し、矛盾無く流れていくのである。

交代人格の未瑠が、自分と中里英輝がセックスしている写真や動画を観ても父親だと思い出せなかったのは、そのためだ。

また、樹里亜が未瑠としての芸能活動の致命傷になるようなスキャンダル写真や動画をSNSにUPしたのも、交代人格に支配されているときの記憶がないので未瑠のことを他人だと思っているからだ。

樹里亜と未瑠が互いのブログのメッセージを通して中傷合戦を繰り広げていたのも、同じ理由だ。

樹里亜はテレビで活躍する未瑠を「いけ好かないタレント」と感じ、未瑠はブログで絡んでくる樹里亜を「ウザいギャル」と感じた。

互いに悪印象だったのは、「ふたり」が「真逆の人格」だからだ。

当然のことだった。未瑠は、父親の作った地獄から逃れるために生み出された人格だ。繊細《せんさい》で、傷つきやすく、周囲の眼を意識し、過去に囚われがちな自分とは対照的な少女……大胆で、鉄の心臓を持ち、究極の自己中心的で前向きな未瑠を作り出した。

だが、己が生み出したということを忘れた樹里亜は、自分とは対照的な未瑠を激しく嫌悪した。

未瑠もまた、己が生み出されたということを忘れ、自分とは対照的な樹里亜を激しく嫌悪した。

しかし、年月が流れるうちに「ふたり」のパワーバランスが崩れ始めた。主人格の樹里亜よりも、交代人格の未瑠が力を持ち始めたのだ。

弱い主人格が創り出した強い交代人格……未瑠に主導権を奪われるのは、ある意味、当然の流れだった。

父親からの性的虐待が過去のことならばまだしも、現在も続いていたとなると樹里亜として生きてゆくのは耐《た》え難くなる。

父親を殺害するという最悪な展開は、必然的な結果とも言えた。

樹里亜が樹里亜として生きていくには、そうするしかなかった。悪魔を、闇に葬ったはずだった。だが、樹里亜が救われることはなかった。父親を殺したことで樹里亜もまた、より深い闇に囚われてしまった。

日々病んでゆく主人格の防衛本能が、交代人格に力を与えた。皮肉にも樹里亜は、父親に犯され続けても殺しても、微塵の動揺もしない氷の血の流れる別の悪魔を生み出してしまったのだ。

昨夜、樹里亜が取り乱したのは、未瑠が主張してきたからに違いない。

本来、解離した人格の産物である未瑠を、自分の分身だと認識することはありえない。カウンセラーから聞かされてもうひとりの自分がいることを「知る」のと、自ら「認識」するのでは意味合いが違う。

「みつめることが、カウンセリングですか?」

不意に、少女が訊ねてきた。無機質な瞳に、体温を感じさせない声音。目の前の少女は……。

「私は、この施設で矯正心理法務技官をしている加藤《かとう》早苗です。カウンセラーと言ったら大袈裟に聞こえるけど、悩み事や愚痴を聞く係ってことよ。お名前、訊いてもいい？」

早苗は、少女を警戒させないようにジョーク交じりに自己紹介した。

「未瑠です」

少女が、躊躇なく言った。

「知ってるわ。有名人だもの。あのドラマ、なんだったっけ？　あなたがヒロインをやってた……」

「本題に、入りましょうよ。私、無駄話は好きじゃないんです」

少女が早苗を遮り、にべもなく言った。

「本題って？　私は、いろんな話をしてもっと未瑠ちゃんのことを知りたいだけよ」

「それも、治療の一部ですか？」

少女が、表情ひとつ変えずに訊ねてきた。

「治療って……未瑠ちゃん、どこか具合が悪いの？」

早苗は、トラップを仕掛けた。少女が、この施設にいることにたいして、どう認識しているのかを知りたかった。

「そういうの、いらないですから。もうひとりの私が人を殺したから、ここにいるんでしょう？　父親から虐待されていたことは、覚えているか？　父親を殺したときのことは、覚えているか？　そういうことを、訊きたいんじゃないんですか？」

少女が、人を喰ったような顔で言った。平然と口にしているところから察して、やはり、「未瑠」は「樹里亜」のときの言動を記憶していないようだ。

「刑事さんが言ってたの？」

早苗が訊くと、少女が頷いた。

「それを聞いたとき、どんな気持ちになった？」

「別に、なんとも」

素っ気なく、少女が言った。

「自分には、関係のないことだから？」

少女が、首を横に振った。

「関係あるの？」

早苗は、詰問口調にならないように気をつけた。

「あるって言えばあるし、ないって言えばないし」

少女は思わせぶりに言うと、早苗をみつめてきた。

「どういうこと？」

「私の身体がやったことだから、無関係では済まないでしょう？」

「刑事さんから、自分のやったことを聞かされても冷静なのね」

早苗は、さりげなく言うと少女の表情を窺った。

「加藤先生は、寝言で誰かの悪口を言っていたと聞かされたら、心を痛めますか?」

少女が、涼しい顔で切り返してきた。さすがは芸能界で伸し上がっただけのことはあり、頭の回転が速く物事のポイントを押さえるのがうまい。

「そうね。でも、そのたとえはどうかしら? 今回は、人の命が関係していることだからね」

少女の反応を見るために、早苗はやんわりと釘を刺した。

「そうですね。私の手で殺したんですから」

少女は微笑みを湛えながら他人事のように言った。

早苗の中にあった微かな疑念……演技かもしれないという疑いはなくなった。

解離性同一性障害が演技なら、自分の手で殺した、とは言わない。記憶にない、と答えるか、またはエキセントリックな言動で異常性をアピールするかのどちらかが多い。少なくとも、父親を殺害したことに自覚があったと思わせるような発言は、百害あって一利なし、だ。

「刑事さんから事件のことを聞かされて、どんな気持ち? なにも感じないならそれでもいいし、捜査には一切関係のないことだから、正直に言ってもいいのよ」

嘘ではなかった。カウンセリングの内容は、外部には一切漏らさない。それは、警察にたいしても例外ではなかった。

「馬鹿な子」

少女が呟いた。

「え？　いま、なんて言ったの？」

「父親にレイプされたかなんだか知りませんけど、殺しても問題は解決しないでしょう？　父親が死んだからって、レイプされた事実が消えるわけじゃないし……本当に、馬鹿な子だと思って。あ、私のことでしたね」

言って、少女がおかしそうに笑った。

「あなたにひとつだけ訊いておきたいんだけど……」

早苗は言い淀《よど》んだ。この質問は、両刃《もろは》の剣《つるぎ》だ。

「自分が中里樹里亜だってことはわかってますよ」

早苗の心を見透かしたように、少女が言った。

この発言に、早苗は頭を鈍器で殴られたような衝撃を受けた。

解離性同一性障害の交代人格に支配された人間が、主人格と同一人物だという認識を持つことはありえない。主人格の感情や記憶を忘却しているからこそ、別人格になるのだから。

「……いつから、気づいてたの？」

「警察に連れて行かれて取り調べを受けているうちに、なんとなく、そうなのかな……

って。ブログのメッセージで悪口を書いたのも、スキャンダルの動画を盗撮してSNSにUPしたのも、全部、自分でやってたんだ、って」

あっけらかんとした口調で、少女が語った。

「それで……あなたは、どう思ったの？　だって、あなたがやったことは、自分で自分の首を絞めているようなものでしょう？　それが、すべて、自作自演だって知ったときの気持ちを教えてくれるかな？」

上昇する心拍数。

いまの早苗は、法務技官というよりも臨床心理士の探求心のほうが勝っていた。

十年間、五百件前後の解離性同一性障害の症例を診てきたが、少女のようなケースは初めてだった。幻が実在する人物を認識した上で支配しようとしているのなら……それは、なにを意味しているのか？　主人格の「樹里亜」を永遠に封印して、交代人格の「未瑠」として生きようとしているのか？

交代人格は、主人格があってこそ存在できる。主人格が死ねば、交代人格も消滅する。影が、実体なくしては存在しないように……。

「記憶を取り戻した人の感覚に似ていると思います。記憶喪失のときにどれだけ幸せだったか、不幸だったかを記憶を取り戻してから教えられても、意識がないときに起こった出来事でしかないですよね？　中里樹里亜と未瑠が同一人物だと認識しても、過去の出来事に関しての実感も感傷的な思いもありません。もちろん、父親を殺した罪悪感も後悔もありません。だから、彼にたいして憎悪も嫌悪もありません。未瑠として生きてきた私にとっては、悪魔のような父親も他人に過ぎませんから」

少女が、一点の曇りもない瞳で早苗をみつめた。

あまりに突拍子もない展開に、正直、早苗は混乱していた。自分が中里樹里亜だと思い出し、未瑠は創り出された別人格だと認識した時点で、樹里亜の思考に切り替わるのではないのか？

だが、目の前の少女は間違いなく「未瑠」として考え、発言している。

「あなたは……何者なの？」

口にして、早苗はすぐに後悔した。心理法務技官としては、恥ずべき問いかけだった。

「さあ……私にもわかりません。でも、安心してください。もう二度と、殺人者は現れませんから」

少女の唇が、弧を描いた。

「それって、どういう意味かしら？」

「そのままの意味です。中里樹里亜は、戸籍上でしか存在しません。私みたいな人間を、多重人格っていうんですか？　だとしたら、これからはその心配はありません。未瑠の頭で考え、未瑠の心で感じ、未瑠の言葉でしか語りませんから」

少女の口もとは笑っていたが、瞳の奥は笑っていなかった。

「なにを……企んでいるの？」

無意識に、早苗は訊ねていた。

自分ではない他人の声のようだった。

「なにも。ただ、『末瑠』がやりたかったことをやるだけです。なので、早くここから出して下さいね」

口角を吊り上げる少女を見て、早苗は確信した。

「末瑠」は、父親だけでなく「樹里亜」も殺したということを……。

鞠

指定したホテルのラウンジに足を踏み入れると、それぞれのテーブルに座っている男性客の視線が鞠《まり》に注がれた。

顔、胸、足、尻。

顔、尻、足、胸。

顔、足、胸、尻。

顔、尻、胸、足。

顔、足、尻、胸。

胸フェチ、尻フェチ、足フェチ……好みによって、視線が注がれる順番は様々だったが、最初に顔を確認するのは共通していた。

シャンプーのＣＭに出ているモデルのような光沢を放つ黒髪、垂れ気味の二重瞼、高く整った鼻梁《びりょう》、分厚く捲れ上がった上唇、ノースリーブのワンピースから伸びる華奢で長い手足、浮き出す細い鎖骨とアンバランスな豊満な乳房、アニメのヒロインさながらの括れたウエスト、なだらかな曲線を描く煽情的な臀部。

鞠は幼さの残るハーフ顔で、細身の巨乳という日本人が好むビジュアルをしていた。彼女連れでも、父親ほどに年が離れていても、陰毛が生え始めたような中学生でも、鞠と擦れ違い様にみな、物ほしげな眼でみつめてくる。

もし、鞠が誘惑したら、赤子の手を捻るように簡単に男達は陥落するだろう。恋人を地獄に叩き落としてでも、家庭を壊してでも、学業を放り出してでも、鞠をモノにしたいと思うに違いない。

どんな性格で、どんな過去があり、どんな食べ物が好きで、どんな食べ物が嫌いかも知らないのに、すべてをなげうってでも鞠とつき合いたいと願う。

浅はかで、単純で、本能のまま動く……つくづく男とは、馬鹿な生き物だと思う。つくづく、軽蔑すべき生き物だと思う。

だが、そんな愚かな存在がいるから鞠の人生は潤うのだった。

いま住んでいる青山のタワーマンションも、愛人関係を持っているパチンコチェーンの六十代の社長……愛人Ａが鞠のために購入してくれたものだ。月に二回ほどセックスをし、パーティーや会食に顔を出すだけの労働だ。

愛人Aには、会社の設立資金を出して貰っていた。ほかにも、BとCがいるが、みな、還暦を過ぎている。

愛人は、年寄りにかぎる。体力が衰えているのでセックスの回数も少なくて済む上に、経済的、精神的余裕があるので束縛せずに自由にさせてくれる。執拗にセックスを求めてきたり束縛しようとするのは、金もなく暇を持て余している人間だ。

尤も、鞠は金のない男は相手にしない。経済力のない若者ならまだしも、金のない年寄りはもはや廃棄物だ。

鞠は足を止め、周囲に視線を巡らせた。フロアの最奥のテーブルに座っている、ピンクのポロシャツを着た若作りの中年男性——目印の文庫本を認めた鞠は、歩を進めた。

「『桜テレビ』の吉住《よしずみ》さんでしょうか?」

鞠は声をかけた。

「あ、もしかして、『トップフラワー』の方?」

吉住が、陽灼け顔を上げて鞠に訊ね返した。

「はい。今日は、お忙しいところ、お呼びだてしてすみません。『トップフラワー』の浅木《あざぎ》と申します」

鞠は、両手で名刺を差し出した。

「いやいや、驚いたな。こんなに若くてきれいな女の子が社長だなんて思わなかったよ。どうも。プロデューサーの吉住です」

鞠の全身に舐めるような視線を這わせ、吉住が名刺を出した。

「ま、とりあえず座って。なに飲む？」

「はい、アイスティーをお願いします」

ウエイトレスを呼び止め注文を告げる吉住を、鞠はじっとみつめた。

「なんだか、美人にそんなにみつめられると照れちゃうな」

鞠の視線に気づいた吉住が、頰肉を弛緩させた。

「その腕時計、ウブロですよね？」

鞠は、吉住の左腕に視線をやりながら訊ねた。

「お、詳しいね。安月給のサラリーマンだから、リボ払いだけどね」

「ウブロが似合う男性って、素敵だと思います」

鞠は、吉住をみつめたまま微笑んだ。

「おだてられても、なにも出ないよ」

口ではそう言いながらも、吉住の顔は朱に染まっていた。

「浅木社長は、いくつなの？」

吉住が、興味津々の表情で身を乗り出した。ときおり、視線が胸元に行っているのを鞠は見逃さなかった。

「二十歳になりました」

「二十歳!?　そんなに美人なんだから、芸能プロダクションの社長よりタレントのほうが向いてない？　っていうより、元タレントとかやってた？」

「いえいえ、私なんてとんでもありません」

鞠は、顔前で手を振った。

「いや、なかなかいいキャラしてると思うけどな」

相変わらず、吉住の視線はちらちらと鞠の胸元に注がれていた。

「私なんて、メイクでごまかしているだけです。それより、今日は、ウチの子を売り込みにきました」

鞠は、書類バッグから取り出した所属タレントの宣材写真をおさめたファイルをテーブルに置いた。

「へぇ、結構、本格的にやってるんだねぇ」

ファイルをパラパラと捲りながら、吉住が言った。

「いま、十人のタレントがいます。どの子も新人で、全然無名なんですけど」

鞠はファイルを説明するときに、胸の谷間が見えるように必要以上に前屈みになった。

「みんな、若いんだねぇ」

吉住の眼は、宣材よりも鞠の胸元に向く回数のほうが多かった。

腹立ちや不満はなかった。そもそも、無名の新人タレントで吉住の興味を引けるとは思っていなかった。

視聴者は、売れるタレントは素質があると勘違いしているが、芸能界はそんなに甘くはない。

ドラマのキャスティング枠は、大手の芸能プロダクションのタレントで埋め尽くされている。

素質があっても、力のないプロダクションのタレントがドラマのメインキャストに抜《ばっ》擢《てき》されることはありえない。

メインキャストはもちろんのこと、五番手くらいまでは主役の所属事務所のバータータレントを押しつけられる。だから、鞠がどれだけ熱心にタレントを売り込んでも徒労に終わってしまう。

弱小プロダクションが大手プロダクション主導のキャスティングに割り込むには、飛び道具を使うしかない。

「はい。平均年齢十七歳です。いつ、役を頂いてもいいようにワークショップで演技のレッスンを積ませています」

「いい心がけだね。若い社長なのに、たいしたものだ。まあ、でも、ドラマはそう簡単じゃないけどね。新人女優なんて星の数ほどいるし、行政なんて面倒なものもある。エキストラに毛が生えた程度の脇役くらいなら、なんとかなるかもしれないがな」

吉住が意味深な言い回しをし、コーヒーカップを口に運んだ。

「私、せっかちなので、すぐに成果を出したいタイプなんです」

言って、鞠は微笑んだ。

「僕も君みたいな魅力的な社長に協力してあげたいのは山々だけど、残念ながら無名の新人をいきなり抜擢するほどの権力はないんだよ」

「吉住さんは、平均視聴率二十パーセント超えのドラマを去年だけで二本も生み出したエースプロデューサーです」

鞠は、吉住の瞳を凝視した。

「値踏みされているような気分だよ。まあ、たしかに、僕が本気を出せばひとりくらい捻じ込むのは不可能じゃないが」

「ウチのタレントにチャンスを与えるためなら、社長としてどんなことでもやるつもりです」

「どんなことでもって、たとえば？」

卑しい笑みを浮かべ、吉住が訊ねてきた。

「女の武器を使うこともです」

鞠は、まっすぐに吉住を見据えた。

「いやいや、驚いたね。それって、もしかして、枕営業のことかな？」

大袈裟に眼を見開く吉住に、鞠は頷いてみせた。

「枕営業と言えば……あれは、二年前だったかな。君も知ってるだろう？　未瑠の事件を」

ふたたび、鞠は頷いた。

「凄いタレントだったよ。無名の地下アイドルが枕営業を繰り返し、トップタレントにまで伸し上がった。驚くべきことは、枕営業を隠すどころかカミングアウトしてブレイクのきっかけにしたことだ。僕も長年業界にいるけど、あれだけ衝撃的な少女は初めて見た」

吉住は言うと、小さく首を横に振った。

「彼女は、そんなに凄かったんですか？」

鞠は訊ねた。

「ああ、あらゆる意味で凄かったね。彼女は実の父親とのセックス写真や動画が流出してトップタレントの座から滑り落ちた。その後、その父親を殺した罪で捕まった。未瑠は幼い頃から性的虐待を受けていたことが原因で、解離性同一性障害だったらしい。自由奔放でエキセントリックな言動の裏には、同情すべき理由があったというわけだ。地獄から這い上がり自力で夢を摑み取るなんて、まるで漫画のヒロインみたいだろう？」

吉住が、力を込めて語った。

「私は、そうは思いません」

「え……？」

無表情に言う鞠に、吉住が怪訝な表情を向けた。

「未瑠さんは、自分が地獄から這い上がったなんて思っていないんじゃないでしょうか？」

「それは、どういうことかな？」

「彼女は、自分が地獄にいるとは思っていなかったはずです」

鞠は、眉ひとつ動かさずに言った。

「だけどさ、未瑠は実の父親に性的虐待を受けていたわけだから、苦痛じゃないわけないだろう？　だからこそ、枕営業なんてするようになり、最終的には父親を殺したんじゃないかな？　それに、じっさい、解離性同一性障害になっていたわけなんだからさ」

吉住が、欧米人のように肩を竦めた。

「それは、樹里亜さんって人ですよね？」

「あれ？　浅木社長、知らなかった？　タレントの未瑠は中里樹里亜の別人格なんだよ」

「名前は記号ですから」

「え……？」

さらっと口にする鞠に、吉住が首を傾げた。

「私は精神科医ではないので、病気のことはよくわかりません。ですが、未瑠さんは傷ついていないと思いますよ」

「じゃあ、なぜ父親を……」

「殺したのは、樹里亜さんなんでしょう？」

「君は、僕の話を聞いてなかったのか？　未瑠も樹里亜も同一人物なんだよ」

「あ、そうでしたね」

鞠は無邪気に笑った――天然っぽい女とでもいうように……。

吉住と未瑠のことを議論するためにアポを取ったわけではないし、議論しても始まらない。

赤という色を知らない人間に血の色を説明するのは不可能なように、黒という色を知らない人間に夜の色を説明するのは不可能なように、未瑠を知らない吉住に、未瑠を理解させようとしても不可能だ。

それに、彼女を理解させる必要もない。未瑠は、もう存在しない人間なのだから。

彼女は死んだ――いや、正確には、未瑠というタレントが死んだだけだ。

名前は記号に過ぎない……そう、タレントの芸名のように。

未瑠は、名を変えて活動している。

タレントとは、別のステージで……。


「話は戻るけどさ、さっきのこと本気？」

吉住が、下卑た顔で訊ねてきた。

「私のお願いを、聞いて頂けますか？」

「エキストラに毛が生えた程度じゃ、満足できないってことだよね？」

鞠は、妖艶に微笑み頷いた。

「推したい子は誰？」

鞠は、ファイルの一番最初のページの宣材写真を指差した。

「葉月海《はづきうみ》ちゃん？　この子……」

吉住が言葉を切り、食い入るように海の写真をみつめた。

「飛び抜けて美人なわけでもないし、垢《あか》抜けてもないし……でも、なんだろう？　妙な魅力がある子だね」

海は、唯一、鞠がスカウトした十五歳のタレントだ。ほかの所属タレント九人は、全員オーディションで採用した者ばかりだ。

海との出会いは、渋谷のコンビニエンスストアだった。


——ちょっと、いい？

——なんだ、万G《まんじー》？　ほら、戻したから。

声をかけた鞠に、海はポケットから取り出した「フリスク」を棚に戻した。

——万Gって……もしかして、万引きGメンの略とか？

——違うの？

――そういうのって、普通、おっさんかおばさんじゃない？

――たしかに。

涼しげに口もとだけで笑う海を見て、鞠は確信した。彼女が、夢の続きを見せてくれると……。


「吉住さんがやる七月クールのドラマ、たしか、学園物でしたよね？」

「情報早いね～」

吉住が、コーヒーを啜り苦笑いを浮かべた。

「六番手か七番手なら、約束できるよ。五番手までは、主役の事務所のバーターが入っちゃってるてね」

コーヒーカップをソーサに置き、吉住が言った。

「私、安売りはしたくないんです」

鞠は、吉住をみつめた。

「六番手といっても、今回のドラマはセリフが多い……」

「お時間を取らせて、申し訳ありませんでした」

鞠は伝票を手に取り、腰を上げた。

「五番手以内じゃなきゃ、さっきの話はなしってこと？」

吉住の手が、伝票を摑んだ鞠の手を押さえた。

「すみません。安売りしたくないので」

吉住の手に手を重ね、鞠は微笑んだ。

☆　　☆

ベッドで仰向けになった吉住の股間に、四つん這いの鞠は顔を埋めていた。怒張した亀頭を唇を窄めて吸いながら、陰茎を握る右手を激しく上下に動かした。左手で陰囊を包み込み、優しく揉んだ。

「す……凄いね……うぁ……」

小刻みに亀頭を吸引すると、吉住が天を仰ぎ苦しげに呻いた。吸引しながら、尿道を舌先で刺激した。

「ちょちょ……まずいな……」

吉住が上ずった声を出し、きつく眼を閉じ快楽の波に抗っていた。

練乳のチューブをそうするように亀頭を吸いながら、舌先を裏筋に這わせた。その間も、右手は陰茎を扱き、左手は陰囊を揉んでいた。

達しそうになっているのは、吉住が早漏なせいではない。AV女優がやるような派手な音を立てながら激しく頭を前後させる口淫は、視覚から受けるイメージほど男性に快楽を与えない。動作が大きいイコール刺激も分散されるということだ。

逆に、動作が小さいと地味にみえがちだがピンポイントで刺激を与えることができるので、快楽も大きいのだ。同じ力で押しつけても、箸の先より爪楊枝《つまようじ》のほうが鋭い刺激を与えられる原理と同じだ。

鞠は吉住の両足を抱え上げ、身体をエビのように丸めた――押さえ込むように伸しかかり、肛門を舌先で愛撫した。

「あぉぅ……ちょ……やめ……あっ……」

鞠はハムスターが餌をストックするときのように吉住の陰嚢を口の中一杯に頬張ると、そっと吸いながら、ソフトに舌で睾丸を転がした。

陰嚢は、優しく丁寧に壊れ物を扱うように愛撫するのが基本だ。女性にはないものなので、吸引力の加減を間違えると快感どころの話ではなくなってしまう。

十五の頃から、様々なタイプの男を相手に培った経験が教えてくれた。

空いている手で、吉住の陰茎を扱いた。

男にとっては、屈辱の恰好に違いない。しかしその屈辱が、売れっ子プロデューサーをより興奮させていた。

鞠の口の中で、睾丸が移動するのがわかった。

鞠は、手の動きを止めた。果てさせるのは、まだだ。男も、射精を我慢すればするほどにオルガスムスが強烈になる。

手淫も十分でイクところを一時間我慢させれば、男も潮を噴く。過去に鞠は、両手両足の指では数え切れない男達に潮を噴かせてきた。

「上に……乗ってくれないか？」

苦しげな表情を向ける吉住を無視して、鞠はふたたび右手を前後に動かし始めた。

「だめだって……これ以上は……」

吉住の陰茎が怒張した。

また、鞠は手の動きを止めた。

「海を、ヒロインの親友役にして貰えませんか？」

「え……無理だよっ。親友役は二番手だし……」

鞠は手を動かした。さっきよりも早く、強く。

「ちょ……ほんと、待ってくれ……」

「海を、親友役にお願いします」

手淫を再開しながら、鞠は吉住の苦悶顔をみつめた。

「だから、それは無理……止めてくれ……」

「親友役を受けてくれなければ、止めません」

さらに鞠は、肛門を舐めながら手の動きのピッチを上げた。

「わかった……わかったから、ストーップ！」

肛門を丸出しの情けない恰好で、吉住が叫ぶように言った。この状況下に置かれたら、セレブも貧乏人も同じに無抵抗になる。

鞠は手を止めた。あと二、三度動かせば、吉住は終わる。

「約束ですよ？」

艶っぽい声で念を押しつつ、鞠は吉住の両足を下ろさせた——屹立した陰茎にゴムを装着し、ゆっくりと腰を沈めた。

乳首が上向きに尖っている八十八センチFカップの乳房に、吉住の視線が釘づけになった。

鞠は、自慢の乳房がより煽情的に強調されるように腕を交差させた。秘部の中で、ペニスが脈打っているのがわかった。

「それにしても……凄い肉体だね。アメリカのプレイメイトみたいだよ……」

鼻息荒く、吉住がうわずる声音で言った。

当然だった。全身をメンテナンスするのに八百万以上かけたのだから。

昔の自分を知っている人間の眼から解放されるために、最初は顔だけを変えるつもりだった。

しかしいざ、美容整形を受け始めると、豊胸、豊尻、下腹と太腿の脂肪吸引、歯の矯正、乳頭と乳輪の色素漂白と、次々と欲が出た。

一年前の自分と変わっていないところといえば、瞳と性器くらいのものだ。

文字通り鞠は別人となり、いまでは昔の知り合いと会話しても気づかれないほどに違う容姿になっていた。現に、鞠の人工ボディをうっとりと眺める吉住も、過去に何度かテレビ局で顔を合わせていた。

「しばらく、じっとしててくれないか。少し、眺めていたいんだよ」

「だめです」

鞠は悪戯っぽく微笑み、吉住の胸に爪を立て、腰を8の字にグラインドさせた。十秒もしないうちに、吉住がきつく眼を閉じ、食い縛った歯から呻き声を漏らした。十五回転くらいで、吉住の下半身が小刻みに痙攣《けいれん》した。

「ごめん……半端ない締まりだね……」

早く達したことを恥じているのか、吉住がバツが悪そうに言った。

「ヒロインの親友役、忘れないでくださいね」

ベッドから下りた鞠は下着をつけながら、仰向けのまま胸を波打たせる吉住に念押しした。

「あのさ……その件だけどさ、やっぱり二番手はきついよ」

吉住が上体を起こし、鞠の顔色を窺うように切り出した。ソファに座りクールメンソールに火をつけた鞠は、窄めた唇から糸のような紫煙を吐き出した。

「別に、いいですよ」

「え!? 本当!? ありがとう！　頑張って、四、五番手の役は確保するからさ。四、五番手って言ってもさ、毎回、セリフが二、三個はある重要な役にするから！」

顔を輝かせた吉住が、声を弾ませた。

「私、安売りしたくないって言いましたよね？」

霧のように広がるメンソールの紫煙越しに、鞠は吉住を見据えた。

「え？」

「これ、なんだと思います？」

唐突に訊ねた鞠は、ナイトテーブルに置いていた煙草のパッケージを翳した。

「煙草だろ？」

怪訝な表情で、吉住が訊ね返した。

「違うんですよ」

言いながら、鞠は煙草のパッケージから使い捨てライターほどの大きさのマイクロビデオカメラを取り出した。

「最近のビデオカメラって、恐ろしいですよね。こんなにちっちゃくて、動画の撮影ができるんですもの」

微笑む鞠とは対照的に、吉住は血の気を失っていた。

「さっき、吉住さんが言っていた未瑠さんでしたっけ？　樹里亜さんに、父親とセックスしているところを同じような感じで盗撮されたことがきっかけで、芸能界から追われたんですよね？」

淡々とした口調で、鞠は吉住に訊ねた。

「噂によれば未瑠さんも昔、ドラマのチーフプロデューサーとの枕営業を盗撮して、それをネタに脅して連ドラの主役を手にしたんですって」

鞠は煙草を片手に腰を上げ、吉住に歩み寄った。

「君は、いったい、何者……まさか……」

吉住の蒼白顔が強張った。

「いやいや、全然別人だし……」

「もしかして、私を未瑠だと思ってます？」

鞠は吉住を遮り、首を傾げた。

「だって、顔が……君は……本当に？　君は……誰なんだ？」

吉住が、生唾を飲み込んだ。

「まあ、たとえ私が楊貴妃《ようきひ》でもマザー・テレサでも、吉住さんがタレントを売り込みにきたプロダクションの女社長と、キャスティングを条件にセックスした動画を撮られたって事実は変わりませんよ」

鞠は、弧を描く唇とは対照的に無機質な瞳を吉住に向けた。

「君は……私を、脅す気か？」

「みんな、言うことは同じですね」

「は？」

吉住が、訝しげに首を傾げた。

「立場を利用して欲望を満たすくせに、弱味を握られると被害者顔をする……状況によって強くなったり弱くなったり、都合よくできてますよね」

嘲るように、鞠は言った。

「君は僕を侮辱する気……」

「とにかく、海を二番手で起用してくれなければ……」

鞠は言葉を切り、マイクロビデオカメラをふたたび宙に掲げて、煙草の紫煙を吉住の顔に吹きかけ微笑んだ。

☆　☆

窓の外に視線を向ける海のあどけなさの残る横顔を、鞠はコーヒーカップを口もとに運びながらみつめていた。

代官山のカフェに入って十分、海はアイスティーを注文する以外は一言も口を利かずに窓の外を見ていた。

彼女は別に鞠に反抗しているわけでもなく、心配事があるわけでもない。いつもの、海だった。

通りを行き交う車、寄り添うカップル、腹の括《くび》れた細い犬を散歩させる外国人女性……海が見ているのは、そのどれでもない。

「一度も、訊かれたことないですね？　なにを見てるか……」

外に視線を向けたまま、不意に海が口を開いた。

「訊かなくても、わかるから」

「へぇ」

ふわっと、消え入りそうな声……空で弾けるしゃぼん玉のような声。

海の横顔に、変化はなかった。視線の先に見えているのは、通りを行き交う車であり、寄り添うカップルであり、腹の巻き上がった細い犬を散歩させる外国人女性であり……。

海は、ありのままの光景を瞳に映しているだけだ。見えているだけ……見ているのではない。

「じゃあ、なにを見てると思いますか？」

訊ねてはいるが、海の心はそこになかった。

鞠の返事を待っているわけでもない。

目の前に舞うたんぽぽの綿毛を摑んだだけ。摑まないという選択肢もある。海は摑むも摑まないも選択しない。ただ、反射的に、手が伸びただけ——それ以上でも、それ以下でもなかった。

「興味ないでしょう？」

鞠にどう見られているか……どう思われているか？

「お金がほしいタイプじゃないし……」

相変わらず窓の外に眼を向けたまま、海が呟いた。

「私？」

訊ねる鞠に、海は頷いた。

「どんなタイプに見える？」

「芸能プロダクション『トップフラワー』の社長、二十歳、女性」

海が、淡々と言葉を並べた。

彼女がからかっているとも、冗談を言っているとも思わなかった。

鞠には、理解できた。そして、改めて確信した。

「芸能プロダクション『トップフラワー』のタレント、十五歳、女性。私に見えるあなたよ」

「へぇ」

また、しゃぼん玉のような声――海の注文したアイスティーは口もつけられておらず、ほとんど氷が融けていた。

「『桜テレビ』の七月クールの連ドラ、一番手に決まったわよ」

「ありがとうございます」

海の横顔に、相変わらず変化はなかった。

「嬉しそうじゃないね」

鞠の言葉に、沈黙が広がった。腹立ちも失望もない。海を喜ばせようとしてやったことではない。また、海のためでもない。

　途中下車した列車……別の列車に乗っただけの話だ。行き着く先は、変わらない。

「芸能界ってスキャンダルが命取りなのに、私のこと訊いたことないですよね？　万引き以外にも、いろんなことをやってるかもしれないのに」

「そうね」

「それで、いいんですか？」

「たとえあなたがなにをやっていたとしても、後悔はしないわ」

「へぇ」

　三度目のしゃぼん玉が飛んだ。

　バッグが震えた――スマートフォンを取り出した。ディスプレイに浮く、吉住の名前。

『とりあえず、海ちゃんって子と、一度、面接させてくれないかな？　あ、面接って言っても、形式だけだから心配しないで』

「心配していませんよ。吉住さんが、約束を破れない理由を知ってますから」

『イジメないでよ。約束は守るからさ。それより、面接のほう頼むよ。できるだけ早いほうがいいかな。早速、今夜あたりどう？　西麻布に僕の個人事務所があるから、そこに来て貰えれば。あ、よかったら鞠さんも一緒に来てよ』

　吉住の言葉の意味は、もちろんわかっていた。

「……わかりました」

鞠は通話ボタンをタップした。

約束を守らせるだけならば、盗撮した動画だけで十分な効力があった。

鞠が応じたのは、シナリオの続きを紡ぐため……新たな「女王」を産み出すためだ。

「今夜、ドラマのチーフプロデューサーのところに一緒に行くから空けといてね。あなたは挨拶して、微笑んでいればいいから」

初めて海が、顔を正面に戻して鞠の眼をみつめた。

「ひとつだけ、教えて貰えますか？」

「珍しいわね。なに？」

「どうして、私だったんですか？」

さりげない質問にも、とても深い質問にも聞こえる。

「あなたが、私だから」

鞠は、微塵の躊躇いもなく答えた。

海は、表情を変えずに鞠をみつめていた。

彼女のガラス玉の瞳に映る「あのときの少女」に、鞠は小さく頷いた。

海

「かわいーー！」

「顔ちっちゃ！」

「海ちゃーん！」

「こっち向いて、海ちゃん！」

「足が長ーい！」

「実物は何倍もきれい！」

海がステージに姿を現すと、会場から一際大きな拍手と歓声が上がった。舞台挨拶の登壇者は海のほかに四人いたが、九割以上は海への声援だった。

プレミアム試写会が行われている新宿の「バルト9」には、五百人を超える観客が集まっていた。

最前列と二列目の座席はマスコミ席になっており、テレビカメラが三台と、週刊誌、スポーツ新聞、映画専門誌、webニュースの記者が陣取っていた。

「海さんは列の中央にお願いします」

イベントスタッフに促された海は、舞台の中央に歩を進めた。共演者達の羨望と嫉妬の入り混じった視線が、彼女の肌を刺す。

心地いいとも不快とも思わなかった。優越感に浸りたくて女優になったのではない。かといって、注目されなくていいとも思わない。

「本日は、『風になった少女』のプレミアム試写会にお越しくださり、ありがとうございます。MCを務めさせて頂く、真瀬《まなせ》かおりと申します。さあ、皆様、もうお待ちかねのようですから、早速、出演者の皆様のご紹介に移ります！　まずは、本作で主役を務める長澤《ながさわ》かなえ役の葉月海さん！」

海の名前が呼ばれると、会場に割れんばかりの喝采《かっさい》が沸き起こった。

監督は別として、準ヒロインでライバル役の田嶋《たじま》エイミ、恋人役の工藤慎吾《しんご》、親友役の西谷彩《にしたにあや》の紹介の際には、パラパラとした拍手しか送られなかった。

今日の舞台挨拶も、観客とマスコミの目当ては海であり、ほかの共演者は全員数合わせと言っても過言ではなかった。

「では、パーキンソン病と戦う、高校の陸上部の部長という難しい役どころを見事に演じました、海さんからご挨拶をお願いします！」

ふたたびの大喝采に包まれながら、海は一歩前に踏み出した。

「みなさん、本日は、雨の中、足を運んでくださりありがとうございます。長澤かなえ役の海です」

海が微笑み頭を下げると、みたび拍手が沸き起こった。

「今回で十作品目の映画になるのですが、実話をモチーフにした作品は初めてでした。難病に侵された方の役ということで、私の中で葛藤がありました。役作りと言っても実際は健康なわけですし、本当に病で苦しんでいる方の気持ちにはなれないわけで、正直、この役を受けるかどうかずいぶんと悩みました」

悩んだのは本当だ。しかし、それは、モデルになった女子高生にたいしてのプレッシャーではない。実在の長澤かなえが、この映画を観て哀しんだり不満を感じたとしても海は気にしない。

スクリーンの中の主役は自分だ。映画化を許諾した以上、海が演じる長澤かなえが本物なのだ。

——海、難病にかかった女子高生の実話を基にした映画のオファーがきたわ。もちろん主役よ。総製作費は三億円で、全国四百館で上映される全国ロードショーよ。監督は去年「銀行崩壊」で日本アカデミー賞の最優秀監督賞を受賞した中込俊哉《なかごめとしや》、共演は去年の最優秀助演男優賞の工藤慎吾と新人で評価急上昇中の田嶋エイミ。断る理由、ないよね？

鞠の言うように、申しぶんのない仕事だった。

——少し、考えさせてください。

——なにか、不満でもある？

自信満々の表情で、鞠が訊ねてきた。

海は、首を横に振った。

嘘ではなかった。女優として成功を願っている者であれば誰しも、喉から手が出るほどにほしい役だった。

実際に、各事務所から百人を超えるタレントがオーディションに集まった。一般のオーディションではなく、選りすぐりのタレントばかりだ。

海は、オーディションに勝ち抜き主役を射止めた——最初から結果が決まっていたオーディションに……。

オーディションが始まる一ヶ月ほど前から、鞠が監督の中込と接触していたことを海は知っていた。驚きはなかった。いつものことだ。類《たぐ》い稀《まれ》なる美貌と二十五歳という若さを武器に、鞠はテレビ局の主要なプロデューサーや実績のある監督と関係を持ち、ひとりひとりの爆弾を作った。

それは、プロデューサーや監督が長年かけて築いてきたキャリアを瞬時に粉砕するだけの破壊力があった。

——だったら、考える必要はないわね。

——少し、考えさせてください。

海は、抑揚のない口調で同じ言葉を繰り返した。

――私に不満があるなら、はっきり言えば？


鞠が言いながら、海の瞳を覗き込んできた。

心の奥底まで見透かすとでもいうように……。


――すべて、お見通しなんですよね？

海は、鞠をみつめたまま微笑んだ。


「いまでも、この役を受けてよかったかどうかはわかりません。でも、ひとつだけわかっていることがあります」

海は言葉を切り、観客を見渡した。

多くの瞳が、海の唇に向けられていた。

海は巡らせていた視線を、客席の中央に座る鞠で止めた。

「役者は、与えられたキャンバスを自分の色に染めなければならないということです。手もとにきたときには何色のキャンバスでも、最終的には私の色に染める。それが、女優としての務めだと思っています」

海は、鞠から視線を逸らさずに言った。

鞠の唇には、ずっと弧が描かれていた。

自分が与えたキャンバスになにを描こうとも、どんな色を塗ろうとも、鞠から微笑みは消えない。彼女にとって重要なことは、自分の思い通りの絵を描かせることではなく、自分の用意したキャンバスに絵を描かせることだ。海がそうしているかぎり、鞠は自由にやらせてくれる。

——へたなプライドは捨てなさい。いまや、あなたは日本一売れている女優なんだから。

鞠は、海の瞳を見据えながら言った。

——へぇ。社長には、売れることがそんなに大事なんですね？

皮肉ではなく、海は心のままを口にした。

——あたりまえじゃない。売れない芸能人なんて、足の遅い陸上選手と同じで惨めなだけよ。

鞠が、さらりと言った。

——そうですね。

海は、素直に認めた。鞠の言うことは、間違っていない。

——でも、なにが大事かを決めるのは私です。

海の言葉にも、鞠は気を悪くしたふうもなく微笑んでいた。

歓声が、海を現実に引き戻した。

海の舞台挨拶に感動した観客の中には、泣いている者もいた。ファンとは、ありがたいものだ。特別なことはなにも言っていないのに、涙まで流してくれている。

海がブレイクしたのは、いまから五年前——十五歳の頃に「桜テレビ」の連続ドラマで二番手の役で出演したことがきっかけだった。

ヒロインをイジメるという役どころだったが、海の容赦ない悪女ぶりが評判となり平均視聴率は二十パーセントを超えた。

ドラマが後半に差しかかった頃には、局に寄せられるアンケート調査で海はヒロインを超える支持を集めた。

「桜テレビ」のドラマが終わってすぐに、海は「日東テレビ」の連続ドラマでヒロインに異例の抜擢をされた。

今度は、前回とは一転して継父と継母にイジメ抜かれる薄幸の少女の役だった。

次々と襲いかかる不幸と逆境の連続に耐え続ける海の好演もあり、視聴率は回を重ねるごとに上昇し、最終回では三十パーセントを突破した。

このドラマでの快挙で、海にオファーが殺到した。全国ロードショーの映画の主役が二本、連続ドラマの主役が一本、ＣＭが五本……弱冠十六歳の少女は、一気に芸能界の頂点に上り詰めた。

――なにしてるの？

海は、十四歳のときに万引きしている現場で鞠に声をかけられた。

ああ、また彼の偽りの包容力につき合わなければならない。

ああ、また彼女の偽りの叱責につき合わなければならない。

その瞬間、頭を過ったのは両親の顔だった。

――ちょっと、いい？

――なんだ、万Ｇ？　ほら、戻したから。

声をかけた鞠に、海はポケットから取り出した「フリスク」を棚に戻した。
——万Gって……もしかして、万引きGメンの略とか？
——違うの？
——そういうのって、普通、おっさんかおばさんじゃない？
——たしかに。
——なんでそんなことしたの？　お金、なさそうには見えないけど。
——どうだっていいじゃないですか。それより、警察に行きますか？
——そうなったら、困るでしょう？

鞠が、試すような口調で言った。

——いいえ。あの人達が喜びますから。
——あの人達って？
——両親です。
——娘が万引きして、親が喜ぶわけないじゃない。
——父親と母親らしいふりができるから、嬉しいんです。

父さんは、海の将来のために高い授業料を払ったと思うことにするよ。

万引きは立派な犯罪よ！　母さんは、あなたに善悪を教えてきたつもりよ！

彼は穏やかな笑みを浮かべ、海の肩に手を置く。

彼女は厳しい眼差しを向けながら教え諭す。

どんな海でも、父さんは味方だよ。

盗まれた店の人の気持ちも考えなさいっ。あなたを、そんなふうに育てた覚えはないわ！

彼は柔和に眼を細め、海をみつめる。

彼女は厳しい口調で叱りつけてくる。

空よりも広く海よりも深い心の持ち主の彼と、情熱的で厳格な彼女。

店員や警察官の前での彼らの瞳は、生き生きとしていた。

海に無関心な彼と、海を生んだことを後悔している彼女。

店員や警察官がいないときの彼らの瞳に、海は映っていなかった。

――変な子ね。まあ、どうでもいいわ。あなたを警察に突き出すために声をかけたんじゃないから。

興味なさそうに言うと、鞠は名刺を差し出してきた。

――「トップフラワー」という芸能プロダクションをやってるの。あなた、芸能界に興味ない？

鞠との出会いは、ありえないシチュエーションだった。鞠からみた海は変わった少女に映ったのかもしれないが、海からみた鞠も相当に変わっていた。

鞠のことを、好きでも嫌いでもなかった。だが、海にとってその感情は高評価の部類に入った。

海には、この世の中で二種類の人間しかいない。

距離を置く人間と距離を置かない人間。

鞠は距離を置かなくても大丈夫な存在だった。

だからといって、好きという意味ではない。

海は人を好きにならない。なれない、ではなく、ならないのだ。

人は求めるから、失望する。最初からなにも求めなければ、失望することもない。

両親が、唯一、教えてくれたことだった。

「海さんが、今回の撮影で一番苦労したことはなんでしたか？」

女性MCの質問で、海は現実に引き戻された。

「苦労とは思いませんでしたけれど、リアリティを意識せずに演じることを心がけました」

不毛な時間だとわかってはいたが、これも仕事だ。

「リアリティを意識せずに演じること……ですか？　どういった意味か、もう少し詳しく教えて頂いてもよろしいですか？」

女性MCや観客が海に求めているのは、白を知らない人間に雪や砂糖の色の説明をしてほしいと言っているようなものだ。

「実在の人物の映画化で、よく役者さんが言いますよね？　失礼のないように、その方の気持ちになりリアリティのある演技を心がけます……って。でも、そんなの無理だと思うんです」

海の言葉に、観客が静まり返った。

「一流のピアニストの役をやるときに、撮影の直前にピアノの猛練習をしてもモデルの域には遠く及びません。一流の調理人の役をやるときに、撮影の直前に料理の修業をしてもモデルの影も踏めません。当然です。一流になるまでに、日に十時間のレッスンを十年間続けたピアニストのリアリティが、たった十日間のレッスンで出せるわけがありません。調理人についても同じです」

海は言葉を切り、客席に視線を巡らせた。

だが、海の視界に入っているのはひとりだけ——語りかけているのもひとりだけ。

鞠の唇には、相変わらず弧が描かれていた。

対照的に鞠の隣に座っているチーフマネージャーの顔のほうは、強張っていた。

なにを言い出すのかと、肝を冷やしているのだろう。

彼は昔、「アースライズプロ」という大手の芸能プロダクションの社長だったらしい。

連ドラの主役クラスの俳優を五人以上抱えたやり手の社長が一マネージャーに成り下がったのは、七年前のある事件がきっかけだった。

所属タレントの少女のスキャンダル動画……父親とのセックス動画がＳＮＳに流出したのだ。

少女は未瑠という売れっ子タレントで、ドラマに映画、バラエティ、ＣＭとマルチな活躍をしており、芸能界に興味のなかった海も彼女の存在を知っていた。

スキャンダル動画の流出直後、未瑠は父親を殺した容疑で逮捕された。

父娘の間になにがあったのかは知らないし、知りたいとも思わない。ひとつだけ言えるのは、この事件によって所属事務所は数億の違約金を抱え、営業停止に追い込まれたことだ。

違約金だけならば事務所を閉鎖することもなかったが、看板タレントが殺人者となったことによるイメージダウンは深刻で、それまで「アースライズプロ」に群がっていたスポンサーやプロデューサーは潮が引くように一斉に離れて行った。

殺人犯が出たプロダクションのタレントに、自社の製品を宣伝して貰おうという物好きなスポンサーや出演オファーをかけるプロデューサーはいない。

「私は、考えました。実話に恥じない作品にするにはどうしたらいいのか？　答えは、長澤かなえを捨てることでした」

海の発言に、観客がどよめいた。無理もない。主人公のモデルであり、原作者でもある長澤かなえを否定するような発言をしたのだから。

チーフマネージャーは天を仰ぎ、鞠は微笑んでいた。ふたりのリアクションを見ていると、出世に差がついた理由がわかるような気がした。

「女優の私が長澤かなえになりきろうとしても、長澤かなえさんを超えることは不可能です。私が本物に負けない主人公になるには、役者として演じることです。長澤かなえさんとはまったく違った、女優・海の長澤かなえを作り上げることです」

海が頭を下げると、さっきまでどよめいていた観客の口から感嘆の声が漏れた。

チーフマネージャーは驚いた顔で周囲を見渡し、鞠は当然、といった顔で腕組みをし、微動だにしなかった。

「素晴らしいお言葉、ありがとうございました。続いては、準ヒロインの……」

鞠は思考のスイッチをオフにし、女性MCの声を鼓膜からフェードアウトさせた。

☆　☆

「あまり、冷や冷やさせないでくださいよ。舞台挨拶で長澤先生のことを出すなんて、寿命が縮まる思いでした」

ステージ袖に捌けると、現場マネージャーの坂巻が揉み手で海を出迎えた。

「あら？　どうしてですか？」

海は歌うように言いながら、坂巻の脇を擦り抜け楽屋に向かった。

「どうしてって、原作者は神ですよ。しかも、長澤先生は本作品の主人公のモデルです。結果オーライだからよかったようなものですが、一歩間違えると海さんが干《ほ》されることだってありえたんですからね」

海のあとを追い縋りながら、坂巻が遠慮がちに進言してきた。

卑屈で、小狡《こずる》くて、二枚舌で……坂巻は、海が距離を置きたいタイプだった。詳しくは知らないが、坂巻とチーフマネージャーは鞠の昔からの知り合いらしい。

「海さん、ありがとうございました！」

「凄くいいスピーチだったよ！」

配給会社の営業部長と映画のプロデューサーが、笑顔で声をかけてきた。

「こちらこそ、ありがとうございました。来週の公開初日の舞台挨拶も、よろしくお願いします」

海は笑顔を返しながら、歩を進めた。

「お疲れ様！　海ちゃん、根性の入ったスピーチ、惚れ直したよ！　次も、俺の作品に出てよ」

一緒の舞台に立っていた監督が、海を追いかけてきた。

「最優秀監督賞の大監督さんにそんなことを言って頂けるなんて、夢のようです。私のほうこそ、よろしくお願いします！」

海は立ち止まり深々と頭を下げると、ふたたび足を踏み出した。

「こういうのって、マネージャーの仕事ですよね？」

振り返らずに海は、背後の坂巻に優しい口調で言った。

「すみません……」

卑屈な響きを帯びた声が、海の背中に返ってきた。

女優に興味はあるが、芸能界に興味はない。関係者に笑顔で対応するのも映画のPRに積極的に参加するのも、媚びているからではない。

大監督も無名の監督も、海にとっては同等だった。いい脚本と演出ができる監督なら、駆け出しの新人の作品に出ることも厭《いと》わない。ギャラも立場も関係ない。演者としての居場所を……自分の居場所を確保したいだけだった。

自分のいる場所がほしい。

幼い頃から、いま一番ほしいものは？　と訊かれたときに、決まって海はそう答えていた。両親と同じ部屋にいても、クラスメイトと語らっていても、虚無感は消えなかった。親に虐待されていたわけでも、学校でイジメられていたわけでもない。それでも、海の枯渇していた心が潤うことはなかった。

「いまのうちに、楽屋で昼ご飯を食べちゃってください。十四時から極東テレビの『アフタヌーンワイド』で生出演映画PR、十五時から桜テレビの『情報王様《おうさま》の耳《みみ》』で生出演映画PR、十六時から桜テレビのバラエティ番組収録、十九時から光栄社の『月刊アクトレス』の表紙撮影、撮影後は『月刊アクトレス』のインタビュー、二十一時から『映画《えいが》の友《とも》』、『邦画《ほうが》LOVE』のインタビュー……」

「わかりました。着替えたらすぐに食べますから」

海は坂巻を遮り、楽屋のドアを開けた。

「いいスピーチだったわ」

ソファに座った鞠が、笑顔で海を出迎えた。

「ありがとうございます」

「私のことは気にしないでいいから着替えて。予定が詰まってるんだから」

対面の席に座ろうとする海を鞠は制した。

「じゃあ、先に昼食を済ませます」

海はテーブルに並べられていた三種類の弁当の中から、幕の内弁当を手に取った。テレビ局や撮影現場の弁当は高カロリーで高脂肪のものが多いので、できるだけ和食を食べるようにしている。

「ぼーっとしてないで、ストローは？　気の利かない男ね」

ドア口に立つ坂巻に、鞠が冷めた口調で言った。弾かれたように坂巻がウーロン茶のペットボトルのキャップを開け、ストローを挿した。

「一月クールの連ドラの共演キャスティングNGリスト、中牧《なかまき》Pに電話した？」

「あ……いえ、まだです」

「先週までにやっておいてと言ったでしょう？　使えないわね」

「すみません……」

「謝っている暇があったら、さっさと電話しなさい」

鞠は冷たい眼差しをドアに向け、坂巻を促した。

「共演NGって、誰ですか？」

タケノコの煮つけを齧りつつ、海は訊ねた。

「沢井《さわい》まどかと渡部《わたなべ》アリサよ」

鞠が口にしたふたりは海と同年代の売れっ子女優で、スポーツ新聞の芸能欄や週刊誌ではライバル関係として煽るような記事を書かれることが多かった。

「NGとか出さなくても大丈夫ですよ」

さらっと言うと、海はシイタケの煮つけを口の中に放り込んだ。

「あなたがよくても、私が大丈夫じゃないわ」

鞠がメンソール煙草に火をつけ、顔を横に向けると糸のような紫煙を吐き出した。

「最近、業界での評判がいいのよね、あのふたり。あなたの作品を利用されたくないし、いまのうちに芽を摘んでおかないとね」

「私が、彼女達に食われることはありませんよ」

海は白米には口をつけずに箸を置くと、ウーロン茶をストローで吸い上げた。

「甘いわね。正攻法で戦う相手ばかりじゃないのよ」

「私みたいに、ですか？」

海は、鞠をまっすぐにみつめた。

「皮肉のつもり？　あなたには、最初の一本だけしかやらせてないでしょう？　でも、その一本がなければ、いまのあなたは存在しないけれどね」

「きっかけはそうだとしても、女優としての実力がなければ一発屋で終わります。ここまでこられたのは、私の力だと思います」

いつもは踏み込まない領域に、海は進んだ。

居場所を作ってくれた鞠には、恩を感じている。ただ、そろそろブレーキをかけることに疲れてきた。

これまでに業界の知人を通じて、何社もの同業者から移籍話を持ちかけられた。中には、耳を疑うような高額な移籍金を両親に提示してくるプロダクションもあった。

だが、海の心がブレることはなかった。金のために、芸能界に入ったわけではない。鞠は、ありのままの自分を受け入れてくれた――海の一番ほしいものを与えてくれた。だからこそ、限界がくる前にブレーキを外して鞠と向き合いたかったのだ。

「海。あなた、なにか思い違いしてない？　凛々、杏奈、麗《れい》、ゆま、エリー。あなたがここまでくるのに、何人の子達が肉体を差し出してきたと思う？」

鞠が、無機質な瞳でみつめてきた。海の仕事を取るために、彼女達が接待要員になっていたのは知っていた。

「あなたが『桜テレビ』の準ヒロインを演じたことで、業界で注目を浴びる存在になったのはたしかよ。そして『日東テレビ』の連ドラでは異例の抜擢でヒロインの座を獲《え》て、一躍スターに躍り出た。でも、それだけでここまで来れたと思ってるの？」

鞠の言わんとしていることは、わかっていた。一本目で知名度を得た海に、鞠は二本目を命じることはなかった。

海が得たチャンスを広げるために、デビューを控えた新人達が代わりに鞠からの指名を受けた。

だが、海の中には彼女達にたいしての同情も罪悪感もなかった。

「いいえ。そうは思っていません」

「わかってるなら、いいわ。一度の勘違いで頂上から谷底まで転落するのが芸能界だから。次の現場、時間がないんでしょう？　私は帰るから、着替えなさい」

鞠は言うと、ソファから立ち上がり出口に向かった。

「ギブアンドテイクでしょう？」

海の一言に、ドアノブに手をかけた鞠が足を止め振り返った。

「たしかに、彼女達が枕営業することでヒロインを立て続けに取れたのかもしれません。だけど、あの子達も私の主演ドラマにバーターで出演しました。ある意味、私のお陰で仕事が取れたとも言えますから」

ずっと、胸の奥底に封印していた思いを口にした。

「なにが望みなの？」

鞠が、相変わらず抑揚のない口調で言った。彼女が感情的になった姿をみたことがなかった。ふと、思うことがある。鞠には、感情自体が存在するのだろうか……と。

「あなたは私だから」

独り言のように、海は呟いた。

「なに？」

「五年前、どうして私なんですか？　と訊いたときに、社長はそう言いました」

「ああ、そうだったわね」

「覚えておいてください」

「なにを？」

「私とあなたは違います」

海は、鞠の体温のない眼差しを吸収するような「無」の瞳で受け止めながら断言した。

「あら、どう違うか聞かせてくれる？」

鞠が、ドアノブに手をかけたまま訊ねてきた。

「女優としての演技力を認められた上で有名になりたい欲と、手段を選ばずに一日も早く有名になりたい欲……私と社長の欲は質が違います」

海は、穏やかな口調で言った。

感情をコントロールしているわけではない。鞠を納得させようという思いも、理解してほしいという思いもなかった。ただ、自分がそう思っているという意志を伝えたかっただけだ。

「あなたの考えを私が知ることに、なんの意味があるのかしら？　少なくとも、私のやりかたは変わらないわよ。あなた達を売るためなら、新人を何人でも差し出すし、私が抱かれてもいいと思ってる。大手じゃない事務所のタレントがトップを取るのは、きれいごとじゃ済まないの」

淡々とした口調だが、鞠の瞳には揺るぎのない信念のような意志を感じた。

「わかっています。社長の人生ですから、私は否定しません。でも、私とあなたは違います」

ふたたび、海は断言した。

「欲は欲。私とあなたは同類よ」

無表情に言い残し、鞠は背を向けドアを開けた。

「あ、それから……」

鞠が思い出したように立ち止まった。

「契約は残り半年だから、更新しなくてもいいのよ。私のやりかたで、あなたの代わりを育てるのは難しいことじゃないから」

振り返らずに言うと、鞠はドアの向こう側へと消えた。

「へぇ……そうなんだ」

不思議と、腹立ちも哀しみもなかった。

ブレない鞠の一貫した姿勢に、海の口もとは自然と綻んでいた。

枕アイドル

鼓膜を突き刺す歓声、瞳を輝かせ声援を送る少女、掌がちぎれんばかりに拍手する女性、海の名を繰り返し叫ぶ少年、映画のパンフレットを頭上に掲げるカップル――「バルト9」の客席は、海一色に染まっていた。

大袈裟ではなく、五百人を超えるほとんどが海を目当てに訪れている客だ。ステージには、十八歳ながら演技派として業界内の評判が高い準ヒロインの田嶋エイミ、去年の日本アカデミー賞で最優秀助演男優賞を受賞した工藤慎吾、同賞で最優秀監督賞を受賞した中込俊哉というそうそうたるメンバーが並んでいたが、みな、海の前では刺身のツマかステーキのポテト程度の引き立て役でしかなかった。

いまの芸能界で、海より売れている女優はいない。彼女は、鞠が創った最高傑作だった。

海のブレイクのきっかけとなったのは五年前……彼女が十五歳の頃に出演した「桜テレビ」の連続ドラマだった。

当時、無名の新人だった海を二番手で出演させることができたのは、鞠がドラマのプロデューサーに肉体を提供したからだ。そう、自らが未瑠を名乗って芸能活動していた時代に、地下アイドルからトップタレントまで上り詰めたのと同じ手段を使ったのだ。

枕営業が、悪いこととは思わない。スポーツに優れている学生に推薦枠があるように、ビジュアルに優れた女優がプロデューサーや監督とセックスをすることで出演枠を手にするのは当然の権利だ。

海のブレイクは、ビジュアルに恵まれ、セックステクニックの優れている鞠の才能があってこそ、成し遂げられたことだ。

海はそのドラマでイジメっ子役を演じ注目され、最終回を迎える頃には完全に主役の女優を食っていた。

——体を売って、役を取れっていうことですか?

鞠をみつめる海の瞳からは、驚きも、怒りも、軽蔑も、恐怖も窺えなかった。ただ、命じられたことを確認しただけという感じだった。

——無理にとは言わないわ。嫌なら、断ってもいいのよ。ただ、「日東テレビ」の連続ドラマの主役を取れなくなるけどね。

鞠は、海と駆け引きしたわけではない。真実を言っただけだ。じっさい、海が断ったとしても鞠の彼女にたいしての評価は変わらない。

「桜テレビ」の準ヒロイン《ヒロイン》で、海は新人としては異例の評価を獲ていた。プライムタイムの連続ドラマの主役の座を勝ち取ってトップ女優の切符を手にするか、次が訪れるかどうか保証のない日々を送るか……選択するのは海の自由だ。

——やります。でも、一回だけです。

あっさりと、海は言った……まるで、ワークショップに参加するとでもいうように。

——どうして、そう決めたの？

——主役を取って、自分の居場所を作りたいからです。

海は、表情を変えずに言った。

——私が訊いたのは、どうして一回だけしかやらないのかっていうことよ。

——きっかけさえ貰えれば、芸能界に居場所を作る自信があるからです。

海の表情は、自信に満ち溢れていた。

『みなさん、本日は、雨の中、足を運んでくださりありがとうございます。長澤かなえ役の海です』

海の挨拶が始まると、ふたたび客席から歓声と拍手が沸き起こった。

「かわいそうね」

鞠は、呟いた。

「そう思います。ほかの俳優にとって、海一色の声援は針の筵《むしろ》ですよ」
隣の椅子に座っている、チーフマネージャーの北城が言った。
北城にふたたび会いに行った日のことが、鞠の脳裏に浮かんだ。

――お久しぶりです。

工事現場で赤いランプの誘導棒を振っている北城のこけた頰には無精髭が散らばり、色濃い隈《くま》に囲まれた瞳は淀み精気はなかった。
プラチナブロンドに染めていた坊主頭は伸び放題でまだらな金髪に、小麦色だった肌はどす黒く変色し、藤色やオレンジのジャケットはセンスのかけらもない警備服に……。
出会った頃の北城とは、別人のようだった。

――あんた、誰？

鞠を未瑠とわからなかったのは、北城も同じだった。

――芸能プロの敏腕社長も、見る影がないですね。

鞠が憐れみの瞳を向けても、北城は目の前の女性が誰なのか思い出せずに怪訝な顔をしていた。

——元の所属タレントのこと、思い出せませんか？

——お前……もしかして？

北城の血相が変わった。

——ようやく、思い出してくれました？　わからなくても、仕方ありませんね。すっかり、顔が変わってしまいましたから。でも、北城さんも私に負けないくらいに印象が変わりましたね。昔はもっと、傲慢で、強気で、自信に満ちていました。

——こんなふうになったのは、誰のせいだと思ってる？

北城が睨みつけてきたが、その眼に威力はなかった。

——謝れというのなら、謝ります。でも、私がトラブルを起こすと見抜けずに所属させたのは北城さんだというのも事実です。つまり、「アースライズプロ」が崩壊したのは自業自得ということです。

鞠は、平板な口調で言った。

――俺に、喧嘩を売りにきたのか?

――まさか。いまの北城さんには、喧嘩を売る価値もありません。

――なんだと……。

気色ばむ北城を遮り、鞠は言った。

――北城さんに、チャンスを与えにきました。

――チャンスだと?

――ええ。芸能界から追放されたあなたに、復帰できるチャンスです。

――俺が、芸能界に……復帰できるのか?

北城の瞳に、微かに精気が戻った。

――ただし、社長としてではなく、マネージャーとしてです。

――マネージャー!?

北城が、素頓狂な声を上げた。

――はい。私が創設した芸能プロ「トップフラワー」のマネージャーです。

――お前の作った芸能プロで、働けっていうのか？　この俺に、お前の部下になれと!?

北城の顔が赤く染まっているのは、屈辱のせいだろう。

――無理にとは言いません。ですが、北城さんにとっても悪い話ではないと思います。というより、この話を蹴れば、もう二度と芸能界復帰のチャンスはないでしょう。

北城が、奥歯を嚙み締め拳を握り締めた。

――たしかに、元所属タレントの部下となって働くことが複雑なのはわかります。それが、北城さんを破滅させた張本人となればなおさらですよね。でも、考えかたを変えてみてください。私の会社「トップフラワー」で実績を積んでお金を貯めれば、独立のチャンスもあるわけですから。

――それはそうだが……。

――ふたたび芸能界に返り咲くためにプライドを捨てるか、プライドを捨てきれずに工事現場で誘導棒を振る生活を続けるか……選ぶのは、北城さんです。「トップフラワー」で働く気持ちになったら、連絡をください。

電話番号を伝えて去ったその日の夜に、北城から連絡が入った。芸能界に身を置き一度でも成功した者は、その栄光の眩《まぶ》しさと心地良さを忘れることができないものだ。「夢」をふたたび見るために、北城はプライドを捨てた。

「私がかわいそうといったのは、あの子のことよ」

鞠は、ステージでスピーチする海に顔を向けたまま北城に言った。

「え？　どうして、海がかわいそうなんですか？　いまや、海はドラマや映画に引っ張りだこで、ＣＭ契約本数も女優でナンバー1でしょう」

北城が、怪訝そうに言った。

「だからこそよ。あの子のスピーチを聴いて、わからない？　役者は、与えられたキャンバスを自分の色に染めなければならない。手もとにきたときには何色のキャンバスでも、最終的には私の色に染める。それが、女優としての務め……一生懸命だと思わない？」

　鞠は、海のスピーチを繰り返した。

「なにが、一生懸命なんですか？」

「自分は作られた世界にいるんじゃなくて、自分が作った世界にいるって……必死に、そう言い聞かせているのがわからない？」

「いまやトップに上り詰めたんだから、そんなことどっちでもいいでしょうに」

　北城が、呆れた口調で言った。

「彼女にとっては、重要なのよ。自分で考えて、自分で決定して、自分で行動するということがね。絶対的な確信がほしいの。私は、存在してるって……私は、幻じゃないって」

　鞠は、自信に満ちた表情でスピーチする海に、昔の自分の姿を重ね合わせた。


　いま、思考しているのは、ほかの誰でもなく私。

　いま、決定したのは、ほかの誰でもなく私。

　いま、行動したのは、ほかの誰でもなく私。

　常に、そう言い聞かせていた。もうひとりの「自分」に取って代わられないように、気を抜かなかった。

負け犬の「自分」だった。

卑屈な「自分」だった。

人生を諦めた「自分」だった。


そんな「自分」だから葬り、新たな「主」となった。


勝ち組の「自分」になった。

尊大な「自分」になった。

野心と向上心に満ちた「自分」になった。


自分が生きるために、「自分」を殺した。

だから、海の気持ちは痛いほどわかる。海が戦っている相手はもうひとりの「海」ではなく、生みの親の鞠だった。

海が住む世界を作ったのが鞠だという事実を否定することで、自分の存在意義を見出そうとしていた。賞賛をほしいままにしているトップスターの「海」は、鞠ではなく海が作った――それを自他ともに認めさせることに、足掻《あが》き、もがいている。

だが、彼女はわかっていない。海は、鞠が発掘し、自らの肉体をプロデューサーに差し出して売り込み、いまの有名女優の座につけたということを——チャンスをモノにして不動の立場を作ったのは自らの演技力だと、勘違いしているということを。

「社長の言っていること、よくわからないです。だって、自分で考えて行動するものでしょう、普通は。海が、そんな馬鹿げたことで悩んでいるとは思えないんですけど……」

北城が、遠慮がちに言った。

海というスターを筆頭に、売れっ子のタレントを複数抱える「トップフラワー」は、以前、彼が経営していた「アースライズプロ」よりも芸能界で影響力のあるプロダクションに成長していた。

入社して五年間の北城の粉骨砕身の働きぶりを見ていると、鞠の気分を害して、チーフマネージャーの座を失いたくないという思いがひしひしと伝わってくる。

北城の加入は、「トップフラワー」の躍進の大きな原動力となった。

もともと、敏腕社長として名を馳《は》せただけのことはあり、彼のプロデューサーやスポンサーにたいしての交渉術は秀でていた。ステージ袖で所在なさげに立ち尽くすマネージャーの坂巻とは大違いだ。

坂巻は、地下アイドルとして所属していた「グローバルプロ」時代のチーフマネージャーで、当時から無能だった。

鞠がタレントとしてブレイクしたのは、坂巻のもとを飛び出し情報バラエティ番組で枕営業をカミングアウトしてからだ。

坂巻は数年前に電車で女子高生に痴漢を働き警察に捕まっていたが、被害者と示談が成立し出所してからキャバクラでボーイをやっていた。

無能な男に声をかけたのは、もちろん、デビュー当時にお世話になったマネージャーへの恩返しなどではない。都合よく扱える雑用係が必要だっただけの話だ。

タレントの飲料水や弁当の買い出し、事務所と車の掃除、会食の店の予約、イベントの際のファンへの対応……芸能プロダクションには、才能や出世とは無縁の仕事が尽きない。

坂巻のような取り柄のない男でも、いや、取り柄がないからこそ必要とされるのだ。

「あなたには、私達の気持ちはわからないでしょうね」

鞠は、独り言のように呟いた。

「私達？」

北城が、ふたたび怪訝な顔を向けた。

『私は、考えました。実話に恥じない作品にするにはどうしたらいいのか？　答えは、長澤かなえを捨てることでした』

海の言葉に、観客がどよめいた。

「あ～、さっきから、あんなことばかり言っちゃまずいな」

北城が、両手で頭を抱え苦虫を噛み潰したような顔で言った。

「どうして？」

「どうしてって……そんなの、決まってるじゃないですか？　長澤先生は映画の原作者であり主役のモデルですよ？　それを正面から否定するようなことばかり言って……」

「いいじゃない」

「え？」

「捨てるって選択は、賢明だと思うわ」

「えっ、社長、さっきからなにを……」

「先に、楽屋に行ってるから」

鞠は北城に言い残し、席を立った。

☆　　☆

鞠は、楽屋のソファに座り宙をみつめていた。

「未瑠」の頃に、こうやってよく控室でぼーっとしていた。

人生で好きなことと言えば、ひとりでいることとくらいだった。孤独は苦にならない。

というよりも、孤独がよかった。

人はひとりで生きてゆけないもの……ドラマや映画でよく聞くセリフだ。

人という字は人間が互いに支え合っている姿を表している……ドラマや映画でよく聞くセリフだ。

そうは思わない。

人はひとりで生きてゆけるものだ。

人という字は、人間が支え合っている姿を表しているのではない。ひとりの人間が、もうひとりの人間に支えさせている姿を表現しているのだ。

人間は、犠牲にする側と犠牲にされる側の二通りのタイプしかない。

鞠は、常に支えさせる側の人間……犠牲にする側の人間の人生を選んだ。

そうでなければ、生きている意味がない。海にも、そう教えてきた。理解していると思っていた。

——女優である以上、支える側の人間……犠牲になる側の人間の気持ちもわかりたいです。

思い違いだった。海は、鞠にはない考えを持つ女性だった。

——あなたは、女優である前に自らを支配できる女性……女王でなければならないわ。葉月海が主導権を握らなければ、女優「海」は存在できないの。

伝わると、確信していた。

スカウトしたときの直観——同種だという確信。

——葉月海が支配したら、女優「海」は死んでしまいます。

——だから？　従わない分身なら、むしろ殺すべきよ。「海」以外の分身を、創り上げればいいだけの話よ。あなたの王国だから、不可能はないわ。もうひとりのあなたが、邪魔さえしなければね。


海は、もう反論することはなく、じっと鞠をみつめていた。

反抗的でも従順でもない瞳——感情の欠けらもない瞳。

彼女の瞳を見ていると、同種だと感じてしまう。だが、海は同種ではない。かといって、異種でもない。亜種というのが、海を表現するのに一番しっくりとくる。

ノックに続き、ドアが開いた。

「いま、舞台挨拶が終わってマスコミのスチール撮影が始まったところです。あと十分ほどで、戻ってきます」

北城が、顔だけ覗かせ報告した。

「そう、ご苦労様。なに？」

立ち去ろうとしない北城に、鞠は訊ねた。

「ちょっと、いいですか？」

「現場を坂巻さんに任せておけないから、早めにお願い」

鞠が素っ気なく言うと、北城が楽屋に足を踏み入れドアを閉めた。

「ここでの話は、お前の部下ではなく、元上司の……そして、業界の先輩の忠告として聞いてほしい」

北城が、鞠の前に運んだパイプ椅子に座りながら言った。

「どうぞ」

鞠は、北城の眼を見据えて促した。

たまには、ガス抜きをさせてやることも必要だ。

「もう、いい加減に枕営業で仕事を取るのはやめないか？」

「あら、意外ね。まさか、チーフの口からそういう言葉を聞くとは思わなかったわ。昔あなたが経営していた『アースライズプロ』が頂点を極めたのは、その枕営業のおかげでしょう？　実際、私も稼働したし」

鞠は、口角に薄い笑みを貼りつけた。北城こそ、枕営業で弱小プロダクションを業界最大手にまで押し上げた張本人だ。

「ああ、たしかに、俺はタレントを餌にプロデューサーや広告代理店を手懐《てなず》けた。だからこそ、わかるんだ。色欲で築いた地位は、呆気なく崩れ去るものだということが。手っ取り早い方法だから、俺も率先して枕営業をタレントにやらせていた。だが、お前の事件がきっかけで、それまでへいこらしていた人間が掌を返したように背を向けた。もし俺が、枕営業なんて安易な手段を取らずに本物の信頼関係を築いていたなら、窮地に陥ったときでも手を差し伸べてくれたんじゃないかって……そう思うよ」

「後悔してるってわけ？　そういえば、有名なマフィア映画でも、冷徹非情だったボスが晩年に若い頃の行いを悔やみ懺悔《ざんげ》していたわ。北城さんは、まだ、三十代だから老け込む年じゃないわよ」

「茶化さないで、聞いてくれ。俺は、真剣にお前の将来を心配してるんだよ」

「誰かさんみたいに、工事現場で赤い棒を振るような落ちぶれた人生にならないために？」

鞠は、薄笑いを浮かべた顔を北城に向けた。

「だから、真面目に……」

「一緒にしないで」

北城の言葉を、鞠は冷たく遮った。

「え？」

「あなたは女を道具にしか考えていなかった。私は、枕営業は道具にするけど女を道具だと考えたことはないわ」

「それって、同じことだろう？」

北城が、訝しげな顔で言った。

「馬鹿ね。あなたはただ、犬猫に餌を与えただけ。ほかに餌をくれる人が現れたら、犬猫はすぐに浮気するわ。私は違う。餌を与えるときに、パブロフの犬のように犬猫に刷り込むの。おいしいイメージを思い浮かべ涎を垂らしたり、怖いイメージを思い出し震えたりするように……枕営業という手段を使って犬猫を奴隷にするっていうこと。女をあてがうだけのあなたのやりかたは、風俗と同じよ。つまり、その場だけで終わりっていうこと」

「でも……」

「あなたと議論しているんじゃなくて、私との違いを指摘してあげているの。勘違いしないで。それから、私はあなたの上司なんだから、敬語を使ってくれるかしら？」

「いつか、後悔する……しますよ。じゃあ、そろそろスチール撮影が終わる頃なので現場に戻ります」

北城が哀しげな瞳で鞠をみつめると、ソファから腰を上げた。

「元に戻せば？」

唐突な鞠の言葉に、ドアノブに手をかけた北城が足を止め振り返った。

「なにを……ですか？」

「敬語以外」

北城が眉を顰めた。

「その暗いネズミ色のジャケットも、黒くした長髪も、辛気臭い顔も、保守的な考えも……言葉遣い以外、『アースライズプロ』で未瑠を面接したときの斬新で傲慢で挑発的なあなたに戻ったほうがいいわ。いまのあなたは、牙を失った狼よ。犬にも勝てない狼を飼うつもりはないから」

抑揚のない口調で言うと、鞠は興味がなくなったように北城から視線を切った。

ドアが閉まる音を背中で聞きながら立ち上がった鞠は、ドレッサーの前に移動した。

私も捨てたの？

鏡の中……未瑠が無表情にみつめていた。

「捨ててないわ」

鞠も、無表情に言った。

別人として振る舞っているでしょう？

未瑠が、冷え冷えとした声で言った。

「仕方ないじゃない。殺人なんて犯すから」

鞠は、未瑠に向かって肩を竦めた。

殺したのは、私じゃないわ。馬鹿なギャルよ。

未瑠が、吐き捨てるように言った。

「馬鹿なギャルをコントロールできなかったあなたも同じよ」

鞠は、突き放すように言った。

あなたは、誰？

鏡の中で、未瑠が首を傾げ訊ねてきた。

「あなたの理想像よ」

鞠は、口もとに薄い笑みを浮かべた。

鏡の中……未瑠が微かに顎を引いた。

これが、あなたのやりたかったことなの？

ドレッサーの前から離れようとした鞠に、ふたたび別の声が語りかけてきた。

鏡の中にいるのは、未瑠ではない少女だった。

次々と女の子達に自分と同じように肉体を売らせて……それで、力をつけて嬉しい？

それで、私の闇を消し去れるとでも思ってるの？

少女は、未瑠とは違い、感情的な瞳で鞠を睨みつけていた。

「あなたの闇なんて、興味ないわ」

鞠は、素っ気なく言った。

教えてあげるわ。未瑠もあなたも、私……樹里亜の分身、つまり、幻覚。私が創り出した想像の産物に過ぎないの。この世に、未瑠も鞠も存在しないってことよ。わかったなら、早く消えなさい！

少女が、強い口調で命じてきた。

「ところで、あなた誰？」

鞠が訊ねると、鏡の中の少女が血相を変えた。

ドアの外から、坂巻の話し声が聞こえてきた。


私は……。


鞠は少女の声に背を向け、ソファに戻った。

ドアが開いた。


「いいスピーチだったわ」

鞠は、笑顔で海を出迎えた。

本書は、二〇一八年三月、河出書房新社より刊行された『枕女王』を文庫化にあたり、『枕アイドル』と改題したものです。

初出「Ｗｅｂ河出」二〇一五年二月～二〇一七年十二月

集英社文庫　目録（日本文学）

集英社文庫　目録（日本文学）

集英社文庫

枕《まくら》アイドル

2023年1月25日　第1刷　　定価はカバーに表示してあります。

著　者　新堂冬樹《しんどうふゆき》
発行者　樋口尚也
発行所　株式会社　集英社
東京都千代田区一ツ橋2-5-10　〒101-8050
電話　【編集部】03-3230-6095
【読者係】03-3230-6080
【販売部】03-3230-6393（書店専用）
印　刷　大日本印刷株式会社
製　本　ナショナル製本協同組合

フォーマットデザイン　アリヤマデザインストア　　マークデザイン　居山浩二

ISBN978-4-08-744480-3 C0193